多维视野中的中国现代文学

魏韶华/李　霞◎著

中国社会科学出版社

图书在版编目（CIP）数据

多维视野中的中国现代文学／魏韶华，李霞著．—北京：中国社会科学出版社，2014.1

ISBN 978－7－5161－4611－8

Ⅰ．①多…　Ⅱ．①魏…②李…　Ⅲ．①中国文学－现代文学－文学研究　Ⅳ．①I206.6

中国版本图书馆 CIP 数据核字（2014）第 171619 号

出 版 人　赵剑英
责任编辑　任　明
特约编辑　乔继堂
责任校对　季　静
责任印制　李　建

出　　版　中国社会科学出版社
社　　址　北京鼓楼西大街甲 158 号（邮编 100720）
网　　址　http：//www.csspw.cn
　　　　　中文域名：中国社科网　　010－64070619
发 行 部　010－84083685
门 市 部　010－84029450
经　　销　新华书店及其他书店

印刷装订　北京市兴怀印刷厂
版　　次　2014 年 1 月第 1 版
印　　次　2014 年 1 月第 1 次印刷

开　　本　710×1000　1/16
印　　张　15
插　　页　2
字　　数　248 千字
定　　价　55.00 元

目　　录

第一章　文化人类学视野中的现代文学 …………………………（1）

第一节　现代文学与文化人类学 ……………………………（1）

引言 ………………………………………………………（1）

一、历史考察 ……………………………………………（3）

二、社会文化批判 ………………………………………（12）

三、以老舍为个案 ………………………………………（16）

第二节　老舍与东西方文化 ………………………………（22）

引言 ………………………………………………………（22）

一、文化选择 ……………………………………………（24）

二、文化人格建构 ………………………………………（34）

第二章　现代哲学视野中的现代文学 ………………………（41）

第一节　“五四一代”与“个人主义” ……………………（41）

引言 ………………………………………………………（41）

一、鲁迅与胡适的易卜生观 ……………………………（42）

二、“易卜生主义”与“个人主义” ……………………（46）

三、“五四一代”之“共同信仰” ………………………（50）

第二节　梁启超、鲁迅与个体生存哲学 ……………………（54）

引言 ………………………………………………………（54）

一、不同的哲学选择 ……………………………………（54）

二、不同的问题意识 ……………………………………（56）

三、思想史及当代意义 …………………………………（60）

第三节　鲁迅与列夫·舍斯托夫 ……………………………（62）

第四节 鲁迅与马丁·海德格尔 …………………………………… (76)
第五节 老舍与乌托邦主义 ……………………………………… (85)
引言 ……………………………………………………………… (85)
一、事实关联与精神关联 ……………………………………… (87)
二、写实家与理想家 …………………………………………… (91)
三、新中国成立前与新中国成立后 …………………………… (95)
四、乌托邦情结探源 ………………………………………… (101)

第三章 比较文学视野中的现代文学 ………………………… (104)
第一节 索伦·克尔凯郭尔在中国 ………………………… (104)
第二节 鲁迅与索伦·克尔凯郭尔 ………………………… (116)
引言 ………………………………………………………… (116)
一、"众数"与"个人" ………………………………………… (122)
二、"物质"与"精神" ………………………………………… (128)
第三节 老舍研究在韩国 …………………………………… (136)
一、比较研究 ……………………………………………… (137)
二、老舍与家族文化研究 …………………………………… (139)
三、老舍与北京文化、满族文化研究 ……………………… (140)
四、其他 …………………………………………………… (143)
第四节 《四世同堂》英译与跨文化传播 …………………… (147)
一、创作 …………………………………………………… (147)
二、译介 …………………………………………………… (150)
三、删节及其动因、效果 …………………………………… (153)
第五节 老舍笔下的"日本人" ……………………………… (162)
一、"遭遇"日本 …………………………………………… (162)
二、套话"小日本" ………………………………………… (164)
三、形象谱系 ……………………………………………… (167)

第四章 现代艺术视野中的现代文学 ………………………… (172)
第一节 鲁迅与美术 ………………………………………… (172)
一、艺术趣味 ……………………………………………… (172)
二、艺术精神 ……………………………………………… (181)

第二节　张爱玲与美术 …………………………………………………… (190)
引言 …………………………………………………………………………… (190)
一、艺术取向与艺术精神的现代性 …………………………………… (191)
二、对现代绘画色彩的巧妙运用 ……………………………………… (203)
三、对现代绘画手法的深层把握 ……………………………………… (211)
四、与西方现代主义思潮的精神关联 ………………………………… (220)

第一章

文化人类学视野中的现代文学

第一节　现代文学与文化人类学

引言

文化，无时不在，无处不在。没有超脱于文化网络的真正意义的人，也没有离开人的文化。人是文化的动物，研究人、了解人，首先就要研究文化。美国一位人类学学者曾说过这样意思的话：打喷嚏乍看起来像是纯粹生物学现象，但从中也发展出一些小风俗，譬如，说一句“对不起”或“多保重”。不同文化的人，或者同一社会不同阶层的人，都不会以绝对相同的方式打喷嚏。所以说，打喷嚏是在某种文化网络中结成的生物行为。所以，要指出哪一个活动不是文化的产物几乎是不可能的。这就是人与文化的关系，从某种意义上说，人是文化的动物。

作为精英文化人的文学艺术家更是无时无处不生活于这种“先在”的文化环境之中，并反过去参与整个文化的创造。我们坚信任何一个特定时代的文学艺术总是该时代各种文化合力共同作用的结果。中国现代文学当然也不例外。那么，是一种什么样的文化环境和文化氛围促成了中国现代文学的生成与发展并最终决定了它的整体面貌，这正是我们所关心的课题。中国现代文学的生成、发展与繁荣绝不是一个孤立的文学现象，它的文化背景和文化动力到底是什么和到底来自何处？为此，我们力图“复原”中国现代文学的文化背景，以期近距离地观察该时期文学的基本状态。正是一个物象的背景彰显出该物象的具体存在状态。通过文学的文化背景研究，我们将时时意识到法国学者丹纳所言“艺术家的工作还有同代人的协助”一语的深刻性。艺术家总是处在不同的文化环境和文化氛围的包围之中。

然而，在以往的文学史研究中，我们往往过分重视文学的政治社会背景，对于文学的文化背景的研究重视不够。每个时代都有它自己的文学史，因为历史总是被当代性的眼光所照亮。在近些年来，文化研究越来越引起文学研究界的重视，甚至在几年间形成了一个“文化热”浪潮。这就不能不影响到中国现代文学研究，采用文化的视角和方法对以往的文学史现象进行重新研究和评价，一时间成为一个学术选题热点。而当代性的眼光也是多元的，可以相信，以文学的不同背景为参照系可以写出各种不同的文学史，文学史的写法绝不仅仅只有一种。这些不同的文学史将构成综合互补，共同丰富和完善文学史写作的多元格局。

文化人类学就是中国现代文学的一个重要文化知识背景，也就是说，文化人类学或深或浅，或显或隐地参与了中国现代文学的创造。不过，虽然近几年来文学的文化研究颇显出一些热闹，但真正将文化人类学视野纳入中国现代文学研究的成果尚不够多，也不够深入细致。为了避免论述的空疏，我们仅以此二者之间的互动关系为研究对象，着力透视中国现代文学家对于文化人类学的直接或间接译介、研究、关心以及趣味等对于他们各自的文学思想、文学创作以及文学思潮、流派的影响或暗示作用。

为了研究的清晰与方便，我们现在将文化人类学的概念以及在本书中的用法进行一个一般性的梳理。文化人类学是人类学的一个极为重要的分支学科，为了搞清它的来龙去脉，首先对于人类学的概念作一个解释。人类学的英文拼写是 Anthropolgy，语源来自希腊文，指研究人的科学或关于人的研究。英美国家视人类学为研究人类体质和文化的综合学科。《美国百科全书》的解释是：人类学是从生物学的观点和文化的观点来研究人类。涉及把人类当作一个动物部分的人类学称体质人类学；涉及生活在社会里的人类所创造出来的生活方式那部分的称为文化人类学。后来对于人类学的定义形成了广义和狭义之分。广义的人类学包括体质人类学和文化人类学；狭义的人类学则专指体质人类学。一般说来，英美是广义的，而欧陆是狭义的。我国著名人类学家林惠祥早在 20 世纪 30 年代就思考过人类学的定义，他说：“人类学是用历史的眼光研究人类及其文化的科学，包括人类的起源，种族的区分以及物质生活、社会构造、心灵反应等原始状态之研究。换言之，人类学便是一部人类自然史，包括史前时代与有史时代以及野蛮民族与落后民族之研究；但重点是在史前时代与野蛮民族。”本书涉及的主要是文化人类学部分，并且由于中国现代的文化人类学是从西方接受而来，所以，在许多时候，人类学、文化人类学、社会人类学、人学、民俗学、民族学等存在着明显的交差和混用现象。

中国人和中国文化的近代命运是悲剧性的，这是由于它是被抛入世界的，它的现代化是被植入的。但无论这是一个多么痛苦的过程，它都使中国人走出了自足封闭的东方超稳定文化模式。当中国人从漫长幽暗的历史隧道中跨入近代，睁开蒙眬睡眼，在与文明“他者”的比较视野中，中国人迎来了“人的意识”的觉醒和“国民意识”的觉醒。欧风美雨的浸染使中国人第一次意识到自己是“人”，是一个民族的“国民”。然而，紧接着的问题是：我们是什么样的“人”？是什么样的“国民”？于是，在东方新文明初露时节，中国人的首要历史课题就是确认自身的存在坐标，确立我们在“世界人”、“世界国民”中的位置。在这种中国人力图完成自我认识的近代浪潮中，西方近现代（民族国家）文明为我们提供了第一个认识参照系，而尚存留于世界各地的原始土著文明就自然成为我们测量自身文明地位的第二个认识参照系。在中国近现代文化人那里，这第二个认识参照系的架设更多的是从西方人类学那里获得的强大文化助力，因为早期人类学正是以原始初民即野蛮人及其文化为主要研究对象的。早期人类学泰斗的文化人类学研究之目的便是要寻一条基线，沿着这条基线来推断文明的进步与退化。根据每一民族接近于野蛮或文明生活的程度，安排于两个极端之间。急于完成民族自我认识的中国近现代文化人当然需要这样一条基线。

一、历史考察

中国近代文学伴随着人的意识及国民意识的觉醒而生成，并逐步在以后的文学发展中深化着这两种意识的觉醒。正因为如此，我们就不会不理解近代文学家对世界各地原始初民的特殊兴趣了。首先引起我们关注的是在近代的重要文学杂志《小说林》、《新小说》、《月月小说》上所连续刊出的有关世界各地蛮人风习的图片资料。我们认为，所有这些图片都绝不能仅仅认为是近代文学家、编辑家的一种无聊的猎奇，在这里，它是被作为中国人自我认识的一个重要参照系而出现的。因为他们抬头仰望的是文明，似乎很高远；而低首俯视的是野蛮，倒似乎极切近。

在丁未年11月号的《小说林》上专门设有“蛮人风俗”栏，仅第517期就刊有以下有关蛮人风俗的图片：“纽其阿奈酋长之装饰”、“澳洲土人之盛装”、“马尼剌人之女子”、“乌尔其之土人”、“毛尔亚酋长之夫人”等。这绝非偶然，《新小说》杂志也在第7号特设了“暹罗风俗”栏。中国近代文人对土人的这种广泛持续性兴趣，说明他们在这些土人与吾国吾民之间寻到了一种联系、一种对比。到《月月小说》附第21号就刊出了“滇省常见之石碑”图片，大概是作为原始图腾崇拜的遗迹而出现的。在这里，近代文人墨客已自觉或不自觉地把吾国吾民与原始野蛮人相比较了。他们在这种比较中首先发现的是中国人、中国文化的蛮性遗留。《月月小说》第1年第6号刊登有“澳洲新西兰土人”，到第2年第8期就刊出了吾国“乡人崇拜野林神之偶像”。贯称文明古邦之文明人而今居然有勇气把自身与蛮民土著相提并论，这不能不感谢早期人类学对世界各地野蛮土人的考察与研究。它为中国人的自我认识提供了一个意想不到的参照系，大大深化或加速了中国人的自我认识层次与速率，从而尽早敲碎了泱泱中央帝国几千年的酣梦。

《月月小说》第6号“寓言小说”栏刊有署名“中国老骥”的小说《大人国》，是一篇中国近代的《格列佛游记》。它始写航海至大人国，接着写到了蛮人、土人以及他们的酋长。作者戏言不敢对大人国的一切妄下结论，而当“留以质人种学家”。由此也可见出，当时的文学界对人种学、人类学并不陌生。

光绪三十二年9月出版的《月月小说》“社会小说”栏刊载了署名“燕市狗屠”的小说《中国进化小史》，开头这样写道：“咳！世界上没有不进化的人民，就是没有不进化的国家，……要晓得进步是由野蛮而之文明，……这文明一定是胜于野蛮了。”这种表述典型受到进化论和早期人类学的影响。近代文人作家正是要从野蛮而至文明的进化阶梯上确定我们民族自身的存在位置。我们不要忘记以后对现代思想文化产生重大影响的蔡元培早在1905年就译介了日本的《妖怪学讲义》，周氏兄弟也早在留日时期就对西方早期人类学发生了浓烈兴趣。我们确信，所有这一切都是出于近代以来的国民自我认识要求。

梁启超早在《新民说》叙论中就说：“未有其民愚陋怯弱涣散混浊而国犹能立者。”言下即承认吾国民为愚陋怯弱涣散混浊之民。这颇能代表当时先进文化人对吾国吾民之认识水平。其“最大贡献在于指出中国民族缺乏西洋民族的许多美德”，“却有野蛮土人的许多陋德”。[1] 在这里，现代文明人与原始野蛮人已成为中国人自我认识的两个重要参照坐标，而这后一个坐标正是受早期人类学之惠。

历史迅速由近代导入现代，早期人类学又自然成为新文学运动的一个重要文化助力。我们知道，西方早期人类学始初深得进化论之惠，而“五四”时期进化论在中国深得人心，人类学深得吾人钟爱也极易于理解。正如近代一样，人的意识、国民意识的进一步觉醒是人类学在中国被接受的内在精神动力。

让我们从《青年杂志》谈起，该刊第1卷2号有通信说：“李石曾先生现译南逵博士之‘人学’一书，他日刊布吾国，必能唤醒一般醉心军国主义功利主义者之迷梦。”可见当时对人类学已有较详细的译介。陈独秀关于中国文明未能脱古代文明之窠臼名为近世其实犹古之遗的论断也正受惠于早期人类学家尤其是弗雷泽的“遗留物”说。[2]《新青年》第2卷第2号刊登了马君武译介的《赫克尔之一元哲学》一文，其中第1章即为“人类学”。第5号所载陶履恭《人类文化之起源》一文的结尾部分说此学说说有助于“唤醒吾人也”。第5卷第3号载杨昌济由威斯达马克《道德观念之起源于发展》译述的《结婚论》，其中例数“锡兰之威达种人”、“澳洲土人之风俗”，并指出这些均为“人类学者所举”。正是在这样一种文化氛围中，才有了刘延陵的《婚制之过去现在与将来》、胡适的《贞操问题》，才有了鲁迅的《我之节烈观》等。也正是在这样的文化背景下，才有了胡适的《文学进化观念与戏剧改良》，甚至包括周作人的名文《人的文学》。

《新青年》还同《民俗》杂志等共同掀起了一场广泛的社会风俗调查狂潮。《新青年》第7卷第5号“社会调查”栏发表了萧澄的《山西底正西一部分的社会状况》，其中包括宗教、迷信、风尚、婚丧礼制等项。同期所载周建人《绍兴的结婚风俗》说中国“现在正在黑夜中间，要有光明，只能说等候将来了”。这种接近民俗学、人类学的社会调查的目的正是在于“知道吾国社会”的好处与坏处，并且已经意识到应当“先从乡

① 胡适：《四十自述》，上海亚东图书馆1933年版。

② 陈独秀：《法兰西人与近世文明》，参见《独秀文存》，安徽人民出版社1978年版。

村生活、农村生活方面着手”。[①] 在这样的文化背景下，胡适抛出了他的《我们对于丧礼的改革》等文。

自 1918 年 2 月 1 日开始的由“征集歌谣”为先导、以“五四”新文学运动的早期倡导与先行者为主体的民俗学运动也加入这一狂潮之中。1921 年，上海的《妇女杂志》特别设立了“民俗调查”栏。1923 年，北京大学成立了“风俗调查会”。这些都极大地深化了中国现代人对吾国吾民的认识水平。在此需要特别指出的是：在中国现代，“民俗学”、“文化人类学”、“社会人类学”等概念是同一的，即存在着明显的混用现象。早在 20 年代，周作人就认为：民俗学或者称为社会人类学，似更适当，日本西村真次著有《文化人类学》，也就是这种学问的别称。[②] 陈锡襄也在他的《民俗学试探》中认为，在中国首先提出“风俗学”的，是张竞生，“而他大概是受法国人类学家列维—布留尔的影响”。[③] 到 30 年代，致平还仍把人类学家佛莱则称为民俗学泰斗。在 1942 年由正中书局出版的朱云影的《人类性生活史》中也仍将弗雷泽称为伟大的“民俗学家”。所以在我们的论述中是将民俗学、风俗学、文化人类学，视为同一概念而被总涵在文化人类学之下的。

著名的《歌谣》周刊在 1922 年的《发刊词》中说：“我们相信民俗学的研究在现今的中国确是很重要的一件事情。”是的，蔡元培早就有“国家之兴替，视风俗之厚薄”之说。早期的“歌谣征集”运动也绝非仅作为纯文学形式上的考虑，而是把歌谣视为“民族心理的表现”的。[④] 他们之征集歌谣，一方面力图以此与传统正统文学求得抗争；另一方面也是出于认识我“民族心理”之需求。因为他们当时已经认识到：“调查野蛮民族”就可以明了“文化愈进步，歌谣愈退化”，“越是野蛮民族歌谣越发达”。[⑤] 在这里，歌谣也成为他们测定吾民族“进步”抑或“退化”的一个标尺。《歌谣》周刊还在 1923 年 5 月 14 日召开筹备会，修改并通过了由张竞生拟定的“风俗调查表”，于同期发表的“会员启事”说：“风俗为人类遗传性与习惯性之表现，可以觇民族文化程度之高下。”并指

---

① 陶履恭：《社会调查（一）·导言》，见《新青年》第 4 卷第 3 号。

② 周作人：《雅片祭灶考》，见《谈虎集》，河北教育出版社 2002 年版。

③ 见 1929 年 5 月 8 日《民俗》第 57、58、59 期合刊号。

④ 见《歌谣》第 11 号《讨论》。

⑤ 见《歌谣》第 3 号，《我们为什么要研究歌谣》。

出：“晚近以来，欧西学者于此极为重视。”所有这一切都极大地深化了文学对中国国民性的认识层次，并在一定程度上影响了当时新文学革命的总体形貌。

正是在这样的广阔的文化人类学背景下，仅在1920—1921年，少年中国学会就在北京连续举行三次宗教问题讲演大会。扮演新文学运动重要角色的周作人、梁漱溟都被吸引参加。《少年中国》也接连推出三期“宗教问题专号”。我们知道，对原始初民宗教信仰的研究正是早期文化人类学所热衷的。1921年，在《少年中国》第3卷第4期上载有谢循初译《原人心理》，开兴说：“人类学一种主要的目的，是研究人类在不同的环境下所产出不同的心理。”而“文明人与原人思想与行动不同，即是不在同一环境的人心活动不同。判断缺乏逻辑，意志缺乏约束，可说是原始社会中两大特点”。译者当时由原人心理肯定联想到吾国民心理，这也正是他之选译《原人心理》的最初动因吧。难道我们所缺乏的不正是现代文明人的逻辑判断和意志理性，而我们所拥有的不正是原人的某些初民心态吗？谢氏的这部译稿特别强调“古民遗风”对当今社会思想之影响。指出：“我们平常生活，大概为风俗习惯所支配。”这极大地影响了中国文学对吾国民性民族性的深入探讨。

到20年代末，随着文化人类学在中国的广泛译介与切实研究，它越来越成为笼罩文人作家的一个重要知识背景。

1928年，现代著名民俗学、人类学家江绍原所著的《发须爪》一书由上海开明公司出版发行，在文学界引起了强烈反响。赵景深说：“《发须爪》是中国第一本应用人类学的方法研究迷信的书。”[①] 该书的发行广告称它“阐明了中国礼教之迷信的起源”，周作人更是将它列为“青年必读书之一”。鲁迅也曾给予极大关注。

文学界对《民俗》杂志也非常重视，那么，它到底又是一本怎样的刊物呢？在第1期发表的“发刊辞”中，该刊表述了它力图揭示与传统圣贤文化相对立的大众文化真谛的立意。“我们要探检各种民众的生活，民众的欲求，来认识整个的社会。”并立誓发掘埋没几千年的“民众信仰，民众习惯”。同期所载何思敬的《民俗学的问题》说：“民俗学的研究，包括未开化民族及所谓文化民族所保存着的一切传统的信仰，风俗，

① 见《文学周报》第327期（1928年7月29日）。

习惯”等。对这些进行收集比较可“以供人类学者使用”。并指出：“当初，民俗学会的会员中有人类学家泰勒。”他“以研究‘原始文化’闻名于世”。该文还对泰勒的人类文化“残存物”（也称“遗留物”）研究给予高度重视。倡导中国的民俗学研究“要一点人类学的帮助”，要有勇气去“寻觅比青铜器更古，和石矢同古的观念之陈迹”。由此可见，《民俗》杂志从最初起就是自觉在文化人类学的理论框架下开展工作的。在《民俗》周刊影响下，当时文化界对原人心理表现出了极大的兴趣。1929 年，在《民俗》第 56 期又发表了崔载阳的《初民心理与各种社会制度的起源自序》，指出：该书材料大多取自法国人类学家尼威拔卢（现通译列维—布留尔）先生 1927 年发表的《原始的灵魂》。1928 年，《民俗》第 6 期首篇刊登何恩译《母亲制度与父系制度之探究》，特表明其中多援引“美国有一个人类学家及社会学家莫根”，“考察北美洲印第安人的情形”。并且承继近代小说杂志的传统，用图片的形式大量介绍世界各地蛮人生活及信仰。仅 1928 年第 6—10 期，该刊就刊载有：“预兆的占取”（婆罗洲）、“驱邪”（北印度中的森术及奴水部族）、“土人的哀悼”（缅甸安达曼岛）、“地上画图腾的仪式”（中澳州的北部部落）、“旧派的酋长”（新西兰岛）、“叶衣”（南印度）、“入社仪式”（澳洲亚兰塔部族）、“结婚礼”（菲律宾人）、“收获蕃宇的跳舞节”（南太平洋拉尼西亚岛），“求雨”（非洲北部苏丹国）、“尧族人的跳舞”（南阿非利加洲）、“年终的祭日”（安南）等有关蛮人生活及信仰的图片。到第 15、16 期合刊就刊有中国福建泉州的“节孝坊”及福建漳州的“子孙娘娘庙”图片。连当时的《太白》文学半月刊也专门辟有“风俗志”栏，在 1934 年就刊有“柳江上游的歌谣节”和“吃人的野蛮人”等。正是文化人类学使中国现代人发现了中国传统文化的原始性。他们从文化人类学那里获得了一种新的眼光，自觉地把中国乡村社区的习俗信仰与世界各地初民的原始信仰联系在一起，这是一种何其残酷的联系啊！但唯其残酷方见出理性与热情，因为凡物事必先认识它而后改造它。

从某种意义上说，《语丝》杂志的特有风采也正是这个文化人类学背景所赋予的。1927 年第 152 期《随感录·五四》发表了叶正亚的《酋长思想与捧》一文，作者首先判定“中国人是最崇拜英雄的”，并认为“这种崇拜英雄是古风，发源于酋长思想。这是野蛮未开化的时候”。可是“初不料在我们中国的现在，还存有这种未开化的，野蛮时代所遗留的习俗、信仰”。这种社会文化分析很显然是著名人类学家泰勒式的。的确，在我华土之邦此类“古之遗风”也太普遍了。该刊在第132期刊出的贺昌群的《徽园菜》一文，则用四川乡俗去印证人类学家弗来则博士的《金枝》：“野蛮人相信用了性行为的仪式可以促进稻麦果实的繁衍。”在第150期《随感录·四七》又发表了房密的《野蛮民族的礼法》，文中说：三年前阅弗拉塞所著《普许黑的工作》，联系中国现状才知道“那些实行男女隔离的模范礼法的是苏门答腊的土人们啊!”在这些作者看来，文化人类学早期所倾力考察研究的野蛮土族文明与吾国吾民亦仅隔一墙尔!

在这种文化人类学知识背景的笼罩之下，继江绍原的《发须爪》之后，出版界接连出版了一大批有关民俗学、人类学、宗教学、神话学等方面的专门著述。仅1929年就出版了茅盾的《中国神话研究ABC》（世界书局）、贾逸君的《中华妇女缠足考》（北平文化学社）、崔载阳的《初民心理与各种社会制度之起源》（中山大学）、容肇祖的《迷信与传说》等。到1932年，又有胡愈之翻译的《图腾主义》（开明）等书出版。1933年郑振铎的《民俗学浅说》（商务）、1934年林惠祥的《神话论》、《民俗学》（商务）等也相继出版。1936年又有李安宅的《巫术与语言》、《巫术宗教科学与神话》等著译出版。

1933年创刊的因孙福熙主编的《艺风》杂志在第2卷第12期特别开设了“人类学、考古学、民族学、民俗学”专号。1932年7月30日天津《大公报》“现代思潮”副刊45期上刊出了许地山、江绍原、吴文藻、黄花节、李安宅的《编纂〈野蛮生活史〉缘起及征求同工》一文，其中所强调的仍然是泰勒的“遗留物”研究，即“着重它在所谓‘文明社会’里的残留”，“更注意现存的”。指出人类当然尤其是中国人至今仍滞留于“‘野蛮’或‘半开化’的状态”，而“真正的文化，还在将来，尚待创造”。1936年《民俗》杂志复刊号上发表了杨成志的《现代民俗学》，文中再次强调泰勒“遗留的研究”。正是在这种人类学背景下，《民俗》第101期编者在《本刊今后的话》中认为：“表面上以为中国的社会是进步了，改革了，骨子里依旧没有长进，我们为改革社会的帮助起见，有尽量搜集调查民众的迷信、恶劣的风俗，不合科学、违背风俗的行为、思想之必要。”其实，这正是《民俗》杂志的宗旨所在，也是人类学之在中国被接受之根据，同时也是文学家深得文化人类学之精神惠泽的原因。文学家从这个文化背景中获得了对中国社会及文化的新认识，他们不仅看到了社会表层的变革，更注意到国民心理素质的变更之难和“遗留物”之重。鲁迅、周作人、许地山等作家的思想深度和敏锐洞察力许多都应归功于文化人类学背景的暗示性影响。早在20年代末，容肇祖就明确指出：“人类的进化，每每是思想的进化较为急遽，而风俗习尚的进化则较为迟缓。”“我们为要改革社会，心物两方面俱是重要。”①

文化人类学在现代中国盛极一时，绝非在于其纯学术价值，而是被作为中国现代文化人的一双观察世界与中国的新眼睛，与中华民族的现代自我认识要求相契合的。30年代林耀华在《社会学界》上发表了《从人类学的观点考察中国宗族乡村》一文，可以代表中国现代文化人的普遍见地和认识水平。费孝通正是基于文化人类学立场对中国宗族乡村社会进行考察和研究的，如他对《中国农村社会团结性的研究》正是基于英国功能派人类学家马林诺夫斯基的理论框架，这也是他译介马氏《文化论》一书的潜在动因。吴文藻的人类学研究目的也在于“采用社会人类学者实地调查之方法”，“最终冀对于现代中国之创造过程，能有具体切实之设计”。如同古通今所说：“我国民俗之研究，与人类文化研究上，社会改革上，关系至大。”首先，“现代民族学家常言现代文明民族之无知识阶级里每有原始文化之特质存焉”，“我国为文明古国，以往滞留于封建社会而鲜剧烈之变化者，为时甚久，以故先民之遗迹特多，客岁奥国著名人类学家史密斯来华讲学时，即言，我国民俗之研究，将大有裨益于初民文化之研究，此言洵有至理”。② 其次，他们普遍认为，这种研究还可为“唤起民众”提供借鉴，并指出以往由于“白话文学之历史根据”而更多侧重在文学形式方面，缺乏“人类学的理论基础”。30年代中期，当李安宅在北美“西南区”租尼村印第安村落进行人类学调查时，他首先想到的是：“墨西哥因为比较的经济落后，尤与中国农民相近，所以一切设施与研究，都是人类学家的事。因为人类学是研究原始社会的科学，而原始社会便是经济落后的社会。”“所以用人类学来研究一切经济落后得社会，是再对不过的……中国以农村为基础，中国底农村又不是工业化的农村，所以用人类学来研究中

① 容肇祖：《〈初民心理与各种社会制度之起源〉序》，见《民俗》第52期。

② 见1936年11月14日天津《大公报》“科学周刊”第10期。

国农村正合适。”“国内深山远境未甚通化的初民正合乎人类学底对象。”中国现代作家对文化人类学的广泛兴趣为的就是“实在看看自己甚么样”。李安宅认为，人类学会“使我们有了因袭的评价的制度与思想系统，都可借着人类学给我们的比较研究，而立刻分出远近布景，立刻使我们添上一种新的眼光，养成一种透视力，这是人类学应该给我们的贡献。”他说，凡“打算在这个时代有世界公民的资格，有洞观内外那样新国民底训练，也应该承受这种贡献”。它可以使人“对我们自己登高一望，可以对我们自己底制度，信仰与风俗，都有一种客观的认识，……有一种大小长短比例中的认识”。[①] 这也正是中国现代文学家对文化人类学产生兴趣并乐意接受其恩泽的原因。它赋予了文学家一种“新的眼光”、现代的眼光，获得一种对自身所处文化境地的“透视力”，因为从根本上讲，现代文学同现代民俗学、人类学的终极目的是一致的，即都在于认识改造吾国吾民。中国现代文学由鲁迅开创的以某一特定地理区域为背景的乡土小说如浙东风俗派、西南乡土派等都与从宗族乡村认识中国文化这一文化人类学指向在更高层次上保持着一致性。

时代跨入40年代，在新成立的中国民俗学会影响下，国统区的民俗学运动又掀起了一个小小的高潮。同样在陕北解放区也开展了一些民俗调查及研究，洪彦霖在1942年12月16日的《解放日报》上发表了《家户之间——清涧农村风习研究》，文中说：“对农村中残留的宗族生活习俗及其嬗变的研究，对今后新民主主义社会的建设上，有极严重的意义；新民主主义社会下的家族生活应当采取怎样的形态，如何以教育方法及法律力量来去除旧习俗中的消极因素，这是我们只得研究的问题。”同时在毛泽东在延安文艺座谈会上的讲话感召下，出现了以赵树理为代表的以表现农村乡土习俗为特色的新乡土文学。

在国统区，1940年《贵阳日报》开设“社会研究”栏，发表有关西南少数民族风俗习惯的文章；1942年上海正中书局出版朱云影《人类性生活史》；1943年成都《中国民族学会十周年纪念论文集》刊发岑家梧《中国图腾制度及其研究时略》；1947年凌纯声的《畲民图腾文化的研

---

① ［英］马林诺夫斯基：《巫术·科学·宗教与神话》，李安宅译，中国民间文艺出版社1986年版。引文见该书“译者序”。

究》发表于《国立中央研究院历史语言研究所集刊》。1943年9月30日，成都《风土什志》第2卷第3期刊有著名作家李劼人的《漫谈中国人之衣食住行》；1949年《文艺春秋》第8卷第1期发表了著名作家端木蕻良的《图腾柱崇拜》，该文联系我国云南、贵州、两广、两湖、山东等地区的性崇拜习俗，认为所有这些现象都是“图腾民族时代的遗留”，这一视点是人类学的，这对其小说创作的独特性产生了深刻影响。

由于诸种原因，新中国成立后，文化人类学研究几乎一度中断，直到70年代中后期，中国文化界又掀起了一场民族自我认识的空前浪潮，文化人类学也开始复苏并很快恢复生机。在这个时期，图腾与宗教的起源、原始植物崇拜等人类学问题再次引起学术界和文化界的兴趣，民俗学、人类学方面的一些经典著述也被纷纷纳入各出版社出版计划。这股文化人类学译介及研究热潮到80年代中期汇入“文化热”，从而再次为新时期的文学创作提供了宏阔的文化背景。它与某些知青的乡村生活经历相契合开出了“寻根文学”这朵文学奇葩。他们几乎不约而同的以文化人类学眼光去探视我们民族文化生存的原生带，把笔触伸向乡村边地，力图以此为我们民族的生存方式曝光。于是出现了韩少功的《爸爸爸》、张炜的《古船》、刘恒的《伏羲伏羲》、莫言的《马驹横穿沼泽地》以及王安忆的《小鲍庄》等。他们自觉或不自觉地承继着现代乡土文学的优秀传统而又别创一格，极大地丰富了新时期文学的存在！

二、社会文化批判

中国自“五四”以来的新文学伴随着“人的觉醒”而生成并得到发展。如果说生物进化论促使我们在整个动物链中寻找自身的存在位置的话，那么，人种学、人类学则引领我们在整个人类由野蛮而之文明的漫长历史长廊中寻找自身的存在位置。进化论、人类学契合了“五四”以来中国人自我意识的觉醒，并由此而成为新文学运动的一个强大文化助力，它大大深化并提升了中国现代文化人对人、对文化的认识深度和认识层次。周作人在宏阔的文化人类学背景下，发表了对新文学运动产生重大影响的《人的文学》一文，“人的文学”一时成为一个口号、一种呼唤。“我所说的人，乃是‘从动物进化的人类’，其中有两个要点：（一）从‘动物’进化的；（二）从动物‘进化’的。”在这里，周作人首先肯定了“人”是一种生物存在，人的生物本能应当受到尊重。但“人”又是一种从野蛮走向文明的历史社会动物，所以，“凡兽性的余留，与古代礼法可以阻碍人性向上的发展者，也都应排斥改正”。这里的“兽性的余留”和“古代礼法刻意阻碍人性向上的发展者”正是文化人类学“原始遗留物”思想的典型表述。以此观之，周作人《人的文学》的两个理论支点，一个是生物进化论，一个是文化人类学。它大大深化了中国文学对“人”的观照层次。到30年代，林庚又提出“活人的文学”，正是对“五四”时代周作人“人的文学”的发展。林庚说：“我对于文学有一个要求，即是活人的文学。”“我所喜爱的文学是其中充满了人的生命力”的文学，而文学之根本“作用便是使人是一个活人”。[①] 鲁迅对“人”的非奴隶性即自主自足性的思考以及对中国第三样时代即“人”的时代的深情呼唤，无疑也是在这个广阔的文化人类学背景下进行的。试看有哪位新文学运动参与者不通晓文化人类学，鲁迅、周作人自不待言。1923年胡适在论及“新人生观”时也主张“根据于生物的科学及人类学、人种学、社会学的知识，叫人知道生物及人类社会演进的历史和演进的范围”。胡适把这种“新人生观”称之为“自然主义的人生观”。[②] 李大钊在20年代将人类学、人种学划归“与史学有较近的关系的学问”。[③] 对于很多问题，他都从“人类学家考察人类的起源”阐发而起。早在1919年，李大钊在论及道德改革时还大量征引人类学关于中央亚非利加、马来群岛以及耶士魁牟土人的种种风俗，他对牙岗人、安德曼岛人及中部澳洲土人的生活习俗也很熟悉。[④] 进而认定，“中国的姓颇与图腾近似”。[⑤] 陈独秀也常常从“非洲美洲南洋蛮族”的“自然宗教时代”论到目前急需建立的新人生观。他认为，中国目前“最大多数的人，还是迷信巫鬼、符咒算命卜卦等超物质以上的神秘”。[⑥] 他断言中国“今日‘国家’、‘民族’、‘家族’、

---

① 林庚：《我要求活人的文学》，见林庚《我与文学》，生活书店1934年版。

② 胡适：《〈科学与人生观〉序》，胡明主编《五十年来之世界哲学》，光明日报出版社1998年版，第188页。

③ 李大钊：《史学要论》，见《李大钊全集》第3卷，河北教育出版社1999年版，第355页。

④ 李大钊：《青年厌世自杀问题》，见《李大钊全集》第3卷，第404页。

⑤ 李大钊：《原人社会于文字书契上之唯物的反映》，见《李大钊选集》，人民出版社1959年版，第341页。

⑥ 胡适：《〈科学与人生观〉序》，胡明主编《五十年来之世界哲学》，光明日报出版社1998年版，第188页。

'婚姻'等观念，皆野蛮时代狭隘之偏见所遗留"。[①] 在这种文化人类学背景下，鲁迅、钱玄同进而有了"世界人"的观念。在中国现代诗歌、小说以及文学评论中，"人"、"人类"都是常出现的字眼。在文学创作中，人不再是一个礼教的符号，而是一个肉体的、文化的、社会的、历史的丰富存在。这种文学倾向由于与传统文学形成了强烈对抗而在现代获得了充分发展。傅斯年早就号召人们去"开辟人荒"。文化人类背景下的"人的觉醒"使现代文学对"人"的揭示层次获得了前所未有的深度。

"五四"时期伴随着"人的觉醒"的是"国民意识"的觉醒。梁启超在近代就提出"新民说"，并自号"中国之新民"，又号"新民子"，他创办的杂志也称《新民丛报》。要"新民"必先"识民"，这就是"国民意识"的觉醒，它带给文学的正是贯穿整个新文学始终的国民性改造课题。应当说，国民性问题本身就是一个文化人类学研究课题。所以，中国新文学中的国民性改造自始至终都受到文化人类学的强大文化暗示，并最终使中国新文学中的国民性批判与改造越来越具备了文化人类学的自觉，从而大大提升了中国现代文学中国民性批判问题的认识层次。

费孝通在40年代介绍马林诺夫斯基的人类学著述时，在为一本书所写的"译序"中曾说："盖文化之看法"将"直接影响国民性格之倾向"。所以，他之译《文化论》，"其意义当不止于纯粹学术之兴趣而已"。中国现代文学家对文化人类学的广泛涉猎终将影响他们对中国"国民性格之倾向"的认识。早在1924年，著名作家郑伯奇就提出："国民觉醒了以后必对它自己先下一番研究功夫。"并依此提出"国民文学"的口号，认为"国民文学以国民生活为背景"，同时也"同样是中国国民自觉后的一种反省、研究或自己解剖的运动"。国民意识觉醒是人的觉醒的一个必然结果，因为在他们看来，"一国民也如一个人一般是个生命的持续体"。所以，强调"国民文学家固要研究国民生活"，更要研究"各地方之风俗"。[②] 郑伯奇的"国民文学"与周作人的"人的文学"成为中国新文学发展的一套双架马车，它引领着中国新文学在时间隧道中奋勇前行。它们分别来自于现代"国民意识"和"人的意识"的觉醒，又在一定程

① 陈独秀：《钱玄同〈中国今后之文字问题〉后附言》，见《新青年》第4卷第4号，第356页。

② 郑伯奇：《国民文学论》（下），原载《创造周报》第35号（1924年1月6日）。

度上总源于文化人类学等文化、知识背景。

文化人类学在现代中国恰恰契合了我们民族的自我认识要求，许多作家也因此从这里获得了一双新眼光，从而大大垫高了中国新文学对自身民族文化的认识层次。首先，以早期文化人类学的“遗留物”思想探视中华民族的生存困境，使中国新文学中的国民性问题探讨无不具备这一特点。其次，他们从文化人类学那里获得了大量有关蛮民土著文化和生活习俗等方面的资料，并以此与尚留存于中国现实中的野蛮风俗习惯进行平行比较，为中国现代的民族自我认识提供了又一个价值参照系。时代迫使中国人在文明与野蛮之间确定自身的存在坐标。正是通过这一个参照系，中国现代人发现了我们自身的原始性与野蛮性。这一点使中国现代文化人的传统文明批判具备了强大的杀伤力。周作人论证中国旧戏当废只需将中国旧戏与野蛮戏作一简单类比就够了。傅斯年力主废除汉字道理也仅只一条：“中国文字的起源，是极野蛮”的。鲁迅在论及中国人的恶德弊俗时也常以“我们还是苏门答腊的土人啊”的方式作结。在这里，批判可能并不具备科学的理性，但任何一场文化变革都包含有非理性的成分。这种国民性探讨延续至今，在新时期又因重新获得了文化人类学之助力而显示出异样的风采。

由于时间、资料所限，作为一个论题，“中国现代文学与文化人类学”还只能说是一个粗略的“论纲”，很多问题仅点到为止，还有很多问题有待于进一步展开。还有众多作家尚未纳入我们的研究视野，比如乡土作家黎锦明曾积极参加现代民俗学活动，并在“风谣学会”开设的《民俗周刊》上连续发表《民俗与艺术“通讯”》。他的部分小说也因此显示出独特的神采。小说《复仇》的开头这样写道：“板桥驿没有什么值得欣赏的，除开那里一种崇古的风尚。房屋的年岁都在一纪以上。”“山腰矗立着一座传说有六百年历史的古塔。居民个个稔熟这塔的历史，他们是传统的乐观者，世界上莫测的变幻似乎始终是漠然，只这塔算是崇拜信仰的中心了。”“人民心目中都印着这塔的神异。种种异常的自然现象，他们都附会在塔上——传为许多谈屑。”这种似乎游离于小说艺术构思之外的说辞，实在是为了向读者提供一个民俗背景，从而昭示出作家小说创作的民俗学、文化人类学自觉。

另外，文化人类学背景与中国新文学的思潮流派关系也甚大。“五四”时期，在文化人类学、民俗学理论框架下进行的大规模民歌征集活动也在很大程度上决定了中国新诗最初的形貌。文化人类学重乡间考察、重“乡土研究”的学科倾向也极大地影响了中国新文学中“乡土文学”的生成与发展，从现代的浙东风俗派，西南乡土派到新时期的“寻根文学”，莫不如此。鲁迅之开创中国现代乡土文学与他对日本“乡土研究”的关注也不能说无丝毫精神联系。正是中国现代乡土文学一开始就具备了文化人类学自觉，才使它具备了向民族文化原生带潜沉的可能与勇气，从而显示出异样的神采与深度。文化人类学背景还对中国新文学的文学批评起了一种强大的文化暗示力量，朱自清、茅盾、闻一多等人的某些文学批评文字都可以在这个文化背景下得到较为充分的认识。

通过这种研究我们未尝不能写出一部别具一格的新文学史来，作为文化人的文学家开阔的灵魂永远是向外界打开的，他无时无处不吸收着各种文化潮流所给予的营养。文学史研究不仅是纯文学的研究，它更是中国现代文化史、精神史、心态史的研究。在这一点上，现代接受学也能给予我们许多的启示。正如苏金所说：文学俱乐部、书店以及书市、出版家，都应被看作文学史的基本因素。

三、以老舍为个案

作为中国现代文化人，老舍和他的同代人拥有一个共同的文化背景，正如他们拥有一个共同的星空，而文化人类学正是这星空中一颗闪亮的星座。老舍的文学世界是中国现代民族自我认识浪潮中的一朵浪花。文化人类学为中国现代文化人提供了一双有穿透力的新眼光。老舍并不回避这星座的光。他对国民性问题探讨的深度，对中国现代社会与文化的洞悉，对中国人情感心理的把握，以及从其文学世界中透露出来的独特的民俗志倾向，甚至包括其文艺学思想，都与他对广义的文化人类学的广泛涉猎有关。

老舍对文化人类学的接触更多的来自其他文化人的影响。丹纳认为：任何艺术家的工作都离不开同代人的协助。老舍作为一个作家，总是自觉或不自觉地处在特定文化氛围的包围之中。周围弥漫的文化空气很容易对作家产生无形的精神暗示力，并成为他的第二自我。

著名作家、文化人类学家许地山对老舍的思想与创作产生过重要影响，老舍把他看作自己“最好的朋友”、最好的“师”。老舍与许地山相识于20世纪20年代初期。当时老舍还“只是个中学毕业生”，而许地山“已经在燕大毕业而留校教书”，“很有学问”。老舍很“佩服他的学识”。

许地山“除各种宗教的研究而外，他还研究人学、民俗学、文学、考古学”。老舍常“请他闲扯”，听他“滔滔不断地讲说学问”。许地山能“由男女恋爱扯到中古的禁欲主义，再扯到原始时代的男女关系”。从许地山身上老舍最早接触到一些文化人类学知识，他非常珍惜这种学习机会。1921 年，23 岁的老舍与许地山、白涤洲等人一同加入了宝广林组织的“率真会”和“青年服务部”，常常在一起研讨教育、文学、宗教以及改造社会和为社会服务问题。这对老舍早期思想的形成产生了关键性的影响。1923 年秋许地山离京赴美，专攻宗教史及宗教比较学。他兴趣广泛，笃信好学，出国后为自己开列的研究项目包括：人类学研究、民俗学研究、中国服装史研究、中国道教史研究、佛与道的比较研究等。可以看出他恢宏的气度和包容多学科的勇气，虽博杂但以广义文化人类学为中轴。这不是他的象牙之塔，他要借用文化人类学视角通过学科综合达到对中国文化、中国国民性的总体把握。一年之后，他转入英国牛津大学的曼斯菲尔学院专攻宗教史、民俗学、人类学。英伦两年，他整理完成《道教史》写作提纲，十篇宗教研究论文均在两万字以上。1924 年 9 月、10 月他还以《道家思想与宗教》为题参加由伦敦大学东方学院与英国社会学会联合举办的“帝国宗教大会”。该论文在人类学基本理论框架内广泛涉及基督教、佛教、道教、伊斯兰教、祆教以及非、澳洲多种原始宗教，会后被收入由 Duckworth 书店出版的《帝国的宗教》一书。当时在英国伦敦大学东方学院任华语讲师的老舍有幸与许地山谋面并同住，他们还经常在伦敦街头展开聊天竞赛。正是这位精通文化人类学的师友引领老舍步入文学殿堂，鼓励他把初写的小说寄给国内的《小说月报》主编郑振铎，并特意关照老舍尤其要注意北平风俗的描写，因为在人类学、民俗学看来，生活中的风俗民情正蕴含着民族文化的深层密码，风俗是步入文化的首要通道。老舍文学世界中浓重的北平风俗志特点不能不说与文化人类学的精神暗示有关。

为了认识民族的自我，在文化人类学的影响下，中国现代文化人非常注重民俗学的研究。在“五四”前后就由《新青年》、《民俗》、《歌谣》等刊物共同掀起了一场空前的民俗研究与民俗调查热潮。其目的在于“知道吾国社会”①。1921 年上海《妇女杂志》也特设“风俗研究”栏，

① 周作人:《鸦片祭灶考》，见《谈虎集》，河北教育出版社 2002 年版。

1923年北京大学成立风俗调查会。《歌谣》周刊在1922年的发刊词中说："我们相信民俗学的研究在现今的中国确是很重要的一件事业。"蔡元培早就有"国家之兴替，视风俗之厚薄"之说。在《歌谣》周刊1923年5月14日召开筹备会，拟定"风俗调查表"在同期发表的会员启示中说"风俗为人类遗传性与习惯性之表现，可以民族文化程度之高下"。可以说，文化人类学极大地深化了现代文化人对中国国民性的认识层次。在现代中国人的生存中发现了原始的遗留。老舍不仅看到了社会运动之波表层的新变，更注意到国民心理素质的非变因素。20年代末，容肇祖明确指出："人类的进化，每每是思想的进化较为急遽，而风俗习尚的进化则较为迟缓。""我们要为改革社会，心物两方面俱是重要。"[①] 在这个风俗研究与调查热衷，北平风俗也受到关注。仅就二三十年代来说，1927年北平《晨报》开始连载《燕京旧俗志》。稍后有苏钦孺《北平市的庙会》、《北平的旧历年关》、《北平宗教》等系列文章，不久又有周恩慈《北平婚姻礼俗》、王纯厚《北平儿童少年生活礼俗》、权国英《北平年节风俗》、郭兴业《北平妇女生活及其迷忌》等著述出现。此外，还有商务版的《北平风俗类征》、北平研究院的《北平岁时感》、双肇楼铅印《京津风土丛书》、燕归来籍铅印《燕都风土丛书》等。金受申还曾在《立言画刊》等许多报刊上发表了数以百计的有关北平风俗的文章。这正是老舍写作以北平市民社会为题材的小说的文化背景。我们认为，正是这个背景对老舍小说的风俗志特点起到了某种程度的暗示作用。老舍把许地山早期对他的指点贯彻在他整个文学生涯中。老舍的创作努力以北平风俗审视北平文化，进而又以北平文化映照整个中国文化。老舍虽没系统研究文化人类学，但文化人类学的眼光使他具有了对中国文化、中国心理钻研的穿透力。

在中国现代，民俗学、文化人类学、社会人类学、人类学（有时称人学）等都是混用的。20年代，周作人认为：民俗学也可称社会人类学及文化人类学。在中国最早提出风俗学（即民俗学）的大概是张竞生，是"受法国人类学家列维·布留尔的影响"。[②] 到30年代，致平仍把人类学家弗雷泽称为民俗学泰斗。在1942年正中书局出版的朱云影《人类性

---

① 容肇祖：《初民心理与各种社会制度之起源》序，《民俗》第52期。

② 见《歌谣》第11号《讨论》栏。

生活史》中，仍将弗雷泽称为民俗学家。不光有此概念的混用，而且诸如神话学、民族学、宗教学等也都总涵在人类学的大框架下。本书中出现的文化人类学是一个外延较广的普泛概念。

从《二马》意在“比较中国人与英国人的不同处”，并重在揭出“过去的文化”的遗留、“背后几千年的文化”的遗留[①]，到《四世同堂》立志为中国文化照“爱克斯光”。文化人类学的眼光始终伴随着老舍的整个创作历程。它是中国现代民族自我认识与自我批判总主题中的伟大诗篇。老舍常能从表层的新变中看出历史的“鬼影儿”。北平人大多依照传统的惯性生活着，偶尔有点新思想也“必须向那个鬼影儿道歉”。在每个北平人背后都矗立着“一堵墙，推开它，那面是床帏桌椅，炉火茶烟”[②]。老舍以风俗志为特色的国民性探索在这里具有了文化人类学的“穿透力”。这除了许地山的影响、指点与暗示外，还应当提到一个人，那就是郑振铎。

老舍写于英国的小说《老张的哲学》就是经许地山推荐给郑振铎并在他所编辑的《小说月报》上发表出来的。1927 年两人第一次在伦敦会了面，成为好友。1930 年 3 月老舍取道新加坡抵达上海，在郑振铎家一住就是半个月，在郑家他完成了《小坡的生日》的最后两万字[③]。作为中国新文学运动的积极参与者与建设者的郑振铎也具有文化人类学知识背景。20 年代编辑《小说月报》时他就曾被弗雷泽的《金枝》迷住，藏有原文本和节本多种，并想译这部大书。他认为，野蛮社会的遗留和信仰在今日也还在文明社会里无意中保存着。我们的社会，原来还是那么古老的一个社会！原始的野蛮的习惯，其“精灵”还是那么顽强地在我们这个当代社会里作祟着。在《蛮性的遗留》一文中他指出：“原始社会的‘精灵’是那样的一代一代的老在玩着那一套的把戏！——虽然表面上是已戴上了比较漂亮的假面具。”在老舍的文学世界中，在北平人生存的深处涌动着的是远古的泉脉，从表层切入深层，从当代揭出历史，从风俗看见文化，从文化探测心理，是老舍国民性探索的特点。他如此注重底层社会，一方面当然与他的生活阅历有关；另一方面也可看作一种文化人类学

① 老舍：《我怎样写〈二马〉》，见《老舍全集》（16），人民文学出版社 1999 年版，第 173 页。

② 老舍：《离婚》，见《老舍小说经典》（二），九州图书出版社 1995 年版，第 25 页。

③ 高君箴：《一个难忘的人》，见《新文学史料》1978 年第 1 辑。

选择。因为在人类学家看来，底层社会的文化风俗更具有恒定性，传统的遗留物堆积更厚更深。早在1919年郑振铎就在《新社会》发刊词中指出："我们改造社会的方法，是向下——把大多数中下级的平民的生活、思想、习俗改造起来。"

老舍认为"所谓文明者"，"不过就是能尽心智去解决切身的问题而已"。不能"任着某种自然势力兴灾作祸"，否则"人类必始终是穴居野处"。① 而所谓文化也就是"一人群单位，有他的古往今来的精神的与物质的生活方式"，"教育、伦理、宗教、礼仪，与衣食住行，都在其中"。这与早期人类学泰勒的文化定义如出一辙。泰勒认为，文化或文明是一个复杂的整体，他包括知识、信仰、艺术、道德、法律、风俗以及作为社会成员的人所具有的其他指一切功能和习惯。马林诺夫斯基论及文化也是从"物质文化"与"精神文化"两方面入手，并认为"物质的和精神的"，"是不能缺一"的，老舍也强调"特重精神，便忽略了物质，特重物质，则失其精神"②。老舍对文化人类学的间接涉猎除了许地山、郑振铎的影响与暗示外，还有罗常培和马宗融。罗常培是老舍同窗好友，不仅精通语言学，而且对文化人类学也多有接触。40年代还曾在《边疆人文》上发表《论藏缅族父子连名制》等系列带有人类学倾向的论文。马宗融是一名作家，同时在30年代中期就活跃在《太白》杂志《风俗专栏》，其中的《吃》、《装饰》、《妥布里漾岛上的婚俗》、《教育和性的解放了的孩子们》、《吃人的野蛮人》等大量阐发列维·布留尔和马林诺夫斯基的人类学观念，并且指出："严格地说，我们何尝就算得已经突过了'原始'两个字呢?"在作家研究中，我们不能排除这种由文人交往构成的文化氛围对一个作家所起的暗示作用。正是有了对中国文化的人类学高度的把握，老舍才得出了"中国的文化是建筑在复杂的宗法制度之上"的。在这里，老舍对中国文化由感性的体悟上升到了理性的自觉。

除了老舍文学世界的国民性探索的深度、风俗志的特点以外，老舍文艺学观念也受到了文化人类学的影响。

作为一个有独特个性的作家，老舍对文艺学有自己独特的定见。

---

① 老舍：《青蓉略记》，原载1942年10月10日《大公报》。

② 老舍：《〈大地龙蛇〉序》，见《老舍全集》(9)，人民文学出版社1999年版，第375页。

1930—1934 年，他执教于山东齐鲁大学文学院时编著的《文学概论讲义》是研究老舍文艺学思想的绝好材料。从其中的“文学的起源”一节可以看出老舍从人类学的原始生活及艺术研究中获得的丰富知识储备。老舍认为，要想了解“文学是什么的”，就必须先“从原始的艺术中找出艺术的作用”。并特别指出，对艺术起源的人类学、民俗学研究“是非科学的”，因为“人学等所收集的事实是难以推翻的”，“原始的艺术都是实用的。这在近代的人学民俗学中可以得到多多少少的证据。野蛮人的跳舞是打猎的练习，唱歌是为媚神，短诗是为死者祈祷，雕刻刀柄木棍是为慑服敌人，彩画门外的标杆是为恐吓禽兽”。总之，“初民的服饰、跳舞、音乐，确是有实用目的的”。所以，在老舍看来“需要是艺术的因素”。但实用、需要绝不是艺术的全部，因为如果“拿这个原始人类的实用艺术解说今日的艺术”是跳的太远了。当然，如果说“今日的艺术太颓败了，我们需要重新捉住‘实用’，使一切艺术恢复了它们的本色，使它们成为与生命成为有确切的关系的”，是可以理解的。但老舍仍然要问：“今日的社会是否是原始的社会?”近代人类学民俗学对原始艺术的研究是科学的，但今日社会并非原始社会，我们总不能把原始艺术作为现代艺术的价值尺度。他否定了那些以机械唯物论去简单论定“文学的发展是唯物的”观点。他虽然“一点也不反对主张唯物观者的从物质上搜集证据”，但“须小心一点”，因为“印象的批评和欣赏的批评等也是认识文学的路子”。他极欣赏艺术首先是艺术，艺术有其自身的灵性，它主张现实主义的为人生的创作观，但他反对步入狭隘的实用主义与功利主义。他虽不赞成把艺术等同于功利的实用的，但他认为艺术与人生、与生命是有关系的，这使他与唯美主义划清了界限。“一个不看社会，不看自然，而专做些有韵的句子或平稳的故事的人，根本不是文人”。“文学与别的艺术一样，是解释人生的”。但他又反对“拿文学为宣传的工具”，因为这样“多少是较文艺受损失的”。

以上我们重点考察了老舍文学活动的文化氛围，他对文化人类学的间接或直接涉猎有助于形成其独特的文化学学识，这对我们充分理解老舍文学世界的文化内涵具有重要意义。老舍认为文学负有“领导文化、建设文化”的任务①，老舍一生通过文学苦苦探寻的正是“东方文化将来是什

① 老舍：《我有一个志愿》，原载 1944 年 2 月 15 日《新民报》晚刊。

么样子”。“人，从一个意义来说，是活在记忆中的。”如果“不知自己从何而来”，也就不知“要往哪里去”①。“一个文化的生存，必赖它有自我的批判，时时矫正自己，充实自己；以老牌号自夸自傲，固执的拒绝更进一步，是自取灭亡。”② 而且对老舍来说，这个文化不光是历史仓库中僵死的符号，它就寄居在我们的生活中，我们的习俗中。正是深厚的传统文化根基，是“由孔夫子传下来的礼义廉耻”使常二爷握起了拳头，但同时也是这种“先我而在”的传统使他“把握好的拳头又放开了”。他们都像已活了两三千年。改造国民性也就是力图用一个指头拨转得动几千年的文化③。这种文化观的深度很明显留有文化人类学“遗留物”的印痕。

“我们必须教世界上从文艺中知道，并且敬重，新中国的灵魂，也必须把我们的心灵发展、提高，到与世界上最高伟明哲的心灵同一水准。要做到这个，我们就必须储蓄学识，然后好把我们的生活必应有的三个方面——学识、生活经验、写作——打成一片，从学识与生活经验的调协与互助，把我们的创作水准提高”④。老舍的心灵是开放的，他的文化人类学学识赋予了他对生活经验关照的穿透力，从而最终垫高了老舍文学世界的文化品位。在文化讲坛上，老舍具备了与“世界最高伟明哲的心灵”对话的权利。

第二节 老舍与东西方文化

引言

“作一个现代的中国人，有多么不容易啊!”一声慨叹向我们昭示了老舍这颗现代文化人灵魂的痛楚和震颤。“五千年的历史压在你的背上”，而“你须担当得起这历史延续下去的责任”。⑤ 这里所展开的是一场由文

① 老舍：《〈大地龙蛇〉序》，见《老舍全集》(9)，人民文学出版社 1999 年版，第 375 页。

② 老舍：《〈大地龙蛇〉序》，见同上书，第 377 页。

③ 参见老舍《四世同堂》，《老舍文集》(4—6)，人民文学出版社 1984 年版。

④ 老舍：《敬悼许地山先生》，见《文学月刊》第 3 卷第 2、3 期（1941 年 12 月 10 日）。

⑤ 老舍：《参加郭沫若先生创作二十五年纪念会感言》，《老舍全集》(14)，人民文学出版社 1999 年版，第 271 页。

化选择带来的心灵内部的激烈交战。老舍正是怀抱着这痛楚、这震颤、这心灵内部的激烈交战，永不停息地探寻，探寻着东西方文化的融汇及中国文化的出路。这是一个具有“那攻打风磨的愚人的真诚与伟大”的中国现代的“堂吉诃德”。[①]

老舍作为中国现代文化人的这种痛楚感，来自他对自我存在的时空规范性的强烈自我确认，他常常提醒自己“是生在‘现代’”，[②] 并且强调只有“一个现代人才能成为一个现代诗人，一个现代诗人才能写出现代的诗”。[③] 老舍正是这样一位中国现代文化人。是“五四”运动送给了他“一双新眼睛”。[④] 这“新眼睛”正是现代人的眼睛，现代中国文化人的眼睛。老舍正是透过这“一双新眼睛”，进行着对东西方文化的独特选择，建构着中国文化的未来出路。

“人们创造自己的历史，但是他们并不是随心所欲地创造，而是在直接碰到的，既定的，从过去承继下来的条件下创造。”[⑤] “总之，我们可以看到，发展不断进行着，单个人的历史绝不能脱离他以前的或同时代的个人的历史，而是由这种历史决定的。”[⑥] 从近代到现代，中国文化问题都显得特别尖锐。几代杰出的知识者和文化人，都是从文化问题入手考察中国的出路和命运，出现过长达一个多世纪的文化反思。在这些先觉者眼中，鸦片战争后的一系列“国耻”，都是“文化竞争”的失败，共同证明着中国“固有文化”的不堪一击，证明着维系这老大帝国的封建文化价值观念正被从根子上动摇；因而，要自立于世界民族之林，就要从文化问题入手，吸取异域营养以图存。到“五四”时期，反思的中心已逐渐进入到文化的深层和内核，先觉者既反对盲目排外的民族文化心理，又不能照搬天赋人权、自由平等博爱的西方文化观念，而是一切要从争取国家独立、民族生存的需要出发，“立人”以“救国”。鲁迅等人带着对资产阶级民主革命历史教训的深刻文化反思站在了反封建的前沿地带，他们肯定

---

① 老舍：《谈幽默》，王晓琴编《老舍幽默小品精粹》，作家出版社 1992 年版，第 8 页。

② 老舍：《文学概论讲义》，《老舍全集》（16），人民文学出版社 1999 年版，第 4 页。

③ 老舍：《论新诗》，《老舍全集》（16），人民文学出版社 1999 年版，第 723 页。

④ 老舍：《“五四”给了我什么》，《老舍全集》（14），人民文学出版社 1999 年版，第 655 页。

⑤ 马克思：《路易·波拿巴的雾月十八日》，《马克思恩格斯选集》第 2 卷，第 603 页。

⑥ 马克思、恩格斯：《德意志意识形态》，《马克思恩格斯全集》第 3 卷，第 515 页。

了西方文化中的科学和民主精神、人道主义和个性主义思想，并以此重新估定中国传统文化价值，猛烈抨击封建专制主义和蒙昧主义。

老舍的文化历程起步较鲁迅晚，但先驱者深邃的爱国意识和宏大的文化气魄影响和哺育了他——他也是带着那一时代特定的文化批判和思想启蒙特色，以反帝反封建作为自己写作的基本出发点，既将西方文化观念视为参照系，又并没有摆脱传统文化的内在制约力。主要是一位作家和艺术家的老舍，既是属于现代文化人的行列，也无例外地加入了那一代人文化反思的队伍，但他并未适逢其会地参与现代中国纷然的文化论争，更没有写过有关的文化专论。为此，探讨老舍的东西方文化观不得不主要从他作品的内在文化蕴含，从他作为主体的文化心理结构，乃至性格结构，反观其文化观。我们的思路在此不得不作自下而上的运行。而实际上，老舍对文艺的文化功能有自己明确的意识。他赫然宣称："文化滋养艺术又翻过头来领导文化，建设文化。"① 因此，不研究老舍的文化观，就不可能切入老舍艺术观及艺术世界的深层；反之，研究老舍艺术观及艺术世界而忽视其"领导文化，建设文化"的独特内含，又将直接抹杀老舍作为一个中国现代文化人的独特价值。为此，我们必须透过其独特的艺术世界去把握其"领导文化，建设文化"的良苦用心，因为老舍一生通过文学苦苦探寻的正是"东方文化将来是什么样子"，② 我们认为这是当前一个有意义的研究课题。

一、文化选择

首先，作为艺术家的老舍对"文化"、"文明"有着自己独特的界定。"什么是文化?"老舍说："一人群单位，有它的古往今来的精神的与物质的生活方式；假若我们把这方式叫作文化，则教育，伦理，宗教，礼仪，与衣食住行，都在其中，所蕴至广，而且变化万端。"③ 在老舍这个"所蕴至广"、"变化万端"的文化观中，不仅包含了典籍文化，而且包含了非典籍文化。而"所谓文明者"，"也不过就是能用尽心智去解决切身的问题而已"。假若"任着某种自然势力兴灾作祸，则人类必始终是穴居野

① 老舍：《我有一个志愿》，《老舍全集》(14)，人民文学出版社 1999 年版，第 350 页。

② 老舍：《〈大地龙蛇〉序》，《老舍全集》(9)，人民文学出版社 1999 年版，第 375 页。

③ 同上。

处”。[1] 可见凡是人类与自然势力，相对抗而创造出的“精神的与物质的生活方式”的总和总称文化或文明，它是“一人群单位”独特的价值符号系统，其中包含显形文化，也包含隐形文化。

探讨文化首先需认识文化，探讨中国文化首先需认识中国文化。然而，“一个古老的文化本来就很复杂，再加上一些外来的新文化，便更复杂得有点莫名其妙”。并且“生在某一种文化中的人，未必知道那个文化是什么”。[2] 尽管如此，老舍并没有放弃一个现代文化人的历史使命。早在20年代，他对中国文化就有一个较为明晰的总体把握，而且明晰度越来越强，即这是一个生成于几千年传统农业社会土壤上的礼俗文化。中国文化包括近现代都市文化的深层结构仍是“农”的、“乡土性”的，也必是“礼俗性”的。老舍虽出身于北平市民阶层，但他的“母亲生在农家”，而老舍正是从母亲那里接受的“生命的教育”。[3] 老舍一生致力于北平都市市民的表现并以此构筑起他的艺术世界。确如老舍所说：“北京虽是城市，可是它也跟着农村社会一齐过年。”[4] 但是我们在研究老舍时，往往容易忽视这个市民世界的大背景及深层结构仍然是“农”的、“乡土性”的，从而直接忽视老舍由市民文化向中国文化的提升意向，而把他简单地确认为“市民作家”。

其实，“中国市民”到近现代仍然是非市民的。西方最初的城市首先是自由人的联盟，英文中的citizen既是“市民”又是“公民”。而中国特有的大一统农业文化传统，使中国不可能形成西方意义上的建立在契约观念上的自由人城市。所以，中国都市更多地呈现着与传统农业文化的顺化状态，中国都市市民也就不具备“公民”及自由人的身份，从而也就不可能成为真正商业文化的体现者。因此，中国都市市民文化一直并且仍然呈现着传统农业文化的最一般特征。古老北平封闭的四合院不正是中国传统农业文化的绝妙象征吗？在老舍为我们提供的那个市民艺术世界里，“农”者心态恰恰构成了都市市民生活方式、行为规范的总体文化背景。在中国大陆本土上，市民与农民基本上就是同“根”的。费孝通早在《乡土中国》中就概括出“乡土本色”的一般特征，如人和空间关系上的

---

① 老舍：《青蓉略记》，《老舍全集》（14），人民文学出版社1999年版，第311页。

② 老舍：《四世同堂》，见《老舍全集》（4—5），人民文学出版社1999年版。

③ 老舍：《我的母亲》，《老舍全集》（14），人民文学出版社1999年版，第318—323页。

④ 老舍：《北京的春节》，《老舍全集》（14），人民文学出版社1999年版，第438页。

非流动性，社区之间的孤立隔膜，人际关系的非选择性，对常规规范的依赖传习，血缘关系、长老权力等，仍对这些市民构成了一种“先我而在”的文化境遇。正是这种典型的农业社会的文化心态，构成这些都市市民潜隐的行为模式和制衡他们行为心理律动的潜在动因。老舍正是通过对北平市民的文化传统的解剖，力图探讨整个中国文化传统的最一般的心理痼疾和再造基础的。费孝通著作中的“乡土本色”和老舍笔下的“农者心态”是相通的，这是一种由封闭的时空、相对稳定的文化系统和内向的文化心理制约着的封闭的心态；旗人的没落，又增添了这心态的哀歌色彩。我们在老舍的众多作品中，都能体察到生成于传统农业社会土壤上的礼俗文化的精神品质和价值取向。诸如：眷恋乡土和崇尚自然，北平就是他的命根子，民本思想和农耕意识，最看不起“老张的哲学”，包括《牛天赐传》中所批判的“钱是一切，这整个的文化都站在它的上面”。弥漫于作品中忧国忧民的浓重氛围，以及由这氛围所包裹的社会使命感及忧患意识。至于老舍的学真知识、用真本领乃人生首要意义的务实观念和进取精神，则不仅反映了东方农业文化的精神品格，而且又是和西方特别是英国文化紧密关联的。老舍价值观念上的伦理尺度，人际关系中的血亲意识，他的温和宽厚、外圆内方的个性气质，他那急公好义、豪强正直的炽热胸怀……都证明了老舍的确是一位伦理文化型的作家。

作为一位伦理文化型的作家，老舍对传统文化的反思既有同代文化人的共性，又有自己独特的个性。这共性正如李泽厚所概括的：“五四”时期，先进的知识者整个兴奋的焦点不再集中在政治上，而是集中在文化上了。“五四”新文化运动的自我意识并非政治，而是文化。它的目的是国民性改造，是旧传统的摧毁。[①] 老舍和那一代文化人都是在这样的整体文化反省和改造中，完成着由传统人格向现代人格的裂变。但是老舍的独特性突出地表现在对传统文化的反省中，他较少那一代文化人的情绪性倾斜。他处在一个积极探求与建构的时代。老舍首先承继了“五四”一代文化人在现代天平上“重估一切价值”的否定性思维传统，而同时对“五四”的反传统，又在更高历史向度上进一步反思。中国现代文化建设并不是仅仅通过否定性思维所能够完成的。其实只要你肯承认中国现代文化改造与文化建设只能由中国人在中国这块土地上进行，那么你就得承

① 参见李泽厚《中国现代思想史》，东方出版社 1987 年版。

认，进行这种文化改造与文化建设的首要前提，只能是承认这个文化传统本身的力量与改造基础。正是基于这种无可选择的“宿命”，与更早的“五四”一代文化人不同，老舍承认：“我们有悠久的历史，有古老的文化。”[①] 承认中国“是有深厚文化的国家”，而由于我们所具有的深厚的“中国文化的基础”，中国传统文化是可以进行创造性转化的。中国文化的未来建设只能在作为传统自然后果的现实性上起步，只能在这块趋向僵死而又活性极强的土地上进行。是的，“一个手指怎能拨转得动几千年的文化呢?”但是，作为现代的中国文化人，我们“必须沉住气，去抵抗历史，改造历史”。[②]

老舍认为：“一个文化的生存，必赖它有自我的批判，时时矫正自己、充实自己；以老牌号自夸自傲，固执的拒绝更进一步，是自取灭亡。”而要矫正自己、充实自己，就“必须看到它（按：指文化）的过去，现在，与将来”。[③] 所以老舍一贯清醒地关注着对中国传统的反省，以求在现在时态上建构未来的文化结构。“人，从一个意义来说，是活在记忆中的。他认得过去，才关切将来。”而“不知自己从何而来”，也就不知“要往哪里去”。[④] 老舍正是通过自己的艺术实践在现实中国人的生活方式、思维方式深处挖掘着传统文化记忆中的阴魂和亮点，负面和正面。如前所述，在对待传统问题上，老舍较少同代人情绪上的倾斜。他确认“对过去，我们没法否认自己有很高的文化。……在世界历史上还没有敢轻视中国文化的”。[⑤] 但恰恰是这个很高的文化正在使现代中国人受难，因为它使人舒服、消沉、苟安、懒惰。如前所述，由于老舍是一位偏向伦理文化型的作家，他的长处不在于从政治、经济、社会革命的角度去把握、分析社会这个大结构，而在于从伦理的文化角度，从民族性和风俗性方面，去准确而明晰地体察和感知客体。早在英国开始文学创作历程时，他的目标就是要在中英国民性比较中开出救治我们民族“出窝儿老”的药方，而当他为以老马为代表的病入膏肓的老国民“切脉”时，他对病情病源的把捉都是倚仗着精细入微的文化感知。老舍离开异国他乡的文化土壤回归祖国

① 老舍：《南游杂记》，《老舍全集》（15），人民文学出版社 1999 年版，第 161 页。

② 老舍：《四世同堂》，见《老舍全集》（4—5），人民文学出版社 1999 年版。

③ 老舍：《〈大地龙蛇〉序》，《老舍全集》（9），人民文学出版社 1999 年版，第 376 页。

④ 老舍：《我有一个志愿》，《老舍全集》（14），人民文学出版社 1999 年版，第 349 页。

⑤ 老舍：《〈大地龙蛇〉序》，《老舍全集》（9），人民文学出版社 1999 年版，第 376 页。

途中，在新加坡的所见所想之所以能怂恿他写出《小坡的生日》，正是为了要通过反思历史文化去发掘中华民族的优秀传统，以增加民族的自信心和自强力。而30年代老舍几乎难以自持的深沉的愤怒，其实质乃是一种文化的愤怒，一种由众多的小坡去始建民族新文化的“中国理想”的破灭及由此所产生的迷惘和悲哀。我们确信，《猫城记》中那带有象征意蕴的反复出现的“毁灭的手指”，指的正是一种老大的文化传统，一种强大的文化无意识力量，它对我们“一人群单位”有着普遍的强控作用。正是这种强大的无意识力量使那些闹离婚者始终停留在“闹”，而终于并不能“离”（《离婚》）。老舍在此后的一系列短、长篇小说中，都表现出浓郁的文化意识。“老字号”不可避免的衰微寓意极深，搞“折中”（要保存“老字号”，又要学“新办法”）是行不通的（《老字号》）。在苍莽而悲凉的《断魂枪》中，沙子龙的世界已被“狂风”吹走，“东方的大梦”没法子不醒了。名篇《黑白李》所隐藏的东方农业文化中的血亲意识至今未引起研究者的注意，而相比较之下，在黑李与白李哥儿俩的形象中，虽然老舍也表同情于革命者白李，但作家的创作激情似更倾注于黑李，其根据则在于黑李形象中体现了东方文化的许多长处和短处，体现了老舍对东方文化精神品格的评价。《微神》则反映了作家对东方文化——这里集中在恋爱婚姻模式的幽微而轻柔的失落感。《牺牲》中的“洋博士”和《阳光》中的“新式小姐”，都是东西方文化杂糅下半生不熟的产物，“不完全像中国人，也不完全像外国人。他好像是没有根”（《牺牲》）。我们没有充分的根据证明30年代老舍已有明确的寻根意识，但“根”作为潜在的历史积淀，却在他的一系列创作中被捕捉住并加以表现了。他既写出了东方文化深层的“根”，也抓住了“时代”——畸形的新时代的一般特征。《新时代的旧悲剧》突出了对于东方文化的“孝”的思考，在“新时代”之所以还会有如此“旧悲剧”，老舍是通过“孝”的窗口，从东方文化精神中探照出传统文化的道德观、价值观、行为方式、人生形式，以及在民族心态上的种种投影，他看到的不可谓不多。在长篇小说《文博士》中，随处可以发掘出作家对我们那古老残缺的东方文化的隐喻象征。在老舍笔下，中国传统文化有点像小说中唐家的摆设，调和的精神显露出民族的痼疾——既不能顽强地自尊，抓住一点古老的东西不放手，又不肯彻底地取纳新潮，把陈旧的玩意儿扫光除尽。包括老舍在齐鲁大学讲授的

《文学概论讲义》，也在不懈地实现着对传统文化的积极扬弃。

需要特别提出的是40年代。神圣的全民抗战为老舍对这种“先我而在”的文化传统的反思提供了极为有利的条件，使他得以更集中而明晰地去发掘和检讨东方文化的力量和长短，实现民族文化心理的再调整，更好地张扬主体意识，以审美形态表现主体对文化的选择。用老舍自己的话说：“抗战给文化照了‘爱克斯光’。”① 在他创作《二马》等作品时，由于有文化竞争失败的大背景，他自然着眼于在中西民族性的比较中执行自我批判的神圣任务。而他写作《大地龙蛇》、《四世同堂》的背景和任务都有所变化。在那民族危机之秋，既急需光大民族文化，开掘汉唐气魄，以激励民族自信心，但传统文化所包含的封建主义毒素和影响又不能不加以清除。对此，老舍的态度是极其清醒的，其创作实践中实现民族新生的重大意义是不可低估的。《四世同堂》没有正面触及战争而把镜头对准了战争大背景下的“小羊圈”及其所代表的北平文化、中国文化。作品通过“小羊圈”映现的正是中国文化的历史阴魂和再造基础。汉唐气魄的闳放的确锻造了祁瑞宣们的新文化心理，增强了他们抗战到底以求民族新生的信心；但北平的百姓却只在失去了“兔儿爷”点缀中秋节的现实中，才有了切肤的亡国之痛。是深厚的传统文化根基，是“由孔夫子传下来的礼义廉耻”使常二爷握起了拳头，但同时也是这种“先我而在”的传统使他“把握好的拳头又放开了”。好女人韵梅（还有天安门前在占领者淫威下打着纸旗集会游行的小学生）都是“像已活了两三千年”。这种对现实人生的无意识传统的回溯，构成了老舍艺术世界的深度，而这深度又来自老舍对中国传统文化的总体把握。难能可贵的是，在那民族意识高涨的历史年代里，老舍并未陷入历史文化的迷惘，没有将封建渣滓充当民族精神来错误歌颂，而是坚定地将那场全民抗战当作民族文化最好的试金石。他的几部剧作如《张自忠》、《残雾》等大都体现了“检讨文化”的审美选择。《大地龙蛇》更是这一文化检讨的直接产物，它是“就我个人所看出来的我国文化长短，和我个人对文化的希望，表示我个人一点意见”。② 总之，中华民族可能灭绝于“传统”，而也必将再生于“传统”，因为“传统”无所不在且“先我而在”，现实人生正是“传统”活的寄

---

① 老舍：《〈大地龙蛇〉序》，《老舍全集》（9），人民文学出版社1999年版，第377页。

② 同上书，第378页。

植物。

老舍认为，作为一个中国的现代文化人，对待历史文化传统的应有态度是：他必须"背负它"而后"批判它"；必须"认识它"而后"分析它，矫正它，改善它"。他还"必须知道古的，也必须知道新的"。因为只有这样，他"才能把过去的光荣重新使世界看清，教世界上晓得你是千年的巨柏，枝叶仍茂，而不是一个死尸"。[①] 这种态度显示了中国新一代文化人已摆脱了"五四"一代对文化传统的简单二分模式，即不再是简单的肯定或否定，而是一种文化综合、文化建设。"中国正跟你、我一样，有多少多少矛盾。"而历史正要求"我们用不灰心与高尚的理想去解决那些困难与矛盾"。[②] 我们必须在"自我的批判"的基础上"把文化更改善一些，提高一些"。[③] 历史事实已逐渐告诉我们，空泛的文化论争并不能最终解决中国文化的具体出路。老舍作为中国新一代文化人的任务要具体得多，他承认了传统文化的再造基础。

40 年代的老舍坚信"我们有文化，而且有很高的文化"。[④] 早在 30 年代，老舍就通过南洋见闻认识到中国人蕴于深层的生命伟力，从而增强了他对中国文化改造的信心。因为"有根基的可以改造"，而"一片荒沙，改来改去还是一片荒漠"。[⑤] 老舍一方面确认中国人"也有好多毛病与缺欠"，但更强调"中国人的伟大"，"中国人能力的伟大"，"中国人能忍受最大的苦楚，中国人能抵抗一切疾痛"。中国人"懂得忍耐而不惜力气"，"中国人不怕死"，"中国人不悲观"。[⑥] 在另一处，他盛赞那些开发南洋的"真正中国人，真有劲的中国人"。"什么样的天气我们也受得住，什么样的苦我们也能吃，什么样的工作我们都有能力去干。"[⑦] 1934 年 10 月 22 日，老舍在山东大学一次纪念孙中山"总理纪念周"会上作题为《中国民族之力量》的讲演，再次列数中国人开发南洋的伟大功绩，

---

① 老舍：《参加郭沫若先生创作二十五年纪念会感言》，《老舍全集》（14），人民文学出版社 1999 年版，第 271 页。

② 老舍：《四世同堂》，见《老舍全集》（4—5），人民文学出版社 1999 年版。

③ 老舍：《大地龙蛇》，《老舍全集》（9），人民文学出版社 1999 年版，第 399 页。

④ 老舍：《〈大地龙蛇〉序》，《老舍全集》（9），人民文学出版社 1999 年版，第 377 页。

⑤ 老舍：《四世同堂》，见《老舍全集》（4—5），人民文学出版社 1999 年版。

⑥ 老舍：《我怎样写〈小坡的生日〉》，《老舍全集》（16），人民文学出版社 1999 年版，第 176 页。

⑦ 老舍：《还想着它》，《老舍全集》（16），人民文学出版社 1999 年版，第 29 页。

最后确信：“中国人与其他民族相比较，的确是伟大的。”40 年代初，他又说，中国人的“祖先确有不甘屈服而苦心焦虑的去克服困难的精神”。[①]抗日斗争使老舍看出中国文化确已“熟到了稀烂的时候”，也看出中国文化的内在伟力。他认为“中国既敢抗战，必定是因为在军事的估量而外，还有可用的民气”。[②] 而这“可用的民气”正是来自这具有深厚文化国家的深厚文化。正是“一种深厚的文化力量”使中国人“能坚持抗战多年而不懈”。[③] 由此可见，在老舍看来，未来文化的发展正建立在对传统文化的创造性转换上。

钱诗人这个形象从纯文学的角度看，并不能说是完全成功的，但老舍在对这个形象的塑造中所表现出的道德眼光和文化心理深度却值得注意。这是一个“地道的中国人”，而“地道的中国人，带着他的诗歌，礼义，图画，道德，是会为一个信念而杀身成仁的”。“一个生活与趣味全都是田园诗样的钱先生”是会由“饮酒栽花的隐士变成敢流血的战士”的。而且钱诗人作为一个地道的旧式文人，正是中国传统文化的当然寄植者。通过钱诗人的转换，老舍所寄托的正是一种对传统文化创造性转化的理想。而钱诗人转化过程的某些理念化的痕迹，也正反映出老舍对传统文化创造性转化的一定程度的、很难避免的理念化倾向。反复出现于老舍小说世界中的老者形象谱系均带有这种文化符号的意义。正是作为中国传统文化直接创造物的钱诗人“替一部文化史作正面的证据”。他教人们看到了“真正中国的文化的真实力量”，“看到了不必再怀疑中国文化的证据”，而“有这个证据，中国人才能自信”。“有了自信，才能再进一步去改善”中国文化。在老舍看来，是“旧的，像钱先生所有的那一套旧的，正是一种可以革新的基础”。而汉奸之成为汉奸，从某种意义上说，正是因为他们“没有钱先生那样的学识与修养”。老舍看到那些经受野蛮轰炸的中国人显示出特有的“秩序、纪律、团结、勇敢”。这使老舍震惊，“这是五千年的文化修养，在火与血中表现出它的无所侮的力量与力度!”“烧得尽的是物质，烧不尽的是精神。”有了这种文化力量，老舍坚信我们“必定获得大中华的新生”。[④] 而全民抗战正是为了给世界上“保存和平

① 老舍：《青蓉略记》，《老舍全集》（14），人民文学出版社 1999 年版，第 311 页。

② 老舍：《四世同堂》，见《老舍全集》（4—5），人民文学出版社 1999 年版。

③ 老舍：《〈大地龙蛇〉序》，《老舍全集》（9），人民文学出版社 1999 年版，第 377 页。

④ 老舍：《“五四”之夜》，《老舍全集》（14），人民文学出版社 1999 年版，第 3216 页。

的，古雅的，人道的，文化”。[①]

基于对中国传统文化的正面确认，老舍在情感意向及价值判断上极力倾向那些“朴素的乡民”，[②] 那些“没有受过什么教育的乡下人”。[③] 因为他们才“真是稳立在中国的文化上”。[④] 正是“那滚滚的黄流与小得可怜的山村”才真正显示一种力量，一种“紧紧的和天地连在一处”的力量。[⑤] 这些“乡民”或“乡下人”“虽没教育却有文化”（指一种非典籍文化），[⑥]“有深厚的情感，而这情感的泉源是我们的古远的文化”。“一个人可以很容易获得一些知识，而性情的深厚却不是一会儿工夫培养出的。”正是这种得力于“古远文化”的“深厚的情感”，使他们即使在极度贫困与危难中仍能“还有礼貌，还有热心肠，还肯帮别人的忙，还不垂头丧气”。“他们什么也没有”，可是“又仿佛有了一切”，“有自己的生命与几千年的历史”；他们心中“印着两三千年传下的道德”，“剥去他们的那些破烂污浊的衣服，他们会和尧舜一样圣洁，伟大，坚强”！“这是中国人，中国文化！”这种认识使老舍让瑞全想，胜利以后“永远住在乡下，娶个乡下姑娘，生几个小牛一般结实的娃娃”。[⑦] 也正是对中国传统文化的正面确认，使老舍激赏那乡下气十足的“山东儿”的“‘山东’精神”，这种精神是“一种强毅的精神”，是“朴俭静肃的象征”。[⑧] 这种精神品格正是传统齐鲁文化（中国文化的集中体现）所张扬的“天行健，君子以自身强不息”的现代表征。而齐鲁文化在中华民族历史发展中最终成为主体力量，融注到整个中国传统文化的建构中去，形成以儒家文化为主体的中国文化体系。正是对“‘山东’精神”的认同，使老舍在对待传统文化上与“五四”一代文化人在心态上显出很大的不同。他更加注重现实境遇中的文化选择。因为重建与发展首先必须选择，逃避选择正是逃避重建、逃避发展。所以，老舍指出：“谁也不能否认这文化深厚的力

① 老舍：《四世同堂》，见《老舍全集》（4—5），人民文学出版社 1999 年版。

② 老舍：《吊济南》，《老舍全集》（14），人民文学出版社 1999 年版，第 106 页。

③ 老舍：《四世同堂》，见《老舍全集》（4—5），人民文学出版社 1999 年版。

④ 老舍：《吊济南》，《老舍全集》（14），人民文学出版社 1999 年版，第 106 页。

⑤ 老舍：《四世同堂》，见《老舍全集》（4—5），人民文学出版社 1999 年版。

⑥ 老舍：《编写民众读物的困难》，《老舍全集》（16），人民文学出版社 1999 年版，第 609 页。

⑦ 老舍：《四世同堂》，见《老舍全集》（4—5），人民文学出版社 1999 年版。

⑧ 老舍：《青岛与山大》，《老舍全集》（14），人民文学出版社 1999 年版，第 47 页。

量，而一脚把它踢开，谁也不应当把这些美德与恶德一齐铲除，毫无选择。该保留的东西并不能因为它陈旧了一些就扔掉。”建构中国现代文化对“先我而在”的传统必“不能全盘抹掉，而另起炉灶”。[①] 你必须首先有勇气去“背负它”。然而问题的另一方面又是这个文化熟到稀烂，烂到视“屈膝忍辱叫作喜爱和平”，烂到“刚一降生似乎就已衰老”。祈老太爷虽“没读过什么书，但是他老以为这种吃亏而不动气的办法是孔夫子或孟夫子直接教给他的”。[②] 这就意味着：“文化至此必须改造”，而这种改造又必须是“现代的中国人”的，即必须在“现代的中国人”视界里进行。以旧改旧必愈改愈旧，所以“旧文化的不死全仗着新文化的输入”。[③] 输入什么样的新文化，何谓新文化？现代文化人老舍又面临选择！

在文化发展问题上，如果粗略地察考老舍的某些主张，很容易得出“调和折中”的印象；但细加咀嚼，却并不能下如此轻率的结论。在《观画偶感》中，老舍不无揶揄地感慨过“中华民族是最善于调和的民族”，因为他们既不肯轻易忘掉传统的光荣，又不十分顽固。所以猛一看中国的新文化，“未免有点乱七八糟，不成样子。但是，请您放心，它必会慢慢把固有的与外来的东西细细揉弄，揉成个圆圆的珠子来”。“这问题，不在乎应否把新旧中外揉在一块，而在乎保留什么旧的，采用什么新的。这也就是中国的文化人们日夜所思索的问题。”而且“这，恐怕也就不仅是中国人自己的问题，而且是全世界的有心人都该分分心的吧”。因为“今日中国的一切变化，还是个有世界性的咧”。这位借取和吸吮着西方文化精华，又切望对东方传统文化实现积极扬弃的文化人，呼唤的是通过反思传统，立足现代意识，以走向世界。他认同的是“假若他们能把莎士比亚与元曲揉到一处，也许成形为不十分难看的东西”。他惋惜的是“不幸，他们把小五义与侦探小说拉在一起，恐怕就要很糟心了”。[④] 在老舍看来，“我们自己也是世界人，我们也是世界的一环”。[⑤] 而且对中国现代

---

① 老舍：《编写民众读物的困难》，见《老舍文集》(3)，人民文学出版社 1984 年版。

② 老舍：《四世同堂》，见《老舍全集》(4—5)，人民文学出版社 1999 年版。

③ 老舍：《大地龙蛇》，见《老舍全集》(9)，人民文学出版社 1999 年版。

④ 老舍：《观画偶感》，《老舍全集》(17)，人民文学出版社 1999 年版，第 52 页。

⑤ 老舍：《旅美观感》，《老舍全集》(14)，人民文学出版社 1999 年版，第 404 页。

文化建设“管输入（按：指‘新文化’）的是咱们，管调和的是历史”。[①]那就同时应当注意“新知识的输入必不能太急”。[②]这种文化观与沈从文所主张的“使‘现代文化’与‘古典文明’重新触接”，以使“旧有的光辉复燃烧于更新创造中”[③]的文化观极为接近。他们都是中国现代更新的一代文化人。那么，这里最根本的文化问题就是到底“保留什么旧的，采用什么新的”。[④]老舍一代文化人被迫选择。有多少痛楚，多少震颤，多少心灵内部的激烈交战，都必须选择。中国现代文化人社会意识的觉醒，和中国文化中固有的“济世”传统的潜在力量，使他不能放弃选择。然而，在此我们所关注的首先是老舍如何选择！

二、文化人格建构

文化问题其实是人的问题，中国现代文化人的文化建设归根结底是现代人格建设。文化必潜沉于人的主体心理心态结构，这种文化才是人的文化。而人的主体心理心态结构本身就是文化的沉积物。老舍并未直接参加现代文化论争，这一点决定了我们探讨老舍的东西方文化观必须由其人格理想入手。

要进行中国现代文化建设，必先批判改造中国传统文化；而对于中国现代文化人，这种批判改造的契机和价值尺度最初首先来自西方文化。西方文化其中主要是西方近现代文化，成为中国现代文化人价值坐标的中轴。因为面对中国这个传统农业社会文化，西方近现代文化作为一种异质文化提供给现代中国人的，必是一套全新的价值系统。

老舍应该被承认为是一位走向了世界的中国现代作家，而他的人格和他的才气灵感同样受到这种承认。幸运的是，在他开始建构自己的文化个性时，就借取了西方的文化背景和吸吮着西方的文化精神。20年代老舍在英国最初对西方人现代生活的文化氛围的直觉，为他以后构筑中国现代人格理想起了极大的指引作用。当时老舍“身处异域”，“看着外国国民

① 老舍：《大地龙蛇》，见《老舍全集》（9），人民文学出版社1999年版。

② 老舍：《编写民众读物的困难》，《老舍全集》（16），人民文学出版社1999年版，第609页。

③ 沈从文：《关于北平特种手工艺展览会一点意见》，《沈从文全集》（31），北岳文艺出版社2002年版，第303—304页。

④ 老舍：《观画偶感》，《老舍全集》（17），人民文学出版社1999年版，第52页。

如何对国家的事尽职责，也自然使自己想做个好国民，好像一个中国人能像英国人那样做国民便是最高的理想了”。① 而《二马》的创作“动机是在比较中英两国国民性的不同”。② 后来他又在一篇题为《英国人》的文章中，把英国人的性格概括为自傲自尊、待人谨慎、办事认真。《二马》也高度认可了英国人的学真知识、用真本领报效国家的思想。正是在这样的参照系下，他一半恨一半笑而不赶尽杀绝地讽刺赵子曰、老马……呼唤民族自尊自重自强的人格。这不仅是“国民性”的平行比较，更是农业文化与工商文化的时差比较。正是通过这种比较，烛照出了中国传统文化在现代的困境。英国是一个近代法理社会，而中国仍然是一个传统的礼俗社会，在这种宏观的比较构架中，老舍认识到中国要现代化首先必须抛弃传统的礼俗社会束缚而向近代法理社会迈进。在这种走向中，文化的首要任务就是要建构一种与这种近现代法理社会相适应的法理人格。在《二马》中，老舍在老马所代表的“老一派的中国人”身上，寄托了对传统礼俗社会礼俗人格的批判；而在小马、李子荣所代表的“晚一辈的”中国人身上，寄托了对中国未来社会文化人格建构的理想。作品所宣扬的、为老舍所极力推崇的李子荣之做事干练、忠于职守、热情诚恳、求实进取等人格倾向，恰合老舍对英国人是“很好的公民或办事人”的认识。到30年代，老舍所极力推崇的也仍然是英国人的这种“公民或办事人”精神。他们“该办什么就办什么，不必你去套交情；他们不因私交而改变做事该有的态度”；“他们不会肥马轻裘与友共之”，所以“你可以永远不与他们交朋友”，但你“一定能拿他当个很好的公民或办事人”，这使老舍“不能不佩服他们”。③ 老舍所佩服英国人的正是法理社会特有的文化精神，并把它作为自己建设中国“好国民”人格的价值标准。老舍在英国时期的好友宁恩承也说：“英国人有奉公守法的精神，对于权利义务分得清楚，老舍深为佩服。”④ 这与老舍本人的论述是一致的。正是基于对西方社会文化中的近现代法理精神的认同和对中国传统文化现代困境的初步考察，老舍“真佩服”英国人“那点独立的精神”，“自然，这种独立

① 老舍：《我怎样写〈二马〉》，《老舍全集》（16），人民文学出版社 1999 年版，第 174 页。

② 老舍：《我的创作经验》，《老舍全集》（16），人民文学出版社 1999 年版，第 482 页。

③ 老舍：《英国人》，《老舍全集》（14），人民文学出版社 1999 年版，第 53 页。

④ ［美］宁恩承：《老舍在英国》，香港《明报》月刊 1970 年 5、6 月号。

的精神是由资本主义的社义制度逼出来的，可是，我们到底不能不佩服”。[①] 老舍对与法理社会相适应的英国人之守秩序、爱团体等人格规范也推崇备至。单单“从游戏中英国人得到很多的训练：服从，忍耐，守秩序，爱团体”。并且“英国是个商业国”，法理社会所形成的契约观念使“英国人是直说直办”，“事事讲法律”，“人人拿独立为荣”。而与中国传统农业社会礼俗性相适应的是“中国人的脾气是讲客气，套交情”。[②] 在《二马》中，中英两国国民性的不同，在老舍笔下归结为礼俗人格与法理人格的不同。而中国文化的一切弊端都来自于它的礼俗性，在一个传统礼俗社会中只能生成传统的礼俗人格，而靠礼俗人格是永远不会把中国引入现代社会的。为此，老舍认为，中国要现代化，要改造国民性，最终是为了使礼俗人格法理化；所以，要建设中国现代文化，必须率先引进西方近现代文化体系。

“北平的本身仿佛就是个大的学校，它的训育主任便是每个北平人所有的人情与礼貌。”而这位尽责的“训育主任”所施行的正是一种礼俗文化教育。在中国这个“大的学校”中，“训育主任”训育给每个人的仍然是他们“特有的人情与礼貌”，并将愈加“人情与礼貌”下去，愈加礼俗化下去。连英国人富善先生的眼睛在这位“训育主任”的“训育”下，“也变成了中国人的”，而最终成为一个“中国化的英国人”，他照样同“每个北平人”一样“学会了过度的客气与努力的敷衍”。[③] 这里，英国人富善先生中国化的过程，正是一个法理人格礼俗化的过程。为此，老舍认为必须反向进行中国人英国化即礼俗人格法理化的过程，建设一种“英国化的中国人”，即“法理化的中国人”的现代人格结构。老舍正是以法理文化为价值尺度建构着他理想中的中国法理人格。于是在老舍的艺术世界中出现了一个庞大的英国化即法理化的中国人形象谱系，这个谱系正是老舍从负面批判检讨中国传统文化所作的正面建构。这个形象谱系是这样构成的：马威、李子荣（《二马》）→李景纯（《赵子曰》）→王明远（《铁牛和病鸭》）→阚进一（《一筒炮台烟》）→尤大兴（《不成问题的问题》）。他们分别出现于老舍文学活动的 20 年代、30 年代和 40 年代三

① 老舍：《我的几个房东》，《老舍全集》（14），人民文学出版社 1999 年版，第 56 页。

② 老舍：《二马》，见《老舍全集》（1），人民文学出版社 1999 年版。

③ 老舍：《四世同堂》，见《老舍全集》（4—5），人民文学出版社 1999 年版。

个不同的时间向度上。他们在时间跨度上的延续性，体现出老舍对这种人格建构的持续性兴趣。

李景纯正是马威、李子荣所代表的英国式法理人格的一种变体。这个“不懂新潮流的废物”极力主张“潜心去求学”，“及早预备真学问”，“念完书到民间做一些事”；主张学习“财政，法律，商业，或者别的实用科学”。主张“做革命事业是由各方面做起。学银行的学好以后，便能从经济方面改良社会。学商业的有了专门知识便能在商界运用革命的理想。同样，教书的，开工厂的，和做其他一切职业的，从有充分的知识，破出命死干，然后才有真革命出现”。[①] 这与老舍在《二马》中所宣扬的“英国的强盛，大半是因为英国人不呐喊，而是低着头死干”的务实精神，以及号召中国青年“把纸旗子放下，去读书，去做事”[②] 是一致的。莫大年去银行做事，“银行的规矩很严，因为经理是洋人，一分一厘不通融”。[③] 小说通过李景纯所宣扬的仍然是一种西方近现代文化中所特有的法理精神。30 年代出现于老舍笔下的王明远也仍然是 20 年代一系列法理人格的新变体。“铁牛”王明远是“学农的”，“研究的是农业”，认为“农业改良是件大事”，所以“心中想的是农民”。他的志愿是“和和平平的做点大事”，“对别人有益的事”，并且“我爱我的工作”，工作“是我的命”。然而，在这个法理人格周围笼罩着的是一个如此复杂的礼俗文化环境，在铁牛和病鸭之间展开的正是一场法理人格和礼俗人格的冲突较量。虽然一“铁”一“病”谁更有生命力不言自明，但在这场较量中老舍不能乐观宣告法理人格对礼俗人格的胜利，因为他清醒地意识到在中国礼俗文化、礼俗人格的法理化是一个极其复杂、艰难而又充满痛苦的过程。40 年代，老舍并没有停留于对抗战生活的表层描写，而是充分利用时机进行更加深刻的文化检讨，进行更加深刻的传统国民人格的批判以及现代国民人格的建构。出现于这个时期的阚进一、尤大兴，由于是这种建构的产物，就同样是老舍那个法理人格形象谱系中的当然成员。阚进一“不会应酬”，“顶恨应酬”，“永远不敷衍”，对一切认真而绝不通融，按规矩办理，公正无私。[④] 尤大兴努力、正直、热诚，视“工作与学问是他

① 老舍：《赵子曰》，见《老舍全集》（1），人民文学出版社 1999 年版。

② 老舍：《二马》，见《老舍全集》（1），人民文学出版社 1999 年版。

③ 老舍：《赵子曰》，见《老舍全集》（1），人民文学出版社 1999 年版。

④ 老舍：《一筒炮台烟》，见《老舍全集》（8），人民文学出版社 1999 年版。

的生命”，连“他的故事永远是关于科学的”，他“只知道守法讲理是必然的事”，“拿人一天的钱，他就要做一天的事”。“最恨敷衍与慢慢的拖”，认为“严守纪律又是合理的生活基础”，“而科学的方法与纪律的生活，是建设新中国的必经的途径”。这些都是建设新中国所必需的西方近现代法理人格最典型的文化规范，只是到这里由英国人的法理精神变成美国的了。可以看出，老舍对英美文化一体性是有明确认识的，而老舍所选择的西方文化主要是英美近现代文化体系。尤大兴“是在美国学园艺的”，并且顶“喜欢在美国，因为他不善应酬，办事认真”。他的诸如“对工作的努力”、“对三姑六姨的不客气”等现代法理精神，在中国同样受到传统礼俗社会礼俗文化的重压和困扰。尤大兴和王明远最后同样被这礼俗文化的“虚伪与无聊给毁了”。[①] 这“不成问题的问题”在中国成了极成问题的问题。那个农场如此，整个中国也莫不如此。在这充满了极成问题的问题的中国，“未来的总统”是给那个“连半下子没有”，“凡事无办法”，也“不骄傲”，“不着急”，“又没主张”，“连一点脾气也没有”，且“不动感情”的孟智辰预备着的。这个老孟以他的“凡事无办法”在中国现时代的波浪上浮着，而且浮得很舒服、很合适。从他身上，人们可以看到那个时代——没办法就是办法的时代；而他的“凡事无办法”便是这个文化的最高价值标准，他实际上已经抓住了“自古以来中国人的最高的生命理想”。[②] 这个“生命理想”正是中国传统农业文化中所包蕴的礼俗精神，看似平淡的“听来的故事”，给我们说的正是关于中国这个文化的真实而又神秘的不是神话的神话。

这一形象谱系向我们显示了老舍同时作为一个伟大理想主义者的广博内涵，显示了老舍为中国现代文化献身的良苦用心和执着的精神。老舍的现代人格建设固然是以西方近现代文化中的法理精神作为参照系的，但中国传统农业文化中所固有的民族性精华培教出来的人格结构也是受到他嘉许的。老舍确信中国现代人格建设仍要在传统提供给我们的文化基础上进行。在他的小说中，凡是肯定的（包括倾向于肯定的）人物，都是或有着朴素求实、不尚浮华的性格特点，或有崇尚人与自然的和谐，重视人的道德情感的人性要求，或有正直诚实、豪强侠义的做人标准，并以此构成

---

① 老舍：《不成问题的问题》，见《老舍全集》（8），人民文学出版社 1999 年版。

② 老舍：《听来的故事》，见《老舍全集》（8），人民文学出版社 1999 年版。

我们民族传统的心理规范。《离婚》中老李的有学问和忠于职守固然符合西方法理人格的文化规范，而他的好人品和克己精神则是东方伦理道德的重要价值取向。《四世同堂》中的常二爷是个典型的北方中国人，“他吃的是糠，而道出来的是仁义”。“他的人格是顶得起来的”，老舍对新中国人的人格建构的希望，也正是寄托于这些坚实纯朴的力量中。在《老张的哲学》中，老舍说：“龙凤是中国女人吗？是！中国女人会这样吗？我‘希望’有这么一个，假如事实上找不到这么一个。”40 年代他在论及《边城故事》时又说：“杨诚不很像中国人，而中国的的确确需要这种人。他爽朗，尽职，幽默，勇敢，强壮。他必是一种什么最高明的教育造就出来的。不现实么？理想是崇高的希望啊！我愿多遇见几个真杨诚。”① 然而，作为伟大理想主义者的老舍至今仍未被众多的研究者展示出来!! 在从事文学创作的同时，老舍还把对现代人格的理想熔铸到自己的现实人生追求中去。他最推崇鲁迅的“怒”，也就是正义感；欣赏鲁迅的厉害而不粗鄙，认为“他有奋斗的怒火，去管闲事”。他“是最会挂火的人”，“他会怒，越怒，文字越好”。② 他赞赏罗常培“责任心极重”，“一丝不苟”，两人在一起“总是以独立不倚，做事负责相勉”。③ 他说“东方的义气，西方的爽直，农民的厚道，士兵的纪律，掺到一块儿才不太偏”。④ 这正是在东西方文化综合基础上建构起来的理想人格结构。

“北平除了风没有硬东西”，它“太像牛乳，而且已经有点发酸”，“发霉发烂了”。⑤ 这是“一个具有爱和平的美德的民族”，但是，由于它只能产生“因循苟且的家伙，而不能产生壮怀激烈的好汉”，因而失去了任何防卫机制。这个“具有爱和平的美德的民族”，到底是连自己的“爱和平的美德”都保不住的。所以，与老舍以上认为中国礼俗社会缺乏近现代法理精神相对应，他认为：“中国人都好，只是缺少自己的刺。”为此，中国又必须输入一种西方文化所化育出的“带刺”的人格理想。同样在中西文化比较的思维模式下，老舍认为：“北平人（按：其实是中国

① 老舍：《看了〈边城故事〉》，《老舍全集》（16），人民文学出版社 1999 年版，第 715 页。

② 老舍：《鲁迅先生逝世两周年纪念》，《老舍全集》（16），人民文学出版社 1999 年版，第 585 页。

③ 老舍：《悼念罗常培先生》，舒济编《老舍和朋友们》，三联书店 1991 年版，第 65 页。

④ 老舍：《大地龙蛇》，见《老舍全集》（9），人民文学出版社 1999 年版。

⑤ 老舍：《离婚》，《老舍全集》（2），人民文学出版社 1999 年版。

人）确是缺乏西洋人的那种冒险的精神与英雄气概”，“祈家的文化与好莱坞的恰恰相反：好莱坞的以打了人为英雄，祈家以挨了打为贤孝”。又说，中国人确实“缺乏那种新民族（按：指美国民族）的英武好动，说打就打，说笑就笑，敢为一件事，而去牺牲了性命”的牺牲精神。所以在老舍看来，西洋文化中的这种人格理想是值得钦佩的，因为西方文化中所具备的正是我们所缺乏的，也正是我们所需要的。在老舍看来，如把西方人的人格理想与中国人传统的人格理想糅合在一起，必能产生出中国现代的人格理想。但这种人格理想的综合必有赖于东西方文化综合。把“（中国的）和平与（西方的）刚毅揉到一起才是最好的品德”，“把（中国的）诗人与（西方的）猎户合并在一处，我们才会产生一种新的文化，它既爱好和平，而在必要的时候又会英勇刚毅，肯为和平与真理去牺牲”。因为只有（西方的）刺与（中国的）香美的联合才会使玫瑰安全，久远，繁荣。[①] 而首先具备了西方近现代法理精神的“文武兼备”、“心与脑俱健”、“识与胆同备的人”，[②] 才能创造出一种东方全新的文化人格类型。

总之，老舍用以改造中国传统文化，对西方文化的吸收选择有时是着眼于一种较为抽象的超越时间界限的西方民族精神，而更重要、更明确的参照系则是与近现代工商社会的法理文化精神所产生的整个西方近现代文化。他的目标是立足现代意识，通过对历史和传统的反思择取，最终摆脱传统的沉重负荷，以建构民族新的文化心理和文化个性。

---

① 老舍：《四世同堂》，《老舍全集》（4—5），人民文学出版社 1999 年版。

② 老舍：《致榆林的文艺工作界朋友们》，《老舍全集》（15），人民文学出版社 1999 年版，第 633 页。

第二章

现代哲学视野中的现代文学

第一节　“五四一代”与“个人主义”

引言

在1919年以前的20年里，各种五花八门的西方思潮在中国思想舞台上缤纷上演。仅以严复译介的赫胥黎、亚当·斯密、斯宾塞、孟德斯鸠、耶方斯而论，就广涉功利主义、进化论及经验主义诸家。在短短20年内几乎杂汇了西方自17世纪至19世纪的各种西方思潮，可以说，那是一个广泛搜求而无定着的年代。而“五四”新一代知识分子虽也各自携带着完全不同的人生经历和文化背景，但是，他们却是有着大致相似的“精神根底”的，起码在“五四”过后至第一次知识界大分化之前是这样的。那么，这一“精神根底”到底是什么却并非不堪自明。

毛泽东在《新民主主义论》中认定“五四”新文化运动的两大旗帜是民主与科学。1949年以后有关该问题的思考大都延续此说，鲜有质疑。从政治与思想革命的层次上考量，这一论说也合乎历史史实。陈独秀就曾在《〈新青年〉罪案之答辩书》中明确指出：“西洋人因为拥护德赛两先生，闹了多少事，流了多少血，德赛两先生才渐渐从黑暗中把他们救出，引到光明世界。我们现在认定只有这两位先生，可以救治中国政治上道德上学术上思想上一切的黑暗。若因为拥护这两位先生，一切政治上的迫压，社会的攻击笑骂，就是断头流血，都不推辞。”① 所以，依此认为“五四”新文化的精神核心为民主与科学也无不可，但若问及“五四”一

① 陈独秀：《独秀文存》，安徽人民出版社1987年版，第243页。

代新知识者区别与近代知识者之独特精神标识是什么？若问及高举民主与科学旗帜的行为主体的“精神根底”是什么？那就并非民主与科学说所能应对。因为，对民主与科学及其核心价值的倡导绝非肇始于《新青年》时代。此前，魏源等人就早已对西方代议制表现出一定程度的向往，到办洋务时期的王韬、郑观应和薛福成等人，则对西方代议制等的提倡已几乎成为中心议题；对西方科学的兴趣则可远溯明末的徐光启和李之藻等人。这些新的思想倾向到20世纪初已渐趋清晰和明朗，比如严复的“于学术则黜伪而崇真，于刑政则屈私以为公”的表述就已相当准确地把握了西方所有而中国所无的民主与科学精神的精髓。所以，到陈独秀和《新青年》所倡导的“科学与人权”也只是对前人思想新倾向的一种承续和放大。当然，这个时期的新一代知识分子已赋予了民主与科学更新的内涵，比如将民主与科学纳入一种总体观并将其视为舟车之两轮，又比如民主也不再仅仅被视为一种政治学概念而关联到一种文化类型和生活态度。但凡此种种，都不能把“五四”一代知识分子独特的精神标识与明末以来的各种新思想倾向区别开来。民主与科学确实被《新青年》的同人们高高擎起，但是，连他们自己也更多的是在工具论意义上来使用这些概念的，在他们看来，民主与科学是“药石”、是“舟车之轮”。陈独秀就认为，继“学术觉悟”、“政治觉悟”之后的“伦理觉悟”才是“吾人最后觉悟之最后觉悟”。[①] 而“伦理觉悟”则显然已关联到人的“在世”与“看世”态度问题，因而是非工具论的、深层的问题。所以，如果只看到旗帜而看不到行为主体的“精神根底”，那么，“五四”新文化运动的精神特质就有待于进一步勘察。其实，早在1989年就已有学人提出重新研究这一问题，[②] 惜未引起学界的充分重视。本章力图以鲁迅与胡适的易卜生观切入对该问题的重新思考。

一、鲁迅与胡适的易卜生观

长期以来，我们忽视了历史中的“个体”，如果拨开黑格尔主义式的概念迷雾，历史中的“个体”就会彰显其身。由于北欧剧作家易卜生在

---

① 陈独秀：《吾人最后之觉悟》，刊于《青年》第1卷第6号。

② 王富仁：《〈历史的沉思〉自序》，见王富仁《说说我自己》，福建教育出版社2000年版，第231—245页。

"五四"新文化运动时期带有语意象征符号的性质即在那个时期他已构成了一种独特的"易卜生现象"，因此，我们有理由以两位"五四"新文化运动的代表人物鲁迅和胡适对易卜生的受容作为思考的切入点。

易卜生的气质与思想暗合了现代中国的文化变革需求，致使那个时代的文化人较普遍地接受了他的影响。其实，易卜生早在清末民初就已进入汉语思想界，林纾将易卜生的《群鬼》改译为小说《梅孽》，陈虾也早就译介了易卜生的《傀儡家庭》。1922 年，胡适在英文版《泰西文学》序文中自认是把易卜生介绍到中国来的第一人，显然不确，但也可由此见出现代知识者对这位北欧剧作家的重视程度。仅就评论而言，最早的介绍者应当是鲁迅，他 1908 年就在《河南》月刊第 2、3、7 号连续发表《摩罗诗力说》和《文化偏至论》两篇论文，认为易卜生"愤世俗之昏迷，悲真理之匿耀"，其剧作"则以更革为生命，多力善斗"。而到"五四"时期在中国则出现了一股"易卜生热"。1925 年的茅盾就曾指出：在那个时期，易卜生的名字"传达于青年的口头，不亚于今日之下的马克思列宁"。[①] 现代许多著名杂志都为他出过专号，其中较著名的就有 1918 年的《新青年》专号（第 4 卷第 6 期）。以后则有 1928 年的《小说月报》专号（第 19 卷第 1、3、4、5 号）和《奔流》专号（第 1 卷第 3 期）等。依此大背景，我们仅从鲁迅、胡适的易卜生观切入对上述宏观时代命题的思考。

鲁迅是携带着怎样的"前理解"接受易卜生的影响并涉入"五四"新文化运动的？作为一个有着非凡聚焦能力的思想者，他的"思想原点"在哪里？

鲁迅的人生经历与性格倾向与易卜生多有暗合之处。早年他们都曾经历家道中衰的精神刺激，都曾浸染于医学。家道中衰的经历使他们完成了"本己的一跃"而成为真正意义上的"个人"。易卜生"在他的幼年时代已经达到了斯笃克曼在最后达到的那种堂堂的孤立与对同市市民的反抗之点了"。[②] 这种由于早年家庭变故而导致的对于"群"的疏离倾向在鲁迅那里也表现得十分突出，从而形成生命的"被逐感"体验，鲁迅一生就是一个不断逃离"群"的遮蔽与追杀的痛苦过程。他虽与易卜生未曾谋

---

① 沈雁冰：《谈谈〈傀儡之家〉》，《文学周报》第 176 期（1925 年 6 月 7 日），第 38 页。

② 哈孚洛克·蔼理斯：《伊孛生论》，达夫译，《奔流》第 1 卷第 3 号（1928 年）。

面，但在超越时空的精神漫游途中堪称一对伟大的同伴。鲁迅对易卜生的受容决不仅是一种被动的应答，而是一种精神的共鸣，而且这种共鸣由于其源于鲁迅生命深处的感受而成为一种挥之不去的情结。

这一情结与鲁迅早期的思想建构密切相关，这也正是他更易于接受西方现代个体生存哲学的“先见”因素。我认为，可以将鲁迅的早期论文《文化偏至论》视为其“思想原论”。[①] 这个“思想原论”对他日后形成独特的易卜生观以及设定自己的新文化立场意义重大。那么，该论文到底批判了什么又认同了什么？毫无疑问，它批判的是由近代科学主义与民主主义的无限膨胀所导致的弊害即重物质而轻精神和崇众数而抑个体的倾向。鲁迅虽然日后成为“五四”新文化运动的关键人物，但是他并没有在一般意义上认同空泛的以民主与科学为核心的现代理念。“诚若为今立计，所当稽求既往，相度方来，掊物质而张灵明，任个人而排众数。”在鲁迅看来，非但科学技术是社会变革之枝叶，而且“盖自法朗西大革命以来，平等自由，为凡事首”，“且社会民主之倾向，势亦大张，使天下人人归于一致，社会之内，荡无高卑。此其为理想诚美矣，顾于个人殊特之性，视之蔑如，既不加之别分，且欲致之灭绝”。这一倾向导致的后果则是“精神益趋于固陋，颓波日渐，纤屑靡存焉”。因为“盖所谓平社会者，大都夷峻而不湮卑，若信至程度大同，必在前此进步水平以下。况人群之内，明哲非多，伧俗横行，浩不可御，风潮剥蚀，全体以沦为凡庸”。于是，鲁迅将西方19世纪末之“个人主义”思潮视为20世纪新精神之初露，认同施蒂纳、叔本华、克尔凯郭尔、易卜生、尼采诸家之“个人主义”，从而开出了与近代洋务派、维新派和革命派完全不同的救国方案：“是故将生存两间，角逐列国是务，其首在立人，人立而后凡事举；若其道术，乃必尊个性而张精神。”“人生第一义”莫过于“张大个人之人格”，在这里他已经预见到“五四”一代新知识分子的核心价值及态度。“中国在昔，本尚物质而疾天才”，如果一任那些“辁才小慧之徒”悉数照搬西方文明之枝叶，而不将精神放在首位，则科学与民主的无限泛化必将导致物质对精神、众数对个人的掩蔽与压抑。那么，“往者为本体自发之偏枯，今则获以交通传来之新疫，二患交伐，而中国之沉沦遂以速

① 参见拙文《论鲁迅的“思想原点”及其克尔凯郭尔之影响》，《鲁迅研究月刊》2004年第7期。

矣”。鲁迅正是携带着这样的“前理解”步入易卜生的精神世界并涉入“五四”新文化运动的，所以，以被简化了的笼统的启蒙精神来概括作为独异个体的鲁迅的丰富性与复杂性显然是不妥当的。

据周作人回忆，鲁迅留学日本时期“最喜欢易卜生的著作”。[①] 另据黄乔生研究，鲁迅这一时期所购读的有关易卜生的书籍主要有以下几种：评传三种，分别为勃兰兑斯的《亨利克·易卜生》、恩斯特的《亨利克·易卜生》和卡勒的《易卜生、比昂松和他们的同时代人》；还有易卜生戏剧多种。初多为德文译本，后多为日文译本。在具有鲁迅“思想原论”性质的早期文言论文中，易卜生处在极其显豁的位置上。在《文化偏至论》中，鲁迅把易卜生与斯蒂纳、叔本华、克尔凯郭尔和尼采等彻底改变了人类思想走向的“先觉善斗之士”相提并论；在《摩罗诗力说》中，鲁迅又把易卜生与拜伦相提并论。在这里，鲁迅所肯定的无疑是易卜生那种敢于同“群敌”抗争的个人独立意志。“盖人既独尊，自无退让，自无调和，意力所如，非达不已，乃以是渐与社会生冲突，乃以是渐有所厌倦于人间。若裴伦者，即其一也”；“此其所言，与近世挪威文人伊卜生所见合，伊氏生于近世，愤世俗之昏迷，悲真理之匿耀，假《社会之敌》以立言，使医生斯托克曼为全书主者，死守真理，以拒庸愚，终获群敌之谥”。鲁迅认同易卜生的名言：“地球上至强之人，至独立者也！”[②]

胡适接触易卜生始于留学美国时期，据胡适留学日记记载，从1914年7月起，他就集中阅读以易卜生为代表的欧洲“社会剧”，稍后写成《易卜生主义》英文稿，曾在康奈尔大学哲学年会上宣读，这正是他回国后写成的《易卜生主义》的前稿。文章通过对易卜生十余部主要代表作及书信集的分析，全面介绍了易卜生创作和思想。[③] 作为独异个体，胡适与鲁迅的人生经历和知识背景显示出极大差异，这决定了他对易卜生的受容也是独特的，胡适是在美国接受实用主义哲学浸染而后汇入“五四”新文化大潮。但是，完全不同的个体在同一个大的精神背景下却对同一个外国作家发生如此浓厚的兴趣，这不能不引起我们的深层思考。胡适对围绕在《新青年》杂志周围的新一代知识者的共同“精神根底”似乎有着

① 周作人：《鲁迅的故家》，见止庵编《关于鲁迅》，新疆人民出版社1997年版，第164页。

② 鲁迅：《摩罗诗力说》，《鲁迅全集》（1），人民文学出版社1981年版，第79页。

③ 朱文华：《简论胡适与易卜生》，见朱文华《“再造文明”的奠基石》，上海教育出版社2000年版，第244—245页。

更为明确的自我意识。在写于1935年的《中国新文学大系》一集《建设理论集》中，胡适指出：在1918年6月《新青年》“易卜生专号”上“我借易卜生的话来介绍当时我们新青年社的一班人公同信仰的‘健全的个人主义’”。在这里，易卜生几乎已成为“五四”时期“个人主义”的一个象征符号。

二、“易卜生主义”与“个人主义”

易卜生的思想重心关涉到个人主义，“五四”时期的“易卜生主义”几乎与“个人主义”同义（中国当时特殊的接受背景也几乎遮蔽了易卜生作为“人类灵魂勘探师”的形象）。在鲁迅早期的思想版图上，易卜生与西方现代个体生存哲学家处在同一个精神群落，易卜生与其他个体生存思想者之间的差异无疑被忽略了。在鲁迅早期的易卜生观中，独异个人与庸众社会抗争的作为“卓尔不群之士”的一面被放大，其中隐含着鲁迅浓重的“个人主义”观念。在《文化偏至论》中，鲁迅在论及西方个体生存哲学之父克尔凯郭尔之后紧接着指出：“其后有显理易卜生见于文界，瑰才卓识，以契开迦尔之诠释者称。其所著书，往往反社会民主之倾向，精力旁注，则无间习惯信仰道德，苟有拘于虚而便至者，无不加之抵排。更睹近世人生，每托平等之名，实乃愈趋于恶浊，庸凡凉薄，日益以深，顽愚之道行，伪诈之势逞，而气宇品性，卓尔不群之士，乃反穷于草莽，辱于泥涂，个性之尊严，人类之价值，将咸归于无有，则常为慷慨激昂而不能自已也。如其《民敌》一书，谓有人保守真理，不阿世媚俗，而不见容于人群，狡狯之徒，乃巍然独为众愚领袖，借多陵寡，植党自私，于是战斗以兴，而其书亦止：社会之象，宛然具于是焉。”而在《破恶生论》中，鲁迅则热烈期待在扰攘的世界之中能够“弗与妄惑者同其是非，惟向所信是诣，举世誉之而不加劝，举世毁之而不加沮”的“不和众嚣”的“独具我见之士”。

以上所论及的鲁迅早期“个人主义”观念至“五四”时期是否被舍弃了呢？我认为，非但未被舍弃，反而恰成他投入新文化运动的精神资源。《热风》时期的鲁迅仍然不断提及易卜生、尼采诸个人主义者即是明证。所以说，鲁迅在“五四”时期的思想主干仍然是“个人主义”。这个时期的鲁迅力倡“个人的自大”而批评“合群的爱国的自大”。认为“多有这‘个人的自大’的国民，真是多福气！多幸运！”；而“多有这‘合群的爱国的自大’的 国民，真是可哀！真是不幸！”“个人的自大”的缺失正是中国“文化竞争失败之后，不能再见振拔改进的原因”。鲁迅这里所谓的“个人的自大”，指的“就是独异，是对庸众宣战”，“他们必定自己觉得思想见识高出庸众之上，又为庸众所不懂，所以愤世嫉俗，渐渐变成厌世家，或‘国民之敌’。但一切新思想，多从他们出来，政治上宗教上道德上的改革，也从他们发端”。而“合群的自大”则“是党同伐异，是对少数的天才宣战”，“他们自己毫无特别才能，可以夸示于人，所以把这国拿来做个影子；他们把国里的习惯制度抬得很高，赞美的了不得，他们的国粹，既然这样有荣光，他们自然也有荣光了！倘若遇见攻击，他们也不必自去应战，因为这种蹲在影子里张目摇舌的人，数目极多，只需用 mob 的长技，一阵乱噪，便可制胜”。[①] 这简直可视为鲁迅对易卜生经典名剧《国民公敌》的主题阐释，也是鲁迅对“易卜生主义”的总体把握。在整个鲁迅文学世界中反复出现的“独异个人”与“庸众”的对立性并置，也可视为“易卜生主义”在鲁迅文学世界中的投影。

在 1928 年《奔流》第 6 卷第 3 号的“ H. 易卜生诞生一百年纪念增刊”上载有鲁迅所译有岛武郎作《易卜生的工作态度》一文，文中说：易卜生“对于故国的人们的知力之愚劣，迟钝，也很绝望，……从这时候起，易卜生尤其是对于所谓多数者，开始怀了疑。…… 八一二年他给 Brandes 的信中，曾用了刻露的苦楚，写道，‘无论怎样，我总不能加入多数的党派那一面去。Bjoernson 说，‘多数常是对的’……但我却相反，不能不说，‘少数常是对的’”。“易卜生的这心绪，送给了他一篇剧本（即《国民公敌》）的主题”。鲁迅在文中批评了一些早年介绍易卜生而后来沦于颓唐的知识者，而有揶揄意味的是：易卜生本人也在晚年名成身退，向大众伸出了和睦的手，这真是一种“胜者的悲哀”。关于“五四”时期中国知识界何以喜欢谈论易卜生，鲁迅不同意日本青木正儿之解释而自有见地：“也还是因为 Ibsen 敢于攻击社会，敢于独战多数，那时的绍介者，恐怕是颇有以孤军而被包围于旧垒中之感的罢”。十余年后，当鲁迅忆起此事时“还可以觉到悲凉，然而意气是壮盛的”。[②] 应当说，贯穿

① 鲁迅：《随感录・三十八》，《鲁迅全集》（1），人民文学出版社 1981 年版，第 311 页。

② 鲁迅：《〈奔流〉编校后记（三）》，《鲁迅全集》（7），人民文学出版社 1981 年版，第 163 页。

鲁迅生命始终的张个人重主观的思想品性是与易卜生的精神浸染分不开的。直到30年代，鲁迅仍然认为："当今急务之一，是在养成勇敢而明白的斗士"。①

相对于鲁迅，胡适对易卜生的接受带有更多的理性色彩，因而也更加全面，其《易卜生主义》一文几乎面面俱到、多方阐释。但我以为文章所置重心无疑仍在第四、第六部分，这是"五四"时代的接受背景所决定的。在第四部分，胡适侧重评介易卜生的"个一群"关系思想，指出："社会与个人互相损害，社会最爱专制，往往用强力摧折个人的个性，压制个人自由独立的精神；等到个人的个性都消失了，等到自由独立的精神都完了，社会自身也没有生气了，也不会进步了，……社会对个人道：'你们顺我者生，逆我者死；顺我者有赏，逆我者罚。'那些和社会反对的少年，一个一个的都受家庭的责备，遭朋友的怨恨，受社会的侮辱驱逐"。这样，"那些不懂事又不安本分的理想家，处处和社会的风俗习惯反对，是该受重罚的。执行这个重罚的机关，便是'舆论'，便是大多数的'公论'。世间有一种最通行的迷信，叫做'服从多数的迷信'，人都以为多数人的公论总是不错的。易卜生绝对的不承认这种迷信。……所以他们用大多数的专制威权去压制那'捣乱'的理想志士，不许他开口，不许他行动自由，把他关在监牢里，把他赶出境去，把他杀了，把他钉在十字架上活活的钉死，把他捆在柴草上活活的烧死"。胡适最后说："易卜生有一本戏叫做'国民的公敌'里面写的就是这个道理。"在文章第六部分，胡适进一步指出："易卜生的一生目的只是要社会极力容忍，极力鼓励斯铎曼医生一流的人物。"17年后，当胡适在追忆这一精神事件时仍然重提《国民公敌》，指出："剧本里的主人翁斯铎曼医生，宁可叫全体市民给他加上'国民之敌'的徽号，而不肯不说老实话，不肯不宣扬他所认得的真理。他最后宣言道：'世上最强有力的人就是那最孤立的人!'这样特立独行的人格就是易卜生要宣传的'真正纯粹的个人主义'。"而自己当初写作《易卜生主义》之目的就是为了宣扬"健全的个人主义"，并认为这一主义是"新青年社的一班人公同信仰"。胡适后来说："《新青年》的一班朋友在当年提倡这种淡薄平实的'个人主义的人间本位'，也

---

① 鲁迅：《致杨霁云（1934年6月9日）》，《鲁迅全集》（12），人民文学出版社1981年版，第454页。

颇能引起一班青年男女向上的热情，造成一个可以称为‘个人解放’的时代。”① 个性性情和知识背景完全不同，在国外接受的影响也完全不同，鲁迅与胡适在“五四”时期共同关注易卜生及其《国民公敌》，说明他们在该时期拥有一个相近的“易卜生形象”。这从一个侧面表明，“五四”时期的整体精神特质带有趋同性，同在何？同在“个人主义”。

胡适的“易卜生主义”在“五四”以后显出一种更加理性的调整。他首先引杜威语对两种不同的“个人主义”进行了辨析：一种是假的“个人主义”，即“为我主义”（Egoism），性质是自私自利，不管群众的利益；另一种则是真的“个人主义”即“个性主义”（Individuality），其特性为：1. 独立思想，2. 个人对于自己思想信仰的结果要负完全责任，不怕权威，不怕监禁杀身，只认得真理，不认得个人的利益；还有一种是不满意于现实社会，却又无可奈何，只想跳出这个社会，去寻一种超出现社会的理想生活的所谓的“独善的‘个人主义’”。第一和第三种都是胡适所不赞同的。因而，胡适批评“新村运动”的“个人主义的新生活”，而主张“非个人主义”的新生活即“社会的”新生活。② 但是，显然这里并不意味着胡适否弃了“五四”时期的个人主义信仰，而只是他通过对各种伪个人主义的舍弃而真正突出了他认同的“真的个人主义”即个性主义。③ 这与胡适“五四”时期所译介的“易卜生主义”即“健全的个人主义”是完全一致的。在写于1922年的《五十年来之世界哲学》中，胡适又断言：“这五十年来，学者对于群的观念很和从前不同，白尔克柯尔（G. D. H. Cole）、福莱（M. P. F. ollett）认定国家的基础不是建筑在孤立的个人之上，只建筑在群的上边”。并宣称“现在的文明是群产生的文明”，主张“联群的个人主义”、“社会的个人主义”。但是，这里胡适只是出于对“个人主义”在汉语语境易于引起误识采用的更为明晰的表述而并不意味着对原有思想的否弃。鲁迅就曾对于西方个人主义进入汉语思想必会产生的“误读”有过深深的隐忧。其实，无论是易卜生的

---

① 胡适：《中国新文学运动小史》，见欧阳哲生编《胡适文集》（1），北京大学出版社1999年版，第135—137页。

② 胡适：《非个人主义的新生活》，见欧阳哲生编《胡适文集》（1），北京大学出版社1999年版。

③ 胡适：《中国新文学运动小史》，见欧阳哲生编《胡适文集》（1），北京大学出版社1999年版，第135—137页。

“国民公敌”，还是“五四”时期的“个人主义”都是“联群的”、“社会的”，因为真正的个人主义者是孤独的同时也一定是极具社会性并充满社会关怀的。鲁迅正是担忧着“中国人”会被从“世界人”中挤出，才斥责“合群的爱国的自大”，因为，依他看来，在非西方民族国家“人各有己”正是通往“人国”的必要途径。

三、“五四一代”之“共同信仰”

鲁迅与胡适个性性情不同又分别携带着各自不同的哲学背景汇入“五四”新文化大潮，却呈现出相似的个人主义精神信仰。那么，其他“五四”新一代知识者呢？

毫无疑问，易卜生的“国民之敌”和“孤立的个人”是“五四”新一代知识人普遍尊崇的人生准则。陈独秀早在《新青年》发刊词中就倡导“以自身为本位”，呼唤“个人独立平等之人格”。[①] 而在《东西民族根本思想之差异》一文中，陈独秀更是明确提出：“西洋民族以个人为本位，东洋民族以家族为本位”，“西洋民族，自古迄今，彻头彻尾，个人主义之民族也。……举一切伦理，道德，政治，法律，社会之所向往，国家之所祈求，拥护个人之自由权利与幸福而已。……此纯粹个人主义之大精神也。……国家利益，社会利益。名与个人主义相冲突，实以巩固个人利益为本因也”。从而进一步勘出“东洋民族社会中种种卑劣不法残酷衰微之象”的四大病因：“一曰损坏个人独立自尊之人格；一曰阻碍个人意志之自由；一曰剥夺个人法律上平等之权利；一曰养成依赖性，戕贼个人之生产力”。此四病因皆关涉个人主义之缺失。依此，陈独秀开出拯救中国之药方：“欲转善因，是在以个人本位主义，易家族本位主义。”[②] 陈独秀在谈到有关德赛二先生时有这样的话：“若因为拥护这两位先生，一切政治上的压迫，社会的攻击笑骂，就是断头流血，都不推辞。”这从一个侧面表明，“五四”新一代知识分子高举的旗帜是民主与科学，而举旗者的精神信仰则是为宝守真理而宁为“国民公敌”的“易卜生主义”即“健全的个人主义”。这一时期，就连较为保守的《东方杂志》也多有文章公开提倡

---

① 陈独秀：《敬告青年》，《独秀文存》，安徽人民出版社 1987 年版，第 4—5 页。

② 陈独秀：《东西民族根本思想之差异》，《独秀文存》，安徽人民出版社 1987 年版，第 28—29 页。

"个人主义"。比如有人指出：中国之积弊在于"笼统"，而病根则是"个人之人格与自由"的缺失，欲治此病也只有"个位主义"。[①]

总之，在"五四"新文化运动中，鲁迅张"个人的自大"，胡适倡"健全的个人主义"，陈独秀提出"个人本位主义"，周作人则标出"个人主义的人间本位主义"。或平和持中，或激烈偏至；更有前之知识背景之不同，后有精神走向之分化。但若论及他们"五四"时期的共通精神信仰，无疑是广义的"个人主义"。在纪念新文化运动20周年的1935年，作为"五四"新文化运动当事人的胡适就曾指出："'五四'运动的意义是思想解放，思想解放使得个人解放。"[②] 张奚若说得更为明确："到了'五四'运动以后，大家才渐渐捉摸到欧美民治的根本。这个根本是什么？毫无疑义，是个人解放。"[③] 值得注意的是，这里的"个人主义"也不再仅仅作为一种学理概念而被使用着，它更是与本己的人生态度、社会视点密切相关的非客观知识。蒋梦麟就认为"新思想是一个态度"，这个态度需要对"向来的思想"发出个人的置疑并且有个人承担的责任和勇气。[④] 胡适也明确认为："新思潮的根本意义只是一种新态度。这种新态度可叫做'评判的态度'。"[⑤] 它要求做到"我有心思，自崇所信"。[⑥] 正是这样的"个人主义"使鲁迅借狂人之口发出这样的旷世之问："从来如此，便对么？"[⑦] 正因为"五四"新一代知识人都能崇信自己的精神信仰且有敢为"国民公敌"的勇气，他们才活出了真正的个人性。

最后，值得特别指出的是：我们认定"五四"一代知识者之"公同信仰"为"个人主义"，并不意味着否定"五四"的时代精神为"民主"与"科学"，而只是为了勘出"五四"一代知识者区别于其他时代的独特的"心灵指纹"。事实是，当"五四"一代知识者高举起"民主"与"科学"大旗的时候，他们面对的是传统与公众的重压与不解，正是"个人主义"赋予了他们异常坚韧的生命激情，而这正是使他们得以完成历

① 参见《东方杂志》第12卷第1号（1915年1月）、第13卷第2号（1916年2月）。

② 胡适：《个人自由与社会进步》，《独立评论》第150号（1935年12月）。

③ 张奚若：《国民人格之培养》，《独立评论》第150号（1935年12月）。

④ 蒋梦麟：《新旧与调和》，《晨报》（1919年10月13日）。

⑤ 胡适：《新思潮的意义》，《胡适文存》（1），远东图书公司1983年版，第728页。

⑥ 陈独秀：《敬告青年》，《独秀文存》，安徽人民出版社1987年版，第4—5页。

⑦ 鲁迅：《狂人日记》，《鲁迅全集》（1），人民文学出版社1981年版，第428页。

史使命的强大精神动力。所以，“个人主义”非但不与“民主”与“科学”相对立，而且本身就是“五四”精神的其中应有之义。由于现代“个人主义”在中国语境极易导致“误读”，我们在这里有必要进行一番辨析。以儒家伦理为核心的中国文化是一种“尚群”的文化，鲁迅早在20世纪初就对西方近现代个人思想与中国文化的冲突有了敏锐的警觉。他看到：“个人一语，入中国未三四年，号称识时之士，多引为大诟，苟被其谥，与民贼同。意者未遑深知明察，而迷误为利己之义也欤？夷考其实，至不然矣。”① 生存论意义上的“个人主义”也可以称为“个体主义”，它在中国文化语境中极易被伦理化，即它常常被错误地与“伦理利己主义”（Ethical Egoism）发生混淆，致使成为“自私自利”的代名词。“五四”一代知识者“公同信仰”的“个人主义”更多的是哲学生存论意义上的。它的核心价值是：一个人如果能够真正地作为独立“个体”生存于世，他只是听从来自自己心灵深处的忠告而有力量和意志抵抗来自传统和公众的“从来如此”和“人云亦云”，那么他就是一位真正的精神界战士和英雄。通过以上分析，我们可以看到：在“五四”一代“个人主义者”身上所体现出来的正是一种“个体生存论”意义上的“孤独”，而绝不是“伦理利己主义”意义上的“自私”。他们是那个时代的“孤独者”，而且他们的孤独不是指向内向性的自我，而是源于“先觉者”热切的社会关怀。俄国著名思想家 H. A. 别尔嘉耶夫把“我”的孤独与社会性之间的关系分为四种类型，我认为，这种区分有助于加深对“五四”一代“个人主义者”的理解。这四种关系分别是：“（1）人不孤独且具有社会性。这是最基本、最普遍的一种关系。在这种关系中，人完全适应了社会环境。认识最大限度地客体化和社会化。‘我’尚未感受到分裂和孤独。‘我’在社会世俗中感觉像在家里一样，可在其中占有很高地位，甚至可以成为社会世俗中的伟人。但是，在这种关系中生活的人，多为惯于模仿的平庸之辈，他们只能依靠已经成为传统的‘共性’生活，而且毫不理会这种传统是保守的、自由的还是革命的。（2）人不孤独，但不具有社会性。在这种情况下，‘我’同样适应社会环境，与集体社会相适应、相和谐，其意识是社会化的，但‘我’没有社会兴趣，没有社会积极性，对社会和民众的命运漠不关心。这种关系在日常生活中极为普遍。

① 鲁迅：《文化偏至论》，《鲁迅全集》（1），人民文学出版社1981年版，第50页。

和第一种关系一样，这种关系中没有冲突。这种关系在社会稳定的时期司空见惯，但在革命和变革期间则难以维持。（3）人孤独，但不具有社会性。这类人对社会环境不适应或很少适应，感受着冲突、不和谐。其意识的社会化程度较轻。这类人不愿进行反对周围社会集体的革命，这表明他们没有社会兴趣和社会热情，他们与世隔绝，逃避社会环境，使自己的精神生活和创造活动脱离社会环境。这类人往往是抒情诗人、孤独的思想家、虚浮的美学家。这类人往往以一个个不大的精英团体，共同感受孤独。为了自身的存在，他们很容易与社会环境妥协。这是因为，他们在这一领域一般没有任何信仰和信念。他们准备在保守时期做保守派，在革命时期做革命派，尽管他们对守旧和革命都漠然视之。他们不是斗士，不是倡导者。（4）人孤独，但具有社会性。这种情形初看起来有些荒唐。怎么能将孤独与社会性集于一身呢？但这种人属于先知类型。旧约中的先知是他们永恒的样板。但在宗教之外也完全可能有这样的先知。他们是创造者、革新家、改革家、精神革命家。这类人感受着与宗教集体或社会集体的冲突，他们永远不会与社会环境和社会意志和谐相处。众所周知，先知不为世人所认可，常常受到石块的攻击，在宗教领域内，先知通常与牧师、祭司、宗教集体的代言人发生冲突。先知体验着强烈的孤独和被弃感，有可能受到整个周围世界的迫害。但是，若说先知类型的人不具社会性，则十有八九是错误的。恰恰相反，他们无时不关注着民众和社会的命运，关注着历史，关注着个人的未来和世界的未来。他们揭露民众和社会，谴责民众和社会，但无时无刻不关心民众和社会的命运。先知类型的人所关心的不是自身的得救，不是个人的感受和境况，而是上帝的王国，是人类乃至整个宇宙的完善。这类人不仅宗教领域有，社会生活中、认识中（一样不乏先知成分）和艺术中也有。”[①] “五四”一代知识者正是那个时代的先知类型，他们无疑属于 H. A. 别尔嘉耶夫四种分类中的第四种类型，他们是一些极具社会关怀热情的孤独个体。正是这种与众不同的生存状态使他们超越众见并完成了历史的一跃，也正是这些“真正的个人”在古老的精神铁屋上开启了一个伟大的时代并使“民主”与“科学”这一异质性思想在中国的传播成为可能。

---

① ［俄］H. A. 别尔嘉耶夫：《精神王国与凯撒王国》，安启念等译，浙江人民出版社 2000 年版，第 187—188 页。

第二节 梁启超、鲁迅与个体生存哲学

引言

晚清以来，西方诸多思想在中国纷然登场，其中，唯“个体生存哲学”在中国遭到的歧义、误读与纷争为最多且复杂。清理这一西方思想与中国近、现、当代汉语思想的碰撞、冲突与涵容的“精神戏剧”，无论对于反观中国社会、政治、文化以及文学艺术的历史发展脉络还是对于思考当下社会的诸多方面都有着极其重要的理论意义和现实价值。而梁启超和鲁迅这两位大家对西方个体生存哲学思想的不同选择与判断无疑有着更为突出的个案研究价值。

西方思想包括哲学在现代出现了前所未有的巨变，且越来越呈现出异常多元冲突的负责局面，而在其中，带着自己独特问题意识的早期鲁迅发现了一个“个体生存者”精神家族，叔本华、尼采、克尔凯郭尔、施蒂纳等人独异的“在”与“思”使鲁迅感受到西方思想与中国思想的高度异质性，并且认同“其度越前古，凌驾亚东”的先进性。虽然鲁迅深知西方现代“个人主义”进入汉语思想必将遭遇误读：“个人一语，入中国未三四年，号称识时之士，多引以为大诟，苟被其谥，与民贼同，意者未遑深知明察，为迷误为害人利己之也欤?”[①] 但鲁迅正是从这里发现了西方富强的深层秘密（严复带着他的问题意识并在他的意义上发现了这一秘密），这一发现使他告别中国近代思想从而完成了向现代思想的关键性跨越。

一、不同的哲学选择

其实，梁启超对西方现代“个体生存哲学”的涉猎要早于鲁迅。现代哲学家尼采逝世（1900 年）后不久，梁启超就于 1902 年 10 月 16 日在《新民丛报》上发表《进化论革命者颉德之学说》一文，文中说：“今之德国有最占势力之两大思想，一曰麦喀士之社会主义，一曰尼至埃之个人

---

① 鲁迅：《文化偏至论》，《鲁迅全集》（1），人民文学出版社 1981 年版，第 55、50 页。

主义。”[①] 因此，梁启超被认为是最早把尼采引入汉语思想的人。而鲁迅在这一年的 4 月 4 日才刚刚抵达日本横滨。视野宏阔的梁启超对“个体生存者”家族的另外两个重要成员施蒂纳和克尔凯郭克尔也并不陌生，在 1920 年对欧洲战争所作的思想文化省察中，这位锐敏的中国人这样论及他们的思想：“同时士梯尼（Max Stirncr），卞戛加（Soren Kiergegand）盛倡自己本位说，其弊极于德之尼采，谓爱他主义为奴隶的道德，谓剿绝弱者为强者之天职，且为世运进化所必要。这种怪论，就是借达尔文的生物学做个基础，恰好投合当代人的心理。”[②] 在这里，梁启超把施蒂纳和克尔凯郭尔的“自己本位说”视为“怪论”，“其弊极于德之尼采”。认为，他们的“自己本位说”与达尔文的生物进化论、穆勒的功利主义和边沁的幸福主义相结合形成的 19 世纪中叶以来的哲学文化思潮是“世界国际大战争”和将来“各国内阶级大战争”的总精神动因。

与此一思想态度完全不同的是，在 1908 年，鲁迅曾在他带有“思想原论”性质的早期论文《文化偏至论》中为尼采和克尔凯郭尔等“个人主义”者大唱赞歌。鲁迅认为，19 世纪中末叶以前的欧洲文明出现了偏至：“且社会民主之倾向，势亦大张，反个人者，即社会之一分子，夷隆实陷，是为指归，使天下人人归于一致，社会之内，荡无高卑。此其为理想诚美矣，顾于个人特殊之性视之篾如，既不加之别分，且欲致之灭绝。更举甚暗，则流弊所至，将使文化之纯粹者，精神益趋于固陋，颓波日逝，纤屑靡存焉。盖所谓平社会者大都夷峻而不湮卑，若信至程度大同，必在前此进步水平以下。况人群之内，明哲非多，伧俗横行，浩不可御，风潮剥蚀，全体以沦于凡庸。”面对个人意识被遮蔽的大势，“德人斯契纳尔（M. stirner）乃先以极端之个人主义观于世”，谓“人必发挥自性，而脱观念世界之执持”；而“至丹麦哲人契开迦尔（S. Kierkegaard）则奋发疾呼，谓惟发挥个性，为至高之道德”。鲁迅把尼采称为“个人主义至雄桀者”，并将其视为“二十世纪之新精神”之代表。鲁迅正是依此“新精神”为中国社会开出了完全不同于近代的救国方略：“是故将生存两间，角逐列国事务，其首在立人，人立而后凡事举；若其道术，乃必尊个

① 陈鼓应：《悲剧哲学家尼采》，商务印书馆 1987 年版，第 4 页。

② 梁启超：《欧游中之一般观察及一般感想》，葛懋春等编《梁启超哲学思想论文选》，北京大学出版社 1984 年版，第 258 页。

性而张精神。”

自晚清以来，中国先进知识分子在对西方富强之秘密的破解上，曾将思考的重心勘定在器物文明和民主共和政体上。的确，“欧美之强，莫不以是炫天下”，然而在鲁迅看来，“则根柢在人”，只因为“本原深而难见，荣华昭而易识”才导致了本末倒置。经梁启超等人而至鲁迅，应当说，对西方富强之秘密获得了更具深度的破解。尼采、克尔凯郭尔等人在思想中极力彰显“个人自觉”，而从鲁迅和梁启超对西方现代“个体生存哲学”完全不同的价值判断不难见出他们的思想差异。虽然鲁迅曾汲取过梁启超的精神养料，但是，从梁启超到鲁迅仍然可以清晰地看到中国从“维新运动”、“辛亥革命”到“五四新文化运动”所经历的伟大精神推进历程。

二、不同的问题意识

无疑，在经历了从变法维新到戊戌政变的诸多政治变局之后，梁启超的思考已超越了狭隘的物质文明与政治文明范畴。他的启蒙思想已置重于中国国民精神之养成。流亡日本后，梁启超的思想更是为之一变，他以日本明治时代为中介大量摄取西方文化，对西方富强之秘密（同时也是中国落后之秘密）的思考获得了长足进展和深化。这里我们仅以《新民说》为例作一简单考察。

梁启超认为，中国落后之根源，在于国民“公德缺乏”。当务之急是以教育为主、政论为辅照世界大势而致力于“国家主义”教育和“国家思想”培养。以“国民公利公益”为目的，通过“新民”教育，为将来把中国改造成近代民族国家而进行“非政治”的奠基工作。中国欲立于世界竞争舞台，最需要者当属“国家主义”。早在刊登于《清议报》终刊号上的《康南先生传》中，他就一方面称其导师为“先时之人物”、“造时势之英雄”，同时又批评其缺乏“国家主义”观念。[①] 虽立意在启蒙但其“新民说”却明显带有工具论色彩，因为他的核心焦虑是近代民族国家之构建。

为何欲新国必先新民？在梁启超看来，“国也者，积民而成”。在《新民说》第六节中，梁启超从四个方面阐发其国家观念：“一曰对于一

---

① 梁启超：《康南海先生传》，《饮冰室合集·文集之六》，中华书局1989年版，第66页。

身而知有国家，二曰对于朝廷而知有国家，三曰对于外族而知有国家，四曰对于世界而知有国家。”① 个人与国家之关系是《新民说》所要阐发的重点。显然，“个人”在这里不具备生存本体论意义，他只是构建近代民族国家的材料和工具。这样，梁启超理所当然地将“公德”作为自己考量的重心。梁启超虽然也汲取了西方现代思想的诸多侧面如权利、自由和自治等思想，但他所置重心无疑在“合群”的方面。“个人”在梁启超的国家主义概念系统中的位置十分清楚：“以国家自身为目的者，实国家目的之第一位，而各私人实为达此目的之器具也。”② 这种表述早在他访问美国之前的《干涉与放任》中就已被明确阐述过：“人民恃国家而存立，宁牺牲凡百之利益以为国家矣。”以国家主义作为出发点和归宿的梁启超的自由观也只能被表述为：“自由云者，团体之自由也，非个人之自由也。”③ 所以，梁启超思想构图中的“个人”绝非现代意义上的“个”的自觉，而是他整个国家主义观念中的一个构件：“一私人之权利思想，积之即为一国家之权利思想，故欲养成此思想，必自个人始。”杜钢键认为：在近代中国人权思想史上，梁启超“开创了团体主义与国家主义思想路线”，在他身上体现出来的“重国权轻民权的国权主义倾向对20世纪的中国思想界产生了深远的影响”。④ 著名学者张灏也认为，梁启超重在强调“群”的自由而相对漠视个人独立意义上的自由观念，西方的自由主义均被他纳入国家主义知识谱系。⑤

当然，在梁启超的众多文章中寻出强调个人自由的只言片语并不难，但他更多的还是强调国家意识。从梁启超对穆勒《自由论》的误读中我们也不难见出这一思想倾向。在穆勒看来，个人本身即是目的，其自由是绝对的，而作为国家目的论者的梁启超则不可能接受这种个性目的论。这样，穆勒对“社会性暴虐”的警觉显然就不会进入梁启超的接受视野。

---

① 梁启超：《新民说》，《饮冰室合集·专集之四》，中华书局1989年版，第1—16页。

② 梁启超：《政治学家伯伦知理之学说》，《饮冰室合集·专集之十三》，中华书局1989年版，第88页。

③ 梁启超：《干涉与放任》，《饮冰室合集·专集之十三》，中华书局1989年版，第86、44页。

④ 郑杭生主编：《人权新论》，中国青年出版社1993年版，第267页。

⑤ ［日］狭间直树编：《梁启超·明治日本·西方》，社会科学文献出版社2001年版，第122页。

"以群术治群，群乃成。以独术治群，群乃败。"① 为什么梁启超重"群"而轻"个"？这显然与其民族存亡之危机意识相关："当此群与彼群之角立而竞争也，其胜败于何判焉。则其群之结合力大而强者必赢，其群之结合力薄而弱者必绌"，"结合力何以能大，何以能强，必其一群人，常肯绌身而就群，捐小我而卫大我"。他批评中国人"不知群之物为何物，群之义为何义也。故人人心中但有一身之我，不有一群之我"。② 当然，梁启超有时也抬出"个人之独立"："吾以为不患中国不为独立之国，特患中国今无独立之民。故，今日欲言独立，当先言个人之独立，乃能言全体之独立"，并进而阐释"合群云者，合多数之独而成群也"。③ 这里所谓的"个人之独立"，显然并非现代意义上的"个人主义"。由于梁启超关涉"个"的思想完全出于构建现代民族国家之目的，从而有可能使"个"完全处在"群"的专制之下。他讲自由大多偏重"团体之自由，非个人之自由也"，反复强调"人不能离团体而自生存。团体不保其自由，则有他团体焉自外而侵之压之夺之，则个人之自由更何有也"。④ 他谈"个人之独立"，但更谈制裁与服从："一曰服从公理，二曰服从本群所自定之法律，三曰服从多数之决议。"⑤ 这些论说都充分体现出梁启超的问题意识是解决"民族建国问题"。⑥ 但是，这种乐观的"合群论"与国家主义观念是否会在救国的热情中演变成新的国家专制和群众暴虐呢？对这样的问题，梁启超显然未能拿出深层次的思考。

正是在梁启超停止思考的地方鲁迅开始思考，梁启超力倡合群，而鲁迅则提出张"个人"排"众数"。以日本为中介，鲁迅接触到叔本华、施蒂纳、克尔凯郭尔、尼采等人的个人主义思想。这里，"个体"不仅被视为群体中之一分子，更被自觉为独立的生命存在。伊藤虎丸认为："个体对于全体不是部分的关系。"人的价值，只有在他获得独立的意义上才能

---

① 梁启超：《说群·序》，《饮冰室合集·文集之二》，中华书局 1989 年版，第 4 页。

② 梁启超：《中国积弱溯源论》，《饮冰室合集·文集之五》，中华书局 1989 年版，第 22—23 页。

③ 梁启超：《十种特性相反相成论》，《饮冰室合集·文集之五》，中华书局 1989 年版，第 43—46 页。

④ 梁启超：《新民说》，《饮冰室合集·专集之四》，中华书局 1989 年版，第 45—46 页。

⑤ 同上书，第 45 页。

⑥ 同上书，第 44 页。

被显现出来。并且，“个”的命题代表着西方近代文化的“根柢”或“神髓”。在他看来，鲁迅对西方近代的理解和接受就是对这种“根柢”和“神髓”的把握。[①] 正像梁启超有他的问题意识一样，鲁迅也有他的问题意识。

“将倾巨厦”是梁启超对中国文明所处境遇的形象概括：“今有巨厦，更历千年，互墁毁坏、榱栋崩折。”[②] 梁启超面对“将倾巨厦”鼓吹变法、力倡合群论，目的是完成近代民族国家的构建。他认为：“中国人不知群之物为何物，群之义为何义。故人人心中但有一身之我，不有一群之我，于是四万万人，遂成四万万国焉。”[③] 开出的救国方略自然就是“合群论”。而鲁迅面对的文明处境却是封闭的“精神铁屋”。这一处境显然比梁启超的更加内面化，也更加令人绝望。外部巨厦一旦颓圮可修复或重建，而“精神铁屋”之打破将难上加难。敏锐的鲁迅勘出了与梁启超不同的“文化病源学”：中国人只可惜没有“个人的自大”，都是“合群的爱国的自大”。这便是文化竞争失败之后，不能再见振拔改进的原因。他开出的救国方略则是“个人的自大”，也“就是独异，是对庸众的宣战”。如果说在“个—群”并置性结构中，梁启超置重于后者，那么鲁迅显然置重于前者。这里我们看到，鲁迅新一代知识者已有用“个”的自觉取代空泛的国家主义宣传之势。在鲁迅的精神构图中出现了“独异个人”与“庸众”的对立性并置。“独异个人”“必定觉得思想见识高出庸众之上，又为庸众所不懂，所以愤世嫉俗，渐渐变成厌世家，或‘国民之敌’，但一切新思想，多从他们出来，政治上宗教上道德上的改革，也从他们发端”；而“合群的爱国的自大”则是“党同伐异，是对少数的天才宣战”。“他们自己毫无才能，可以夸示于人，所以把这国拿来做个影子。”反复出现于鲁迅思想构图中的这一对立性并置原型体现出他与梁启超完全不同的价值取向。在梁启超看来，中国因为多有“一己之个人”，所以为一盘散沙，欲治此病应首倡“合群论”；而在鲁迅看来，中国正因为多有“合群的自大”，所以永远走不出可怕的历史循环，而欲治此病当

---

① ［日］伊藤虎丸：《鲁迅与日本人》，李冬木译，河北教育出版社 2001 年版，第 12 页。

② 梁启超：《论不变法之害》，葛懋春等编选《梁启超哲学思想论文集》，北京大学出版社 1984 年版，第 3 页。

③ 梁启超：《十种特性相反相成论》，《饮冰室合集·文集之五》，中华书局 1989 年版，第 43—46 页。

首倡“个人的自大”。他说：“多有这‘个人自大’的国民，真是多福气！多幸运”。[①] 他不仅批评19世纪“人唯客观的物质世界是趋，而主观的内面精神，乃舍置不一之省”的倾向而主张“掊物质而张灵明”；而且也批评中国某些改革家将西方的国会立宪等“枝叶”奉为新文明的倾向而主张“任个人而排众数”。鲁迅认为“根柢在人”而非物质与众数，加之“中国在昔，本尚物质而疾天才矣”。所以“若其道术，乃必尊个性而张精神”，而“假不如是，槁丧且不俟夫一世”。被梁启超斥为“怪论”的施蒂纳、克尔凯郭尔和尼采诸家思想却被鲁迅视为“先觉善斗之士”的精神呐喊。

总体而言，鲁迅与梁启超最大的不同处在于他从西方思想中发现了与中国文化完全不同的异质性因素，即个人主义。福泽渝吉也曾通过他对东西方文明的比较研究，认为西方所有而“东方所无者，为有形方面的数理学和无形方面的独立心这两点”。[②] 鲁迅之所以能够完成对梁启超的超越，与他接受了尼采、施蒂纳和克尔凯郭尔等“极端个人主义”者的影响有关。这种“极端个人主义”是反对国家主义、实利主义的。在一个近代民族国家尚未建构完成、现代道德谱系缺失、物质文明落后、民主意识缺乏的国家，倡导“个人主义”极易引起误解。但是，鲁迅以他强大的个人意志和勇气向周围麻木的世人发出了“旷野呼告”。

三、思想史及当代意义

鲁迅这一价值取向无疑受到了当时日本文化思潮的影响。在19世纪中叶，日本流行的是英法哲学，主要侧重在政治学、社会学及经济学诸方面。而到鲁迅留学时期已转到“个体生存哲学”方面。日本这一内面化哲学走向对鲁迅产生了关键性影响。鲁迅与前一代知识者的分歧，首先表现为他们之间的哲学资源发生了变化。鲁迅已将兴趣转移到施蒂纳、尼采和克尔凯郭尔等个体生存哲学家方面，从这里他发现了西方精神的根底和精髓。而梁启超关注的重心仍然是达尔文、斯宾塞和穆勒等人，虽然他后来也触及康德但也止于康德。章太炎由康德步入叔本华，但也止于阐释其与东方佛学之相通处；王国维失望于洋务派的“船坚炮利”，又怀疑维新

---

① 鲁迅：《随感录·三十八》，《鲁迅全集》（1），人民文学出版社1981年版，第311页。

② 梁启超：《新民说》，《饮冰室合集·专集之四》，中华书局1989年版，第26页。

派所宣扬的西方以平等、自由、博爱等学说为本的立宪议会民主制，虽由康德入叔本华与尼采，但他强调研究哲学“必须博稽众说而唯真理是从”。[①] 最后将自己的世界观勘定在叔本华的唯意志悲观论。鲁迅则出于他对当时中国问题意识的敏锐把握，在《文化偏至论》中强调“明哲之士，必洞达世界之大势，权衡校量，去其偏颇，得其神明，施之国中，翕合无间”。并预言19世纪末思潮是“二十世纪文化始基”、“将来新思想之朕兆，亦新生活之先驱”。如果说梁启超所论重在为近代民族国家之建构引进立国准则与立国思想，那么，鲁迅则重在从西方19世纪末之个体生存哲学获取破坏、扫荡旧物之新精神。旧物不除，新精神缺失，再好的主义与宏图也只如丑角戏轮番上演而已。鲁迅的深刻之处在于他敏锐地发现了西方现代“个体生存哲学”的价值，这就使他超越了人们仅从政治、社会和经济诸方面来思考问题的一般倾向，鲁迅正是带着这样一种哲学背景步入五四新文化大潮的。他以西方19世纪末的“个体生存哲学”为思想资源，标举起一个完全不同于洋务派、维新派与革命派的全新的救国主张。如果我们把中国近现代精神史的思考理路描述为：器物文明—政治制度文明—人（群—个），那么，从梁启超到鲁迅的探寻之路，我们看到的是一幅表征中国近现代先觉者艰难跋涉的心灵风景图。

应当指出，鲁迅早期思想中“个”的自觉绝非与现代民族国家之构建相对立，而是寻求这一问题的根本解决之途。这一思考理路与日本“明治青年”颇为相似：“在明治青年那里，‘我’的自觉和国家独立的意识紧密相连，胶不可移。……然而，反过来说，这又意味着把个人的独立，作为国家独立的绝对条件来要求。”[②] 鲁迅也是从“个”的自觉步入梁启超的民族国家问题的。在《破恶声论》中鲁迅明确指出：“人各有己，不随风波，而中国亦以立。”所以，鲁迅接受西方现代“个体生存哲学”的影响绝非意味着折回个人内心世界，而在于唤醒中国国民“个”的主体性，他认为只有以此为基点才能实现国家之真正独立。与梁启超的区别在于，对鲁迅来讲个人独立绝非国家独立之工具，它本身即是目的，正如“人各有己”那样，民族国家也应作为独立个体屹立于现代世界民族之林。鲁迅思想中“个”的自觉不仅使他作为新一代知识者切断了与

---

① 黄见德等：《西方哲学东渐史》，武汉出版社1991年版，第203页。

② 梁启超：《新民说》，《饮冰室合集·专集之四》，中华书局1989年版，第12页。

梁启超一代知识者的精神脐带，而且下开五四新文化运动“个人主义”思潮之先河。陈独秀在《东西民族根本思想之差异》一文中就明确提出：“西洋民族以个人为本位，东洋民族以家族为本位”，“西洋民族，自古迄今，彻头彻尾，个人主义之民族也”。而“东洋民族社会中种种卑劣不法惨酷衰微之象”皆因缺乏“个人主义”之故，而“欲转善因，是在以个人本位主义，易家族本位主义”。[①] 周作人的“个人主义的人间本位主义”与胡适的“健全的个人主义”等也都体现出新一代知识者全新的文化眼光。

然而，20 世纪初由鲁迅一代新知识者从西方思想中引入的“个人主义”在后来近百年的中国历史演革中几被遮蔽，“文革”期间极“左”思潮对集体主义话语的滥用更导致了对“个人主义”的“误读”，甚至如鲁迅在 20 世纪初所言将其“迷误为害人利己主义”。一个民族的终极发展动力来自于它生生不息的创新能力，而一个民族的创新能力则有赖于这个民族的公民对人的“个人性”的充分宽容与尊重。站在 21 世纪的新起点上，中国人应当回头倾听一下先觉们的“旷野呼告”。日本学者伊藤虎丸指出：“真正的个人主义”是“鲁迅掷给今天的日本和中国的共同课题”。[②] 中国当代知识者应当接住鲁迅当年掷给我们的问题并继续进行富有“当代感”的研究和思索。

第三节　鲁迅与列夫·舍斯托夫

安特莱夫是鲁迅早年喜爱的作家，是鲁迅的“文学老师”。[③]“老虎尾巴”书房的东窗下放着一张桌子，桌子上方墙上挂着一张藤野先生的照片，据许钦文回忆，安特莱夫的照片也挂在这间书房的墙上（《学习鲁迅先生》，1959 年）。每当深夜，也许正是安特莱夫引导鲁迅步入布满“野草”的内心世界中去的吧！

安特莱夫有一篇短篇小说，题目叫《墙》，它描写“我”和另外一个

① 陈独秀：《独秀文存》，安徽人民出版社 1978 年版，第 28—29 页。

② 梁启超：《新民说》，《饮冰室合集·专集之四》，中华书局 1989 年版，第 12 页。

③ ［日］藤井省三：《鲁迅比较研究》，陈福康编译，上海外语教育出版社 1997 年版，第 48—75 页。

麻风病人在暗夜的大地上爬行，他们是想找到天地的分界线。但是，一堵墙挡住了他们的去路，这堵墙下面临着深渊，上面抵着高山。他们拼命用自己的胸膛撞击这堵墙，伤口流出的鲜血把整堵墙都染得通红，但墙依旧岿然不动。这样，人与墙的较量开始了，这较量没有时间，只有黑沉沉的夜色紧紧包围着他们。他们看到，有的人非但不与墙较量，反而把墙视为自己的靠山，他们大多数人都需要墙的保护。虽然他们二人知道与墙的搏斗是绝无希望的，但是，他们绝不放弃这种搏斗，他们每隔一段时间就去用头颅撞击一次墙，他们认为，自己虽然必死，但是，这一撞墙的动作使自己获得了真正的永生，他们是孤独的、痛苦的，但是他们认为自己才是永生。

这一寓言式的以头撞墙的故事，正是先觉者与沉睡世界对立、冲突的象征性表达，而列夫・舍斯托夫正是这样一位终生撞击理性形而上学石墙的勇士、一位坚定的信仰骑士。

列夫・舍斯托夫（1866—1938）是世界著名的宗教哲学家，存在主义思潮的重要先驱、俄国著名的思想家和文学家，在西方被誉为“以流血的头颅撞击绝对理性的石墙的铁门”的精神英雄。他几乎与鲁迅是同时代人，他严厉批判西方自古希腊以来的理性传统，以非理性的个体的信仰为旗帜。我们知道，在西方人的精神生活中活跃着两条主线，即古希腊的理性传统和以《圣经》为代表的宗教信仰传统，而自文艺复兴以来，由于科学理性的高度膨胀导致了对于后面一条精神线索的遮蔽。在近代，它却被一批富有个性的“另类”思想家所继承，他们分别是：尼采、克尔凯郭尔和陀思妥耶夫斯基等。这些人都明确地宣称反对理性的绝对统治，他们认为，与理性相比，信仰才是人更高的精神追求。

列夫・舍斯托夫原名列夫・伊萨科维奇・什瓦尔茨曼，1866 年出生于乌克兰基辅的一个犹太家庭。父亲虽然出身贫寒，却通过个人努力成为一名富裕的商人。这使舍斯托夫得以在青少年时代受到较为良好的教育。1884 年，18 岁的舍斯托夫进入著名的莫斯科大学学习，始读数理，后习法律。毕业后，服过兵役，做过律师助手。但是，他的兴趣无疑是在哲学和文学方面，对莎士比亚、勃兰兑斯、康德、尼采、托尔斯泰和陀思妥耶夫斯基的著作均下过一番工夫。他的成名缘于其《莎士比亚和他的批评家勃兰兑斯》，之后又在 1899 年出版了《托尔斯泰伯爵与弗・尼采学说中的善》、1903 年出版了《悲剧哲学——陀思妥耶夫斯基与尼采》，这些著述在俄国、在西方思想文化和学术界都产生了广泛而深远的影响。1905年出版的《无根据颂》和1908年出版的《开端与终结》都引起了重大反响，这使他在思想史上的地位得以确立。

1920年，舍斯托夫举家移民法国，开始了长达18年的流亡生活。他曾经担任巴黎大学和索邦大学教师，相继出版过著名的《钥匙的统治》（1923年）和《在约伯的天平上》（1929年）等著作。晚年的舍斯托夫仍然写出了一系列重要的著作，比如：《雅典与耶路撒冷》、《旷野呼告——克尔凯郭尔与存在哲学》和《思辨与启示》，等等。他勇敢地抛弃了理性的自明性，抛弃了常人的生活之路，他踏上了一条充满孤独与痛苦的人生之路，他的思想不是外在于他的一种客观知识，他的思想是他高度个性化的生命“行走”出来的，他的思想和他的“行走”是二而一的。他不是黑格尔式的思辨哲学家，他把诗情与哲思完美地结合在一起。他从伟大的文学家比如莎士比亚、契诃夫、托尔斯泰和陀思妥耶夫斯基等人那里汲取精神营养，尤其赞赏勇于同理性自明性作战的尼采、克尔凯郭尔和陀思妥耶夫斯基。在这些人的思想之间存在着某种共通性，舍斯托夫很早就发现了陀思妥耶夫斯基与尼采的精神关联并进行对比。其实，在陀思妥耶夫斯基和克尔凯郭尔之间也存在着思想的近似性。他们三位思想家的哲学观点确有着许多共同性。他们都抱着绝不在任何权威面前低头，也绝不承认随便什么公理的坚定信念。他们要把否定之路走到底，他们不满足于对世界的纯理论描述，因为任何理论在他们看来都是不充分的。他们面临的问题主要有：人是什么？他能做什么？他希求什么？他们都在看来无可怀疑之处发现了可疑之点。普通人思考的终点正是他们的起点，“从来如此，便对吗？”这一发问的态度是他们面对世界的基本态度。

这里我们不难发现，舍斯托夫所重视的哲人和作家也是鲁迅所欣赏的哲人和作家，比如：尼采、克尔凯郭尔、契诃夫、陀思妥耶夫斯基和勃兰兑斯等人。这是一个有趣的学术课题，我认为，在鲁迅与舍斯托夫之间存在着一种精神同源关系，事实证明，鲁迅曾经亲近过舍斯托夫的精神世界，与舍斯托夫发生过“精神相遇”关系。自1934年6月11日至1935年3月10日间，鲁迅几乎购到了舍斯托夫的重要代表作的日文译本的全部，以下材料（据人民文学出版社1981年版《鲁迅全集》中日记、书信、篇目索引和注释索引等综合整理而成）可以证之：

1934年6月11日：购列夫·舍斯托夫《悲剧的哲学——陀思妥耶夫

斯基和尼采》，河上彻太郎、阿部六郎译。1934年，东京芝书店第3版。

1934年9月12日：购列夫·舍斯托夫《创作源自虚无》，河上彻太郎译，昭和九年（1934）东京芝书店出版。

1934年9月16日：购列夫·舍斯托夫《创作源自虚无》，安土礼二郎等译，昭和九年（1934）东京三笠书房出版。该书分三部分：第一部分收录有《契诃夫论》（即《创作源自虚无》）、《预言的才能》（即《陀思妥耶夫斯基死后二十五年纪念》）；第二部分收录有《生前最后的一页手稿》，系11篇断想录，其中含有《海涅论》、《易卜生〈白鸟的歌〉论》；第三部分收录有《认识论》，含短论14篇。

1934年9月30日：作《"以眼还眼"（一）》（见《鲁迅全集》第6卷，人民文学出版社，第122—123页），该文在与杜衡的论争中引舍斯托夫《莎士比亚（剧）中的伦理的问题》一段话说：

> 单是对于"莎剧凯撒传里所表现的群众"的看法，和杜衡先生的眼睛两样的就有的是。现在只抄一位痛恨十月革命，逃入法国的显斯妥夫（Lev Shestov）先生的见解，而且是结论在这里罢——
>
> "在《攸里乌斯·凯撒》中活动的人，以上之外，还有一个。那是复合底人物。那便是人民，或说'群众'。莎士比亚之被称为写实家，并不是无意义的。无论在那一点，他决不阿谀群众，做出凡俗的性格来。他们轻薄，胡乱，残酷。今天跟在彭贝的战车之后，明天喊着凯撒之名，但过了几天，却被他的叛徒勃鲁都斯的辩才所惑，其次又赞成安东尼的攻击，要求着刚才的红人勃鲁都斯的头了。人往往愤慨着群众之不可靠。但其实，岂不是正有适用着'以眼还眼，以牙还牙'的古来的正义的法则的事在这里吗？劈开底来看，群众原是轻蔑着彭贝，凯撒，安东尼，辛那之辈的，他们那一面，也轻蔑着群众。今天凯撒握着权力，凯撒万岁。明天轮到安东尼了，那就是跟在他后面罢。只要他们给饭吃，给戏看，就好。他们的功绩之类，是用不着想到的。他们那一面也很明白，施与些像个王者的宽容，借此给自己收得报答。在拥挤着这些满是虚荣心的人们的连串里，间或夹杂着勃鲁都斯那样的廉直之士，是事实。然而谁有从山积的沙中，找出一粒珠子来的闲工夫呢？群众，是英雄的大炮的食料，而英雄，从群众看来，不过是余兴。在其间，正义就占了胜利，而幕也垂下来

了。”（《莎士比亚［剧］中的伦理的问题》）

1935年2月10日：购《舍斯托夫选集》（第一卷），三木清作序、阿部六郎、木寺黎二等译，昭和十年（1935）东京改造社，五版。本卷是作家论共5篇，分别是《战胜自明——陀思妥耶夫斯基诞生一百周年纪念》、《海涅论》、《契诃夫论》、《哲学与说教——托尔斯泰与尼采哲学中的“善”》、《胜利与败北——易卜生的生活与艺术》。

1935年3月10日：内出书店送来Shestov全集一本，译者、出版者同上，第二卷，为初版。本卷分三部分：第一部分，《在约伯的天平上》的序文，即《科学与自由探索》；第二部分，选收《敢想敢为和俯首听命》中35篇短文；第三部分，收《关于历史哲学》全部。含《伟大的前夜——帕斯卡尔的哲学》、《时代之子和继子——斯宾诺莎的历史命运》、《发狂的演说——普罗提诺的神魂颠倒》、《关于形而上学真理的源泉》。

这些材料足以证明鲁迅与列夫·舍斯托夫之间存在着事实的文本联系，那么，这种联系是否也是精神性的呢？回答是肯定的。

舍斯托夫思想的核心在于，他始终关注个体的人，关注个体的人的存在，关注每个人的欢笑与痛苦，关注每个人的生存体验。他反对理性自明性和真理对个人性的遮蔽和桎梏，这一点与鲁迅早年“张个人排众数”的思想倾向存在着明显的共振点。以上材料中所显示的鲁迅对于列夫·舍斯托夫的重视，这可以视为是鲁迅对于自己早期个人主义思想的坚守和延续，其中隐藏着晚年鲁迅心灵深处的诸多秘密。起码可以这样认为，晚年鲁迅的心灵世界并不像以往所描述的那样表层和单一，它像海洋一样广袤和深邃。

常人沉迷于睡梦之中，他们只拥有“共同的眼睛”；常人喜欢安全，他们的本能是逃避自我、逃避发现。他们需要石墙的保护，他们急切想找到一块坚实的基础和永恒的根基，这就是不证自明的“自明真理”，这就是“从来如此，便对”。然而勇敢的“个人”，凭借他们一双非天然的视力（第二视力）发现了庸常生活背后的悲剧，但当他们向世界道出他们的发现之后，他们就被众人逐入了寂冷的荒原，他们失去了根基，然而他们仍然站在旷野向沉睡的世人发出警示。克尔凯郭尔、被称为“克尔凯郭尔第二”的陀思妥耶夫斯基、克尔凯郭尔的俄国精神继承人也是陀思妥耶夫斯基阐释者的列夫·舍斯托夫，就是这样一群不惜以头颅撞击由庸众的习惯构筑起来的石墙的勇士。东方的鲁迅也加入到了这一“精神家族”的“旷野呼告”之中。

鲁迅几乎一生都被一种彻骨的孤独与悲凉包围着，这缘于先觉者不被理解的悲哀：

> 凡有一人的主张，得了赞和，虽促其前进的，得了反对，是促其奋斗的，独有叫喊于生人中，而生人并无反应，既非赞同，也无反对，如置身毫无边际的荒原，无可措手的了，这是怎样的悲哀啊，我于是以我所感到者为寂寞。这寂寞又一天一天的长大起来，如大毒蛇，缠住了我的灵魂了。①

“独异个人”与庸众的对立性并置是鲁迅哲学与文学的基本原型形态，应当说这是鲁迅所有创作的总精神动力源。小说《狂人日记》、《长明灯》、《药》，散文诗《复仇》（二）、《这样的战士》都是对这一原型形态的重复性表达。

正是在这一精神层面上，鲁迅与列夫·舍斯托夫在精神漫游中相遇了。在早期存在主义者看来，所谓“存在”即“人的存在”，个人的存在，而每个个人又都是独一无二的，不可复制的，并且是选择着的存在。克尔凯郭尔就认为他的时代的最大病症正是“对个人的轻蔑”。② 在鲁迅看来，古老的东方文明的最大病症何尝不是如此。他慨叹中国只有“合群的自大”，而没有“个人的自大”。③ 鲁迅正是以这种“个人的自大”向人群、向传统宣战，这种宣战常常把他置于生存的欲望与死亡的阴影之间，而他的存在的勇气与执着，使他时时触摸着自己个体生命的存在，以此抵抗着精神侏儒的诱惑、死亡之神的袭击，并从这种生命的厮杀与张力中升腾起鲁迅独特的“存在意识”：

> 我常觉到一种轻微的紧张，宛然目睹了“死”的袭来，但同时也深切地感着“生”的存在。④

---

① 鲁迅：《〈呐喊〉自序》，《鲁迅全集》（1），人民文学出版社 1981 年版，第 417 页。

② 邱仁宗主编：《20 世纪西方哲学名著导读》，湖南出版社 1991 年版，第 125 页。

③ 鲁迅：《随感录·三十八》，《鲁迅全集》（1），人民文学出版社 1981 年版，第 311 页。

④ 鲁迅《一觉》，《鲁迅全集》（2），人民文学出版社 1981 年版，第 223 页。

我存在着，我在生活，我将生活下去。[①]

鲁迅深感较之西方，在中国，个人的呼吸更其微弱，所以比世界上任何一个角落都更需要特立独行的“单人”，都更需要个人的存在。鲁迅一生几乎无时不感受到传统历史沉积物的重压。在中国到处都是“古训所筑成的高墙”，[②] 在这高墙中，中国人默默的生长、萎黄、枯死了，多少鲜活蒸腾的生命个体被无声无息地淹没在漫漫历史尘埃，沉沦于灰色麻木的“人众”中。面对这生命的荒漠，鲁迅所呼唤的是“只要一叫而人们大抵震悚的怪鸱的真的恶声”。[③] 在《文化偏至论》中，鲁迅指出，19 世纪末以来，独异的个人“莫不绝异其前，入于自识，趣于我执，刚愎主己，于庸俗无所顾忌”。正是由于传统社会之将“个人特殊之性，视之蔑如，既不加之别分，且欲致之灭绝”。才导致“精神益趋于固陋，颓波日渐，纤屑靡存焉”。最终必将“伧俗横行”，“全体以沦为凡庸”。鲁迅面对中国这片精神荒漠，深情呼唤那“兀傲刚愎”、“发挥自性”、“勇猛无畏”的“先觉善斗之士”。在鲁迅看来，尼采、易卜生“皆据其所信，力抗时俗，示主观倾向之极致”。而克尔凯郭尔“则谓真理准则，独在主观”。鲁迅认为早期存在主义诸家所预示的正是整个“二十世纪之新精神”。于是鲁迅有感于中国传统社会“个人之性，剥夺无余”的流弊，呼唤“举全力以抗社会”、“其力如巨涛，直薄旧社会之柱石”的“精神界之战士”。抱定这样一种主张的鲁迅对存在主义的重要先驱舍斯托夫的思想发生精神共振该是顺理成章的。

由于所接受的文化传承不同，舍斯托夫存在主义哲学的底蕴在于以《圣经》的启示真理，以约伯、亚伯拉罕的生命之树去对抗雄霸千年之久的从古希腊发展而来的思辨真理，以及由亚里士多德、黑格尔等精心构筑的绝对理性的石墙，也就是用鲜活的“存在哲学”抗击顽固硬化的“思辨哲学”。在舍斯托夫看来，西方自古希腊始直至近代以来的斯宾诺莎、康德、黑格尔、叔本华、穆勒等人均向永恒法则、必然性顶礼膜拜，都想把人类孤独的个体存在物化为空中楼阁的“全体”。用对必然性、法则的

---

① 鲁迅：《“这也是生活，”……》，《鲁迅全集》（6），人民文学出版社 1981 年版，第 601 页。

② 鲁迅：《俄文译本〈阿 Q 正传〉序及著者自叙传略》，《鲁迅全集》（7），人民文学出版社 1981 年版，第 82 页。

③ 鲁迅：《“音乐”》，《鲁迅全集》（7），人民文学出版社 1981 年版，第 54 页。

俯首听命换取廉价的灵魂慰安。而舍斯托夫极力张扬的“存在者”正是力图用个人的生命感觉向永恒法则，向“从来如此”挑战。或者生活在反抗自明、信仰启示的疯狂世界中（像陀思妥耶夫斯基、易卜生、路德、帕斯卡尔、尼采、克尔凯郭尔那样），或者出于对理性、对永恒真理的疯狂崇拜中，两者非此即彼，别无选择。要么反抗，要么屈膝。较之舍斯托夫，鲁迅的“存在意识”较少那种准哲学色彩，因为鲁迅面对的是一个完全不同于西方文化的另一种文化类型，毋宁说是舍斯托夫的抗争激情深深吸引了鲁迅。这个东方的“存在者”的“敌意世界”是比西方古希腊以来筑建起来的绝对理性石墙更坚固、更无所不在的由大众支撑起来的传统礼俗文化之网。如果说，舍斯托夫的抗争相对集中于哲学、神学领域，那么鲁迅则在更为广阔的泛文化疆场搏击。但他们在“存在者”特有的精神内涵上是相通的，即他们都像克尔凯郭尔和陀思妥耶夫斯基那样“脱离了大众”并勇敢地“退出全体”，退出“二二得四”的绝对理性石墙。因为在他们看来，“活人的命运怎么会依赖上石墙和二二得四呢?”①

从某种意义上讲，存在主义正是个性主义的一种放大的表现形态。而真正的个性主义虽早已在历史之腹中孕育，但它的正式露面则是在晚近的浪漫主义思潮。也就是说，早期存在主义的精神先导正是浪漫主义。鲁迅大概是踏着个性主义的精神之桥从早年的浪漫主义步入存在主义的吧，这对鲁迅的精神走向是关键性的一跃。撒旦已向沉静的“和谐”女神举起了投枪，在“邪恶”的存在者的冷眼逼视之下，“善”第一次站在了被告席上。在鲁迅的精神天平上，个人从历史的尘埃中被剥离出来，“狂人”、“疯子”、“孤独者”出世了，第一次把问号写在了大地与苍穹之间：“从来如此，便对吗?”

舍斯托夫说，“存在者”陀思妥耶夫斯基如同拯救自己灵魂的圣者一样，一向听到一种神秘的声音：要敢想敢干，要走向沙漠，走向孤独生活。鲁迅始终清醒地意识到，选择了“存在”也就选择了受难，因为“轨道破坏者”很容易“被大众的唾沫淹死”。② 从这个意义上，“存在意识”也就是一种“荒原意识”、“旷野意识”。

---

① ［俄］列夫·舍斯托夫：《旷野呼告》，方珊等译，华夏出版社 1991 年版，第 19 页。

② 鲁迅：《再论雷峰塔的倒掉》，《鲁迅全集》（1），人民文学出版社 1981 年版，第 192 页。

一梭格拉弟也，而众希腊人鸩之，一耶稣基督也，而众犹太人磔之。[①]

路人都辱骂他，祭司长和文士也戏弄他，和他同钉的两个强盗也讥诮他。[②]

雅斯贝尔斯说："回顾既往，我们可以看到历史如何被'悲剧人物'的诞生拦腰截断。"[③]"悲剧人物"在"悲剧情境"（切骨地体验诸如痛苦、孤独、焦虑、绝望等）中超越了传统石墙的围困，最终完成了"本己的一跃"（海德格尔语）。而这一跃给当事者换来的却只有绝望而已，并且照萨特的话说："绝望是没有出口的"，你不可能逃避绝望。那么你只能反抗它，而反抗的代价又只有更深的绝望，个人面对茫茫荒原、漫漫旷野的绝望。"何为善?""勇即善"，尼采这样回答。勇者鲁迅正是在这种绝望以及对绝望的抗争中，真正体验到了"生命的沉酣"与"生命的飞扬"。[④]

《圣经》中传说一个希伯来先知向来自荒漠的犹太人发出号召，要他们填平沟谷，削平山头，为上帝开出一条路来，但是犹太人没有听从先知的号召，因此，先知的号召成为旷野上无人应答的呼声。也许所有伟大"存在者"的呼声都注定是一种"旷野呼告"，但是正如舍斯托夫所说："在精神存在的共同庄园里旷野呼声同样是必要的，就像传播于人群密集之处，广场、教堂的呼声。"[⑤]正是这孤独者的"旷野呼告"宣布了在黑暗的理性天幕上还有鲜活的生命个体若流星般划过。

忽然，他流下泪来了，接着就失声，立刻，又变成长嚎。像一匹受伤的狼，当深夜，在旷野中嗥叫，惨伤里夹杂着愤怒和悲哀。[⑥]

即便周围全是旷野，全是荒漠，全是"生人"木然的面孔，中国现

① 鲁迅：《文化偏至论》，《鲁迅全集》（1），人民文学出版社 1981 年版，第 52 页。

② 鲁迅：《复仇（其二）》，《鲁迅全集》（2），人民文学出版社 1981 年版，第 174 页。

③ ［德］雅斯贝尔斯：《悲剧的超越》，亦春译，工人出版社 1986 年版，第 11 页。

④ 鲁迅：《复仇》，《鲁迅全集》（2），人民文学出版社 1981 年版，第 172 页。

⑤ ［俄］列夫·舍斯托夫：《旷野呼告》，方珊等译，华夏出版社 1991 年版，第 24 页。

⑥ 鲁迅：《孤独者》，《鲁迅全集》（2），人民文学出版社 1981 年版，第 88 页。

代敢于“反抗绝望”的精神英雄却一再声称，要“呐喊”、要“绝叫”。这是一个个体存在者独具魅力的“悲剧人格”，他濒临深渊，独立旷野，傲视众人，被撕裂的灵魂在燃烧。真正的人，他们绝不是唯一正确的人性观念千篇一律的摹本，他们基本上是互不相同独一无二的个体。舍斯托夫更是将全部生命热能投注到那实现了“本己的一跃”的“存在者”身上。他激烈地辩护说：挣脱“泰一”的怀抱的个人的东西，以其敢想敢为所创造的不是罪行，而是功绩——最伟大的功绩。勇敢的“存在者”——一旦彻底挣脱长期捆绑他的传统锁链之后就必然进入一场生命的搏击中去。“孤独的精神的战士，虽然为民众战斗，却往往反为这‘所为’而灭亡。”[①]“为故国所不容”，为“同时代人所迫害”。[②] 但鲁迅在人性的荒漠中勇敢地竖起个人存在的大旗，他坚信个人的信仰，在旷野之上呐喊、号啕、尖叫。“站在沙漠上，看看飞沙走石，乐则大笑，悲则大叫，愤则大骂，即使被沙砾打得遍身粗糙，头破血流”，也在所不惜。[③] 因为只有在这时候他才感觉到，自己是“生活着”、“存在着”。要“存在”就必须忍受独立旷野的孤独与痛苦。

莎士比亚剧作《麦克白》中有一句著名台词，那就是：“人生如痴人说梦，充满着喧哗与骚动，却没有任何意义。”鲁迅觉得世界在沉睡。从传统与群体中剥离出来的“存在者”必会有如此的痛楚与感慨：“呜呼，人和人的魂灵，是不相通的。”[④]“人人之间各有一道高墙，将各个分离。”[⑤] 他立于人群熙攘的都会而时时感觉如立于寂冷的荒原旷野，寂寞、寂寞，沙上的寂寞终无法排拒。“楼下一个男人病得要死，那间壁的一家唱着留声机；对面是弄孩子。楼上有两人狂笑，还有打牌声。河中的船上有女人哭着她死去的母亲。”而鲁迅却“只觉得他们吵闹”。[⑥] 这就是“无物之阵”，鲁迅知道“无物之物则是胜者”，而他将“终于在无物之阵中老衰，寿终”。但他“走进无物之阵”，且奋力举起了投枪，那落尽叶

---

① 鲁迅：《这个与那个》，《鲁迅全集》（3），人民文学出版社 1981 年版，第 140 页。

② 鲁迅：《无花的蔷薇》，《鲁迅全集》（3），人民文学出版社 1981 年版，第 256 页。

③ 鲁迅：《华盖集·题记》，《鲁迅全集》（3），人民文学出版社 1981 年版，第 4 页。

④ 鲁迅：《无花的蔷薇之二》，《鲁迅全集》（3），人民文学出版社 1981 年版，第 262 页。

⑤ 鲁迅：《俄文译本〈阿 Q 正传〉序及著者自叙传略》，《鲁迅全集》（7），人民文学出版社 1981 年版，第 81 页。

⑥ 鲁迅：《小杂感》，《鲁迅全集》第 3 卷，人民文学出版社 1981 年版，第 531 页。

子单剩干子的枣树仍然“默默地铁似的直刺着奇怪而高的天空”。

> 于是只剩下广漠的旷野，而他们俩在其间裸着全身，捏着利刃，干枯地立着；以死人似的眼光，赏鉴这路人们的干枯，无血的大戮，而永远沉浸于生命的飞扬的极致的大欢喜中。[①]

“存在者”是痛苦的精灵，尼采说过类似的话：只有大痛苦才是精神的最后解放者。正是痛苦使“存在者”逃离了“泰一”的拥抱，使“俯首听命”成为“敢想敢为”，使“人的谦恭史”成为孤独者的勇敢史。也正是痛苦使他独步于危险的意识刀锋，高蹈于惊险的空中索道。舍斯托夫说：“没有立足点——这是可怕的，非常可怕。”但也正因为没有了立足点，他“就不会像以前一样在尘世间走动——就是说，需要的不是走，需要的是飞”。[②] 于是沿着危险的痛苦之桥，鲁迅飞人个体存在的澄明境地。危险吗？危险！但鲁迅觉得：“危险令人紧张，紧张令人觉得自己生命的力，在危险中漫游，是很好的。”他渴望着这种刺激：“倘若偶经生疏的村外，一声狂嗥，巨獒跃出，也给人一种紧张，如临战斗。”[③] 在紧张的危险地带，鲁迅生活着，存在着。

老舍曾言：人生在某种文化底下，不是被它压死，就是因反抗它而死。但反抗的结局呢？不仅“死”而已，“暴露幽暗者不但为欺者所深恶，亦且为被欺者所深恶”，[④] 而“终至于成了单身”。[⑤] 这“单人”就是灵魂被自我放逐至无边旷野的“旷野呼告”者。而灵魂一旦被放逐，任何可能的退路都被堵上。这就是十足的绝望，一种最终的或边缘的极端境遇。这里没有沉静，没有和谐，没有慰安，没有“共同的梦境”，没有不证自明的“二二得四”，有的只是“单人”傲视寰宇与历史蜥蜴尾巴的奋力搏杀。“魂灵被风沙打击得粗暴，因为这是人的魂灵，我爱这样的魂

---

① 鲁迅：《野草》，《鲁迅全集》（2），人民文学出版社 1981 年版，第 173 页。

② ［俄］列夫·舍斯托夫：《在约伯的天平上》，董友等译，三联书店 1989 年版，第 323—324 页。

③ 鲁迅：《秋夜纪游》，《鲁迅全集》（5），人民文学出版社 1981 年版，第 251 页。

④ 鲁迅：《朋友》，《鲁迅全集》（5），人民文学出版社 1981 年版，第 457 页。

⑤ 鲁迅：《致许广平》（1925.518），《鲁迅全集》（11），人民文学出版社 1981 年版，第 20 页。

灵；我愿意在无形无色的鲜血淋漓的粗暴上接吻。”“我爱这些流血和隐痛的魂灵，因为他使我觉得是在人间，是在人间活着。”[①] 这是一个孤独者灵魂冒险的心音。在冒险中他感到他“魂灵的手一定也颤抖着”。然而，绝望向他袭来，对虚无的恐惧向他袭来。如何抵挡那绝望，如何抵挡那虚无？用希望，但希望同样也是绝望。“希望，希望，用这希望的盾，抗拒那空虚中的暗夜的袭来。”“盾后面也依然是空虚中的暗夜”。最后“只得由我来肉搏这空虚中的暗夜了”。而这时他又发现他的“面前竟至于并且没有真的暗夜”。他落入了“无物之阵”布下的罗网。这是一种怎样的“存在者”的悲哀啊！他发出的所有声音都注定是一场虚妄的“旷野呼告”，但呼告者没有放弃呼告。文化之网的笼罩，习惯之墙的围歼，无所不在，无时不在。个人的存在是可能的吗？鲁迅“存在”了，但换来的是一汪孤独、绝望、怨怒的苦水。也许“存在者”的宿命正是畅饮这苦水。苦难是对存在者唯一的奖赏。

人为什么要躲入“自明性”，躲入“祖宗成法”？这是因为“逃避自由”是人的本能，而这一本能源于人性深处的一种普遍弱点，那就是“怯懦”。在逃避中，强大的文化惯冲力成为人类无形而坚硬的胄甲。鲁迅认为，人类的惰性无非任命与中庸两种表现形式，而这两者的共同根柢，“其实乃是卑怯”。舍斯托夫认为，西方文明传统的理性就是中庸之道的具体体现。明白了这一点也就能体会得到从传统、从各种联合体中将澄明的自我剥离出来该需要多大的勇气。所以几乎所有的存在主义者都将勇气视为最高的“善”。舍斯托夫更是主张以“敢想敢为”对抗“俯首听命”，因而敢于以自己带血的头颅去撞击坚硬的传统理性的石墙。在舍斯托夫看来，令怯懦者得以容身的传统正是一个神秘的所在，“虽然任何地方也没有它并且也不能找到它，但是它却以神秘莫测的方式深入人类生活，摧残和扭曲生活，就像劫运、命运、天数、天命，无处躲避它，并且也无法摆脱它”。[②] 这就是鲁迅所时时感觉到的“鬼打墙”。鲁迅面对这神秘的“鬼打墙”不得不长期在希望与绝望间的刀锋上奔走，并最终选择了荒谬。克尔凯郭尔也是以追求并在追求中反抗荒谬而获得了抵制传统理性诱惑的力量。荒谬之所以是荒谬，是因为它想摆脱所有的法则，不与法

① 鲁迅：《一觉》，《鲁迅全集》(20)，人民文学出版社 1981 年版，第 224 页。

② ［俄］列夫·舍斯托夫：《旷野呼告》，方珊等译，华夏出版社 1991 年版，第 87 页。

则妥协，而是与之斗争。难道孤独者会在关键时刻哆哆嗦嗦屈服于狂怒的怨敌吗？当然不会！在中国，传统伦理道德经过长期的浸润已内化为我们每一个个体的生存本能，作为无形的“杀手”，它杀死了所有生命的鲜活与浪漫。尼采这样说：只要伦理一点头，就能把最“自由”的思想吸引到自己一边来。这就是文化传统对人的同化力与驯化力。鲁迅作为力经“本己的一跃”而进入个人澄明境地的“存在者”，正是在这个意义上宣布了“礼教吃人”。“从来如此，便对吗？”他开启了一场历史的大审判，正是这个大审判推开了中国现代史的第一道门缝。他的个体澄明，赋予他一种“非自然的视力”，这种视力有一种深厚的历史穿透力。在鲁迅看来，封建社会后期化育出来的“非礼勿视，非礼勿听，非礼勿动”的文化法则已把人的生命定格模塑在那架精密的精神复印机器上。这种对规矩与法度的极端强调到明清两代可谓登峰造极，可以说，人的言行完全达到了程式化的程度，这是一个网眼细密且无开口的鸟笼，居住其间的中国人哪里还有鲜活的生命个体？在西方，早在苏格拉底之前理性就已经成为指挥一大群迫害任何违背其法则的行为的疯狂的泼妇。克尔凯郭尔、舍斯托夫向那理性的泼妇发出了“旷野呼告”。而中国有比这泼妇更为高明的“细腰蜂”与“武士蚁”（鲁迅以此比喻中国文化对人的独特统治力量），鲁迅从舍斯托夫等存在主义者那里汲取了抗争的激情，但东方的“泛文化”却比西方的理性更加可怕，但鲁迅仍然举起了投枪（鲁迅《这样的战士》）。舍斯托夫对传统理性的模塑力也有充分之估计：“凶猛的野兽挣脱锁链，披上‘伦理’和‘永恒’的艳丽袈裟扑向孤立无援的人并加肆虐。”① 面对这搏杀的残酷情状，鲁迅以他“存在者”的自由击碎了威严的“你应该”。

舍斯托夫有感于西方强大的理性传统对个体生命的杀戮指出：“在地球存在的漫长世纪中，我们与理性暗示给我们的真理是如此之深地结合在一起，以致我们无法想象，没有它们怎么可能存在。”② 在东方，最高的裁判者是更为僵固的礼教，在礼教的驯化下，尘世即是一座可怕的“反省院”，而居于其中的人却以为是“理想乡”（鲁迅语）。僵死的传统自明性以及“从来如此便对”的历史惯性逻辑，使任何瞧它一眼的人立时变

① ［俄］列夫·舍斯托夫：《旷野呼告》，方珊等译，华夏出版社1991年版，第184页。

② 同上书，第189页。

成精神上的顽石。个人的生命感知触角长期沉睡在这顽石下的阴暗角落。著名心理学家荣格认为，历史无意识是一个巨大而可怖的历史仓库，也就是说在每个民族的“心理有一条拖在后面的长长的蜥蜴尾巴，这条尾巴就是家庭、民族、欧洲以及整个世界的全部历史”。“这是一条踌躇、软弱、情结、偏见、遗传的尾巴。”① 在舍斯托夫看来，它“使一切都在流动，一切都在离去，一切都在消逝那样，俯首听命于古代‘知识’早已阐发的‘生与死’的法则”。② 不但如此，“我们自己把它变成必然性、伦理、永恒性和无限性。”③ 面对这个巨大的历史仓库，人的个性、人的生命力萎缩了。所以，从某种意义上讲，存在哲学也就是一种生命哲学，它用鲜活的生命对抗无生命的理性，用生命的沉酣去消解黏附于生命机体之上的“知识”冑甲，它高扬的正是个体生命存在的旗帜。在舍斯托夫看来，“一无所知的状态，摆脱知识的自由状态是人类解放的开始”。④ 而你的“‘知识’愈多，你就离生命的本源愈远，虚无的权力就愈是强有力的支配你。最英明、最善良的人就是最可怕的罪”。⑤ 这个“知识”在舍斯托夫那里指西方强大的理性传统，而在鲁迅那里则是指东方更为强大的文化礼俗传统。舍斯托夫认为，当一个人与大众一起行动思考，他会感受到牢靠，有了这根支柱，个人获得了存在的安全感，这就是“合群的自大”的最终和最得意的诱惑。而摆脱这种诱惑就意味着灵魂的自我放逐，就意味着自己独自一人面对茫茫旷野，就意味着他自己发出的一切声音都将沦为苍凉的“旷野呼告”。“只要人还指望‘大众’的支持，只要他还害怕失去和脱离自己脚下的根基，只要他还依赖理性真理和自己的美德时，那他就完全处在自己最凶恶和冷酷无情的敌人支配之下。”⑥ 所以在“存在者”看来，“善”是一个优雅的说辞和避风港，所以鲁迅才呼唤真的“恶声”，呼唤“摩罗”精神。存在者由于拒斥传统“自明性”的发号施令而注重倾听自我生命的心音，均能体会到生命的受奴役感。路德反复重申奴性的存在，克尔凯郭尔则喋喋不休地宣布受奴役的意志。“是什

① ［瑞］荣格：《分析心理学的理论与实践》，成穷等译，三联书店1991年版，第87页。

② ［俄］列夫·舍斯托夫：《旷野呼告》，方珊等译，华夏出版社1991年版，第194页。

③ 同上书，第192页。

④ 同上书，第201页。

⑤ 同上书，第208页。

⑥ 同上书，第210页。

么使他呆若木鸡？是什么桎梏奴役着他的意志?”是传统“二二得四”的“自明性”，正是它“用了神奇的毒汁，向那运动神经球上只一螫”。鲜活的生命“便麻痹为不死不活状态”。[①] 然而“猛兽是单独的，牛羊则结群。”鲁迅，这个精神上的“莱谟斯”，从牛羊之群中挣脱出来将自我变成单独行动的“野兽”。难道人能“永久满足于‘古已有之’的时代么”？当然不能，正是无限绝望的抗争将他抛向存在的另一面，并最终使他超越了民族的智能平均数。他也知道归属于大众多么美好而快乐，自己再版自身，赏心悦目，没有错字，但“旷野呼告”者不需要赏心悦目，不需要廉价的沟通，他也知道生为大众之外并注定要孤独一人走完生命的全过程的人是多么可怕！

然而，“生命不怕死，在死的面前笑着跳着，跨过了灭亡的人们向前进”。[②]

第四节 鲁迅与马丁·海德格尔

鲁迅在刊于《新青年》杂志第6卷第1号上的《随感录·四十三》中说过这样的话：“我们所要求的美术家，是能引路的先觉，不是‘公民团’的首领。我们所要求的美术品，是表记中国民族知能最高点的标本，不是水平线以下的思想的平均分数。”鲁迅这里所谈到的“美术品”显然不是狭义的，而是可视为“文明”之代称。在这里，鲁迅拈出一对互相比照的概念即“先觉”与“公民团”。[③] 而分别代表它们的精神产品则是“表记中国民族知能最高点的标本”和“水平线以下的思想的平均分数”。“先觉”即“精 神界战士”，“公民团”即无所不在的“庸众”。在鲁迅的早期思想中，已出现了“独异个人”与“庸众”的对立性并置，它构成了“鲁迅哲学”的核心。“这一哲学思想也见于鲁迅的小说，是他小说

---

① 鲁迅：《春末闲谈》，《鲁迅全集》（1），人民文学出版社1981年版，第204页。

② 鲁迅：《生命的路》，《鲁迅全集》（1），人民文学出版社1981年版，第368页。

③ 关于“公民团”，《鲁迅全集》（第1卷，人民文学出版社1981年版，第331页）注文认为：“指袁世凯雇用的流氓打手，他们在一九一三年十月六日自称‘公民团’……这里是比喻反动统治者的御用工具。”本人认为该注文仅只诠释了“公民团”的原始义和比喻义，而未据上下文勘出其引申义。此处引申义应指与“先觉”并置的“庸众”。

原型形态之一。”[①] 在此前两个月发表的《随感录·三十八》中，鲁迅更是集中地阐发了“鲁迅哲学”中的这一关键性并置主题：

> 中国人向来有点自大。——只可惜没有“个人的自大”，都是“合群的爱国的自大”。

这便是文化竞争失败之后，不能再见振拔改进的原因。

所谓“个人的自大”，“就是独异，是对庸众宣战”。这种人大抵有“几分天才，几分狂气”。

他们必定自己觉得思想见识高出庸众之上，又为庸众所不懂，所以愤世嫉俗，渐渐变成厌世家，或“国民之敌”。但一切新思想，多从他们出来，政治上宗教上道德上的改革，也从他们发端。

而“合群的自大”则“是党同伐异，是对少数的天才宣战”。

他们自己毫无特别才能，可以夸示于人，所以把这国拿来做个影子；他们把国里的习惯制度抬得很高，赞美得了不得；他们的国粹，既然这样有荣光，他们自然也有荣光了！倘若遇见攻击，他们也不必自去应战，因为这种蹲在影子里张目摇舌的人，数目极多，只需用 mob 的长枝，一阵乱噪，便可制胜。

在这一对立性并置中，“先觉”虽然是“勇敢者”却终将被卑怯的“公民团”所战败。标新立异的猴子“终被猴子社会攻击”，“都咬死了”。[②] 但是，鲁迅仍然认同易卜生的名言：“我告诉你们，是这个世界上最强壮有力的人，就是那孤立的人。”[③] 在一个一切价值都需要重估的“无根”的时代，鲁迅以“超人”式的生命激情向庸众、向庸众所承载的传统举起了投枪。

> 独有叫喊于生人中，而生人并无反应，既非赞同，也无反对，如置身毫无边际的荒原，无可措手的了，这是怎样的悲哀呵，我于是以

---

① ［美］李欧梵：《铁屋中的呐喊》，尹慧珉译，岳麓书社 1999 年版，第 81 页。

② 鲁迅：《热风·随感录四十一》，《鲁迅全集》（1），人民文学出版社 1981 年版，第 325 页。

③ 鲁迅：《热风·随感录四十六》，《鲁迅全集》（1），人民文学出版社 1981 年版，第 333 页。

我所感到者为寂寞。[①]

“个一群”之冲突，有时在鲁迅那里达到了异常酷烈的程度，正是“庸众”普遍的麻木加剧了“先觉者”的被逐感。

鲁迅和海德格尔共同的“影响源”丹麦哲人克尔凯郭尔有一则寓言《末日的欢呼》充分表达了这种感受。

一场大火在某剧院的后台突发。一个小丑出来通知公众。众人认为那只是一个笑话并鼓掌喝彩。小丑重复了他的警报，他们却喧哗得更加热闹。因此我认定世界的末日将在所有聪明人的一致欢呼之中到来：他们相信那不过是一个玩笑。

他力图通过这一寓言设想“那些试图对当前时代发出警示的人会有何种遭遇?”[②] 这一关于“先觉”与“庸众”精神隔绝的经典表达深深触动了鲁迅的心灵。他在青年时期就与克尔凯郭尔发生了精神相遇，晚年仍然对这位孤独的思想者投去关注的目光。1933 年 8 月 27 日午后，鲁迅从内山书店购得日译本克尔凯郭尔《忧愁的哲理》一书，次日就在其所作的《帮闲法发隐》一文中引此寓言批判“帮闲们的伎俩”。[③]

作为西方当代存在主义哲学大师，海德格尔以其德国人特有的缜密思维穿行于他独异的“思”之途。作为一位学院派教授，“他从未以克尔凯郭尔和尼采的那种激进的勇气和激情表达自己的观点”。[④] 在他的哲学中，“常人”即常态，“常人”是一种普遍的存在方式。对在日常生活中失却自我的“常人”，海德格尔并不取“超人”式的价值论批判。然而，从他的“本真自我”与“常人”并置关系中，我们也不难从其心底倾听到思想者痛苦的呼声。鲁迅与海德格尔并无直接影响关系，可是，他们在对于“庸众”和“常人”的勘察中分别拈出的“思想平均数”和生存论“平均状态”概念具有许多可供互相阐发之处。

在鲁迅看来，“先觉”的思想是“知能最高点的标本”，而“庸众”的思维则代表“水平线以下的思想的平均分数”。

---

① 鲁迅：《呐喊·自序》，《鲁迅全集》(1)，人民文学出版社 1981 年版，第 417 页。

② 克尔凯郭尔：《克尔恺郭尔哲学寓言集》，杨玉功编译，商务印书馆 2000 年版，第 3 页。

③ 鲁迅：《准月风谈·帮闲法发隐》，《鲁迅全集》(5)，人民文学出版社 1981 年版，第 272 页。

④ [美] 威廉·巴雷特：《非理性的人》，杨照明等译，商务印书馆 1999 年版，第 204 页。

海德格尔则把“常人”的存在方式称为“共在”，而“共在包含庸庸碌碌，这又是说：此在作为日常共处的存在，就处于他人可以号令的范围之中。不是他自己存在；他人从他身上把存在拿去了”。“他人”即“常人”，正是“常人”把个人生存的领导权拿走了（abnehmen），他总是设法消除个体之间的差别，于是“共处就有庸庸碌碌的性质”。“这样的共处同在把本己的此在完全消解在‘他人的’存在方式中，而各具差别和突出之处的他人则更其消失不见了。在这种不触目而又不能定局的情况中，常人展开了他的真正的独裁。”[①]“就是这个常人指定着日常生活的存在方式”，独异个人终将被群众专制所灭杀。“平均状态是常人的一种生存论性质。常人本质上就是为这种平均状态而存在。因此，‘常人’保持在下列种种平均状态之中：本分之事的平均状态，人们认可之事和不认可之事的平均状态，人们允许他成功之事和不允许他成功之事的平均状态”。正是“常人”的平均状态形成了所谓“公众意见”，“任何优越状态都被不声不响地压住，一切原始的东西都在一夜之间被磨平为早已众所周知之事”。海德格尔把这种弥漫在人群中的无形力量称为“对一切存在的平整”。[②] 这平整的坚冰将由谁击碎？由“暴露幽暗者”？但“暴露幽暗者不但为欺者所深恶，亦且为被欺者所深恶”，[③] 而终至于变成“单人”。那么代表“知能平均数”的“常人”何以拥有如此巨大的平整功能？

海德格尔指出：“常人仿佛能够成功地使得人们不断地求援于它。”[④] 有时连“先觉”都先行缴出“本真自我”。然而“我”为什么躲入“常人”所构筑的“自明性”堡垒？逃避自由、平整自我，是人的一种本能，这一本能源于人性深处的怯懦，强大的文化惯冲力成为人无形而坚硬的精神甲胄。正如鲁迅所言：他们是“把这国拿来做个影子”，他们是“蹲在影子里”逃避个人生存之责的怯懦者。尼采也看得清楚：“只要伦理一点头，就能把最‘自由’的思想吸引到自己一边来。”[⑤] 俄国思想家列夫·舍斯托夫同样认为，令怯懦者得以容身的“庸众”是一种无形的神秘力

① ［德］海德格尔：《存在与时间》，陈嘉映等译，三联书店 2000 年版，第 147 页。

② 同上书，第 148 页。

③ 鲁迅：《花边文学·朋友》，《鲁迅全集》（5），人民文学出版社 1981 年版，第 457 页。

④ ［德］海德格尔：《存在与时间》，陈嘉映等译，三联书店 2000 年版，第 148 页。

⑤ ［俄］列夫·舍斯托夫：《旷野呼告》，方珊译，华夏出版社 1991 年版，第 128 页。

量，“虽然任何地方也没有它并且也不能找到它，但是它却以神秘莫测的方式深入人类生活，摧残和扭曲生活，就像劫运、命运、天数、天命，无处躲避它，并且也无法摆脱它”。[①] 他有感于西方强大的理性传统对个体生命的平整，指出：“在地球存在的漫长世纪中，我们与理性暗示给我们的真理是如此之深地结合在一起，以致我们无法想像，没有它们怎么可能存在。”[②] 而在东方，传统伦理道德经过长期浸润已内化为个体的生存本能，僵固的礼教已成为生活的最高裁判。在其有效的驯化下，尘世成为“反省院”，而居于其中的人们却误以为是“理想乡”。[③]“从来如此便对”使任何瞧它一眼的人立刻变成精神上的顽石，从而放弃“本真自我”自愿沉沦于茫茫人众的汪洋之中。海德格尔确认：“每个人都是他人，而没有一个人是他人本身。”“这个常人却是无此人”，而令人恐怖的却是“一切此在在共处中又总已经听任这个无此人摆布了”。“本己此在的自我以及他人的自我都还没有发现自身或者是已经失去了自身”。[④] 这是一起神秘的自我被劫案，可悲的是，失主非但不能侦明劫略者，甚至连被劫一事竟也不察。经过“平整”的“常人”作为群体其实就是虚无。面对虚无，“独异个人”将有何作为？

作为“精神界战士”，鲁迅始终是一个“孤独者”，他注定要在由“庸众”构筑的“无物之阵”中战斗。“他终于在无物之阵中老衰，寿终。他终于不是战士，但无物之阵则是胜者。”[⑤] 他清醒地看到：“孤独的精神的战士，虽然为民众战斗，却往往反为这‘所为’而灭亡。”选择了“本真自我”也就选择了受难，因为“轨道破坏者”常常“被大众的唾沫淹死”。[⑥] 在作于1907年的《文化偏至论》中，鲁迅就热切地呼唤“先觉善斗之士”，但是，他痛苦地看到：“一梭格拉弟也，而众希腊人鸩之，一耶稣基督也，而众犹太人磔之。”鲁迅在一系列小说中都表现了这一“先

① ［俄］列夫·舍斯托夫：《旷野呼告》，方珊译，华夏出版社1991年版，第87页。

② 同上书，第189页。

③ 鲁迅：《准风月谈·后记》，《鲁迅全集》（5），人民文学出版社1981年版，第382页。

④ ［德］海德格尔：《存在与时间》，陈嘉映等译，三联书店2000年版，第149页。

⑤ 鲁迅：《野草·这样的战士》，《鲁迅全集》（2），人民文学出版社1981年版，第214页。

⑥ 鲁迅：《华盖集·这个与那个》，《鲁迅全集》（3），人民文学出版社1981年版，第138页。

觉”与“庸众”并置交战的主题。“独异个人”在一开始总想唤醒麻木的大众，但结局总是受疏远和失败。这一基本叙事与鲁迅的“个群观”有着深刻的精神关联，而这一“个群观”是与上述海德格尔思想相通的。

当然，由于鲁迅是一位具有诗人气质的作家，其哲学也必带有浓郁的诗化倾向，心灵深处涌动着强烈的生命激情。这种激情一方面源于鲁迅独特的人生体验和时代境遇，同时也与他所受的自克尔凯郭尔以来包括尼采、陀思妥耶夫斯基等西方存在主义作家的浸染有关。海德格尔尽管也领受着尼采式的呼号，但作为教授，他总能将他要传达的信息包含在学院派的学术之中，因而他对时代对世界的思考更加缜密和深刻。他也有激情，这种激情恰如地火般燃烧，深深沉潜在思辨之流的最深层。正是“常人”，“使双脚坚实地踏在我们经验的平凡、尽人皆知的日常世界”。因而不“带有一个人可以在其私室或书房中恣意怀疑外部世界的气息”。“‘常人’是无人称的和群体的生灵，我们当中的每一个人在成为一个‘我’，一个真正的我之前，就已经是‘常人’了。”[①] 他认为：“常人是一种生存论环节并作为源始现象而后于此在之积极状态。”[②] 作为“本己的自己”的“我”“并不首先存在，首先存在的是以常人方式出现的他人。我首先是从常人方面而且是作为这个常人而‘被给与’我‘自己’的。此在首先是常人而且一直是常人”。[③] 这样，在海德格尔那里，鲁迅式的“先觉”与“庸众”的紧张对立关系在很大程度上就被消解了。在精神气质上，鲁迅与克尔凯郭尔无疑更为接近。克尔凯郭尔认为，时代的最大病症是“对个人的轻蔑”。[④] 在《文化偏至论》中，鲁迅充满激情地宣称：正是由于将“个人特殊之性，视之蔑如”，才导致“伧俗横行”，“全体以沦于凡庸”。对此，他深情呼唤“兀傲刚愎”、“发挥自性”、“勇猛无畏”的“先觉善斗之士”。他歌颂克尔凯郭尔、尼采和易卜生等人“皆据其所信，力抗时俗，示主观倾向之极致”，认为，他们才是“二十世纪之新精神”代表。

鲁迅的生命激情源于“先觉”与“庸众”之间的沟通障碍，而海德格尔则透过其间的可沟通性看到了人类心智的平均化危险。只有“按照

① ［美］威廉·巴雷特：《非理性的人》，杨照明等译，商务印书馆1999年版，第216页。

② ［德］海德格尔：《存在与时间》，陈嘉映等译，三联书店2000年版，第150页。

③ 同上书，第151页。

④ 邱仁宗主编：《20世纪西方哲学名著导读》，湖南出版社1991年版，第125页。

这种平均的可理解性，传达出来的话语可达乎远方而为人领会和理解”。从这个意义上说，“人们的意思总是同样的”，“人们共同地在同样的平均性中领会所说的事情”。“更有甚者，平均领会也不要求这种区别，无需乎这种区别，因为它本来就什么都懂。”[①] 每个个体都“在那种自明与自信的保护之下”。[②] 鲁迅宁可把平均化生存的人看做“蹲在影子里张目摇舌的人”。列夫·舍斯托夫干脆把他称为“俯首听命于古代‘知识’早已阐发的‘生与死’的法则”的人。[③] 他们只会“依赖上石墙和二二得四”。[④] 他认为：当一个人与大众一起行动思考，就会感到牢靠，就获得了安全感。这是“合群的自大”最得意的诱惑方式，而要摆脱这种诱惑就意味着灵魂的自我放逐，他发出的一切声音都将沦为苍凉的“旷野呼告”。鲁迅、列夫·舍斯托夫、陀思妥耶夫斯基由于拒斥传统“自明性”的发号施令而注重倾听“本真自我”的心音，均能体会到生命的荒谬感、绝望感。他们是敢想敢为的“勇敢者”，他们抽去了脚下的支撑物，痛苦是对他们的唯一奖赏。他们明知“只要人还指望‘大众’的支持，只要他还害怕失去和脱离自己脚下的根基，只要他还依赖理性真理和自己的美德时，那他就完全处在自己最凶恶和冷酷无情的敌人支配之下”。[⑤] 他们是精神领域里的悲剧英雄，雅斯贝尔斯这样评估他们的价值：“回顾既往，我们可以看到历史如何被‘悲剧人物’的诞生拦腰截断。”[⑥]

海德格尔看到，弥漫于多数人中的“常人”才是世界的真正统治者。鲁迅们的抗争往往流于虚妄，并由虚妄导致绝望以及对绝望的抗争。在海德格尔看来：个人总倾向于“消失在常人的公众意见中”，他“总已从它自身脱落，即从本真的能自己存在脱落而沉沦于‘世界’”，而这就“意指消散在这种共处之中”，从而“完全被‘世界’以及被在常人中的他人共同此在所攫获”。[⑦] 海德格尔看似理性的哲学运思何尝不隐藏着彻骨的悲凉呢？克尔凯郭

---

① ［德］海德格尔：《存在与时间》，陈嘉映等译，三联书店 2000 年版，第 196 页。

② 同上书，第 198 页。

③ ［俄］列夫·舍斯托夫：《旷野呼告》，方珊译，华夏出版社 1991 年版，第 194 页。

④ 同上书，第 13 页。

⑤ 同上书，第 209 页。

⑥ ［德］卡尔·雅斯贝尔斯：《悲剧的超越》，亦春译，中国工人出版社 1986 年版，第 13 页。

⑦ ［德］海德格尔：《存在与时间》，陈嘉映等译，三联书店 2000 年版，第 204、198 页。

尔在一则寓言中，试图将“公众”想象为一位穷极无聊的罗马皇帝。他豢养了一条狗聊以自娱，“假如某人卓尔不群，甚至可能是一位诗人，这条狗就会被放出去向他扑击”。“才能卓越的人士受到粗暴对待”，但“公众毫无悔过”，“若被问及，他们会回答道：那条狗不是我的，它没有主人”。[①] 而在大多数时候，个人尚未被那条没有主人的狗扑击就先已投降。因为“沉沦在世对它自己起到引诱作用同时也起到安定作用”，“常人自以为培育着而且过着完美真实的‘生活’；这种自以为是把一种安定带入此在；从这种安定情绪看来，一切都在‘最好的安排中’，一切大门都敞开着”。这种所谓的敞开状态，在鲁迅看来恰是一间封闭的“精神铁屋”，“从来如此便对”是它的旗帜。然而，“狂人”离“家”出走，他的言语成为一团疯话，他跌入“无根基状态与虚无中”。[②] 这是精神上的“茫然失所”，这就是海德格尔所谓的“不在家之存在论‘样式’”。而“常人”则把“得到安定的自安自信，把不言而喻的‘在家’带到此在的平均日常生活中去”。[③] 虽然“畏造就个别性”，[④] 但是“在家”的自安自信更诱人，它“把一切不熟悉的状态都压制住”。[⑤] 照海德格尔的话说，“常人的解释自始就已经把自由挑选的各种可能性限制在本分而适宜的、众所周知的、可达到的、可忍受的东西的范围之内了。这样把此在的各种可能性敉平为日常当下即可获致的东西，同时就使可能的东西的可能性质变淡了”。[⑥] 面对“常人”非凡的敉平力量，面对“在家感”的诱惑，“狂人”最终去“候补”了。他们“是要救群众，而反被群众所迫害，终于成了单身，忿激之余，一转而仇视一切，无论对谁都开枪，自己也归于毁灭”。[⑦] 是的，“没有立足点——这是可怕的，非常可怕”。但是，正因为没有了立足点，他“就不会像以前一样在尘世间走动——就是说，需要的不是走，需要的是飞”。[⑧] 鲁迅自己就是属于“独异个人”的、反平均化的。他行走在绝望与希望、冰与火的双刃刀锋上，他是独自远行的“过客”。以上哲思对于鲁迅而言

① ［德］海德格尔：《存在与时间》，陈嘉映等译，三联书店2000年版，第206页。

② 同上书，第207页。

③ 同上书，第218页。

④ 同上书，第220页。

⑤ 同上书，第222页。

⑥ 同上书，第225页。

⑦ 鲁迅：《两地书·第一集北京（1925年3月18日）》，《鲁迅全集》（11），人民文学出版社1981年版，第19—21页。

⑧ ［俄］列夫·舍斯托夫：《旷野呼告》，方珊译，华夏出版社1991年版，第1308页。

并不是一种外在于人生践履的客观知识，而是与他的生命融为一体的感受和经验。鲁迅关于个人本真存在的勘察达到了一定的哲学深度，值得引起学界的重视。

以上我们揭示了鲁迅与海德格尔之间的某种平行性精神关联。那么，产生在两种不同文化背景、不同时间向度的思想何以会发生如此“相遇”？拥有同一个“影响源”恐怕也是原因之一。即克尔凯郭尔和尼采是鲁迅和海德格尔共同的精神先导。

海德格尔是沿着克尔凯郭尔和尼采的道路继续前行的人，我们从海德格尔以下的话中不难听到他的精神先导们灵魂深处的呼号：

> 只有在我们认识到，几世纪以来一直受到颂扬的理性是思最为顽固的敌人的地方，思才会开始。[①]

鲁迅的诗人气质使他很易于与克尔凯郭尔和尼采发生精神共鸣。以下材料足可证明鲁迅与克尔凯郭尔之间的精神关联。

鲁迅最早接触克尔凯郭尔是在留学日本时期。19 世纪末 20 世纪初，日本知识界的新倾向深深影响了鲁迅的思考理路。他有感于 19 世纪文明“重物质，轻个人”之流弊，极力倾心于“其自觉之精神，自一转而之极端之主我”的“先觉善斗之士”。这些人包括斯蒂纳、叔本华、尼采、易卜生，当然也包括克尔凯郭尔。那时，无论在日本还是在欧洲，对克尔凯郭尔的介绍均甚少。据姚锡佩研究，鲁迅最初是从他所熟悉的勃兰兑斯所著的有关易卜生的著述中了解到这位北欧哲人的。[②] 鲁迅当时购读的有关克尔凯郭尔的书籍有以下三部：《作为哲学家的索伦·克尔凯郭尔》、《诱惑者的日记》、《索伦·克尔凯郭尔及其对“她”的关系》。[③] 他视克尔凯郭尔为“不和众嚣，独具我见之士”。[④] 而且鲁迅对克尔凯郭尔的兴趣一

---

① ［美］威廉·巴雷特：《非理性的人》，杨照明等译，商务印书馆 1999 年版，第 203 页。

② 姚锡佩：《滋养鲁迅的斯堪的纳维亚文化》，见《鲁迅藏书研究》，中国文联出版公司 1991 年版。

③ 姚锡佩：《现代西方哲学在鲁迅藏书和创作中的反映》，见陈漱渝主编《世纪之文的文化选择——鲁迅藏书研究》，湖南文艺出版社 1995 年版，第 37 页。

④ 鲁迅：《集外集拾遗补编·破恶声论》，《鲁迅全集》（8），人民文学出版社 1981 年版，第 23 页。

直被他保持到了晚年。下列日译书籍购读记录可以证之：1933 年 8 月 27 日购《忧愁的哲理》；1935 年 10 月 31 日购《克尔凯郭尔选集》第二卷；1935 年 11 月 25 日购《克尔凯郭尔选集》第一卷；1935 年 12 月 25 日购《克尔凯郭尔选集》第三卷。[①]

第五节　老舍与乌托邦主义

引言

首先使用“乌托邦”一词的是托马斯·莫尔，他在 1516 年出版了他的拉丁文著作《乌托邦》(*Utopia*)，他根据希腊文“ou”（没有）和“topos”（地方、处所）组合成该词，意指“乌有之乡”、“理想境界”等，但这种纯语义学探源并不能指明它在精神和文化上的独特寓意。有学人将尼采有关“梦境”的言说引入对该问题的思考是大有启发性的，尼采在《悲剧的诞生》中，将希腊艺术的运动归结于“日神”（Apollc）和“酒神”（Djonysus）的对立与斗争。酒神代表“迷醉”，而日神则象征“梦境”，“在梦境中，人们暂时忘却了现实世界的苦难，可以随心所欲地去编织美丽的幻景……创造出一个远离现实苦难的美妙世界”。这里的“梦境”即指向人类幻想的极致——乌托邦。有苦难就有梦想，有梦想就有乌托邦，于是，“乌托邦升华为一种理想，一种与苦难现实截然相反的‘美妙新世界’、一方乐土和幸福的醉乡；它是对现实的超越，也是对现实不完满的超度”。乌托邦的总体品格可以从以下几个方面来理解：

1. 乌托邦是内在于人的生命结构中的精神冲动，是对想象中完美的自由王国的翘首期盼、执意追寻。换言之，它必然又是对现实的质疑与颠覆。它总是指向未来。

2. 以其自身内涵丰富的形象包孕了其创造者对现实的愤激之情乃至解构的雄心。

3. 强烈的基于理性的重构愿望即改造社会、实现理想的愿望。[②]

---

① 见《鲁迅日记》，《鲁迅全集》（14、15），人民文学出版社 1981 年版。

② 徐爱琳：《中西文学之“乌托邦”现象概论》，《江西科技师范学院学报》2005 年第 6 期。

关于西方乌托邦主义的代表作，在一些评介西方空想社会主义著作的材料中往往把托马斯·莫尔的《乌托邦》、托马斯·康帕内拉的《太阳城》和约翰·凡勒丁·安德里亚的《基督城》并称为与“反面乌托邦”三部曲相对应的“乌托邦三部曲”。[①] 所有的乌托邦都力图通过推论来构想一个美好的境界，莫尔认为美好社会应当是财产共有的，他希望通过民主、平等来实现公正；康帕内拉则基于共产主义理想希望通过合理的思维、博爱和优生学来实现永久的和平、健康与繁荣。他们在以下一个方面几乎是完全一致的，即人人都应该从事劳动。

我们认为，乌托邦思想关联到老舍的文化理想和社会理想，也关联到对于老舍之死的重新理解与阐释，乌托邦作为一个重要的知识扇面，是打开老舍心灵世界的一个重要维度，不能不引起我们的高度关注。然而，这一论题还很少进入老舍研究者的学术视野，到目前只有两篇单篇论文对此次问题有所涉及，它们分别是：史承钧、武斌合写的《老舍与西方现代派文学》和王玉宝的《现代都市寻梦者的宿命——老舍小说人物解读》，[②] 前文探讨了“反乌托邦小说”对老舍的影响，认为“老舍在伦敦执教之时，正是被称为本世纪‘反乌托邦小说’三部曲中的《我们》在欧洲出版并风行之日，他是否曾读此作尚不确知，但回国后他于1932年就熟读了当年行世的三部曲中的另一部——奥尔德斯·赫胥黎的《美丽新世界》，足见他对这一流派小说的深切关注”。“据《现代》杂志的编者施蛰存先生回忆，《猫城记》在《现代》连载时，老舍自己也曾在给他的信中说过，《猫城记》是受了Aldous Huxley的*Brave New World*的影响。《猫城记》与‘反乌托邦小说’的联系看来是有实证的，对其进行探讨又能帮助我们进一步读解《猫城记》，并观察老舍是如何在对人类前途的忧患意识上与表现形式上和西方现代主义文学产生契合的。”该文从影响研究的角度对老舍的小说尤其是《猫城记》所受‘反乌托邦小说’的影响作了较深入的探讨，但是，该文仅将重点放在老舍与西方现代主义文学的关系上，这一视阈无疑限制了作者的眼界，即它单单注意老舍与“反乌托邦小说”的共时性联系和影响关系，而没有考虑到中国作家在接受西方文

① ［德］约翰·凡·安德里亚：《基督城》，黄宗汉译，商务印书馆1997年版，第1页。

② 史承钧、武斌：《老舍与西方现代派文学》，《上海师范大学学报》1994年第4期；王玉宝：《现代都市寻梦者的宿命》，《民族文学研究》2005年第1期。

学影响时所存在的文化落差，而将正面乌托邦对老舍的影响关系排除在研究视野之外。后文则通过对牛天赐（《牛天赐传》）、老李（《离婚》）和祥子（《骆驼祥子》）的人物形象分析，认为老舍通过他们讲述的是“都市寻梦者”的同一个故事，“老舍在不断重复的故事中，召唤着一个永远丧失、不愿舍弃、又难以找回的梦。这个梦，就是历史上由无数圣哲、诗人，用语言建构的乌托邦文本”。该文因为并不将老舍与乌托邦的关系作为中心论题，所以对该论题也仅仅是略有涉及而未能展开。总之，以上两文都已涉及这一重要的学术问题，但由于种种原因而都没能将老舍与乌托邦的关系作为一个核心论题来进行研究，而这正是本书所要进行的工作。

一、事实关联与精神关联

本书所要探讨的核心问题是老舍与乌托邦的精神关联，但这种探讨需从老舍与乌托邦的事实关联入手，即老舍阅读或接触过西方乌托邦主义的著作吗？回答是肯定的！

关于老舍和反乌托邦小说的关系已有人进行过考辨与论证，[①] 此不赘述。现在我们关心的是老舍与正面乌托邦主义的事实关联，老舍的确接触过欧洲现代主义思潮的影响，以此视阈将反乌托邦小说纳入其中并顾及老舍与西方现代文学与文化的同步联系是很自然的。但是，包括老舍在内的中国现代作家与西方文学与文化的关系不仅存在着同步关系，更存在着非同步关系，而且他们中的主流作家更多的是与西方现代主义产生之前的文学与文化保持着更为密切的精神联系，老舍确曾接触过反乌托邦小说并曾接受其影响，但是也许老舍与西方的正面乌托邦主义的联系更为密切和深刻。

在老舍的所有文字中特别提及乌托邦的有以下几处：

1. 《文学概论讲义》（1930—1934 年写）；
2. 《四世同堂》（1947—1948 年写）；
3. 《安国访问述感》（1958 年 10 月 9 日发表）；
4. 《写人民公社》（1958 年 10 月 15 日发表）；
5. 《我的几点体会》（1959 年 1 月 11 日发表）；
6. 《新风气》（1959 年 9 月 23 日发表）；
7. 《酒家饭馆有文章》（1960 年 3 月 11 日发表）。

---

① 史承钧、武斌：《老舍与西方现代派文学》，《上海师范大学学报》1994 年第 4 期。

由此可见，乌托邦影像从30年代到60年代一直贯穿在老舍的精神世界之中，而他专门谈及阅读乌托邦方面书籍的文章还可以使我们把这一联系追溯到遥远的20年代甚至更早。在写于1958年的一篇文章中，他说：

自己“自幼喜读描画乌托邦的作品。”①

在写于1960年的一篇文章中，他又说：

年轻的时候，我爱读乌托邦与君子国之类的故事。②

在发表于1958年的一篇文章中，老舍在文后附了“注”，而这个“注”非常值得注意：

文中提到前人写过些乌托邦，因藏书全部丢失，即不提名道姓，以免说错。文中也提到歪曲共产主义的乌托邦“作品”，都是我在国外阅过的，因为没有保存的价值，就随手丢掉，现在连名也记不清了，所以也不敢提名道姓。③

其中透露出两点信息：

1. 此处关于“藏书全部丢失”应特指的是30—40年代，尤其是30年代的山东时期。④ 依此推论，老舍应当在此之前阅读过那些乌托邦主义的著作。

2. 阅读歪曲共产主义的乌托邦作品应当是在美国时期，可以视为老

① 老舍：《安国访问述感》，1958年10月日《河北日报》，《老舍全集》（14），人民文学出版社1999年版，第766页。

② 老舍：《酒家饭馆有文章》，1960年3月11日《文艺报》（半月刊）第5期，《老舍全集》（17），人民文学出版社1999年版，第671页。

③ 老舍：《写人民公社》，1958年10月15日《戏剧报》第19期，《老舍全集》（14），人民文学出版社1999年版，第768页。

④ 1989年1月7日舒乙在写给笔者的信中说：“老舍先生藏书的盛期是济南青岛时期，书不少而且有价值，代价不小，都是有意收藏的。可惜全部丢失在战争中，荡然无存。新中国成立后的藏书则谈不上藏书，几乎没买过书，全是赠书，没有价值，不成系统，不能代表其藏书的兴趣所在和风貌。”

舍对当时国内政治社会前景的关切，至于说“没有保存价值，就随手丢掉”则可视为1958年的言说情景使然，此不论。

总之，从以上材料可以得知，乌托邦主义几乎在老舍整个生命历程的各个时期都留下了深深的印痕，那么这种印痕是否带有精神性的呢？

回答毫无疑问是肯定的！老舍作为一个对政治、社会及文化异常关注的作家，他对乌托邦的关注也是一个作家的关注，而这种关注又不能不浸润在作为整体的老舍的精神世界之中。有人可能认为老舍是一个写实主义作家，对他是否接受乌托邦思想而心存疑问，可是依老舍在30年代的有关论述言之，此乃皮相之见。老舍说：“几乎没有文艺作品是满足于目前一切的。乌托邦的写实者自然是具体的表示对现世不满，而想另建理想国；但是那浪漫派的与唯美派的作品又何尝不是想脱离现代呢？”① 在老舍看来，人是梦想的动物，从一定意义上讲，所有的文学派别均有意识或无意识地指向乌托邦，区别只表现在程度不同而已。

在老舍写于1958年、1959年和1960年的一些文章中频频出现诸如“乌托邦”、“理想国”、“君子国”、“地上乐园”、“地上天堂”和“人间乐园”等，正可以看出老舍在那个时期正是以乌托邦的眼光打量着中国社会巨变的，这可以视为是浓厚的“乌托邦情结”在老舍世界中的投影，事实上，这一情结一直贯串在新中国成立后的老舍身上。以下材料（依时间顺序）可以证之：

1. 1952年：“现在我们站起来了，开始建设自己的乐园。”②

2. 1955年：“十年的变化呀，咱们从地狱走向着人间乐园！”③

3. 1958年：①“把自己的国家变成人间乐园。”④

②“真正的理想国在咱们这里！”“使我们的国土变成地上乐园！”“努力建设吧，地上天堂就在我们面前了！”⑤

---

① 老舍：《文学概论讲义》，《老舍全集》（16），人民文学出版社1999年版，第117页。

② 老舍：《和平与文艺》，1952年9月10日《文艺报》第17号，《老舍全集》（14），人民文学出版社1999年版，第510页。

③ 老舍：《胜利十年——胜利万年》，1955年9月3日《人民日报》，《老舍全集》（14），人民文学出版社1999年版，第609页。

④ 老舍：《小故事》，胡允桓译，《中国文学》（英文版）1958年第1期，《老舍全集》（17），人民文学出版社1999年版，第605页。

⑤ 老舍：《安国访问述感》，1958年10月日《河北日报》，《老舍全集》（14），人民文学出版社1999年版，第766页。

③“我们不是在幻想空中楼阁的乌托邦，而是结结实实地按照共产主义的崇高理想建设我们的理想国。”①

④“我的确看见了地上的乐园，就是苏联！”②

4. 1959年：①“个个背生双翅，向人间乐园飞跃！”③

②“建设成地上的天堂！”④

③“把我们的广大的国土迅速变成地上乐园！”⑤

④“前贤们所描绘的乌托邦的某些美景实现在你的眼前，可是比乌托邦更真实可靠。”⑥

⑤“（朝鲜人民）用自己的劳动把自己的国土造成地上的乐园呢！”⑦

⑥“这个社会一定会变成最理想的人间乐园！”⑧

5. 1960年：“一定会叫北京变成为地上的乐园！”⑨

其实，在新中国成立前老舍就寄寓着这一乌托邦式的社会、文化理想，在老舍的文字中，最早提及“乌托邦”是在1930—1934年编写的《文学概论讲义》中，最早提及“理想国”是在1934年写的《小病》中，最早提及“地上乐园”是在1935—1936年写的《我怎样写〈赵子曰〉》一文中。即便是在他的绝望之作《猫城记》中也寄寓着这一乌托邦影像，

---

① 老舍：《写人民公社》，1958年10月15日《戏剧报》第19期，《老舍全集》(14)，人民文学出版社1999年版，第766页。

② 老舍：《衷心的祝贺》，1958年11月6日《光明日报》，《老舍全集》(13)，人民文学出版社1999年版，第614页。

③ 老舍：《元旦放歌》，1959年1月1日《人民日报》，《老舍全集》(15)，人民文学出版社1999年版，第4页。

④ 老舍：《女店员》，《老舍全集》(11)，人民文学出版社1999年版，第491页。

⑤ 老舍：《天桥》，1959年9月11日《文汇报》，《老舍全集》(15)，人民文学出版社1999年版，第46页。

⑥ 《新风气》，1959年9月23日《人民日报》，《老舍全集》(15)，人民文学出版社1999年版，第51页。

⑦ 老舍：《朝鲜人民永远胜利》，1960年6月25日《工人日报》，《老舍全集》(15)，人民文学出版社1999年版，第104页。

⑧ 老舍：《酒家饭馆有文章》，1960年3月11日《文艺报》（半月刊）第5期，《老舍全集》(17)，人民文学出版社1999年版，第671页。

⑨ 老舍：《人民公社好》，1960年4月28日《中国新闻》，《老舍全集》(15)，人民文学出版社1999年版，第84页。

小说认为："假如有好的领袖"，猫国就一定有希望，在"我""心中起了许多许多色彩鲜明的图画：猫城改建了，成了一座花园似的城市，音乐，雕塑，读书声，花，鸟，秩序，清洁，美丽……"① 这无疑是一个现代文化人对未来中国的乌托邦式想象。在稍后写于1935—1936年的《人物的描写》（收《老牛破车》）中，老舍曾这样推想将来："人类显然的是朝着普遍的平均的发展走去；……人类这样发展下去，必会有那么一天，各人有各人的工作，谁也不比谁高，谁也不比谁低，大家只是各尽所长，为全体的生存努力。"② 在1936年写的《闲话》中，老舍再次表达了他对未来理想社会的畅想："将来的社会，无疑的，是要平均的发展。"③ 在创作于1941年并集中表达老舍的社会文化理想的话剧歌舞混合剧《大地龙蛇》中，我们也可以倾听到乌托邦的回声；而在他的长诗《剑北篇》中也已开始吟唱"到处都是花园"、"给儿孙留下个地上的乐园"和"用平等的享乐布在民间"等。④ 正是由于一直抱有一种乌托邦式的社会理想，所以，当一种类似乌托邦式的社会政治实践在中国大地上实施时，老舍的心理是"狂喜"的，依此判断，这种"狂喜"是真诚的，当然这种"狂喜"也顷刻间完全淹没了作为一个现代文化人的独立思考和判断。

总之，老舍与乌托邦之间不仅存在着事实的关联，而且也存在着深刻的精神关联。

二、写实家与理想家

把老舍定位为一位写实主义作家，几乎已成为学术界普遍接受的看法，这本没有什么问题，但是，如果过分狭隘地理解这一定位，显然是不妥的。早在20世纪90年代，我们就曾提出老舍与理想主义的关系问题，当时我们认为：作为写实家的老舍的独特之处恰恰在于他较之其他的写实主义作家有着更为丰沛的理想主义情怀。"我们饶有兴趣地发现，老舍之倾心于写实派作家，是与他同时作为一个理想主义者及作为一个幽默者是同形同构的"；"他的艺术世界常常闪烁着理想主义的光辉"。他喜爱福楼拜，是因为他"是个大写实家，同时也是个浪漫的写家"；他喜爱的狄更

① 老舍：《猫城记》，《老舍全集》（2），人民文学出版社1999年版，第204页。

② 老舍：《人物的描写》，《老舍全集》（16），人民文学出版社1999年版，第241页。

③ 老舍：《闲话》，原载1936年9月天津《益世报》。

④ 老舍：《剑北篇》，《老舍全集》（13），人民文学出版社1999年版，第370页。

斯，有时也“终不免用想象破坏了真实”，因为“英国的写家虽然有意于此（按：指写实主义），但终不免浪漫的习气”。[①] 但是，不足的是，我们当时仅仅从文学流派和艺术倾向上立论，显得较为浅陋；下面，我们将老舍与乌托邦之精神关联引入对该问题的重新思索。

其实，有关写实与理想的复杂关系，老舍早在30年代就有所论及。老舍认为，所有的文学派别“都不能没有理想”，因为“几乎没有文艺作品是满意于目前一切的”。他又引用鲁迅译厨川白村《苦闷的象征》中的话作为证言：“离了现在，未来是不存在的。……如果能描写现在，深深的彻到仁核，达到了常人凡俗的目所不能及的深处，这同时也就是对于未来的大启示的预言，……我想，倘说单写现实，然而不尽他对于未来的预言底使命的作品，毕竟是证明这作品为艺术品是并不伟大的，也未必是过分的话。”[②] 真正的写实家也一定是一个理想家，他永远不“满意于目前”，他对于目前的批判永远基于一个指向未来的“他者”，生存于民族自我认识与自我反省、批判的大时代的写家老舍无论其主导形态如何，他的梦想则永远指向未来的一个所在，那才是他对于现实批判激情的终极源泉。乌托邦就是现实的“他者”形象，它永远以弃绝现实的面貌出场，它永远指向朦胧的未来。一个真正的作家永远不认同于当下的现实，老舍说：“社会的正义何在？人生的价值何在？艺术家不但不比别人少一些关切，而是永远站在人类最前面的；……偏巧社会永远是不完全的，人生永远是离不开苦恼的，这便使文人时时刻刻的问人生是什么？这样，他不由得便成了预言家。”[③] 老舍就是这样一个作家：“社会上的一切措施，本来都使我满意，可是我偏偏是多愁善感的人，愿意社会上的一切好了再好，明天比今天还好。”[④] 所以，他“喜欢威尔斯与赫胥黎的科学的罗曼史”。[⑤] 难怪作为写实家的老舍有着如此丰沛的理想主义情结呢！按理说，

---

① 吴小美、魏韶华：《老舍的小说世界与东西方文化》，兰州大学出版社1992年版，第63、65页。

② 老舍：《文学概论讲义》，《老舍全集》（16），人民文学出版社1999年版，第117页。

③ 同上书，第58页。

④ 老舍：《病》，1944年4月16日重庆《大公报》，《老舍全集》（14），人民文学出版社1999年版，第353页。

⑤ 老舍：《写与读》，1945年7月《文哨》第1卷第2期倍大号，《老舍全集》（17），人民文学出版社1999年版，第116页。

一个幽默家是不会相信完美社会之能实现的，因为他压根儿就不相信世界上还有完美的人性！可是，也许正是在这悲叹者的背后隐藏着一个理想家，他在对于现实的不满中不断地做着酣畅的“乌有乡”之梦。乌托邦的幻构一般都被作为现实的对立面而成为消解和颠覆现实的“他者”，在老舍非常熟悉的斯威夫特的笔下出现了虚构的“大人国”和“慧骃国”，它体现了作者对现实的英国社会弊端的强烈愤激之情。同时，乌托邦主义者也是对于未来社会建构充满热情的人，柏拉图的“理想国”是由最具理性的哲人进行统治的，莫尔在对“羊吃人”的社会批判的同时，构想了一个政治、经济和宗教理性完美组合的统一体，歌德在《威廉·迈斯特的漫游时代》中也创造了一个乌托邦式的“教育区”和“世界组织”。乌托邦不仅指向对现实的批判，而且更导向一种功利的社会制度建构，所以它具有极强的实验和探索精神，这一精神又极深刻地影响了整个西方文学的总主题和艺术品格。

老舍无疑是一个长期浸润在西方文学中的中国作家，西方文学的这一精神品格很自然地影响了老舍的思想和创作。与其他一些现代作家不同的是，老舍不光批判，他也建构，比如在老舍的艺术世界中出现了一个庞大的英国化即法理化的中国人形象谱系，这个谱系正是老舍从负面批判检讨中国传统文化的基础上所作的正面建构。[①] 他的《大地龙蛇》甚至可以视为一部中国式的乌托邦之作，剧中的许多情景均指向未来的理想世界。该剧的主旨就是预想“东方文化将来是什么样子”，不仅说过去与现在，更说将来。“剧分三幕：第一幕谈抗战的现势，而略设一点过去的影子。第二幕谈日本南进，并隐含着新旧文化的因抗战而调和，与东亚各民族的联合抗战。第三幕谈中华胜利后，东亚和平的建树。”这是一部东方文化未来的畅想曲，“把歌舞等成分插入话剧中”使之成为“混合剧”，也主要考虑到这一总体构思。第三幕的时间设定在“大中华民国五十年春”，地点之所以设在青岛也是考虑到“取景美丽”，[②] 它是老舍构想中的“未来美丽新世界”，在那个世界中，政治将变得清明，政治将不再是耍手腕的政治；印度新船来青只为“联络友谊”（“它既不是战船，也不是纯粹的

① 魏韶华：《“林中路”上的精神相遇》，中国社会科学出版社2004年版，第34页。

② 老舍：《〈大地龙蛇〉序》，《老舍全集》（9），人民文学出版社1999年版，第375—379页。

商船”）。到那时人类已没有任何纷争，而均将精力投入到对自然的制服和利用上去，“世界上的人已经知道了注重科学，爱护科学；也就是知道了拥护真理，支持真理；也就是开始创造和平，扩大和平。那么，全人类要是都同舟共济的征服自然，开发自然，大家就不必彼此争夺而有吃有喝，就足以消灭自然加给我们的祸患”。东亚人民将联合起来“把一切的实际的设施全调动到科学这一边来”，一起对付“中国的沙漠，黄河，日本的地震”。“啊，携起手来，/东亚的弟兄，/一齐向自然进攻！/教东亚的土地，/没有荒旱灾凶，/教东亚的男女，/成为姊妹弟兄，/同情是礼让，/互助代替战争！/这东方的理想，/这东方的决定，/使我们看见光明！”[①] 这种以人力征服自然、开发自然的思想对老舍来说也并非始于40年代，1936年老舍在《人物的描写》一文中就说：在将来平均的社会里，“大家只是各尽所长，为全体的生存努力。到了这一天，志愿是没了用；人与人的冲突改为全人类对自然界的冲突。”[②] 1959年老舍又说：“我们要尽力于技术革命，以期逐渐减轻体力上的负担，缩短操作时间。……在劳动与睡眠之间，我们要求生活丰富，你打球，我种花，他学习哲学或科学。”[③] 其实，在乌托邦的经典著作中就有关于科学造福人类的美好憧憬，比如培根在他的《新大西岛》中所描写的“所罗门宫”的科学园，甚至歌德在《浮士德》中对科技改造社会的远景设想等，都不乏这方面的思想来源。

在《大地龙蛇》第三幕中，老舍通过合唱的方式表达了他对未来社会的狂想：“几千年的血汗，/几千年的经营，/创造起东方的乐土。”“欢笑的儿女，都穿上绸缎衣裳！/有吃有穿，/有歌有唱；/桃源的犬吠鸡鸣，/我们的理想。”“必使佛的慈悲，/庄老的清净，/孔孟的仁义，/总理的大同，/光芒万丈，/照明了亚东！/教东海无波，/教大地平静！/没有战争，/只有同情；/毁了战舰，毁了枪炮，/毁了杀人的念头，/建起和平！”[④] 这里虽然浓缩了诸多东方文化因子，但仍然可以见出老舍对于未

① 老舍：《大地龙蛇》，《老舍全集》（9），人民文学出版社1999年版，第443、438—439、442、451、447—450页。

② 老舍：《人物的描写》，《老舍全集》（16），人民文学出版社1999年版，第241页。

③ 老舍：《北京干净——为北京解放十周年而作》，1959年1月27日《中国工人》第2期，《老舍全集》（15），人民文学出版社1999年版，第16页。

④ 老舍：《大地龙蛇》，《老舍全集》（9），人民文学出版社1999年版，第443、438—439、442、451、447—450页。

来的西方乌托邦式的狂想。

可以毫不夸张地说，乌托邦畅想是老舍一个非常重要的思想，并带有“思想原点”的意义。在新中国成立后，他对中国社会所经历的巨大变革的认识、态度以及价值判断也更多地带有这样一种乌托邦色彩，甚至可以把老舍新中国成立后的一度“狂喜”的情感倾向归结为在中国土地上他看到了他长期构想中的乌托邦社会的雏形的部分实现。在1958年和1959年写的《写人民公社》、《安国访问述感》和《新风气》三文中，老舍正是将当时的人民公社视为乌托邦理想的部分实现，他一再比较乌托邦作品中的虚构与当时社会现实的同与异，认为：“在我所读过的那些乌托邦里，不过只写了一些现象，而没有说他们是怎么来的——所以是空想。……我们的理想国是眼看得到，手摸得着的，绝非空想。”[①]“前人写的乌托邦，只是文学作品，而没有源源本本地叙说乌托邦的历史条件与发展过程，所以它们是虚无缥缈的。我们呢，现在已经亲眼看见公社的初生，……不仅引人去作深思，而且使人看见实现地上乐园的具体办法。乌托邦的作家们拿不出具体办法来。”[②]“前贤们所描写的乌托邦的某些美景实现在你的眼前，可是比乌托邦更真实可靠。你没法不想把‘君子之德风’改为‘人民之德风’。”而这种感受是如此的强烈，以至于老舍真诚地认为，“对于我这由旧社会里过来的人说，我的确是由暗室中出来，走入了风和日朗的新天地中。”[③]他几乎相信了这就是乌托邦的真正实现，为此他歌颂，他狂喜，而老舍的悲剧恰恰在于他最终并没有看到一个真正的乌托邦的实现，反而一头碰死在了他所歌颂并曾为之狂喜的乌托邦狂热之中！

三、新中国成立前与新中国成立后

长期以来，我们已习惯于以1949年为界把“五四”以来的中国文学细分为现代文学与当代文学，这种细分决不能说没有道理，但是，如果我们仅仅看到了它们之间的表层差异而忽视了它们之间的深层联系，那必将

① 老舍：《安国访问述感》，《老舍全集》（14），人民文学出版社1999年版，第766页。

② 老舍：《写人民公社》，1958年10月15日《戏剧报》第19期，《老舍全集》（14），人民文学出版社1999年版，第766页。

③ 老舍：《新风气》，1959年9月23日《人民日报》，《老舍全集》（15），人民文学出版社1999年版，第51—52页。

带来一系列学术盲点。在以往对于跨越两个时代的一些文学大家尤其是那些新中国成立前被划定为资产阶级、民主主义或自由主义作家的研究中，我们往往过分放大了他们的文学和思想分期的意义，即过分看重他们在不同时期的思想差异，而没有或较少将他们视为一个生命的整体。在老舍研究中，我们有时也过分放大了这种前后期的差异，即对于新中国成立前后的“异”看得较多而“同”看得较少，以至于对老舍新中国成立后所经历的心理震荡的强度估计过高，甚至有人对老舍新中国成立后的某些时期的精神“狂喜”的真诚性也表示怀疑。

如果某种思想关联到一个作家的生存本体，那么，这种思想就绝不仅仅是外在于他生命本体之外的一种“客观知识”。一个人首先是一个“一”，然后才可能是“二”或“多”，并且，“二”或“多”也只能在“一”中才有可能被识别。越是伟大和独特的灵魂就越是凝聚为这样一个“一”，早年接受的一些思想仍会像大浪底下的泥沙一样，永远沉积于他丰厚的心灵河床上。正是由于在他身上存在着一个“连续自我”，我们才能将他身上的变化视为变化。当然，这并不是说，在时间流程中它不会发生变异和深化。美国心理学家霍兰德提出：“我们可以将一个人的生活史读作一个主题以及那个主题的变异史。”① 著名诗人叶芝也说：“对于一个人来说，存在着一个共同的神话，假若我们知道它的话，便能使我们理解他所干、所想的一切。”②

在1949年前后的老舍身上到底发生没发生价值崩塌性的精神断裂以及奋力修补的努力呢？回答是否定的。面对一个全新的伟大社会实践，他当然会有不安与犹疑，但是，我们看到的更多的却是认同、兴奋以及充满“狂喜”的积极参与，而这一切都是真诚的。如果对他在此之前的总体思想倾向有所了解的话，我们就不会感到诧异，他在新中国成立前的思想作为一种“前理解”已悄然参与了他对这个新制度的理解和评价，而这个“前理解”是有着与这个新制度对接的良好“接口”的！

其实，老舍在很早就具有了朴素、朦胧的社会主义思想。我们以为，这些思想可以统称为“前社会主义”（这里的“社会主义”指的是科学

① ［美］霍兰德：《后现代精神分析》，潘国庆译，上海文艺出版社1995年版，第7页。

② 同上书，第50页。

的、实践的社会主义）时代的“泛社会主义”思想，它包括早期的基督教社会主义、蕴含在各种乌托邦叙事中的社会主义、早期的各种空想社会主义和唯美派的社会主义等，这是一个十分驳杂的“意义群”，其中的关键词总不外乎经济平等、废除私产、共同劳动以及财富公有，等等。在莫尔虚构的乌托邦世界中，由于没有私有制，一切根据平等原则来组织，生产和消费都按计划调节，一切产品都是社会的财产，所有的产品归公共管理，按个人需求进行分配，全体公民过着无忧无虑的富裕生活，那里没有货币，人们在闲暇时间从事的是一些健康的消费娱乐。

在老舍的文字中最早提及“社会主义”一词是在 1936 年，在小说《骆驼祥子》里，老舍塑造了一个曹先生的形象，“他自居为‘社会主义者’，同时也是个唯美主义者，很受了维廉·莫利司一点影响。在政治上，艺术上，他都并没有高深的见解；不过他有一点好处：他所信仰的那一点点，都能在生活中的小事件上实行出来。……虽然无补于社会，可是至少也愿言行一致，不落个假冒为善”。在祥子眼里，这样的人在世界上实不多见，又拿他当个人看待，所以视他为“圣贤”。[①] 应当说，老舍对他的评价是正面的、肯定的。其实，老舍对莫利司一点都不陌生，在写于 1930—1934 年的《文学概论讲义》中，老舍这样论及他的思想：“他们（指唯美派）的思想与人生全沉醉于美的追求，就是在社会改革上也忘不了美的建设，像莫利司（W. Morris）在理想的社会中非常注意建筑之美（看他的 *Nrws from Nowhere*［按：即《乌有乡消息》］）”[②] 老舍在曹先生身上涵容了自己的思想也是可能的吧！老舍曾置身于 20 年代的英国，对于一个作家来说，它绝不仅仅意味着一种物理时空，而更意味着一种精神时空。他对莫利司和 19 世纪末 20 世纪初的社会主义运动文学应当是熟悉的。由于英国工人运动的高涨和社会主义思想的发展而产生的新社会理想和美学科学，在莫利司成熟期的创作中体现得最为充分而全面。他是 19 世纪后半期英国社会主义运动的先驱者之一，在莫利司初期的作品中就已经出现了“地上天堂”的诗歌主题，后来，这个主题一直贯穿着包括《乌有乡消息》在内的他全部的文学作品。莫利司临终时曾说：即便《地上天堂》完全被人所遗忘，而它的标题也会鼓舞别人。寻找“地上天

---

① 老舍：《骆驼祥子》，《老舍全集》（3），人民文学出版社 1999 年版，第 60 页。

② 老舍：《文学概论讲义》，《老舍全集》（16），人民文学出版社 1999 年版，第 116 页。

堂”、安逸幸福和黄金时代是莫利司的文学总主题。[①] 我们以为，莫利司的劳动快乐说和社会政治美学对老舍是有影响的。莫利司非常注重理想社会中美的建设和科技的利用，他曾多次强调政治发展与美学发展的一致性，在老舍的各种乌托邦式的理想社会构图中也都特别强调美的建设，其中总是少不了音乐、雕塑和花园等。值得注意的是，老舍在英国时期创作的小说《二马》中曾特别倾情地描写了“韦林新城”：“这个新城是战后才建设的。城中各处全按着花园的布置修的，夏天的时候，哪一条街都闻得见花香。……城中全烧电气，煤炭是不准用的，为是保持空气的清洁，只有几条街道可以走车马，如是，人们日夜可以享受一点清静的生活。城中的一切都近乎自然，可是这个‘自然’的保持全仗着科学：电气的利用，新建筑学的方法，花木的保护法，道路的布置，全是科学的。这种科学利用，把天然的美增加了许多。把全城弄成极自然，极清洁，极优美，极合卫生。”[②] 这段看来近乎游离在小说情节之外的描写应当是写者有意的。事实上，在老舍诸多有关城市建设和规划的文字中总少不了“美”这个核心，探其“原点”也应当是他早期所接触的莫利司等人的思想中，而《二马》中的“韦林新城”应当是它最早的影像模型。

莫利司在他的《乌有乡消息》中核心表达了这样的思想：人是为自由的创造性劳动而生的。“劳动是一种快乐，快乐就是劳动。”这个思想是贯串整部作品的中心思想，他的主人公无论在哪个部门劳动，其生活都是富有诗意且富有意义的，在人人劳动、不依附他人、个人权利和自由不受侵害的条件下，人们之间就会产生崭新的关系。“乌有乡”没有私有财产，人们需要什么东西就到商店领取，贫富界限已经消失，人人有工作，过着丰衣足食的幸福生活，英国已变成一座大花园。在旧社会，劳动成为一部分人的负担而成为另一部分人的逃避对象，老舍认为这正是旧社会的罪恶之根。他说：“我知道旧时代的北京是一方面有许多深宅大院，住着贵人或富贾，过着骄奢的腐烂生活。另一方面呢，又有多少小杂院，住着劳苦人民。……只能过着拼命劳动，而难得一饱的苦日子。……因此，我虽喜爱北京，可是也知道它并非是地上的乐园。”在这样的社会中，“有

① 苏联科学院高尔基世界文学研究所编：《英国文学史》，人民文学出版社 1983 年版，第 356—390 页。

② 老舍：《二马》，《老舍全集》（1），人民文学出版社 1999 年版，第 604 页。

不少北京人是以游手好闲为荣的”。而在新的社会，“劳动光荣代替了有闲光荣。只有这样，整个的北京才亲如一家”，“人与人的关系起了很大的变化”，“人人相爱相助”，“我尊敬一切肯劳动的人，一切肯劳动的人也尊敬我”。[①] 其实，“劳动快乐说”是老舍一个非常重要的思想，可见之于他大量的散文和小说（甚至包括《骆驼祥子》等）。

在写于1936年的另一篇文章《我的几个房东》中，老舍曾提到艾支顿的一个时常失业的工人朋友，他“自然的是个社会主义者”。[②] 这篇文章可以把老舍对“社会主义”的接触向前推到他客居英国时期。那么，老舍对“社会主义”的接触是否仅仅停留在“客观知识”层面呢？我们认为绝非如此，老舍很早就开始了对资本主义社会的批判。老舍赴英国后，他的英国经验帮助他形成了一个批判中国的“他者”，但是，老舍绝没有把英国视为一个完美的理想世界，他的“英国形象”的建构由于并不来自于纯理性思考和文本阅读而更多地来自于对英国人和英国生活的观察与体认，所以，这个“英国形象”更加生动鲜活也更加富有老舍个性，在老舍那里，批判往往是双向的甚至是多向的，被批判的双方或多方是互为“视镜”、互为“他者”的。

客居英国时期，老舍就通过对几位英国人生活的观察得出了这样的结论：“在他们的身上使我感到工商资本主义的社会的崩溃与罪恶。他们都有知识，有能力，可是被那个社会制度捆住了手，使他们抓不到面包。成千论万的人是这样。”[③] 这里老舍把矛头直接指向了资本主义制度本身。当然，在这段写于1936年的文字中也不排除历经10年时间后的记忆重构的可能性，但是，那种批判即便并不清晰也不能说完全没有吧！写于英国时期且以英国生活为素材的小说《二马》也可以作为一个充分的补证！其实，老舍这种对资本主义罪恶的批判绝不是一时的心血来潮，而是一直在老舍的生命历程中延续着。在写于1946年的《旅美观感》中，老舍又把这种批判的矛头指向资本主义的头号国家美国，文中明确指出：“在美国全国也有许多困难的问题，比如劳资纠纷，社会不安。”并且提醒国内

① 老舍：《人民公社好》，1960年4月28日《中国新闻》，《老舍全集》（15），人民文学出版社1999年版，第84页。

② 老舍：《我的几个房东》，1936年12月《西风》第4期，《老舍全集》（14），人民文学出版社1999年版，第58页。

③ 同上书，第59页。

的各界人士："我们也要研究他们社会不安的原因，作为改进我们自己社会不景现象的参考。"① 在中国现代作家中，像老舍这样拥有如此长时段的在英国和美国亲身生活经历的并不多见，正是以对资本主义社会的观察和体认为基础并结合其广博的阅读（当然也包括对各种乌托邦著述的阅读）经验，老舍一步步丰富和提升着他的社会理想，逐渐建构着他的独特的社会主义思想。同样是在30年代，老舍曾在多处地方谈及他的政治社会理想：

1. 1935年至1936年："人类显然的是朝着普遍的平均的发展走去；……各人有各人的工作，谁也不比谁高，谁也不比谁低，大家只是各尽所长，为全体的生存努力。"②

2. 1936年："现在的社会显然是个畸形的，……将来的社会，无疑的，是要平均的发展。"③

1950年他对美国资本主义社会的批判一方面可以看作接受了科学社会主义思想后的作为，但是，又何尝不可以视为是新中国成立前对资本主义社会批判的延续呢："自他们立国以至今日，美国人只看到'自由'，而忘了那最紧要的经济的平等。""既没有经济的平等，所以美国虽然地大物博，人口又少，而并没有能成为人人饱食暖衣，人人快乐的地上乐园。"④ 这种延续性特别是在乌托邦情结方面体现得尤为鲜明。比如，在1932年创作的"反乌托邦小说"《猫城记》中，一度绝望的作者由猫人的"老实"看到了希望："看他们多么老实：被兵们当作鼓打，还是笑嘻嘻的；天一黑便去睡觉，连半点声音也没有。这样的人民还不好管理？假如有好的领袖，他们必定是最和平，最守法的公民。"⑤ 以下就是那段著名的乌托邦式畅想。老实、愚昧的猫人本应当是民主主义、自由主义作家启蒙与批判的对象，而在这里却成为作家战胜绝望的唯一理由，这怎能不让人感到惊异呢？但是，如果我们熟悉各种乌托邦对未来理想社会的构

---

① 老舍：《旅美观感》，1946年6月20日《书报精华》第18期，《老舍全集》（14），人民文学出版社1999年版，第405页。

② 老舍：《人物的描写》，《老舍全集》（16），人民文学出版社1999年版，第241页。

③ 老舍：《闲话》，原载1936年9月天津《益世报》。

④ 老舍：《美国人的苦闷》，1950年1月10日《文艺报》第1卷第8期，《老舍全集》（14），人民文学出版社1999年版，第406页。

⑤ 老舍：《猫城记》，《老舍全集》（2），人民文学出版社1999年版，第204页。

想、知晓老舍与乌托邦的事实和精神关联，那么，我们就一点也不会感到奇怪，因为在各种各样的乌托邦中，贤明的领导者与被严格管理（被管理者也乐意接受那种管理并认为那是一切幸福的基础）的人群总是如影随形地并存着。而在1950年当老舍表达他对中国社会的希望时，这希望的首要充足理由就是：我们有了“贤明的领袖”。[①]

我们认为，老舍的乌托邦式的社会理想是贯穿其生命始终的，它是老舍永远挥之不去的“情结”，他影响着老舍新中国成立前的思想与创作，同样也决定着老舍新中国成立后的政治倾向与政治选择。他在新中国成立后的一系列歌颂新社会、新政权的文学新作，他在新中国成立后虽然不乏困惑而更多地体现出的真诚的“狂喜”与对新政策的主动配合等大都可以在新中国成立前的一些言论中找到最初的精神端倪。老舍是矛盾的，甚至是分裂的，但并不存在多个老舍！

四、乌托邦情结探源

那么，老舍这种乌托邦式的社会理想是缘何而产生的呢？毫无疑问，它肯定是各种合力共同作用的结果。

我们当然可以把老舍亲近乌托邦思想归之于他的苦人出身，这的确有道理，因为理想“他者”是宽解苦难人生的强大精神抚慰剂。他说：“假如使我设想一个地上乐园，大概也和那初民的满地流蜜，河里都是鲜鱼的梦差不多。”[②] 老舍甚至将他的幽默归于悲观，又进而把这种悲观归于自幼贫穷和做事早，我们的确可以从他的幽默中听到悲郁的心音。他在解释他的幽默时，常常说到这样一些话：“我不比别人高，别人也不比我高。”[③] 幽默者“似乎把人都看成兄弟”；幽默有助于实现“‘四海兄弟’这个理想”。[④] 可见，在老舍的幽默人生中都自觉或不自觉地蕴含着他的

---

① 老舍：《在北京市文学艺术工作者联合会成立大会的开幕词》，1950年5月29日《人民日报》，《老舍全集》（18），人民文学出版社1999年版，第311页。

② 老舍：《我怎样写〈赵子曰〉》，《老舍全集》（16），人民文学出版社1999年版，第169页。

③ 老舍：《又是一年芳草绿》，1935年3月6日《益世报》，见王晓琴编《老舍幽默小品精粹》，作家出版社1992年版，第179页。

④ 老舍：《谈幽默》，1936年8月16日《宇宙风》第23期，见王晓琴编《老舍幽默小品精粹》，作家出版社1992年版，第8页。

乌托邦式的社会理想。他的苦人出身的确可以使他的乌托邦之梦做得更加酣畅，因为乌托邦本身就产生自人类对苦难现实的战胜与超越。

但似乎更应当考虑到产生这种乌托邦情结的社会及时代原因。在中国本土文化中是缺乏西方文化中的那样一种未来指向性的，它更多地体现出一种复归情结，“往古之时”、“虞舜之治”和“至德之世”等就是它的集中表达方式。当然，在中国文学中也有陶潜的“桃花源”（《桃花源记》），有李汝珍的“君子国”（《镜花缘》），有蒲松龄的“海市国”（《聊斋志异》）等，但总体上远没有西方多。而当中国社会发展到近代，情况发生了巨大的变化。如果说乌托邦是一个“他者”，那么，近代中国正越来越需要这样一种“他者”![①] 当一个族群的生存遇到前所未有的威胁，就会从它的内部激发出一种空前的抗争意识、团结意识和未来意识，这就使中国近代文学中出现了越来越多的乌托邦叙事。秦剑蓝认为：近代小说中大量出现的乌托邦叙事是“近代小说中的一种关于民族国家的未来的想象性建构的叙事”。以《新中国未来记》、《黄绣球》、《苦学生》和《黄金世界》等为代表，其他比如《孽海花》、《老残游记》和《市生》等也带有这一倾向，在一个相对集中的时段中出现如此多的带有乌托邦想象倾向的作品，正是民族国家形成前的必要“想象”的突出表现。美国学者安德森认为，一个新的民族国家在兴起之前有一个“想象”的过程，这个想象的过程也就是一种公开化和社群化的过程。[②] 这样一个大的背景也正是老舍对各种乌托邦叙事发生兴趣的外部时代因素吧！正是通过老舍的这种乌托邦想象，我们才能倾听到他对中国社会变革的焦灼！

除了老舍的出身和时代大背景等因素之外，我们以为，老舍的宗教体认和宗教情怀成为他接受乌托邦思想的重要“前理解”。在宗教尤其是基督教中就隐含着社会主义的乌托邦思想，正是在基督教的影响下才推延出“天国乌托邦”。其实，在早期的空想社会主义代表作中几乎都笼罩着浓厚的宗教色彩，尤其是基督教色彩，甚至可以说，空想社会主义就是基督教社会主义的第一种形态。自 1516 年莫尔的《乌托邦》出版之后，一直到 19 世纪中叶，空想社会主义发展到顶峰，近 300 年间几乎莫不如此、概莫能外。许多乌托邦社会主义者本身就是虔诚的基督教徒，甚至是神

① 徐爱琳：《中西文学之“乌托邦”现象概论》，《江西科技师范学院学报》2005 年第 6 期。

② 秦剑篮：《“流动”的旅行者和“想象”的乌托邦》，《云梦学刊》2006 年第 2 期。

甫。教徒所崇尚的正直善良、洁身自好、急公好义以及乐于助人等良好品质，就是社会主义运动与宗教的可相容之处。[①] 早在 1922 年由老舍翻译的宝广林写的《基督教的大同主义》一文中，就有这样的话："以牺牲精神，使社会安定，是福音之所在，即天国也"，"平民感觉社会之黑暗，与经济之不平者深，……是平民由觉悟而发现其理想之国家，……一面有世界共产，一面有国际联合，除资本家与军阀，……以求建设基督之新纪元焉！……必须以上帝之圣灵，感动之，约束之，而后圣洁美满之社会，可实现矣"。"今日上帝之灵，仍蓄于世人心中，继续进行，驱世界际于真善之域，提高斯世，即是天堂。"[②]

由此可见，在老舍朴素的社会主义乌托邦思想中容纳了某些基督教精神的成分是完全可以理解的，他的社会理想无疑也包含着基督教的因子，理解二者之间的互动关系对于我们准确理解老舍的乌托邦思想和基督教情怀都是有重要学术价值的。

① ［德］约翰·凡·安德里亚：《基督城》，黄宗汉译，商务印书馆 1997 年版，第 1—34 页。

② 宝广林：《基督教的大同主义》，老舍译，1922 年 12 月《生命》第 3 卷第 4 期，《老舍全集》（18），人民文学出版社 1999 年版，第 399 页。

第三章

比较文学视野中的现代文学

第一节　索伦·克尔凯郭尔在中国

在世界著名童话作家安徒生的故乡——丹麦的哥本哈根还生活过一位文化怪杰，他虽然没有安徒生那样的知名度，但他对近现代世界所产生的影响却是安徒生所不可替代的，他就是索伦·克尔凯郭尔（Soren Kierkegaard，1813—1855）。他与安徒生是同时代人，他还批评过安徒生，但安徒生生时享受过成功的喜悦，而克尔凯郭尔却只能在孤独和寂冷中过早地离开了人世。他的宿命就是与整个丹麦社会和文化为敌，他是整个丹麦社会的“牛虻”、现代社会中的苏格拉底，一位日常生活的“困难制造者”。

他与大名鼎鼎的尼采在思想上多有相通之处，但进入20世纪以来，尼采声誉日隆，几乎成为家喻户晓的公众人物，而克尔凯郭尔的影响却一直限定在一部分精英文化层。他在中国的命运不仅不能和安徒生相比，而且也不能同尼采相较。其实，早在20世纪初，他就几乎与尼采同时进入汉语思想语境，可是，中国现代知识分子对尼采给予了尽可能多的重视，而克尔凯郭尔却显得寂寞得多。少数知识分子对他的译介、阐发在后来中国文化的现代化更新中也几乎变成空谷足音和旷野呼告。

克尔凯郭尔在世界范围内受到广泛重视，是始于20世纪60年代的事。随着世界性精神危机的出现与加剧，克尔凯郭尔的意义才逐步显现出来。当代存在主义和存在哲学的三位重量级人物海德格尔、雅斯贝尔斯和萨特，都在不同程度上受到克尔凯郭尔思想的深刻影响，他们都把他放到与尼采相同的地位上加以考量，认为克尔凯郭尔和尼采都是人类文化长河中最伟大的头脑之一。当代基督教领域中的新教神学家卡尔·巴特也尊他为精神导师，天才作家卡夫卡更是对克尔凯郭尔推崇备至，当代基督教存在主义者们大都从克尔凯郭尔那里汲取过精神营养，甚至将他视为他们的精神先驱，我们在P. 蒂利希、R. 布尔特曼、M. 布伯和G. 马塞尔等人身上都不难发现克尔凯郭尔的影子。

现在，在世界范围内，克尔凯郭尔已被公认为当代存在主义之父、基督教新正统主义之父和后精神分析大师。他是一位现代人生活和精神的伟大警示者，一位惨遭精神放逐、羞辱与误解的文化怪杰。他的影响广泛涉及诸如哲学、宗教学、心理学、文学批评与社会批判等方面。他虽然在有生之年遭受冷遇，但在新的世纪他却产生了越来越广泛而深刻的世界性影响。弗洛伊德、卢卡奇、阿多尔诺、德里达、维特根斯坦等也都受其影响。难怪当代存在主义大师雅斯贝尔斯宣称："今天，我觉得，如果没有他，就没有哲学。"[①] 他认为，是"克尔凯郭尔和尼采使我们睁开了眼睛"。[②] 他独具个性的"生存"（Existence）概念使他与现代存在主义思潮发生了精神关联，并使他成为这一思潮的精神先驱。

现代思想文化史的一大特点是：几乎所有的伟大思想家、人类生活的伟大发现者都已成为一种普世现象，仅只寓于狭小时空中的思想文化现象已不复存在。克尔凯郭尔也不仅是一个丹麦现象、北欧现象，更是一个欧洲现象、世界现象。虽然克尔凯郭尔的影响迟至20世纪60年代才被精英文化层所接受，但是他早就穿越物理空间而游走世界，19世纪末20世纪初，他的影响就已抵达日本并进而经由鲁迅而进入汉语思想之中。在那时，留学日本的鲁迅就已倾听到他那独异的精神呐喊，并与自己对于中国问题的思考发生了强烈的共鸣。

历经百年风雨，20世纪末克尔凯郭尔又重新引起了汉语知识界的重视。自90年代初期以来，中国出版界出现了一个小小的克尔凯郭尔译介热潮。

当然，就如同一切文化接受都会发生误读一样，克尔凯郭尔在其重要著作《非科学的结论性》附笔中，通过该书假名作者指出：人们通常只重视《非此即彼》，而对于《生活方式诸阶段》则重视不够，这仅仅是因为前者中有容易发生歧义的《诱惑者日记》。《诱惑者日记》选自克尔凯

---

① 杨大春：《沉沦与拯救》，东方出版社1995年版，第1页。

② 王齐：《走向绝望的深渊》，中国社会科学出版社2000年版，第1页。

郭尔出版于1843年的著作《非此即彼》，汉语译本中有人干脆将它译为《勾引家日记》，这里读者会非常自然地把它与克尔凯郭尔与贾娜·奥尔森的那一段订婚经历联系起来，但是，译者江辛夷还是提醒读者最好将“勾引”一词与作者的“间接沟通”概念联系起来思考。这一小书在中国大陆共有四个版本，在台湾还有一个。另外，《曾经男人的三少女》的汉语译本本来是克尔凯郭尔《非此即彼》和《生活方式诸阶段》中一些片段的选译，原标题其实应当译成《影子戏》更恰切些，它分析的是三部文学作品中三个失身少女的内心忧郁。这一译介中的“误读”和媚俗现象与克尔凯郭尔有生之年其作品在丹麦的命运如出一辙。关于《非此即彼》和《生活方式诸阶段》之间的关系，当年克尔凯郭尔就曾在《非科学的结论性》一书的附笔中，通过假名作者Johannes Climacus指出，人们往往只注意《非此即彼》而不注意《生活方式诸阶段》，其原因就在于前者不仅文学趣味浓郁，更在于其中的《诱惑者日记》比较符合大众口味。面对当今中国出版界的这一选择倾向，克尔凯郭尔研究者杨大春质问：“国人的精神何在?”①

不过，从诠释学的意义上说，任何文化接受都是一种广义的误读，更何况还有那么多的学者正在做着严肃认真的引进工作。1997年7月牛宏宝博士策划了《克尔凯郭尔文丛》，该文丛由中国工人出版社陆续出版，在文丛的“出版说明”中，编者认为：“鉴于克尔凯郭尔在世界思想史上的地位和影响，我们策划出版了本文丛，以期较全面地向中国学术界和广大读者介绍这位不凡的思想家”，“文丛收选克氏各个时期最有代表性的著作，并陆续推出”。这套文丛的译者“共约严守‘信、达、雅’的原则”，体现出编者和译者严肃的学术态度，值得钦佩。文丛的出版无疑大大推动了克尔凯郭尔在中国的传播。著名学者刘小枫认为，“近年来，国内和台湾学界已有克尔凯郭尔的专著、语录和日记的汉译数种，可惜未见系统，诸多要著迄今未有译本”。② 而这套文丛的出版从根本上改变了这一状况。

此外，其他一些出版社也陆续推出了一批克尔凯郭尔作品。譬如，三

① 杨大春：《沉沦与拯救》，东方出版社1995年版，第1、221页。

② 刘小枫：《克尔凯郭尔文丛·总序》，见克尔凯郭尔《非此即彼》，封宗信译，中国工人出版社1997年版。

联书店在其由刘小枫主持的“历代基督教学术文库”中收入的《论怀疑者/哲学片段》；华夏出版社在其“现代西方思想文库”中收入的《恐惧与颤栗》；百花文艺出版社在其“世界散文名著”中收入的《重复》；中央编译出版社在其“诗与思文丛”中收入的《基督徒的激情》；此外还有由商务印书馆编译出版的《克尔恺郭尔哲学寓言集》等。应当指出的是，以上仅是近些年来出版的克尔凯郭尔作品的一小部分。以克尔凯郭尔为选题公开出版的博士论文已有两部，分别是：杨大春的《沉沦与拯救——克尔凯郭尔的精神哲学研究》和王齐的《走向绝望的深渊——克尔凯郭尔的美学生活境界》。上述有关克尔凯郭尔著述的译介和研究情形，足以证明，在20世纪末21世纪初，克尔凯郭尔在中国的被接受已渐成一个小小的热势，其中原因值得探讨。

现在让我们穿越时空隧道去考察一下近百年前克尔凯郭尔步入汉语思想语境以及被汉语思想所接受的情形。

克尔凯郭尔最早是中经日本这一“中介”而与中国文化人发生精神关联的。自19世纪末始，日本知识界热衷的研究对象是广义的存在主义哲学（生命哲学）思潮，这一倾向逐渐压倒了19世纪中叶以来对孔德、穆勒、斯宾塞等强调感觉经验和道德实证主义的尊崇，此精神动向深深触动了留学该国的鲁迅的注意与思考。在鲁迅一生所购读的哲学书籍中，除了实证主义和生物进化论哲学以外，就数唯意志论和个体生命哲学为最丰富。而在这类哲学家中，有叔本华、施蒂纳、尼采、列夫·舍斯托夫，包括丹麦哲学家克尔凯郭尔。据姚锡佩研究，鲁迅的这一购读兴趣可分为三个阶段：第一阶段是留学日本时期，主要购读有关叔本华、施蒂纳、尼采的德文传记及尼采代表作《查拉图斯特拉如是说》原著和德国学者的解释；克尔凯郭尔方面则包括其文学性作品《诱惑者日记》以及他和女友的通信集《索伦·克尔凯郭尔及其对“她”的关系》，另有德文传记《作为哲学家的索伦·克尔凯郭尔》。第二阶段是在北京的1924—1925年，鲁迅购读了日译本叔本华的《论文集》、尼采的《查拉图斯特拉如是说》和日本学者的解释。第三阶段是在上海的1933—1935年，鲁迅集中购读了日译本尼采的《物质与悲剧》、《看啊，这个人》，克尔凯郭尔在俄国的精神继承人列夫·舍斯托夫的三种选本，克尔凯郭尔方面则包括1933年8月27日购入的日译本《忧愁的哲理》以及分别于1935年10月31日、11月25日和12月25日购入的日译本《克尔凯郭尔选集》第2、1、

3卷。[①] 以上材料可以充分说明：在鲁迅心目中，克尔凯郭尔是西方现代个体生存哲学系统中极其重要的一个成员。

鲁迅在当时有限的资料条件下给予克尔凯郭尔以如此充分的重视，个中原因值得研究。从鲁迅早年的文言论文《文化偏至论》中可以看到，当年鲁迅对整个西方近现代文化思想史有一个较为清晰的总体把握。鲁迅批评18、19世纪欧洲文明中的"重物质，轻个人"之弊病，结合当时中国社会、文化变革之急需，倾尽全力呼唤那些"其自觉之精神，自一转而极端之主我"的"先觉善斗之士"，并把克尔凯郭尔等"不和众嚣，独具我见之士"所代表的精神视为"二十世纪之新精神"。克尔凯郭尔批评黑格尔所代表的思辨哲学全神贯注于世界历史而完全忘记了做一个人有什么意义，认为他所处时代的最大病症就在于对个人的轻蔑。鲁迅指出："至丹麦哲人契开迦尔则愤发疾呼，谓惟发挥个性，为至高之道德，而顾瞻他事，胥无益焉。"应当说，鲁迅是结合中国的社会、文化需求抓住了克尔凯郭尔思想的真精神的。虽然鲁迅的克尔凯郭尔已不是原始意义上的克尔凯郭尔，然而，在阐释学的链条上，跨越民族国家的文化接受中的创造性误读是在所难免的。譬如，由于汉语思想欠缺对基督教思想传统的最低限度的了解，这妨碍了汉语思想对克尔凯郭尔思想品质（尤其是基督教神学方面）的恰切辨识。但这并不足以在鲁迅与克尔凯郭尔之间形成精神相遇的高墙。

无疑，汉语思想界的"误读"之处在于将克尔凯郭尔思想作为一个哲学问题来把握，因为从基督教意义上理解克尔凯郭尔是包括鲁迅在内的汉语思想者的一个难题。克尔凯郭尔始终自称是一位基督教作家，尽管他写了大量的文学和心理学作品，但他的"基本主题仍然是信仰问题，如他本人一再申言的，他的全部著作只围绕着一个中心：如何成为一个基督徒，成为一个基督徒的生存意义是什么"。[②] 在如何成为基督徒的问题上，克尔凯郭尔认为最为关键的莫过于先成为一个真正的"个人"。在他看来，信仰问题是一个纯粹的个人生活事件，这是他从基督教神学思想延展到存在哲学最为关键的一步，也是克尔凯郭尔思想中最具革命性的一点。

---

① 姚锡佩《现代西方哲学在鲁迅藏书和创作中的反映》一文和鲁迅日记，其中姚文见陈漱渝主编《世纪之交的文化选择——鲁迅藏书研究》，湖南文艺出版社1995年版。

② 刘小枫语，见［丹］克尔凯郭尔《论怀疑者/哲学片段》，翁绍军等译，三联书店1996年版，第1页。

正如刘小枫所说：尼采和克尔凯郭尔的思考“都可谓思想的现代性事件：思想被引向个体的生存差异，成为偶在的个体的我的呢喃，哲学言述不再围绕普遍性知识，而是围绕着‘这一个人’”。[①] 论已至此，我们已较清晰地彰显出克尔凯郭尔思想的一个关键性层次，即个体生存论层次，我以为，这正是鲁迅步入克尔凯郭尔思想广场的通道。在鲁迅看来，克尔凯郭尔和尼采都是重视个体生存的代表了20世纪之新精神的重要思想家。而由于到鲁迅这一代文化人已逐渐将民族衰败的深层根源勘定在传统文化对个人生存的压抑与遮蔽上，所以，鲁迅是在克尔凯郭尔思想与中国的社会、文化变革需求之间找到了关联点的。

晚清以来，中国人对于西方富强秘密的新发现逐渐从单纯的器物转移到“人”的方面来。但是，对人的问题的认知也经历了一个思考理路的重大变动。严复最关心的是：到底是什么一种精神革新了西方现代生活，西方富强的秘密到底是什么？严复在欧洲思想中发现了两个东西，一是充分发挥人的全部能力；二是努力培育将这种能力转化为集体目标的公心。所以，虽然严复已看到了人的问题的重要性，但他思考的重心仍然是所谓的“公心”，而仅仅将个人性视为一种手段和工具。在译介方面，他所重视的穆勒等人的思考虽然也重视个人性，可主要还是集中在社会、国家、经济及公共道德等方面，严复在很多方面将他们的某些个人思想加以改造了。比如，穆勒常以个人自由为目的，而严复在更多的场合都仅仅将个人视为促进“民智民德”以及实现国家整体目的的手段。[②] 梁启超对人的问题的认知也同样置重于群体方面。著名学者张灏认为：“梁最关心的不是个人的权利，而是群体的集体权利，或更具体地说是中国的国家权利”，“这样，梁在《新民说》中对个人权利所作的激动人心的辩护带着一种强烈的集体主义特色。‘一部分之权利，合之即为全体之权利，一私人之权利思想，积之即为一国家之权利思想。故欲养成此思想，必自个人始’”。[③] 可见，梁启超仍然持个人工具论。

---

① 刘小枫：《克尔凯郭尔文丛·总序》，见克尔凯郭尔《非此即彼》，封宗信译，中国工人出版社1997年版。

② ［美］本杰明·史华兹：《寻求富强：严复与西方》，叶凤美译，江苏人民出版社1996年版。

③ ［美］张灏：《梁启超与中国思想的过渡（1890—1907）》，崔志海等译，江苏人民出版社1997年版，第138页。

在对同一问题的认识上，到王国维和鲁迅有了重大变化，这一变化可视为中国思想从近代向现代过渡的标志和象征之一。首先是日本的思想新动向影响了王国维和鲁迅，他们正是以此为契机超越了洋务派的物质文明论和维新派的近代民主论。王国维入于康德而直抵叔本华和尼采，而浸染于叔本华的唯意志的悲剧论，最终构建了他独特的世界观。这样，王国维在对人的问题上已置重于个人生命一维。姚锡佩认为：从鲁迅留学日本时期的购读书目来看，这些书的作者（包括克尔凯郭尔）“都是从个人的存在中感到生存的困惑，最后选择了孤独的个体存在。而正是这种无助的孤独，使他们不再按人们习以为常的思路，从政治、历史、社会、经济等方面来观察时代，而是透过自己内心的反省，直觉人的存在先于物质。因此，他们给予鲁迅的，并非是点滴言行，而是一种新型的、深沉的、整体的、有智的审视人生的态度，这就使鲁迅毕生的思路，以无限的反省为媒介”。[①] 正是克尔凯郭尔等个体生存哲学家使鲁迅完成了由“群”的人向“个”的人的重心位移。虽然鲁迅并不一定是从基督教背景切入克尔凯郭尔思想的，但鲁迅无疑已紧紧抓住了克尔凯郭尔思想的核心即个体生存论。应当说，克尔凯郭尔“个”的思想已融入鲁迅对中国问题的思考和对自身文化人格的模塑和定位上去了。鲁迅早期认同于克尔凯郭尔之“惟发挥个性，为至高之道德”的思想。正是克尔凯郭尔发现了他所处的时代的普遍病症，他敏锐地发现：“我们时代的邪恶恐怕不是享乐和放纵或荒淫，而毋宁说是对个人的一种放荡的泛神式的藐视。”[②] 他认为，真正的个人已被遮蔽于“类”与“群”中从而沉沦于虚无，这是一种最为可怕的精神褫夺。在《破恶声论》中，鲁迅又指出：“寻其立意，虽都无条贯主的，而皆灭人之自我，使之混然不敢自别异，泯于大群。”如果把易卜生视为克尔凯郭尔思想的文学阐释者，那么，也可以说，鲁迅是踏着易卜生之桥步入克尔凯郭尔的精神广场的。鲁迅在接受易卜生时非常重视剧作《国民公敌》，他以剧中名言“世界上最有力量的人，是最孤独的人”来阐释克尔凯郭尔的个人生存论思想。正是克尔凯郭尔等人引领鲁迅超越了洋务派和维新派而设定出属于自己一代知识者独有的救国方略：

---

① 姚锡佩：《现代西方哲学在鲁迅藏书和创作中的反映》，见陈漱渝主编《世纪之交的文化选择——鲁迅藏书研究》，湖南文艺出版社 1995 年版，第 38 页。

② 汝信：《克尔凯郭尔哲学思想述评》，见《西方的哲学和美学》，山西人民出版社 1987 年版。

"将生存两间，角逐列国是务，其首在立人，人立而后凡事举；若其道术，乃必尊个性而张精神。假不如是，槁丧且不俟一世。"这振聋发聩之声标志着现代思想在中国的真正诞生。

这一思想在鲁迅的精神衍生过程中是连贯的，从早期的《文化偏至论》、《摩罗诗力说》和《破恶声论》到小说《狂人日记》，再到刊于《新青年》杂志上的系列"随感录"，对个人存在的强调如一条红线贯串其间。但是，对个人存在的强调必将导致"个人"与"群体"的冲突。这种冲突在鲁迅那里有时达到了异常尖锐激烈的程度，因为庸众的普遍麻木加剧了先觉者的被逐感与被抛感。克尔凯郭尔的寓言《末日的欢呼》就充分表达了这种痛苦的心灵感受："一场大火在某剧院的后台突发。一个小丑出来通知公众。众人认为那只是一个笑话并鼓掌喝彩。小丑重复了他的警报，他们却喧哗得更加热闹。因此我认定世界的末日将在所有聪明人的一致欢呼之中到来：他们相信那不过是一个笑话。"克尔凯郭尔力图通过这一寓言设想"那些试图对当前时代发出警示的人会有何种遭遇？"① 这一有关"先觉"与"庸众"精神隔绝的经典表述深深触动了鲁迅的心灵。他于1933年8月27日午后从内山书店购得克尔凯郭尔的《忧愁的哲理》（日译本，宫原晃一郎译，昭和八年，东京春秋社出版，系春秋文库之一）一书，次日就在他所作的《帮闲法发隐》一文中引此寓言批判"帮闲们的伎俩"。

在早期鲁迅的思想地盘上就已出现了独异个人与庸众的并置，这一并置在鲁迅的思想中是极其关键性的，其中蕴含着浓郁的现代存在主义色彩，这是鲁迅哲学的根底与核心，克尔凯郭尔之影自然也笼罩其中。据李欧梵研究，"这一哲学思想也见于鲁迅的小说，是他小说原型形态之一"。② 写于1918年11月15日的《随感录·三十八》则集中体现了鲁迅哲学中这一关键性的并置主题："中国人向来有点自大。——只可惜没有'个人的自大'，都是'合群的爱国的自大'。这便是文化竞争失败之后，不能再见振拔的原因。"所谓"个人的自大"，"就是独异，是对庸众宣战"。这种人大抵有"几分天才，几分狂气"。"他们必定自己觉得思想见识高出庸众之上，又为庸众所不懂，所以愤世嫉俗，渐渐变成厌世家，或

① 杨玉功编译：《克尔恺郭尔哲学寓言集》，商务印书馆2000年版，第3页。

② ［美］李欧梵：《铁屋中的呐喊》，尹慧珉译，岳麓书社1999年版，第81页。

‘国民之敌’。但一切新思想，多从他们出来，政治上宗教上道德上的改革，也从他们发端。”而“合群的自大”则“是党同伐异，是对少数的天才宣战”。“他们自己毫无特别才能，可以夸示于人，所以把这国拿来做个影子；他们把国里的习惯制度抬得很高，赞美得了不得；他们的国粹，既然这样有荣光，他们自然也有荣光了！倘若遇见攻击，他们也不必自去应战，因为这种蹲在影子里张目摇舌的人，数目极多，只须用 mob 的长技，一阵乱噪，便可制胜。”[①] 鲁迅自身就深深陷入这种先觉者的孤独之中。“独有叫喊于生人中，而生人并无反应，既非赞同，也无反对，如置身毫无边际的荒野，无可措手的了，这是怎样的悲哀呵，我于是以我所感到者为寂寞。”[②] 这种个体生存论思想也影响到了鲁迅的文学创作观。在刊于《新青年》第6卷第1号（1919年1月15日）上的《随感录·四十三》一文中，鲁迅在谈到新美术家时说：“我们所要求的美术家，是能引路的先觉，不是‘公民团’的首领。我们所要求的美术品，是表记中国民族知能最高点的标本，不是水平线以下的思想的平均分数。”一直到30年代鲁迅仍然认为：“当今急务之一，是在养成勇敢而明白的斗士。”[③]“但愿有英俊出于中国。”[④] 作为一个时代的伟大警示者，鲁迅和克尔凯郭尔的心灵是相通的。

除了鲁迅以外，在中国现代还有一些作家和文化人接触过克尔凯郭尔思想，虽然没有产生特别大的影响。

30年代重视克尔凯郭尔思想的是著名哲学家李石岑。在《超人哲学浅说》（商务印书馆，1931年初版）这本为中国学者自己所著尼采研究第一本成书著作中，李石岑指出：“尼采和斯迪讷、基尔克哥德是十九世纪有名的三个个人主义者。”而他特别强调克尔凯郭尔的“思想所给与近代人生活上的暗示力，亦不下于尼采”。在这本十分重要的尼采研究专著中，李石岑专门介绍了克尔凯郭尔的有关情况。他说：“基尔克哥德（1813—1855）倡生命严肃主义，他的思想在中国还没有人介绍，其实是十分重要的。他主张人格的体验，主张真生活之建设，和尼采的思想实多暗合之处。他著有《非此即彼》（1843年）一书，是他生平比较重要的

---

① 鲁迅：《随感录·三十八》，《鲁迅全集》（1），人民文学出版社1981年版，第31页。

② 鲁迅：《呐喊·自序》，《鲁迅全集》（1），人民文学出版社1981年版，第417页。

③ 鲁迅：《致杨霁云》，《鲁迅全集》（12），人民文学出版社1981年版。

④ 鲁迅：《致张廷谦》，《鲁迅全集》（12），人民文学出版社1981年版。

著作。大意谓真正的创造，必含有矛盾与斗争，由燃烧般的情热和大潮般的统一，把它征服之后，即走上生命严肃的路。”作者不仅向中国读者简要介绍了克尔凯郭尔生平和思想大要，而且特别指出克尔凯郭尔之于中国的特殊意义和价值。在该书的“结论”部分，李石岑通过对尼采与斯蒂纳、克尔凯郭尔的比较进一步阐明了“个人主义的真正意义”。认为，克尔凯郭尔虽然“充满着宗教家的气氛”，但与尼采“从思想的本质上说，固无大异之处”。“基尔克哥德的思想从主观出发而含有实用主义的精神，和尼采的价值观多相类似之处；又基尔克哥德攻击伪基督教，这和尼采的主张更遥相映照。更有一点为两家精神印合无间者，便是热烈的赞美生命、培植生命；用创造与征服的手段，使自己的真生活得以提高，由自己的真生活之提高，进而谋全人类生活之提高。”“尼采在《查拉图斯特拉这样说》里面所论精神直三种变形，基尔克哥德在论‘心理的飞跃’时，也是从同样的程序上去推论，可见他们思想的本质上是互相印证的。”这说明李石岑切入克尔凯郭尔思想的角度也不是基督教神学，这与鲁迅的接受角度是相似的，即汉语思想因为缺乏基督教背景致使大家都忽略了克尔凯郭尔基督教神学思想的方面，而放大了其个体生存论的方面。不过，李石岑毕竟是对西方现代哲学了解较多的现代中国人之一，所以，他还是看到了尼采和克尔凯郭尔之间的差异，“基尔克哥德是充满着宗教家的气分，含有没我的倾向的，尼采不然，尼采是充满着自然科学家气分，含有主我的倾向的。更有一点，是他们二人思想之出发点不同。基尔克哥德是出发于北欧的忧愁、郁闷、恐怖、悲哀的环境中，尼采乃是出发于南方——希腊——的活泼、优美、酣醉欢悦的环境中，故气质与态度之上，均大有不同”。

由于中国传统文化长期以来对于个人的藐视和压抑，使在社会转型期对个人生存的精神需求欲增加，而克尔凯郭尔对个人生存论的强调也就更易于打动精神先觉者的心灵。无论是鲁迅还是李石岑，都并没有将克尔凯郭尔作为一个纯客观知识系统来介绍，而是充分考虑到中国文化的背景和社会变革要求，这是非常有眼光的。李石岑充满激情地强调：“中国人自我观念最不发达，在数千年宗法社会、封建制度、专制政体下之民族，只会做一个不识不知的顺民，只会做一氏一族的顺孙孝子，何曾觉悟到自我之尊严，与自我的责任之重大?”另外，在1931年3月由商务印书馆出版发行的《现行哲学小引》中，李石岑向中国广大读者较通俗地介绍了20

余位现代西方哲学家，其中在第三章“德奥哲学”部分第七节专门介绍了克尔凯郭尔的体验哲学。并在结论部分肯定了克尔凯郭尔“生命的充实与强烈”。特别值得一提的是：同年11月由商务印书馆出版发行的《体验哲学浅说》则是李石岑专门介绍克尔凯郭尔简历和学说的小册子，这也是中国第一本由专业哲学工作者写作的向汉语思想界介绍克尔凯郭尔思想的专书。全书共94页，约4.4万字，共7章。分别是：（一）绪论。以基本肯定的态度确认，克尔凯郭尔的学说是一种生活的“体验哲学”，这一哲学是克尔凯郭尔人格的反映。（二）克尔凯郭尔小传。（三）克尔凯郭尔思想之发展及流派。介绍了克尔凯郭尔哲学的背景和“体验哲学”的特点。（四）克尔凯郭尔的认识论。这里，介绍了克尔凯郭尔的三个观点，第一，思维与实在本不是同一的，因而用思维割除实在中的矛盾是错误的；第二，真理是主观的；第三，信仰绝不是知识的对象。（五）克尔凯郭尔的心理学。认为，弄清飞跃、忧怖和绝望是弄清人的内生活的第一步，其中，绝望对于人的内生活影响最大。（六）克尔凯郭尔的伦理学。介绍了克尔凯郭尔的生活三阶段说，即美的生活、伦理的生活和宗教的生活。（七）结论。指出，克尔凯郭尔思想是尼采哲学的先驱，他们都是个人主义者、主观主义者、都攻击基督教，二人在人格、气质和态度上也多有相似之处。①

在现代中国，人们一般将克尔凯郭尔与尼采并称，似乎克尔凯郭尔是随尼采一起步入汉语文化圈的。这一方面与他们二人的思想实质相关，同时也与日本学者的见解有关。在1935年的《时事类编》第三卷第二十期上就刊有卢勋翻译的日本学者三木清所作的《尼采与现代思想》一文，该文就特别提及“尼采和基尔克加德的内在的血缘关系”。在1939年《今日评论》第一卷第七期上刊发过一篇冯至的《谈读尼采（一封信）》，文中在论及尼采何以反对“哲学系统”时，在括号中专门引入与克尔凯郭尔的比较：“那位和尼采很相似，比他早生半个世纪的丹麦的思想家Kierkegaard说过这样有意味的话：创造系统的哲学家好像是一个人建筑了华丽的宫殿，自己却只能住在旁边的木板房里。”

诗人冯至的确也是较早关注克尔凯郭尔的中国文化人之一。冯至与存

① 方立克、王其水主编：《论著评述》（上），见《二十世纪中国哲学》（3），华夏出版社1997年版。

在主义最初的接触始自30年代初赴德留学之后，此时存在主义哲学大师海德格尔和雅斯贝尔斯正是影响日隆的时候，冯至在海德堡从学的老师之一就是雅斯贝尔斯。他自认此时受到存在主义哲学的影响。[①] 通过雅斯贝尔斯，冯至加深了对尼采和克尔凯郭尔的理解。1933年初，冯至还翻译了克尔凯郭尔的一些语录，刊发在《沉钟》半月刊第21期上，并附介绍说：克尔凯郭尔"影响于欧洲近代思想不下于尼采"。到1941年冯至又写下了《一个对于时代的批评》，向中国读者专门介绍了克尔凯郭尔其人及其对他的时代的批评，是一篇重要的有关克尔凯郭尔的专论。文章将克尔凯郭尔与尼采、陀思妥耶夫斯基并称为19世纪的"三个重要人物"，并钦佩其"在一般人认为不成问题的地方发现问题，对于社会中虚伪的现象痛加攻击"的精神。冯至敏锐地看到克尔凯郭尔对于他所处的时代的批判的价值和意义，他这样介绍克尔凯郭尔的有关思想：在那个人人感到"生活空虚"，"不能认真生活"，其表现之一就是"对于特出的人的嫉恨"，而对付的方法则是"平均一切"，"嫉恨在庸凡的、无能的人心中隐伏着、蔓延着，到了相当的时候，会摇身一变，变为光天化日之下的道德的标准！（看中国有多少称赞平庸、无能、污秽和蠢笨相的道德；它们不但要窒息遏杀特出之士，并且每每要预防他们的产生。）所取的方法是'平均一切'"。"'若是平均一切能以成功'，基氏说，'必定要先制造出一个幻像，一个精神，一个非常抽象，一个包罗万有，而又是虚无的事物，一座蜃楼——这个幻像必是公众。……'公众把一切的'个人'溶在一起，成为一个整体，但是这个整体是靠不住，最不负责任的，因为它任什么也不是。"[②] 这里，冯至准确地把握了克尔凯郭尔的个体生存论思想，突出了克尔凯郭尔的个人主义思想，并且能够结合中国的特殊国情和文化变革需求，这一介绍令人想起世纪初鲁迅在日本对克尔凯郭尔的接受，是非常难能可贵的。直至40年代末（1948年2月），冯至还选译了克尔凯郭尔的一些杂感与罗大冈的《存在主义札记》一并刊于天津《大公报》"星期文艺"第67期上。可见，冯至对克尔凯郭尔一向是情有独钟的，在其作品中我们也不难听到克尔凯郭尔悠远的回声。

以上史实足可证实，克尔凯郭尔早已进入汉语思想，并受到诸多著名

① 冯至：《自传》，见《冯至学术精华录》，北京师范学院出版社1988年版。

② 冯至：《批评与论战》，见《冯至选集》（2），四川文艺出版社1985年版。

文化人的重视。刘小枫所说“早在五四新文化运动之前，尼采和克尔凯郭尔都已进入汉语文化界，但汉语知识人很快就亲近尼采，诠释尼采者趋之若鹜，对 Kierkegaald 一直陌生，未见过有哪位文化名人亲近过他”的论断是不十分准确的。在近些年来，刘小枫为向汉语思想界输入克尔凯郭尔用力最勤，可是他的这一断语却下得有点过头。刘小枫又说：“汉语思想界只知尼采而不知克尔凯郭尔，不仅对现代性思想结构的了解是残缺的，更重要的是，对属己的生存在性的理解是贫乏的。在我看，与克尔凯郭尔交往，更重要的是个体自我理解的更新。”① 此言不假，但是应当看到，以上三位著名文化人尤其是鲁迅正是通过与克尔凯郭尔的精神交往而完成了对“个体自我理解的更新”的，只是长期以来缺乏研究而已。

第二节　鲁迅与索伦·克尔凯郭尔

引言

在 1918—1919 年，刚刚从第一次世界大战阴影中走出来的著名心理学家容格作为英国人收容所的指挥官在夏特·道埃工作，他每天早晨都在笔记本上画一些圆形曼陀罗图画。曼陀罗在藏语中的发音是“基尔考尔”，它由表示中心的“基尔”和表示周围的“考尔”组成，是指一个具有中心和周围的稳定状态。每当容格工作进展不顺利时，画出的图案的一部分外缘就会破裂，失去对称性；而一切进展顺利时，图案则会画得非常协调。以往容格曾探究过他自己做事情的重点在哪里，但自从画曼陀罗开始，他明白了，一切道路都导向唯一的中心点，那正是通往个性化的道路，是“自己”（Selbst），容格找到了包括无意识的心灵全体的中心的自己这一表象。他发现，每个人都具有一个中心。

正因为每个人都有他的一个中心，所以，富有创造性的天才总是善于将知识与能力聚焦，聚焦于一个中心。在现代物理学史上有这样一个例证：爱因斯坦的朋友贝索被誉为“相对论的助产士”，他学识渊博，思维敏捷，但一生并无大的建树。为什么呢？因为他兴趣过分分散；而爱因斯

① 刘小枫：《克尔凯郭尔文丛·总序》，见克尔凯郭尔《非此即彼》，封宗信译，中国工人出版社 1997 年版。

坦知识未必有他渊博，但他一生紧紧围绕相对论等一些关键问题进行探索，最终取得了举世瞩目的成就。

在文学艺术领域中，那些越是伟大的艺术家在其一生中也越是聚焦于一个中心。作为创造的主人，似乎他所有的创造性工作都是从一个原点发散出来的。克尔凯郭尔这样说："所有真正的发展都是返回到我们的起源"，大艺术家总是"倒退着前进"，人将通过返回到他的起源而试图完成他自己。[①]

俄国杰出哲人罗赞诺夫在其所著的《陀思妥耶夫斯基的"大法官"》一书中这样说："值得注意的是，在艺术领域里的几乎每个创造者那里我们都能够找到一个中心，有时几个，但总是不多，其所有作品都聚集在这些中心周围：这些作品仿佛是表达某种折磨人的思想的一些企图，当思想最终被表达出来时，——就出现了作品，这作品因其创造者最崇高的爱而令人感到亲切，并充满对其他人而言永不消失的光，于是，他们的心和思想以无法遏止的力量爱慕他，歌德的《浮士德》、贝多芬的《第九交响乐》、拉斐尔的《西斯廷圣母》都是如此。这是心理活动的最高产物，人类喜爱它们，换言之，人类（根据它们而）知道在自己最好的时刻能做什么，当然，在全世界历史上这样的时刻是罕见的，如同每个人生命中特别清醒的时刻是罕见的一样。"[②] 经过研究，罗赞诺夫认为，陀思妥耶夫斯基的《关于宗教大法官的传说》就是这样一部作品，"只有《传说》仿佛才是整个作品的核心，作品只是围绕着这个核心，如同在自己主题周围的变化一样；作家隐藏在心中的思想留在了这个《传说》里，没有这个思想，不但这部长篇小说（指陀思妥耶夫斯基的《卡拉马佐夫兄弟》）不能被写出来，而且他的许多其它作品都不能被写出来：至少在这些作品里所有最出色的和最高尚的段落都不会出现"。[③] 在该书的另一处，罗赞诺夫又指出："《地下室手记》仿佛就成了陀思妥耶夫斯基文学活动的第一块基石，在这里所表达的思想构成了其世界观的第一条基本线索。"[④] 总之，罗赞诺夫经过对陀思妥耶夫斯基的研究认为，在陀思妥耶夫斯基那里

① ［法］让·华尔：《存在哲学》，翁绍军译，三联书店 1987 年版，第 77 页。

② ［俄］罗赞诺夫：《陀思妥耶夫斯基的"大法官"》，张百春译，华夏出版社 2002 年版，第 3 页。

③ 同上书，第 4 页。

④ 同上书，第 49 页。

存在着一个“中心”、一块“基石”和一条“基本线索”一类的东西。

俄国著名存在主义思想家列夫·舍斯托夫也认为，在陀思妥耶夫斯基一生的所有创造性活动中存在着这样一个原点：“《死屋手记》、《地下室手记》是陀思妥耶夫斯基所有作品的滋养源，其他作品都是对早期作品的广泛注释，到处可见天然视力与超天然视力的对质，这个思想在鼓舞他的全部创造工作，并贯穿于他的全部作品中。”① 他进而确认，“在 1877 年，即在《地下室手记》发表后十五年，陀思妥耶夫斯基仍在继续讲没有讲完的不受‘一般’欢迎的人的故事”。②

在鲁迅一生看似杂乱无序的创造性工作中，也存在着一个贯穿始终的“精神本体”，而且在这个“精神本体”中存在着一个总发散源，一个“思想原点”。鲁迅曾赞赏陀思妥耶夫斯基对“人类灵魂的深”的开掘，无疑，鲁迅也是这样一种类型的作家，由于这类作家的所有创造性活动都不具有外在客观性，所以，他们的艺术、思想和创作均是他们全部人性的分泌物，而一个人的全部人性内容无论看起来多么丰富且富于变化，它也都紧紧聚集在一个中心上。如果没有这个中心，那么，他所有的变化也将不能识别。我认为，鲁迅写于留学日本时期的重要论文《文化偏至论》在其一生的思想中就具有“思想原点”的性质，可视为鲁迅的“思想原论”。

对于鲁迅的这篇早期文言论文，我认为应当取这样一种态度：一方面不同意最近数年来对它的过度拔高；但是，也并不认为还原了鲁迅早期论文和明治日本思想、世界思想的关系（各种所谓的“材源考”）就将对其重要性及其所达到的思想高度形成解构的能力。③ 因为任何一个作家的创造性工作都不可能在一个文化真空中进行，并且从释义学意义上讲，对任何一个人尤其是作家来说，这种文化真空根本就不存在。看一个作家是否形成了自己独特的思想个性，应当主要看他对周围文化环境作出了什么样的反应和择取，而不能主要看他对周围文化资源的利用与否。《文化偏至论》所体现出的思想确实与明治时期的日本思想有密切关联，但我们又要问，面对极其丰富的文化资源，鲁迅是否进行了独

① ［俄］舍斯托夫：《在约伯的天平上》，董友等译，三联书店 1989 年版，第 61 页。

② 同上书，第 78 页。

③ 潘世圣：《关于鲁迅的早期论文及改造国民性思想》，见《鲁迅研究月刊》2002 年第 9 期。

具个性的选择？答案无疑是肯定的。鲁迅在文中所称引的叔本华、施蒂纳、克尔凯郭尔、易卜生、尼采等无疑可以归入一个宽泛的带有精神“家族相似性”的思想者群落之中。鲁迅对这一思想者群落的思想认同与情感亲近本身就显示出青年鲁迅的独特眼光与价值判断，而且这一择取路向对鲁迅而言并不仅仅具有外在客观性。众所周知，无论在这一思想者群落各成员之间存在着何种差异都不能掩蔽他们的思想共通性，即他们都彰显个人生存的自觉和不被周围世界理解的孤独体验。我以为，鲁迅与他们的思想汇通导源于一种深层次的性格机缘，即他们的思想、性格及生存状态对鲁迅而言并非仅只是外在客观知识。而这一思想者群落对鲁迅的影响也绝非单方面的文化输入，也许正是他们激活了鲁迅性格与思想中本已存在而尚不十分清晰的方面。早年的痛苦经历使鲁迅完成了对共在的超越，因为只有痛苦才能使一个人成为真正的个人。当17岁的鲁迅离开家乡奔赴南京求学之时，他就认定是在“走异路”、“逃异地”。这种经历无疑成为鲁迅日后接受个性主义精神家族影响的“理解前结构”的非知识性的一面。既然如此，鲁迅在《文化偏至论》中所表达的思想在鲁迅的整个生命历程、整个创作活动中的意义就不能低估。正是这一个性主义精神家族的成员使鲁迅完成了最早的思想建构，这一建构形成了影响鲁迅一生的“思想原点”。

下面我们试着对鲁迅的这篇早期论文进行一番细读，力图揭出其中贯穿始终的思想主线。

在《文化偏至论》中，鲁迅首先对近代洋务派与改良派所倡导的所谓“新文明”即重“物质”与崇“众数”的倾向进行了批评，认为无论“物质”还是“众数”都仅只是一些“枝节”，因而是非根柢性的。从而得出结论：与“物质”与“众数”相对应的“精神”与“个人”才是根本性的、根柢性的东西。通过对自古罗马中经马丁·路德之宗教改革至近代资产阶级政治革命的回顾，鲁迅指出“物质”与“众数”乃是欧洲19世纪思潮的主流，它在西方的出现有其深层的经济、政治、文化根源，但鲁迅认为将它移入当时的中国却并不适合，因为中国自有中国的问题和需求。针对一切以物质为基础、尊崇物质的倾向，鲁迅反问道：难道“物质”能最终解决人生的根本问题吗？针对一切以“众数”为准、尊崇“多数”的倾向，鲁迅反问道：难道“众数”果真能分辨是非吗？沿着这一思考路向，鲁迅将出现于19世纪末的欧洲文化思想思潮作为考量的重点，认为中国近代洋务派、改良派根本就不了解这一新思潮的动向，而这一新思潮的核心是非物质（针对重物质）崇个人（针对崇众数）的，于是在鲁迅的思考中出现了这样两对对立性并置的概念：众数—个人、物质—精神。

鲁迅首先对“个人”进行了精神史考察，并对“个人”一语初入汉语思想必将导致的误读进行了警示：“个人一语，入中国未三四年，号称识时之士，多引以为大诟，苟被其谥，与民贼同。意者未遑深知明察，而迷误为害人利己主义也欤？夷考其实，至不然矣。而十九世纪末之重个人，则吊诡殊恒，尤不能与往者比论。”

在这里，鲁迅严格区分了两种“个人”，即一种是俗见中的害人利己主义，另一种则是“入于自识，趣于我执，刚愎主己，于庸俗无所顾忌”的真正的个人主义。这种个人是与众数相对应的。那么，这种个人主义的产生，固然与法国大革命以来的平等、自由学说相关，但更多地则是对它的反拨。“且社会民主之倾向，势亦大张，凡个人者，即社会之一分子，夷隆实陷，是为指归，使天下人人归于一致，社会之内，荡无高卑。此其为理想诚美矣，顾于个人特殊之性，视之蔑如，既不加之别分，且欲致之灭绝，……盖所谓平社会者，大都夷峻而不湮卑，若信至程度大同，必在前此进步水平以下，况人群之内，明哲非多，伧俗横行，浩不可御，风潮剥蚀，全体以沦为凡庸。”面对这种“个人”被“众数”掩蔽所带来的“精神益趋于固陋，颓波日逝”的危险症候，“物反于极，则先觉善斗之士出矣”。在这里，鲁迅分别引出施蒂纳、叔本华、克尔凯郭尔、易卜生等“先觉善斗之士”加以阐述。并且指出，歌颂众数的人只看到了其光明面而无视其黑暗面，并以历史史实进行了有力的论证：“一梭格拉第也，而众希腊人鸩之，一耶稣基督也，而众犹太人磔之，……布鲁多既杀该撒，昭告市人，其词秩然有条，名分大义，炳如观火；而众之受感，乃不如安多尼指血衣之数言。于是方群推为爱国之伟人，忽见逐于域外。”认为众数绝非是非判断的终极标准，有时真理反而操在与众数对立的个人手中，于是提出：“惟超人出，世乃太平。苟不能然，则在英哲。”最后，鲁迅得出这样的结论：“多数之说，缪不中经，个性之尊，所以张大。”但真正的个人必是“勇猛无畏之人”，他必须“独立自强，去离尘垢，排舆言而弗沦于俗囿”。

紧接着，鲁迅又针对19世纪物质主义的扩张拈出19世纪末的“非物质主义”思潮。指出“非物质主义者，犹个人主义然，亦兴起于抗俗”。认为19世纪的“唯物”潮流已使人类文明丧失其精神实质。19世纪思想文化思潮的通病主要表现为物质张而精神损、客观物质世界显而主观内在世界隐的倾向。“人惟客观之物质世界是显趋，而主观之内面精神，乃舍置不之一省。重其外，放其内，取其质，遗其神，林林众生，物欲来蔽，社会憔悴，进步以停，于是一切诈伪罪恶，蔑弗乘之而萌，使性灵之光，愈益就于黯淡。”所以，到19世纪末就出现了“新神思宗”。这里鲁迅重点引述了尼采、易卜生、克尔凯郭尔、叔本华等人的思想观点。最后得出结论认为：“惟有刚毅不挠，虽遇外物而弗为移，始足作社会桢干。排斥万难，黾勉上征，人类尊严，于认攸赖，则具有绝大意力之士贵耳。”

在分别对个人主义和非物质主义给予论述之后，鲁迅得出的一个总结论是：19世纪末思想文化思潮中的这两翼具有“度越前古，凌驾亚东”的意义。因此，他批评洋务派及改良派“凡所能张，惟质为多”。“今敢问号称志士者”，能将富裕视为文明吗？鲁迅以犹太遗民的命运反证之；能将筑路、开矿视为文明吗？鲁迅以非洲、澳洲近50年来的变化反证之；能将共和政体视为文明吗？鲁迅以西班牙、葡萄牙两国的社会变革反证之。针对洋务派、改良派所尊崇的物质与众数，鲁迅认为，“物质”并不等于文明：“若曰惟物质为文化之基也，则列机括，陈粮食，遂足以雄长天下欤？”同样，“众数”也并不能成为决断是非的标准：“曰惟多数得是非之正也。则以一人与众禺处，其亦将木居而芧食欤？”

鲁迅在结论部分明确认为：“是故将生存两间，角逐列国是务，其首在立人，人立而后凡事举；若其道术，乃必尊个性而张精神。假不如是，槁丧且不俟夫一世。”西方强盛的秘密何在？在“人”，除此之外，其他均是表层的“枝节”。不仅如此，作为弱势文明的中国传统又是如何呢？“夫中国古昔，本尚物质而疾天才矣。”如果依照洋务派与改良派的方略，必将“重杀之以物质而囿之以多数，个人之性，剥夺无余”。如果这样，旧病加以新疫必将加速“中国之沉沦”。《文化偏至论》中的这两组对立性并置概念在鲁迅一生的创作与思想中占有贯穿始终的意义。我认为，鲁迅与其思想之间的关系绝不是一种与他的人生毫无精神关联的外在关系。下面就结合鲁迅的生命历程、性格特点和创作倾向分别对这两组概念进行一些粗浅的分析。

一、“众数”与“个人”

鲁迅的创造性工作是他全部丰富人性的精神外化，那么，鲁迅到底是一个怎样的人，他的性格核心是什么？民国十八年春季，赵景深和李希同女士在上海大中华饭店举行婚礼，男女两家所请宾客近百人，均为上海文坛知名人士。一位当天出席婚礼的人这样描绘他所看到的鲁迅：

> 穿着一件长衣，孤单单地闷坐在一张椅子上：他前额的头发已脱落，一笔粗黑的东洋胡须，把他那脸色衬得怪庄严而冷酷。在礼堂的各处，却见这里一堆，那里一群的宾客，大家正谈笑得格外起劲。那漂亮的徐霞村，陪着瘦削的沈从文，把新进的女诗人虞女士包围在一起，混得怪有趣而快乐。滑稽的章老板，却和商务一部分同人如周予同、叶圣陶等，还有几个人，正在大谈其新郎的“江北空城计”的笑话。此外，还看见许多不相识的人，也是各成一团，在谈着闲话。
>
> 于是，我再把眼光去投到鲁迅的身上，他却仍然如前孤零零地坐在那里，只是痴看着，默想着，不说一句话。他不去找同堂的人攀谈；可是，人家也不敢走到他的身边去找他。一直到张宴时，他才一声不响地入座。①

鲁迅的性格当然是非常丰富和复杂的，我本人却愿意将以上这段鲁迅速写视为对鲁迅独特存在方式的象征性表述。有一次鲁迅这样向许广平解释他观剧何以早到的原因：“那一回演剧时候，我之所以先去者，实与剧的好坏无关，我在群集里面，是向来坐不久的。”②“我先前何尝不出于自愿，在生活的路上，将血一滴一滴地滴过去，以饲别人，虽自觉渐渐瘦弱，也以为快活。而现在呢，人们笑我瘦弱了，连饮过我的血的人，也来嘲笑我的瘦弱了。……我近来的渐渐倾向个人主义，就是为此。”③ 这些

---

① 王波：《鲁迅的孤僻》，见颜汀编选《大先生鲁迅》，四川文艺出版社1997年版，第14—15页。

② 鲁迅：《致许广平》（1925年3月31日），《鲁迅全集》（11），人民文学出版社1981年版，第30页。

③ 鲁迅：《致许广平》（1926年12月26日），《鲁迅全集》（11），人民文学出版社1981年版，第249页。

都是在与许广平的通信中说的话，因此更带有私密性，虽然言与行存有矛盾，但还是很能看出鲁迅性格的一个重要面影。如果我们仔细凝视鲁迅的照片，就会感到他独异的个性凸显于东方这片微温中道的文化土壤上。他真正活出了个人性，即他是真正的“个人”。他是从“一堆”、“一群”人中超拔出来的个体生存者，只有这样的个体生存者才能超越众观与俗见，对生活的真理真正有所发现。普通人是“靠习惯、明智、模仿、经验、风俗、时尚来苟活”。这样的生存平和宁静快乐，而真正“单个的人”却绝不屈尊“模仿周围的人”。[1] 因为那样，他就沦为合格的“社交成员”。[2] 真正的精神之树是与大地垂直的，克尔凯郭尔自比“一棵孤立的枞树”。[3] 鲁迅笔下的枣树也在暗夜默默地铁似地直刺天空。作为个体生存者，他发现真正的个人的独异之处：尼采一脸凶相，叔本体一脸苦相，王尔德有点呆相，罗曼·罗兰带点怪气，高尔基又简直像一个流氓。在这些人的脸上鲁迅发现了真正的个体与社会、人群“悲哀和苦斗的痕迹来”。

同样，鲁迅一生的孤独、痛苦甚至绝望正是来自这种独异的生存方式，先觉者不被众人理解的痛苦是纠缠鲁迅一生的基本情愫。这种情愫一方面是“五四”整整一代知识者的共通情感体验；另一方面，由于这一情愫与鲁迅本己的人生经历是如此紧密地连接在一起，从而使它在鲁迅身上才会变得如此持久，如此深刻。

“有谁从小康人家而坠入困顿的么?”这一早年人生阅历已使鲁迅完成了对世俗与传统及其作为传统肉身承载者的众数的超拔，离开绍兴奔赴南京求学在他自己则已被视为“走异路”、“逃异地”。这是对多数人共同生存其上的生存根基的逃亡。我们有理由相信，在日本与“富士山们”的对立仍然是这一生存状态的延续。鲁迅的一生可以视为一个不断逃离众数追杀的痛苦过程。克尔凯郭尔与女友蕾金娜·奥尔森的断交可视为克尔凯郭尔从世俗人生的总退却；而鲁迅与朱安形式上的婚姻也表明鲁迅与世俗人生的关联是不切实的。许广平在一篇文章的开篇曾转引孙伏园在《哭鲁迅先生》中所说的一段话：“鲁迅先生的房中总只有床铺、网篮、

① ［丹］克尔凯郭尔：《基督徒的激情》，鲁路译，中央编译出版社 2001 年版，第 32 页。
② 同上书，第 4—5 页。
③ ［丹］克尔凯郭尔：《勾引家日记》，江辛夷译，作家出版社 1992 年版，第 3 页。

衣箱、书案这几样东西。万一什么时候要出走，他只要把铺盖一卷，网篮或衣箱任取一件，就是登程的旅客了。他永远在奋斗的途中，从来不梦想什么是较为安适的生活。他虽是处在家庭中，过的生活却完全是一个独身者。"[①] 这就是鲁迅独特的生命形态，一个精神意义上的"独身者"。这正应了列夫·舍斯托夫的一句话："一个生活的真正的研究者无权当定居者。"[②] 活出个人性的、超越众数所共同尊崇的生存根基的人即真正的个人永远"不在自己家中"。[③] 鲁迅也用他笔下的"过客"完成了对自我生命的"诗化哲学"式的诠释。"当上帝对亚伯拉罕说：'你要离开本地、本族、父家，往我们所要指示你的地方去'（《创世纪》12：1）的时候，亚伯拉罕听从了。"一个人只有当他成为真正的个人，脱离共在，才能尊崇个人心中的信仰，才能"在朝前走的时候不环顾"。[④] 正是这种生存的个人性，使鲁迅体会到了超乎常人的孤独与痛苦，因为这种个人性的生存将导致一种"清醒"，而世界最害怕的就是清醒。正如列夫·舍斯托夫所说："有人帮助我们睡觉，为我们的睡梦唱颂歌，我们认为这种人是自己的朋友和恩人，而力图使我们苏醒的人，我们则认为是自己最凶恶的敌人和罪人，我们既不想也不希望注视自己，以便不去发现当前的现实。所以，对于人类来说，一切都比孤独好，人在寻求与己相似的做梦人，期望'共同梦境'能加强其幻想中的现实性的意识。"[⑤] 正因为如此，世界才会出现鲁迅所说的"瞒和骗"。当真正独异的个人凭借勇气直言其对生活的发现时，他遭到的将是拒斥与孤立。在鲁迅的一生中，这样的情感经历可以说始终伴随着他。鲁迅一生的创造性工作可以说是在与睡觉的人以及帮助睡觉的人的痛苦交战中完成的。

> 假如一间铁屋子，是绝无窗户而万难破毁的，里面有许多熟睡的人们，不久都要闷死了，然而是从昏睡入死灭，并不感到"死"的

---

① 许广平：《鲁迅先生与家庭》，见颜汀编选《大先生鲁迅》，四川文艺出版社1997年版，第187页。

② ［俄］舍斯托夫：《无根据颂》，张冰译，华夏出版社1999年版，第14页。

③ ［俄］H. A. 别尔嘉耶夫：《精神王国与恺撒王国》，安启念等译，浙江人民出版社2002年版，第180页。

④ ［俄］舍斯托夫：《雅典和耶路撒冷》，徐凤林译，浙江人民出版社2000年版，第298页。

⑤ ［俄］舍斯托夫：《在约伯的天平上》，董友等译，三联书店1989年版，第329页。

悲哀，现在你大嚷起来，惊起了较为清醒的几个人。[①]

正是由于鲁迅选择了唤醒昏睡者而成为昏睡者“最凶恶的敌人和罪人”，他也因此品尝到了一般人难以承受的孤独与寂寞。

> 凡有一人的主张，得了赞和，是促其前进的，得了反对，是促其奋斗的，独有叫喊于生人中，而生人并无反应，既非赞同，也无反对，如置身毫无边际的荒原，无可措手的了，这是怎样的悲哀呵，我于是以我所感到者为寂寞。这寂寞又一天一天地长大起来，如大毒蛇，缠住了我的灵魂了。[②]

鲁迅深知成为“单人”所要付出的代价。“先觉的人，历来总被阴险的小人昏庸的群众迫压排挤倾陷放逐杀戮。中国又格外凶。”[③] 个人的无政府主义者“是要救群众，而反被群众所迫害，终至于成了单身，忿激之余，一转而仇视一切，无论对谁都开枪，自己也归于毁灭”。[④] 又说：“英雄的血，始终是无味的国土里的人生的盐，而且大抵是给闲人们作生活的盐。”[⑤]“孤独的精神的战士，虽然为民众战斗，却往往反为这所为而灭亡。”[⑥] 双方的力量对比十分清楚，但鲁迅认同于尼采的“勇即善”，因为他深知孤独与放逐是对真理发现者的精神报偿，“要知道，在‘自我’中而且只在带有非理性的‘自我’中，才能保证从数学真理的睡眠状态中解放出来”。[⑦] 只有成为个体生存者，成为“狂人”，才能向世人发出这样的大疑问：“从来如此，便对吗?”

鲁迅在谈到“五四”时期对易卜生的介绍时说：“因为 Ibsen 敢于攻击社会，敢于独战多数，那时的绍介者，恐怕是颇有以孤军而被包围于旧

---

① 鲁迅：《〈呐喊〉自序》，《鲁迅全集》（1），人民文学出版社 1981 年版，第 419 页。

② 同上书，第 417 页。

③ 鲁迅：《寸铁》，《鲁迅全集》（8 卷），人民文学出版社 1981 年版，第 89 页。

④ 鲁迅：《致许广平》（1925 年 3 月 18 日），《鲁迅全集》（11 卷），人民文学出版社 1981 年版，第 20 页。

⑤ 鲁迅：《〈争自由的波浪〉小引》，《鲁迅全集》（7），人民文学出版社 1981 年版，第 304 页。

⑥ 鲁迅：《这个与那个》，《鲁迅全集》（3 卷），人民文学出版社 1981 年版，第 140 页。

⑦ ［俄］舍斯托夫：《在约伯的天平上》，董友等译，三联书店 1989 年版，第 317 页。

垒中之感的罢。”[①] 同样，在谈到重印阿尔志跋绥夫《工人绥惠略夫》的理由时，鲁迅说：“觉得民国以前，以后，我们也有许多改革者，境遇和绥惠略夫很相像，所以借他人的酒杯罢。然而昨晚一看，岂但那时，譬如其中的改革者的被迫，代表的吃苦，便是现在，——便是将来，便是几十年以后，我想，还要有许多改革者的境遇和他相像，所以我打算将它重印一下。”[②] 鲁迅这里是在观照易卜生《国民公敌》中的斯兑克曼医生、阿尔志跋绥夫《工人绥惠略夫》中的绥惠略夫与当时时代的情感对应关系，而我则宁愿将其视为鲁迅的精神自况。在鲁迅的一生中，他确实时时透露出对“个—群”冲突的聚焦，从这里，我们不难体味出鲁迅内心深处的思想与情感秘密。

如果把作家的创作视为这位作家的精神外化物，那么，鲁迅的这一思想与情感倾向就已被有意无意地投射到他所有的作品中去了。从某种意义上说，鲁迅的全部文学创作都是他的精神自叙传。这些作品本身已构筑起一座独异的鲁迅精神雕像。

成为真正的“个人”，并体会与“众数”的对立性并置，可以说是贯穿鲁迅几乎所有文学创作的一条主线。值得注意的是，鲁迅的许多作品在主题方面存在着不同形式的重复性表达。在他的作品中有一个“独异个人”家族，这一家族成员在鲁迅文学世界中反复出现，从而显示出与创造主体之间的深层关联。李欧梵通过对鲁迅小说的研究发现：“‘独异个人’和‘庸众’正是鲁迅小说中经常出现的两种形象。我们完全可以为他们建立一个‘谱系’（genealogy）。”认为：“独异个人”与“庸众”的对立性并置是鲁迅小说的一个基本原型形态。[③] 从《狂人日记》中的“狂人”到《药》中的牺牲者夏瑜；从《在酒楼上》中的吕纬甫到《孤独者》中的魏连殳；“彷徨”时代的《长明灯》简直可视为是对“呐喊”时代的《狂人日记》的重复性写作。就连在最带有象征性的难以索解的散文诗集《野草》中，也不难发现这一独异个人家族成员的延伸性重现：从《复仇》（其二）中的耶稣基督，到《过客》中的过客；从《颓败线的颤动》中的老妇人再到《这样的战士》中的战士。甚至在鲁迅的《故

---

① 鲁迅：《〈奔流〉编校后记（三）》，《鲁迅全集》（7），人民文学出版社 1981 年版，第 163 页。

② 鲁迅：《记谈话》，《鲁迅全集》（3 卷），人民文学出版社 1981 年版，第 356—357 页。

③ ［美］李欧梵：《铁屋中的呐喊》，尹慧珉译，岳麓书社 1999 年版，第 81 页。

事新编》中，这一家族的子嗣也披着另外一种外衣出现了。譬如《出关》中的老子出关形象是这样被描写的：

（老子）作过别，拨转牛头，便向峻阪的大路上慢慢地走去。不多久，牛就放开了脚步。大家在关口目送着，去了两三丈远，还辨得出白发，黄袍，青牛，白口袋，接着就尘头逐步而起，罩着人和牛，一律变成灰色，再一会，已只有黄尘滚滚，什么也看不见了。

这一孤独者远去的背影，不正是象征短剧《过客》中过客的孤冷回应吗？“过客向野地里跄踉地闯进去，夜色跟在他后面。”在这一独异的个人家族中，鲁迅均彰显了个人与庸众的对立性并置，独异个人不被庸众理解的悲哀被处理成悲凉入骨的音乐。

路人都辱骂他，祭司长和文士也戏弄他，和他同钉的两个强盗也讥消他。①

群众，——尤其是中国的，——永远是戏剧的看客。牺牲上场，如果显得慷慨，他们就看了悲壮剧；如果显得觳觫，他们就看了滑稽剧。②

我们可以把这一独异个人家族回溯到鲁迅的早期文言论文《文化偏至论》，在该论文中，把“个人”的精神气质概括为“绝异其前，入于自识，趣于我执，刚愎主己，于庸俗无所顾忌”。如易卜生《国民公敌》中的斯兑克曼医生“宝守真理，不阿世媚俗，而不见容于人群”。又举出苏格拉底、耶稣基督的悲剧为例说明相似的遭遇。我们可以把该论文中出现的斯兑克曼、苏格拉底、耶稣基督，还有那批先觉善斗的哲人如尼采、克尔凯郭尔等视为鲁迅以后在小说和散文诗中反复出现的独异个人家族的始祖。《文化偏至论》中的“个人”及其与庸众的对立性并置成为鲁迅一生无限延展的主题的一个原点。它是鲁迅几乎所有作品中的独异个人形象的总滋养源。

---

① 鲁迅：《复仇（其二）》，《鲁迅全集》（2），人民文学出版社1981年版，第174页。

② 鲁迅：《娜拉走后怎样》，《鲁迅全集》（1），人民文学出版社1981年版，第163页。

二、“物质”与“精神”

中国近现代社会整体演革所置重心的转换是一个由物质层面不断向精神层面提升的过程。这是经洋务派、改良派到“五四”新文化运动所完成的伟大跨越。鲁迅的求学经历与中国社会的这种整体重心位移也存在着同构关系，即：物质（矿业）→人（医学〈肉体〉→文学〈精神〉）。鲁迅认为，筑路、开矿并不等于文明，在物质和文明之间不能画等号。整个19世纪的唯物潮流已使人类文明丧失其精神实质，加之“中国在昔，本尚物质”。所以，整个中国社会最需要的是张扬精神。人区别于普通动物的独特之处在于人的精神性。只有完成从物质层面向精神层面的提升，只有完成从肉体层面向神性层面的积极超越，才能体现出人性的尊严与高贵。我们不得不惊叹于鲁迅瘦弱的身躯何以能够承载如此丰富的精神世界和韧性的人格力量。许广平说：“记不清有谁说过：鲁迅的生活，是精神胜于物质，的确是。”① 这是因为，“沉迷于自己的理想生活的人们，对于物质的注意是很相反的”。② 克尔凯郭尔也曾自言：“我就是精神。”鲁迅一生的生活、思考与艺术就是以无限的精神反省为其特色的。

鲁迅的文学世界深深地打上了这一主体印记，散文诗集《野草》直接将艺术触角伸向人的深层精神世界，其象征主义是不能仅只在艺术技巧层面上予以解释的，它的本质是主观精神世界对客观物质世界的超越。至于鲁迅的小说创作，以往仅以现实主义切入也是有待进一步研究的，鲁迅的小说思维也是重视主观性的，下面是小说《药》中的一个片断：

> 没有多久，又是几个兵，在那边走动，衣服前后的一个大白圆圈，远地里也看得清楚，走过面前的，并且看出号衣上暗红色的镶边。——一阵脚步声响，一眨眼，已经拥过了一大簇人。那三三两两的人，也忽然合作一堆，潮一般向前赶；将到丁字街口，便突然立住，簇成一个半圆。（中略）静了一会，似乎有点声音，便又动摇起来，轰的一声，都向后退……

---

① 景宋：《鲁迅先生的日常生活》，见颜汀编选《大先生鲁迅》，四川文艺出版社1997年版，第186页。

② 同上书，第178页。

这里鲁迅通过华老栓的感觉，描写了刑场的气氛，日本学者藤井省三认为，这里鲁迅得心应手地运用了带有象征主义倾向的俄国作家安特莱夫的主观描写法。[①] 在小说《明天》中，鲁迅这样描写失去爱子寡妇的心理：

> 她站起身，点上灯火，屋子越显得静，她昏昏的走去关上门，回来坐在床沿上，纺车静静的立在地上。她定一定神，四面一看，更觉得坐立不得，屋子不但太静，而且也太大了，东西也太空了。太大的屋子四面包围着她，太空的东西四面压着她，叫她喘气不得。

藤井省三认为，从这段文字中，“很容易看到安德烈夫‘情绪小说’的投影”。[②] 在《黯淡的烟霭里》译者附记中，鲁迅这样论及安特莱夫的小说创作：

> 安特来夫的创作里，又都含着严肃的现实性以及深刻和纤细，使象征印象主义与写实主义相调和。俄国作家中，没有一个人能够如他的创作一般，消融了内面世界与外面表现之差，而现出灵肉一致的境地，他的著作是虽然很有象征印象气息，而仍然不失其现实性的。[③]

将鲁迅对安特莱夫的这种认识移到鲁迅本人身上也是很合适的吧！鲁迅小说中的现实性因素也不是纯客观性的现实性因素，而是充满了主观精神渗透的现实性因素。这与鲁迅独特的抑物质、扬精神的生存方式是一致的，同时与鲁迅的文学创作目的论即鲁迅一生都是在唤醒国民的精神麻木着眼于国民的精神改造相关联的。

特别值得注意的是，鲁迅所受影响的作家也往往带有这样的强烈主观性的特点。安特莱夫之所以成为鲁迅的“文学老师”，显然与他小说的主观内向性有关。对美国文学并不十分重视的鲁迅却独独看重爱伦·坡，对法国文学也并不十分重视的鲁迅却尤其看重波特莱尔，个中消息我们是可

① ［日］藤井省三：《鲁迅比较研究》，陈福康编译，上海外语教育出版社 1997 年版，第 72 页。

② 同上书，第 73 页。

③ 见《鲁迅全集》(10)，人民文学出版社 1981 年版，第 185 页。

以体会的。而他一生重视的俄罗斯、东欧、德国以及北欧文化、文学与艺术也从总体上带有这种主观内向性特征。甚至在鲁迅重视的美术家比如凯绥·珂勒惠支、凡·高和爱德华·蒙克等人也都特别重视主观表现性。

总之，鲁迅的文学创作及其所受影响的外来影响源都绝不是用简单的传统现实主义所能概括的，其中透露出的重精神、崇主观内心感受的特点是与鲁迅独特的生存方式相关联的。而在物质与精神这一对立性并置概念中鲁迅尤重精神也可以回溯到早期论文《文化偏至论》，因而仅以这一方面而论，《文化偏至论》也带有鲁迅“思想原点”的性质。

以上我们分别从两个方面即个人主义和非物质主义，考察了二者与鲁迅独特生存方式和文学创作倾向的内在关联。彰显了《文化偏至论》在鲁迅一生的所有创造性活动中的原点意义。以下我们将通过分析考察克尔凯郭尔在鲁迅“思想原点”形成过程中所具有的重要意义。

关于鲁迅早期思想的形成，学术界普遍重视外国现代哲学对他的影响，但重尼采而轻克尔凯郭尔。在《文化偏至论》中，鲁迅重点阐发的两个核心思想是张个人（排众数）和非物质（张精神）。关于鲁迅的个人主义思想，潘世圣在《鲁迅的思想构筑与明治日本思想文化界流行走向的结构关系——关于日本留学期鲁迅思想形态形成的考察之一》一文中认为：“鲁迅所接受的个性主义主要是尼采哲学这一系统。”[①] 而关于鲁迅的非物质主义思想，潘世圣在《关于鲁迅的早期论文及改造国民性思想》一文中认为：“从本质上说，鲁迅的非物质重精神，是取之尼采，取之新康德派。”[②] 这是一种具有代表性的看法，这样，学术界就把鲁迅早期的个人主义和非物质主义思想的影响来源全部划归在尼采名下。但是，如果对《文化偏至论》进行文本细读，我们就会发现，克尔凯郭尔在其中占有非常重要的位置。鲁迅在论文中，“所述止于二事：曰非物质，曰重个人”。如果我们仔细研究克尔凯郭尔思想就会发现，其思想看似芜杂多面，但重主观（即非物质）与重个人这两个方面确是他最基本最核心的思想滋养源和升发点。下面我们就分别从这两个方面进行研究，以期彰显克尔凯郭尔的影响对鲁迅早期思想形成所起的作用。

第一，个人主义。

① 《鲁迅研究月刊》2002 年第 4 期。

② 《鲁迅研究月刊》2002 年第 9 期。

鲁迅首先对西方19世纪以来兴起的个人主义思想潮中的“个人主义”进行了辨义，认为个人主义的主要内涵是“入于自识，趣于我执，刚愎主己，于庸俗无所顾忌”。这种个人主义思想的出现有其历史文化根源，首先它源于近代资产阶级民主革命之后自由、平等观念的滋养，正是这种滋养使人类尊严、个人价值逐渐深入人心，但是更重要的是对这一民主思想过分泛化的一种物极必反的纠偏。即“且社会民主之倾向，势亦大张，凡个人者，即社会之一分子，夷隆实陷，是为指归，使天下人人归于一致，社会之内，荡无高卑，……顾于个人特殊之性视之蔑如，既不加之别分，且欲致之灭绝。……况人群之内，明哲非多、伧俗横行，浩不可御，风潮剥蚀，全体以沦为凡庸”。面对这种由社会的普遍平均化所带来的对“个人特殊之性”的粘平，到19世纪末便出现了一大批“先觉善斗之士”。这里鲁迅主要举出五个人的学说：施蒂纳的“极端之个人主义”，叔本华的“主我扬己”之说，克尔凯郭尔的“惟发挥个性，为至高之道德”之论以及易卜生的“民敌”思想，最后他称尼采为“个人主义之至雄桀者”。在其中，克尔凯郭尔处在被特别强调的位置上：“至丹麦哲人契开迦尔（S. Kierkegaard）则愤发疾呼，谓惟发挥个性，为至高之道德，而顾瞻他事，胥无益焉。”而紧接着，易卜生又被作为“克尔凯郭尔之诠释者”而引入论述，通过对易卜生思想的介绍，主要突现其独异个人与众数的冲突这一重要思想侧面，也就是说克尔凯郭尔的个人是处在与众数对立并置的位置上的。

严格说来，克尔凯郭尔是一位宗教沉思者，但他对个体生存的彰显，使他被后世存在主义哲学家们尊为存在主义之父。他一生思考的核心问题即如何才能成为一个真正的基督徒。他认为，只有成为真正的“个人”才能成为一个真正的基督徒，个人要作为生命的个体直接面对上帝。信仰只关乎“个人”而与“群体”无涉。“在信仰的小路上，门户只朝个人开放，并在他背后又关上了。再没有象在与上帝相对时那样孑然一身。”① 据雅斯贝尔斯的看法，“真正的哲学思索必须源自一个人的个别存在”。② 克尔凯郭尔无疑活出了个人性，他的不平凡经历使他超越于所处的时代，作为真正的个人他试图把个人当作一个范畴导入我们的思想之中。克尔凯

① ［俄］舍斯托夫：《在约伯的天平上》，董友等译，三联书店1989年版，第118页。

② ［法］让·华尔：《存在哲学》，翁绍军译，三联书店1987年版，第15页。

郭尔就像陀思妥耶夫斯基笔下的“地下室人”一样，以个人的存在向麻木的世人发出警示，他的墓志铭上就写着由他自己拟定的“那个个人”几个字。真正的个人逃避全体走向自己，“真理之所以是真理，也是因为它只以自己的出现就把人口稠密的都市变成荒无人烟的旷野。当一个人突然领悟了真理的时候，他立刻就会感到，‘全体’，‘人们’，也就是那些把旷野变成人口稠密之地的人们，拥有无法解释的杀死真理的力量或能力”。[①] 在易卜生看来，“近世人生，每托平等之名，实乃愈趋于恶浊，……卓尔不群之士，乃反穷于草莽，辱于泥涂”。易卜生的《国民公敌》集中反映了占有真理的个人与群敌的紧张性对立关系。“有人宝守真理，不阿世媚俗，而不见容于人群，狡狯之徒，乃巍然独为众愚领袖，借多陵寡，植党自私，于是战斗以兴。”在《文化偏至论》中，个人是与庸众对立的，而这也是克尔凯郭尔个人主义思想的一个特点。克尔凯郭尔认为，每个时代都有它的代表性的病症，他认为他所处的时代的最大罪恶是对个人的压抑与蔑视。他再三强调，群众就是虚妄。当群众被视为真理的标尺，则群众就成为虚妄的东西，因为正是群众使个人完全陷入不知悔改及不负责任的境地，或者至少由于把责任切成碎片而大量削减了个人的责任感。生活中普遍存在着的是相互模仿复制的实利主义者。克尔凯郭尔总是称自己是孤独和唯一的个人。“克尔凯郭尔在谈到自己时说，没有别的哲学家像他这样强调个人或‘唯一者’的概念。”[②] 在这一点上，他可以和斯蒂纳与尼采相比。在《文化偏至论》中，我们可以看出鲁迅对克尔凯郭尔这一思想倾向的准确把握，并且视易卜生为克尔凯郭尔的文学诠释者，通过对易卜生《国民公敌》的透彻分析，更加彰显了克尔凯郭尔这一重视个体生存的思想。

所以，我们认为在鲁迅早期的个人主义思想中，克尔凯郭尔的影响是至关重要的。

第二，非物质主义。

鲁迅在对“个人主义”思潮进行研究后紧接着对非物质主义进行了研究。认为，针对19世纪出现的物质张精神损所导致的文明精神实质的

---

① ［俄］舍斯托夫：《雅典和耶路撒冷》，徐凤林译，浙江人民出版社2000年版，第322页。

② ［法］让·华尔：《存在哲学》，翁绍军译，三联书店1987年版，第117页。

丧失，在19世纪末出现了“新理想主义”思潮，它分为“主观主义”和“唯意志论”。“主观主义”的含义主要是指以主观为准则，尊崇主观精神世界；而在“唯意志论”部分，鲁迅则着重介绍了“唯意志论”与以往唯理主义、浪漫主义和古典主义在人格观上的差异。在主观主义思潮中，鲁迅分别介绍了尼采、易卜生和克尔凯郭尔的论说；在唯意志论思潮中，鲁迅分别介绍了叔本华、尼采和易卜生的论说。值得注意的是，鲁迅在介绍主观主义思潮时将克尔凯郭尔置于一个十分重要的位置上。在这样简单论及尼采、易卜生等人“皆据其所信，力抗时俗，示主观倾向之极致”之后紧接着强调指出：“而契开迦尔则谓真理准则，独在主观，惟主观性，即为真理。至凡有道德行为，亦可弗问客观之结果若何，而一任主观之善恶为判断焉。”并且随后着重论述了克尔凯郭尔主观真理论所产生的深远社会影响，即“其说出世，和者日多。于是思潮为之更张，骛外者渐转而趣内，渊思冥想之风作，自省抒情之意苏，去现实物质与自然之樊，以就其本有心灵之域；知精神现象实人类生活之极颠，非发挥其辉光，于人生为无当；而张大个人之人格，又人生之第一义也”。认为唯意志论对个人人格的强调也是由克尔凯郭尔主观真理论发端的。这里鲁迅敏锐地把握了克尔凯郭尔另一个非常重要的思想侧面即主观真理论。

存在者是人、是个人，克尔凯郭尔把它叫作“唯一者”或“主观思想家”。这样的人思考，但不去进行理性的思考，不去进行客观的思考，也不进行纯概念的思考。“他总是只‘与他自身相关’，并无限关切他自身。”① 我们知道，克尔凯郭尔是反黑格尔的，他称黑格尔为“教授”，其中带有嘲讽之意。“教授”构建了宏大雄伟的宫殿，而他自己却生活在宫殿的地下室或旁边的狗窝里。黑格尔探索真理，追求整体；而克尔凯郭尔则以主观真理论与之抗衡，针对这位客观思想家，克尔凯郭尔自称“主观思想家”，这几乎成为他对自己的唯一称呼。他认为，所有人创造出来的外在于创造主体的纯客观知识都将成为活生生的人的异己力量，必将导致个人性和生活激情的丧失。所以他把力图客观地认识事物的人，把阐明体系的“教授”视为自己的敌人。早在1834年，年轻的克尔凯郭尔就写道：“我必须为一种想法而生。”他总是强调主观因素对于真理来说是必不可少的。克尔凯郭尔说：“一个人要寻找的不是普遍的真理，而是个人

① ［法］让·华尔：《存在哲学》，翁绍军译，三联书店1987年版，第40页。

的真理。”“我能抽象每一种事物，但不能抽象我自己，因为这意味着死亡和地狱；我忘不了自己，即使在睡眠里也忘不了。”[①] 克尔凯郭尔认为，作为生存个体，要掌握所谓“客观真理”是不可能的，个体应当反求诸己，丰富自己的主观内向性。因为真理是主体内部的事情，真理问题只关乎具体个人。在克尔凯郭尔看来，真理与生存是不可分割的，而只有主观地提出真理问题，重心才会转向主体自身，真理才能最终成为一种体用，否则，就会导致思辨哲学的倾向。在思辨哲学中，主体被遗失，主体只沦为一种工具，这样，个体生存必将被漠视。所以，克尔凯郭尔以人的内向性作为真理之权衡标准，真理其实就是一种主观内向性。由于个体是偶在的、流动的，因而纯粹的客观真理就是虚妄，个体面对的将永远是不确定性。这将导致疯狂吗？是的，但疯狂也比丧失了主体性的冷漠要好。

鲁迅认为，克尔凯郭尔的这一主观真理论引起了整个欧洲社会思潮的变化，主要表现在：由注重外部世界，渐渐转向人的内心世界，沉思默想与审察自己内心世界的风气兴起来了。我们发现，鲁迅对外国文学的择取也大致沿着这一路向。即鲁迅更加关注的是那些带有主观性、内向性的作家。包括他喜爱的外国美术家，也多带有主观的重要性不断增长的特点，在这里我们分不清鲁迅是更喜欢他们的画作还是更喜欢他们这些画家本人，他们的艺术比以往任何时代的艺术都更加倾注了艺术家个人的主观意识。鲁迅自己的文学创作也常有这种极强的主观内向性，《野草》则将这种内向性开掘到前所未有的深度。也许正是克尔凯郭尔的主观真理论，使鲁迅一生都打上了浓郁的对生命无限反省的色彩。鲁迅从不相信有所谓的终极的普适的客观真理存在，从这个意义上说，他是一位现代中国的苏格拉底。其中隐含的智慧就是：人的个体性和有限性决定了人不可能穷尽真理。“过客”并不知道自己“是怎么称呼的”、“是从那里来的”以及“到那里去的”。但他只是走，他只得走，真理不在思辨之中，而在“走”的践履之中。鲁迅曾说过：在他的文字中“并没有宇宙的奥义和人生的真谛，不过是，将人所遇到的，所想到的，所要说的，……说得自夸一点，就如悲春时节的歌哭一般”。[②] 这并不是一般的自谦之语，而是源自

① ［法］让·华尔：《存在哲学》，翁绍军译，三联书店1987年版，第19页。

② 鲁迅：《华盖集续编·小引》，《鲁迅全集》（3卷），人民文学出版社1981年版，第183页。

他独特生命方式的肺腑之言。所以，他从不以“公理”的占有者自居。他说：“我早有点知道，我是大概以自己为主的，所谈的道理是‘我以为’的道理，所记的情状是我所见的情状。听说一月以前，杏花和碧桃都开过了。我没有见，我就不以为有杏花和碧桃。”① 这种真理观和看待世界的方式与克尔凯郭尔的主观真理论极为接近。

在克尔凯郭尔看来，真理永远与主观性相关。他明确认为：真理就是主观性。要了解克尔凯郭尔的这一真理观，还得从“哲学教授”黑格尔说起。在黑格尔看来，真理是由一系列提前设定的概念的转化而得到的，并且，这种转化又总是从“正—反—合”的物理“动力学”逻辑产生的，通过一级高过一级的转化运动，我们可以得到高于一切的真理，这就是“绝对理念”，它可以超越时空的限制。“主观思想家”则完全反对这种狂妄的真理观，每一个人都生存在一个特定的时间，个体的任务不是去把个人和时间运动的总体相同一，因为这是完全不可能的妄想，个人如果有这样的念想就是“渎圣”，因为他逾越了自己的存在的界限。“我”无力逾越自己所处的时间，“我”必须接受这一前提，“我”是一个有限的个体，“我”如果妄想去达到永恒，那本身就是一个极大的错误。那么，这不是很无奈吗？不，个人应当思考自己到底能做什么，即“我”要以“我”的视界去接近那个“我”所以为是的真理。克尔凯郭尔向我们表达了这样一个原则：要与真理共在，取决于你的主观。“主观思想家”把永恒和时间结合起来，他本人就是永恒和时间的结合，就算是他也想达到永恒真理，也只能是在永恒时间的一个具体片断中去达到它。从这个意义上说，人本身就是一个荒谬的存在、一个悲剧的存在，但同时也是一个伟大的存在。人能够接近真理，但那只是他所以为是的真理，作为有限的生命个体，却想统摄所谓“绝对理念”，那完全是一种妄信。

鲁迅从来就不相信宇宙间存在着什么永恒绝对的真理，那些东西往往是被某些人拿来吓唬人的大棒，鲁迅所以为是的真理恰恰是“我以为”的真理。鲁迅一向坚持“己见”，但他从来没有自以为掌握了“公理”，并用这种所谓的“公理”去党同伐异、排斥异己。他从来也不相信世间存在着什么所谓超越时空的先在的真理，《狂人日记》中“从来如此，便对么？”就是鲁迅对这一主观真理论的经典表述，无论拥有权威与否，谁

① 鲁迅：《新的蔷薇》，《鲁迅全集》（3），人民文学出版社 1981 年版，第 291 页。

都没有掌控绝对真理的能力和权利。生活的活力恰恰体现在他的变动不居之中，只有不断以个体的发现去击毁“从来如此”的僵固理性，生活之流才会永远奔腾向前。“知识之树”是干枯的，而“生命之树”永远长青。真理向所有的个体敞开它的大门，思考是每一个个体的天职和义务。

通过以上分析，我们可以认为，在具有鲁迅“思想原论”性质的早期论文《文化偏至论》中笼罩着浓郁的克尔凯郭尔思想之影。当然，鲁迅对克尔凯郭尔的重视肯定与当时明治日本时期的思想文化氛围有很大关系，但是，即便如此，我们也不得不佩服鲁迅的眼力。在 1877 年，也就是克尔凯郭尔死后的近 20 年之后，丹麦文学评论家勃兰克斯写了第一本有关克尔凯郭尔的传记。直到 19 世纪末，一些不知名的德国哲学家才发现并注意到他，当时，叔本华、尼采正在德国产生着越来越大的影响力，当时人们发现，克尔凯郭尔至少与这两位大师同样重要。在 20 世纪，克尔凯郭尔的重大影响在第一次世界大战之后逐渐才开始显现出来，而克尔凯郭尔真正成为具有世界广泛影响的思想家则是在第二次世界大战后，这时由于人类精神危机的加深，存在主义哲学的影响日益扩大，而克尔凯郭尔作为存在主义哲学之父的价值才真正为当代世界所重视。由此推知，鲁迅留学日本时期接触到的有关克尔凯郭尔的材料还是相当有限的，但鲁迅还是准确地把握到了克尔凯郭尔主要的思想倾向，并且在他所绘制的西方 19 世纪以来的新思潮的精神地图上描画出了他所应处的重要位置。这是两位精神巨人的一次跨越时空的精神相遇。

第三节　老舍研究在韩国

近年来，中国的老舍研究在选题的新颖性和思想性等方面出现了一定程度的停滞。其症结在于，老舍研究正越来越沦为一种纯知识构建，研究者已慢慢失去了与老舍进行精神对话的激情与可能性。我们需要借助“他者”的眼睛，“老舍遗产”不仅属于中国，也属于整个东亚，尤其是他所触及的现代文化再造问题更是当代东亚社会的共同课题。所以，我们的近邻韩国的声音就特别值得我们倾听，韩国学者以自己独特的现代民族体验和个体生命体验映照出了以往未曾被发现的老舍新侧面，凸显出“老舍文学”的东亚价值。

由于老舍研究在韩国的成果有限，我们不进行历时性的考察，而是分成几个小专题，择其有代表性的成果分而述之，以展示韩国老舍研究之大略。

一、比较研究

1. 老舍和朴泰远的世态小说：城市认识对比研究——以《四世同堂》和《川边风景》为中心

论文选取韩国作家朴泰远的《川边风景》和老舍的《四世同堂》为比较研究对象，认为它们都是以首都为展示对象，且在两国文学中都具有代表性的长篇小说。在20世纪30—40年代，韩国的汉城和中国的北京都处在由殖民经济和外族侵略所造成的一种特殊的转型期局面，两位作者都以纪实性的描写展示了当时首都老百姓生活状态上的变化和危机。两部小说根据它们在体裁上的特点在两国分别被称"世态小说"和"人情小说"。虽然《川边风景》和《四世同堂》都重视描写首都老百姓的日常生活习俗，但是两位作者的书写方式迥然不同。这一方面是由于两位作者对世态的看法不同，它们所表现的城市文化性质也不同，更是由于在两国文学史上长篇小说现代化的具体路程也有所不同。朴泰远在对老百姓生活面貌的冷静描写之中暗暗地揭露出当时汉城都市文化的种种矛盾性质，他通过现代主义的表现方式陈列式地描绘"清溪川边"居民的痛苦。而老舍却是按照现实主义的方法来挖掘北京胡同居民的痛苦及其原因，由于在40年代，老舍依然受到"五四"启蒙思想的影响，所以，他的小说在主题方面比朴泰远更加明晰。

但是，另外一方面，两人都作为都市的老居民对自己生活的城市及其文化有着一种深厚的复杂情感，这种心理使他们与描写对象之间形成了一种特殊的关系。他们都以自己渊博的城市知识来记载极其丰富的城市文化细节。他们的成功也是因为他们对风俗和语言在长篇小说的重要性有着自己独特的理解。

论文探讨了为什么这两部小说同属于现代"世态小说"？而现代"世态小说"在当代还有着什么样的文化价值和意义？还分析了作家对城市文化的情感如何表达以及对城市文化的批判视角应当如何调整等问题。

2. 韩、中现代家族史小说的比较研究——以苒尚燮与巴金以及蔡万石和老舍的小说为中心

论文从韩国现代小说中选取廉想涉的《三代》和蔡万植的《太平天

下》，从中国现代小说中选取了巴金的《家》和老舍的《四世同堂》，这些作品均被认为是其本国现代家族史小说中的代表。上述四部小说均描述了由四代人组成的大家庭从形成到瓦解的全过程。论文旨在研究家庭中代际之间的不同特点和冲突。

处于顶端的第一代掌控着整个家族，这一代的人以身属封建社会传统而自豪，在这个传统看来，个人、家庭、社会和国家是一个互相连带的整体。但是急剧变化的外部世界正在威胁着他们所构建的那个世界，我们自然会发现他们对这一变革的普遍态度，那就是把自己禁锢在私人的牢笼内，而寻求梦想的连续性是他们的共同点。第二代的成员已经从落后的旧世界里逃离出来，但是他们仍未完全形成自己的观点和立场，因此，他们具有游离的特点，受直觉掌控而没有任何明确的态度，他们被愉悦性原则掌控着。最后，我们发现第三代人可以看到旧世界的结束并试图打破它的结构。他们可以分为两类，第一类以家族为本位，第二类以社会为本位，理所当然他们对家族的功能持不同态度。

尽管四部小说有着上述共同的特点，但它们毕竟创作于不同的国家，论文试图探究不同的背景是如何在小说中反映出来的。

与中国小说相比，自责的痕迹更容易在韩国小说中被察觉，或许是因为韩国处于日本殖民主义的完全统治之下。另外，家庭成员中女性的生活方式也呈现出显著的差异，两部韩国小说中描述的女性几乎过着与世界隔离的生活，她们从没有和男性一起坐在饭桌前或是一起参与社会活动。但是，中国小说中的女性通常和男性的家庭成员一同进餐并且也和他们一起喝酒。对于相同封建体系下两国对女性的不同态度有待于作更深入的研究。最后，两国小说中描述的家庭大小也不尽相同。从中韩两国对大家庭体系的不同观点中我们很容易理解这种现象。在中国，同一根系下的所有子孙住在一起的现象很普遍，而在韩国，依照传统，除长子以外的其他儿子都应该搬出去组织另外的家庭。论文还以此为基础延伸到中韩当代家族史小说的比较研究。

3. 韩国作家蔡万植与老舍的比较研究

论文以揭示东方文学的共同精神特质为目的，运用比较研究的方法，集中分析了同处 20 世纪 30 年代的蔡万植和老舍的同类作品的体裁和叙述模式之异同，并分析其间的复杂文化原因。作者认为，蔡万植与老舍都采用传统的文学表现手法，充分论证了蔡万植与老舍对东方古典文学传统的继承性，从而以两位东方作家的精神共通性说明中韩现代小说与西方小说不尽一致的独特性魅力。

除了中韩比较研究之外，也有论者涉及中西比较研究。有代表性的是：试论老舍的《骆驼祥子》与康拉德《吉姆爷》——以主人公祥子和吉姆爷映射出的意识为中心。论文认为，“nothing”总是成为康拉德笔下作品的结局，而老舍所塑造的祥子的世界也是一个等同于“nothing”的绝望而又孤独的世界。

二、老舍与家族文化研究

这类研究往往不是专论，而是在更大的视阈中将老舍命题纳入其中，但是这类论文仍然能给我们启发。

1. 长子的复杂性及其在中国现代小说中的体现

进入20世纪初期，中国的家庭经历了前所未有的变化。“五四”运动动摇了族规这一中国家族体系或者说社会政治秩序的根基，作为中国文化支柱的华夏中心论在鸦片战争以后发生了裂变。家庭中的弱者，包括妇女和儿童，成为公众关注的焦点，长子在保守的一代和新生代之间做出另一种选择，他们不得不承担起为新生代救赎和为老一代担当替罪羊的职责。

长篇小说《家》（巴金）、《财主底儿女们》（路翎）、《四世同堂》（老舍）的主要内容都包含了对长子悲惨命运的描述。上述小说中的长子们表现软弱，他们徘徊于家庭与社会的困惑中，他们不适应改变了的新世界，他们痛苦并被毁灭。家对于他们的影响自然是负面的，这种负面引发了错综交织的文化哲学。但是，事实上，这种复杂性并非源于现存的事物，而是源于对“祖先”的敬重，因为它深刻影响着家族的命运，并不断压抑着他们的欲望，正如中国传统文化中所描述的那样。

作者试图以牺牲长子为代价在业已被摧毁的家庭中选择新的道德观价值观，但是在现实中，消逝的中国封建文化已演变成一种意识形态形式，并且不断在历史现实中得到巩固。

2. 中国现代小说中关于“家庭出走”主题的研究

论文集中思考巴金的《家》和老舍的《四世同堂》中关于“家庭与社会”、“家庭与个人”以及“家庭出走”等问题。首先关注一下“家庭与社会”。《家》中企慕的社会是一个理想的社会，在那里每个人都可以成为“一类人”，同时年轻人和妇女可以拥有他们失去的权力。因此，作为封建思想标志的大家庭体制就成为实现这个社会理想的障碍。而《四世同堂》则把家庭描述成一个拥有民族和社会先决条件的次级团体。从这一方面来看，家庭可能会为民族而作出牺牲。

什么才是家庭与个人的理想关系呢？在《家》中，个人有决定自己命运的权力，因此，大家庭体制将被完全否定；而在《四世同堂》中，个人如为更高的缘由例如民族作出牺牲将会是十分有意义的。正因为这两部小说对于家庭与社会持有几乎完全不同的观点，所以它们关于“家庭出走”的描写也就截然不同。

一方面，《家》中的家庭出走可以理解为个人独自作出决定重获其个性和社会角色，出于这个目的，大家庭体制应该彻底解构；另一方面，《四世同堂》中对于“家庭出走”的描写则与《家》完全不同，家庭可能是这类牺牲的阻碍，但不一定是和其有对抗性的东西。在这两部作品包含了中国现代小说的精髓：反帝反封建。这两个矛盾的概念不能简单地理解为反封建就是批判中国传统价值观的标准，而反帝国主义就是为了保护中国价值观而否定国外影响的概念。尽管这是表面上看来矛盾的理解，但我们还是可以说这是两个截然不同的概念。我们可以尝试性地理解为觉慧对于个性感化力的探求和斗争影响了瑞全在面对国家危机时的独立决定。

三、老舍与北京文化、满族文化研究

1. 老舍和北京已经失传的历史、诗、工艺复原

在被称为“京味文学”泰斗的老舍的代表作中，被公认的成功作品的共同点表现为把空间都定位在北京。经历了多年外国生活的老舍，一生一直以北京为自己作品的主要舞台，其理由很难被解释成完全出于对故乡的留恋。

如果通过非创作期间寻找线索的话，就要追溯到沉浸着出生与幼年时代记忆的空间去。而这个空间恰恰就是北京，它不仅仅是出身于满族正红旗家庭的老舍的出生地与故乡，也是满族旗人的主要聚居地。因此，要理解老舍，重要的一点就是要把北京这个空间与满族历史一同加以考虑。

论文从北京这个空间出发，以与其相关的作品为中心作具体考察。而且对这个空间中老舍曾经努力生动复原的、现在已经丧失的历史进行了再分析。以北京为舞台的“京味文学”的性质被评价为“满汉融合”。众所

周知，如果说“京味小说”的泰斗是老舍的话，那么贯穿于老舍整个人生与文学的根源到底是什么呢？确定“京味儿”这个模糊概念定义的前提是在首先对满汉历史、文化影响所占有的比重有一个客观的评价之后才能对其进行真正客观、恰当的评价。

除了“京味文学”的泰斗老舍以外，其他京味文学家邓友梅、汪曾祺、陈建功、刘心武等均出生在20世纪20—40年代，且出生地均不是北京。还有，他们的京味文学创作时期正值寻根热的80年代，他们主要是把旧北京作为“乡思”的对象，为了脱离当时的政治色彩，而倾向于文化的主题。因此，寻找有关京味儿文学特征的共同点固然重要，而不同点也一定不可忽视。而且从满汉文学融合状态中，抽出融合前的本质状态也同样重要。论文的主旨在于不完全把“京味儿”看作“满味儿”即只看成满族的遗产。至少可以说，对京味文学泰斗老舍来讲，北京空间意味着随着时代而逝去的时间，也是满族历史得以生存呼吸的空间以及根源。因此可以得出这样的推论，即老舍通过北京这一空间让其中蕴藏的满族历史得到了永远的延续并且借助文学形式得以还原。

2. 老舍《正红旗下》所表现出来的满族旗人的意识研究

《正红旗下》是老舍的最后一部小说，虽然它只是一部未完成的长篇小说，但是，小说本身被评价为在文学、文化价值上具有极高的完整性的一部作品。20世纪初由于排满的诸多因素不能显示出自己是满族的老舍在作品中隐隐地体现出满族的气质与文化，之后，在当时政治情况的允许下，老舍终于可以公开地把长期构想的小说定名为《正红旗下》予以发表。

论文着眼于满族出身的老舍的作家意识，探究了《正红旗下》中所反映或是潜在的满族文化、风俗以及语言特征，并为澄清贯穿于老舍整个创作人生与作家意识的本源性的含义而试图寻找线索。

小说《正红旗下》对满族风俗进行了细腻的描写，特别描写了重视礼节与规矩的满族风俗。老舍在《正红旗下》中完全让读者来评判，对满族文化中应该保存的和应该抛弃的所有要素进行了如实细致的描述。可谓将满族文化总体再现的一幅风俗画。从语言方面考察，对作为清朝统治阶级享受荣华富贵的满族旗人来说，他们所拥有的语言艺术意味着绝对不能被剥夺的唯一财产，也是作为对清朝贵族没落的一种补偿而得到的珍贵的创造物。因此可以推论，通过《正红旗下》用语言对已经失去的一部满族历史进行了复原。老舍一生坚持满族意识，通过《正红旗下》对满族过去的历史记性进行了自己的回想，可以说是找回本来的自我，这是找回民族认同的一个过程。可以估计，老舍除了将满族旗人出身公开定名的《正红旗下》以外，在以前的作品中处处也都将种种满族要素作为暗号隐藏起来以期待读者的发现。

在中国剧变的政治背景下，老舍作为满族旗人期望能公开表现自己的民族认同，终于在中国政治条件允许的情况下通过《正红旗下》将隐秘的心里话毫无隐藏、痛快淋漓地倾诉出来。老舍对自己出身满族的事实感到自豪，而且对满族的悲剧性命运总是抱有遗憾，老舍一生胸怀的满族旗人意识是贯穿在以《正红旗下》为首的全部作品的总主题，作品内含了满族正红旗出身的作家的民族认同。

总之，从不能公开表现的处女作《小铃儿》到最后一部小说《正红旗下》，贯穿于老舍所有作品的一贯的脉络都与满族意识深深交织在一起。

3. 小说《断魂枪》与“中华”的没落

论文认为，《断魂枪》写出了处于大变动时代中三种不同人物的不同心态，寓意深刻，耐人咀嚼。老舍通过三个人写出的是镖局改成客栈这一件事，寄寓旧中国由中华大国沦为半殖民地、只能以笑脸与鞠躬来迎接外国人的现代中国。他们三个人事实上代表了所有的中国国民。沙子龙是列强入侵中国以后其生活所起变化的一种最佳说明，他明白世界之变化和现实之无情，理解中国的武艺已被洋炮洋枪淘汰，决定不再传承“五虎断魂枪”，沙子龙“不传”的主要原因不是批评中国人的保守，而是因为他感到已无可传，今后再也不是中国功夫与刀枪的时代，沙子龙所代表的“东方大梦没法子不醒了”。《断魂枪》联系着中国武侠及其表现的两千多年历史，它是在新的历史环境中，力图以现实的态度确定武侠及其“中华”在社会转型期的处境、地位与存在价值。

4. 老舍与张恨水叙述的北京官僚与知识青年文化

研究北京的文化可以从很多方面入手，如北京特有的风俗习惯、岁时节日研究等，而从北京的官僚与知识分子视角切入也不失为一个有效的途径，因为这两种人对北京文化的形成影响深厚。论文选取新文化运动前后的清末民初至新中国成立前这一时段，是因为这个时期是结束几千年的封建王朝而要建立新秩序的阶段，且新中国的政权还没有确立，是一个错综复杂的历史阶段，正是时代的复杂性给北京叙述者提供了一个新的舞台。论文选取了两个叙述者，一个是老舍，另一个是张恨水。其目的之一是借助公认的两位“再现”北京的作家的作品探视当时的情况。另一个主要目的是，以北京为媒体，探索两位作家的不同叙述态度与其在文学史上的意义。在以当时的北京为叙述背景的作品中，这两个作家的小说在数量与影响力方面都占最主要的位置，那么对他们的研究就具有了地域文化研究的意义。尤其是这两位作家出身的地域不同，老舍是地地道道的北京人，而张恨水是安徽出身的作家，从北京文学立场来看是一个外地作家。论文以地域文化为视野多重分析比较了两位作家对待北京文化的微妙差异。

四、其他

1. 老舍的小说与基督教

老舍是20世纪30年代中国长篇小说的代表作家之一。他能用纯粹的北京话写出富于幽默感且带有讽刺锋芒的写实性艺术作品。老舍1922年在基督教教会受洗入教，1925年乘船去英国，在伦敦大学东方学院教中文。在他的早期创作生涯中，经常表露出基督教的影响。论文将《老张的哲学》、《二马》、《猫城记》、《黑白李》和《文博士》等作品作为主要研究对象，试图探讨老舍小说创作的主要倾向，并分析其小说中怎样描写基督教和基督教教徒及神职人员，以了解老舍对基督教的见解和立场。从他的作品中，很容易理解老舍对基督教徒和西方人以及中国知识分子所进行的辛辣的讽刺和嘲弄，表露出他的反基督教和反知识分子的明显立场。虽然他也是基督教徒兼知识分子，但他将自己也放在讽刺对象之中极尽讽刺批评，这也是老舍小说的讽刺特点之所在，也是他小说的主要倾向。

2. 《骆驼祥子》和《十七岁的单车》中所影射的城市文明

老舍小说《骆驼祥子》与王小帅的电影《十七岁的单车》两部作品都是描写北京下层市民的代表作，都通过流落到城市的“民工”的描写，深刻揭露了“城市文明”对“人性”的破坏。老舍是善于描写二三十年代北京市民生活的杰出作家，王小帅作为中国“第六代”导演，则善于描写21世纪“城市文化”与“年轻一代”的导演。两位艺术家的作品都揭示了一个破产的农民如何市民化，又如何被社会抛入流氓无产者行列的过程，以及在这一过程中所经历的精神毁灭的悲剧，所描写的主要是一个来自农村的纯朴农民与现代城市文明对立所产生的道德堕落与心灵腐蚀的故事。这是对城市文明病与人性关系的艺术思考。

3. 老舍《离婚》中所表现出的近代人物形象

《离婚》在老舍一生的创作中占有重要地位，是其创作趋于成熟的标志。作者以简净、铺张、俗白、凝练的文字表达塑造出耐人寻味的典型人物。《离婚》说不上有什么故事，它通过老李将乡下太太接进北平城在四合院内安家和营救张大哥儿子天真出狱两个简单的事件为内容，勾勒出两幅社会场景，描写了某财政所张、李、吴、邱、赵、孙等一群小职员及其夫人们的生活心态。他们所处的环境毫无生气，他们的生活平淡无奇，他们的心态妥协、敷衍、软弱、折中、平庸、苟且。老李则是在压抑“诗意”、压抑“浪漫”个性的情况下，与李太太组合家庭的。但他与妻子在情感、性格、举止、言谈诸方面，都呈现不协调状、不相容状。不管他对李太太的俗气怎么讨厌，他还是要在这个家庭中苟活着、敷衍着，而且进一步压抑着他对马少奶奶的潜性爱的追求。

作者通过对这群人物旧式家庭内部的人伦关系和家庭外部人际关系的描绘与揭露，批判了这种市民文化的封闭性、稳定性和保守性，从中发掘出琐碎卑微方面的悲剧性，揭示出时代的本质。

4. 老舍长篇小说《文博士》研究

《文博士》是老舍在山东时期的最后一部作品。老舍将小说背景设定在日本入侵前的济南。在这样的时间地点下，老舍刻画了一个在美国取得哲学博士学位的腐败人物形象，描绘了他赤裸裸的欲望并将他与理想中的知识阶层唐振华进行了对比。通过唐振华这个人物，老舍讲述了一个与中国实际情况完全相反的形势。其名字代表着古代中国最荣耀的朝代——唐朝的繁荣与兴旺。老舍在他的小说里也祈祷着中国能够延续唐朝的辉煌。

知识阶层对现代国家的形成无疑起着至关重要的作用，然而文博士却对中国的实际情况视而不见，他没有认识到西方帝国主义的本质，而只是模仿着西方的生活方式。他将中国的古老传统全盘否定，然而却狂热地追求着腐败社会中的个人成就。老舍还运用中国传统的民间文学形式——山东快书和说书，来批判反面人物。通过借用于中国民间文学的叙述手法来对小说中的反面人物进行批判和否定。通过这种叙述手法，读者可以对小说有更深刻的领悟并从中享受到极大的乐趣。

韩国与中国共存于东亚文化区，从东亚文化的现代发展要求出发，老舍研究无疑能够更好地起到沟通不同文化脉络、增强彼此之间相互了解、借鉴和影响的作用。所以，韩国老舍研究所表现出的东亚意识和发展东亚文化的要求，是值得中国老舍研究界珍视的。

附　韩国老舍研究目录

1. 《〈骆驼祥子〉和〈十七岁的单车〉中影射的城市文明》，金璟硕，广州保健大学中文系

中国语文学论集　第43号

2. 《断魂枪》中反映出的“中华”的没落

高慧璟　湖南大学中文系

中国人文科学　第35辑

3. 初探老舍的《茶馆》

李相雨　朝鲜大学校外国语大学中文系

中国人文科学

4. 老舍的《正红旗下》中表现出来的满洲旗人的意识研究

金水珍　高丽大学校中文系

中国语文论议集刊　特辑号

5. 中国现代小说中所表现出的“出走”研究——以巴金的《家》与老舍的《四世同堂》为中心

姜鲸求　东义大学中文系

中国现代文学　第19号

6. 中国现代小说中表现出的“恶因”研究

姜鲸求　东义大学中文系

中国现代文学　第23号

7. 抗战期间老舍的文艺活动研究

金宜镇　圣心女大学

中国现代文学

8. 老舍的《离婚》中所表现出的近代人物形象

崔顺美　梨花女子大学校

中国现代文学　第18号

9. 老舍的《骆驼祥子》研究——空间和叙事结构的研究

朴宰范 高丽大学中文系

中国小说论集 第10辑

10. 老舍的小说与基督教

吴淳邦 松实大学中文系

中国小说论集 第13辑

11. 老舍的长篇小说《文博士》研究

崔顺美 汉城女子大学校中文系

中国小说论集 第12辑

12. 老舍话剧中表现出的现实认识和历史意识——“归去来兮”与“神拳”为中心

申振浩 延世大学校中文系

中国小说论集 第37号

13. 老舍和朴太元的世态小说 城市认识对比研究——以《四世同堂》和《川边风景》为中心

张东迁 高丽大学校中文系

中语中文学 第36辑

14. 中国现代小说转换期中所表现出来的长子自卑心理——以长篇小说《家》、《财主底儿女们》、《四世同堂》为中心

张东千 高丽大学教授

中国现代文学 第19辑

15. 韩中现代家族史小说的比较研究——以萬尚燮与巴金以及蔡万石和老舍的小说为中心

姜鲸求 东义大学中文系

中国现代文学 第20号

16. 三十年代中国长篇小说的发展和盛行的相关研究

朴在晚 东海大学中国语专业

中国现代文学 第28号

第四节　《四世同堂》英译与跨文化传播

一、创作

在抗战八年的流亡生涯中，老舍由一名教授、学者、作家变成了一名高举抗战旗帜的抗日文化战士。他在重庆、武汉总理“文协”繁忙的日常事务时，还用手中的笔作武器，通过“文章下乡，文章入伍”的形式创作了大量的抗战作品：话剧、鼓词、小说，用实际行动实现了他要为抗战竭尽全力的诺言。在五年多的时间里，老舍几乎没有写长篇小说。

1944 年，抗战到了决战阶段，老舍决定暂时放下话剧与曲艺，重新开始长篇小说的创作，它就是《四世同堂》。抗战时期炼狱般的生活，使老舍欲采用但丁《神曲》的结构创作这部三部一百段一百万字的大部头作品，作为献给抗战文艺的纪念品。为了专心创作，他甚至公布了名为《磕头了》的安民告示，谢绝各种拉稿和小文，排除一切干扰闭门著书。他要对抗日战争作出文化反思，为何中国必胜、日本必败，为何中华民族会屡遭外族欺凌？

老舍在 1943 年秋天创作过长篇小说《火葬》，这是一部以抗日武装斗争为主调的作品，但是由于作家没有在沦陷区住过，所以老舍自己说：“这样一来，我的‘地方’便失去读者连那里的味道都可以闻见的真切。”① 老舍把这部鸿篇巨作放在他“闭上眼就能像一幅画一样浮在他的心中”的故土。②

1943 年夏，老舍夫人胡絜青带着三个年幼的孩子，死里逃生，由北平来到了重庆北碚与老舍重聚。她谈起在北平的见闻感受，和亲友熟人的遭际，这在很大程度上排除了老舍因没有在任何沦陷区生活过的生疏感。在新版《四世同堂·前言》中，胡絜青记下了老舍写作这部巨著的经过：

> 见到了离别了六年的老舍，他是贫病交加，瘦弱不堪，显得很苍老。日本的侵略，国民党的腐败统治，使他极为愤恨和焦虑。家人的

① 老舍：《火葬·序》，《老舍文集》(3)，人民文学出版社 1995 年版，第 340 页。

② 老舍：《三年写作自述》，《老舍文集》(15)，人民文学出版社 1995 年版，第 403 页。

团聚也没使他高兴起来。

我们自重庆北碚安家后，新老朋友，纷纷来看望我们。尤其是家和亲友仍然在北平的一些老朋友，于是迫不及待的向我打听各种情况。但我一次又一次的叙述日本侵略者对沦陷区人民，特别是对北平人民的奴役和蹂躏的时候，老舍总是坐在一旁，吸着烟，静静地听着，思考着。就这样，使他心中那旧日的北平，又增添了沦陷后的创伤和惨状。

终于，老舍经过一年多时间的构思，在1944元月开始动笔写以沦陷了的北平为题材的这部长篇小说。老舍在《四世同堂》的出版序言中这样写道："假如诸事都能'照计而行'，则此书的组织将是：1. 段——一百段。每段约有万字，所以，2. 字——共百万字。3. 部——三部。第一部容纳三十四段，二部三部各三十三段，共百段。"①

《四世同堂》的第一部《惶惑》于1944年11月10日连载于重庆的《扫荡报》，第二年9月2日完毕。1946年1月上海良友复兴图书公司，同年11月上海晨光出版公司分别将《惶惑》作为单行本出版（晨光分为上下两册）。第二部《偷生》继第一部之后创作，于1946年赴美前完成。1945年5月1日至12月15日连载于重庆《世界日报》副刊《明珠》。1946年11月由晨光出版公司以单行本形式分上下两册出版。

当《四世同堂》完成三分之二的时候，抗日战争胜利了，人们憧憬着新的生活，老舍也决定接受山东大学的聘书，重返校园。这时候，美国国务院向他发出邀请，邀请他和曹禺到美国进行为期一年的讲学和文化交流活动。1946年3月4日，老舍离开故土，踏上了去纽约的航船，与他形影不离的是他那部尚未完成的《四世同堂》手稿。老舍作为一位知名中国文化人士的赴美之旅，同时也是这部大部头作品的传奇之旅的开始。

当老舍从一路颠簸踏上美国国土时，他作为一名畅销书作家受到了热烈欢迎：曾担任美国驻中国领事官的伊文·金（Evan King）于1945年把老舍的《骆驼祥子》译成 *the Rickshaw Boy*（《人力车夫》），经雷诺和希契科克公司在纽约出版后，入选为"每月佳书"，成为最畅销书。曹禺在

---

① 老舍：《〈四世同堂〉序》，《老舍文集》（4），人民文学出版社1995年版，第1页。

一次访谈中说："到美国后，我们不仅受到了美国国务院和各方人士的热情接待，还把我们安排在专门接待国家外宾的'来世礼'宾馆（Leslie House）。"[①]

老舍在美国的生活开始时是非常繁忙的。在抗战时期，由于工作繁重与营养不良，老舍的健康受到很大损伤，他是拖着病弱之躯来到美国的。对这次赴美之行，老舍原本打算趁此机会放松一下，调养调养被抗战累垮的身体。但他一到美国，就被大大小小的座谈会、考察与演讲等事项缠住，日程表安排得满满的。美国的生活节奏以快而著称，短短的时间，他就游历了西雅图、芝加哥、华盛顿、纽约、科罗拉多州，然后又穿过大沙漠，到达西部城市洛杉矶，再由洛杉矶北上至旧金山，在当年的8月又应加拿大政府邀请到该国进行短期考察、讲学，这样的行旅匆匆，让老舍倍感疲惫。

老舍每到一处，便参观访问，出席当地举行的文化活动，考察风土民情。当然讲学是旅途中最重要的内容，美国国务院邀请的目的就是讲学，而老舍到美后，有感于美国人对中国人民生活和社会现状的隔膜，痛感因隔膜而产生的误解，很想借机向美国介绍中国人民的生活和文化、中国作家的生活现状和文字创作——他讲演的题目就是《中国现代小说史》。他试图通过演讲让美国人知道，中国文学的成就是辉煌的，不弱于世界上任何国家。但对这些内容，许多美国人并不感兴趣，他们感兴趣的是老舍本人。[②]

1946年9月23日，日本作家石垣绫子在美国纽约市郊一个叫雅斗（Yaddo）的地方遇到老舍，雅斗是用来招待各国作家、画家、作曲家等静养休息与创作的地方。老舍对她说："我不知怎么说才好，如果他们都是想要了解中国的认认真真的听众，那当然很好。可并不是这样。长期以来的战争使中国人蒙受了多大的苦难，而且，至今这种苦难仍然还在继续呢。可他们却不想了解中国人的苦恼。"老舍愤慨于美国读者不关心中国而只对他这个黄皮肤畅销书作家感兴趣，于是石垣绫子推测："老舍到雅斗来大概也是为了摆脱这种令人不快的讲演而找的口实吧。""老舍也许继续写他在重庆开始执笔的三部曲《四世同堂》吧。"[③]

---

① 克莹、侯堉中：《老舍在美国——曹禺访问集》，《新文学史料》1985年第2期。

② 石兴泽：《他乡异域中国心——老舍先生在美国》，《党史纵横》2004年第4期。

③ ［日］石垣绫子：《老舍——在美国生活的时期》（夏姮翔译），见张桂兴《老舍评说七十年》，中国华侨出版社2005年版，第174页。

但是据张桂兴编撰的《老舍年谱》记载：老舍《四世同堂》第三部《饥荒》的创作是从1947年第二季度开始的。[①] 这期间老舍因为与伊文·金就《离婚》译文版权之事打了一年的官司，耗费了他很大的精力。此时，曹禺已期满回国。1947年11月老舍在给楼适夷的信中说："剩下我一个人，打不起精神再去乱跑，于是就闷坐斗室，天天多吧少吧写一点——《四世同堂》第三部……没有享受，没有朋友，没有茶喝。于是也就没有诗兴与文思。写了半年，'四世'的三部只成了10万字！这是地道的受洋罪！"[②]

至1948年6月底《四世同堂》第三部《饥荒》在美国完稿。老舍在写给他的代理人戴维·劳埃得的信中说："就我个人而言，我自己非常喜欢这部小说，因为它是我从事写作以来最长的，可能也是最好的一本书。"[③]

二、译介

当伊文·金把老舍的《骆驼祥子》译成英文在美国出版时，未经老舍同意擅自篡改，把小说结尾部分改成了"美国式的大团圆"。伊文·金不顾原著精神，在译文中不仅"删去了描写祥子游荡告密等丑事的几段重要文字，终于把他写成重回曹家工作，从三等妓院救出了小福子的心满意足的人"。[④] 尽管伊文·金大体上翻译得比较忠实于原作，但是这样的篡改还是歪曲了原作精神，极大地削弱了故事的严峻感。对此，老舍甚为不满。更有甚者，尽管这本书的销路很好，老舍却一直没有取得任何报酬。后来，还是在朋友们的帮助下，才分到50%的版权税。

此后，伊文·金又着手翻译老舍的小说《离婚》。《离婚》是老舍创作走向成熟的一部作品，也是老舍的代表作之一。在开始的时候，他的翻译还比较忠实于原作。但是，后来，他又故技重演，擅自对文本进行改动，"在许多重要方面大大偏离原著：他让想离婚的人都遂了心愿，并且

---

① 对于老舍创作《四世同堂》的确切时间，它的翻译者浦爱德女士有不同的记忆。但是，从数据上分析，我们认为张桂兴考订的时间更确切些，故而采用了张桂兴编撰的《老舍年谱》中的时间表。

② 参见石兴泽《他乡异域中国心——老舍先生在美国》，《党史纵横》2004年第4期。

③ 舒悦译注：《老舍致美国友人书简47封》，《十月》1988年第4期，第30页。

④ 夏志清：《中国现代小说史》，刘绍铭等译，复旦大学出版社2005年版，第129页。

为讨好美国读者的口味，加上不少色情描写”。[①] 这让老舍忍无可忍，拒绝承认他的工作。为此，老舍与他打了一场持续一年的官司并最终胜诉。

雷诺和希契科克公司也试图另外找人重译《离婚》，但未能成功，在这种情况下，老舍决定亲自进行自己作品的翻译工作。白天他与美籍华人作家、翻译家郭静秋小姐在一起进行《离婚》的翻译工作，晚上 7—10 点，则与浦爱德（Ida Pruitt）一起翻译《四世同堂》。“《四世同堂》的翻译期可以确定为 1948 年 3 月份至 8 月份。由于在翻译过程中，他得一段一段地亲自念给看不懂中文的浦爱德听，所以，在此期间，几乎每天晚上他都和浦爱德一起工作。”[②] 但是，在张桂兴的《老舍年谱》中却收有 1949 年 2 月 9 日老舍自纽约致香港友人楼适夷的信，信中说：“《四世同堂》已草完，正在译。这就是为什么还未回国的原因。此书甚长，而译手又不十分高明，故颇需时日，始能完成。”[③]《四世同堂》的英译本应该是在 1949 年老舍归国之前最终完成的。

研究发现，老舍《四世同堂》的英译本并不是在原作基础上逐句翻译的，而是在翻译过程中，由老舍本人进行了删节，后在出版前由出版社再次进行了删节。老舍在《四世同堂》第三部《饥荒》尚未最后完稿的 1948 年 4 月 22 日曾致信给戴维·劳埃得：“至于出英文版，我觉得很有必要作一些删节，至少去掉 20 万字。”[④]

译者 Miss. Ida Pruitt（即浦爱德）1977 年 2 月 22 日写给费正清夫人、东方问题专家威尔马·费正清的信中云：

> 对你提起的关于老舍的问题，我只能表示抱歉，因为我没有保存日记。我不记得老舍在什么时候离开的。我们一直工作到他离开。他曾非常苦恼，因为我翻译得“太慢”。他想回家，回到中国去。他为此而焦急。
>
> 《黄色风暴》并不是由《四世同堂》逐字翻译过来的，甚至于不是逐句的。老舍念给我听，我则用英文把它在打字机上打出来。他有时省略两三句，有时则省略相当大的段。最后一部的中文版当时还没

① 参见石兴泽《他乡异域中国心——老舍先生在美国》，《党史纵横》2004 年第 4 期。

② 张桂兴：《老舍年谱》（上），上海文艺出版社 1997 年版，第 484 页。

③ 同上书，第 500 页。

④ 同上书，第 485 页。

有印刷，他给我念的是手稿。Harcourt Brece 出版社的编辑们作了某些删节，他们完整地删掉了一个角色，而他是我所特别喜欢的。他们认为有必要减少一些字数，以便压缩一下书的块头。对结尾没有做变动。①

对英文译本中完整地被出版社删去的角色，老舍家人认为："很可能是书中的'常二爷'，一位可亲可敬的农村老人。"② 在中外文学翻译史上，译作对原作进行删节者并不鲜见，但由原作者亲自进行译文删节的却不多见。通过对《四世同堂》及其英译本 *the Yellow Storm* 的比照细读，我们发现，老舍在翻译过程中所作的删节工作，其劳动强度实不亚于创作一部新的文学作品。通过删节，英译本在结构和细节上均较原著发生了很大变化。除第一部《惶惑》前五段基本与原著面貌相近外，从《惶惑》的第六段开始一直到《饥荒》的结尾，删节的频率与范围都在逐步增加：在章节上，由原作的一百段变成七十七段；在章节内细节上，一段之内，变动少则三十余处，多则达七八十处。在字句删节上，少则几字、几句，多则几行、整页甚至几页。英文本 *The Yellow Storm* 也分三部，部与部相对，而每部的名称、段数与字数都发生了很大变化。*The Yellow Storm* 的第一部：*The Little Sheep Fold*（《小羊圈胡同》），25 段，比原著少九段；第二部：*In the Company of Tiger*（《与虎为伴》），25 段，比原著少八段；第三部：*There is No Retribution*（《世无因果报应》），27 段，比原著少六段。三部总计比原著少 23 段。英译本三部之间章序单独计算，不像原著连续计算。具体节、段删节情况如下：

1. 第一部第六、七段部分删节后合并成英文版第一部第六段；
2. 第一部第十五段整段删节；
3. 第一部第十六、十七段部分删节后合并成英文版第一部第十四段；
4. 第一部第十八、十九段部分删节后合并成英文版第一部第十五段；
5. 第一部第二十一段整段删节；
6. 第一部第二十二段整段删节；

① 胡絜青、舒乙：《破镜重圆——记〈四世同堂〉结尾的丢失和英文缩写本的复译》，《老舍研究资料》（下），十月文艺出版社 1994 年版，第 808 页。

② 同上书，第 812 页。

7. 第一部第二十六段整段删节；

8. 第一部第二十七段整段删节；

9. 第一部第三十二、三十三段部分删节后合并成英文版第一部第二十四段；

10. 第二部第三十五段、三十六段部分删节后合并成英文版第二部第一段；

11. 第二部第三十八、三十九、四十段部分删节后合并成英文版第二部第三段；

12. 第二部第五十五段整段删节；

13. 第二部第五十六段除一句保留外整段删节；

14. 第二部第六十段除两句保留外整段删节；

15. 第二部第六十一段整段删节；

16. 第二部第六十六段除保留一小段落外，几乎全部删节；

17. 第三部第七十四段整段删节；

18. 第三部第七十六、七十七段部分删节后合并成英文版第三部第八段；

19. 第三部第七十八、七十九段部分删节后合并成英文版第三部第九段；

20. 第三部第八十段整段删节；

21. 第三部第八十三、八十四段部分删节后合并成英文版第三部第十二段；

22. 第三部第八十六、八十七段部分删节后合并成英文版第三部第十四段。

这一译本在老舍回国以后的 1951 年以 *The Yellow Storm*（《黄色风暴》）之名由美国哈科特和布雷斯公司出版。①

三、删节及其动因、效果

西方社会对中国的关注在 16 世纪达到顶峰，到 18 世纪时，对中国的

① 本文凡涉及《四世同堂》美国出版英译版均据以下版本：*The Yellow Storm*，［by］Lau Shaw（pseud of）S. Y. Shu；translated from the Chinese by Ida Pruitt（monograph）；［1st. ed.］；New York：Harcourt，Brace［（1951）］。

评价逐步趋向否定。从孟德斯鸠直到黑格尔有关中国社会缺乏适应力的观点，到19世纪演绎出这样的结论："无论从哲学的还是从遗传学的角度讲，中国都是命该被世界历史摒弃在外，而且在先进国家的威压下，中国必将失去其在世界上的生存权力。"①

老舍早在英伦时期，就无时无刻不咀嚼着作为弱国子民身处欧西先进国所承受的精神重压。小说《二马》中有着老舍切己的悲戚异国体验的投射。正是在遥远的异国，老舍开始把文学视为一种严肃的事业，其"文学原点"渗入了作者独特的异国体验，其中蕴含着以文学进行跨文化传播的强烈意欲。因为他深切体会到，除自己的国家极度贫弱外，正是西方对中国的蔑视性书写使自己的国家和子民受辱。老舍对笛福的《鲁滨逊飘流记》和狄更斯的《匹克威克外传》都很熟悉。可就是在这两部作品中，两位不同时代的英国作家都表达了对中国的否定性认识。在《鲁滨逊飘流记》和《鲁滨逊思想录》中，笛福流露出强烈的否定中国的情绪。"在这部畅销世界的小说中不仅含有针对中国的讽刺性评论，而且明显的含有敌意。"② 狄更斯在《匹克威克外传》中借书中人物把"中国"与"形而上学"合并在一起。"作为一个颇受欢迎的作家，狄更斯完全可以赞美中国，它的读者对此或许会更加高兴，但他有意选择了贬抑中国的做法，因为他感到有这个必要"。③ 现实和书写层面存在着的普遍的对自己国家的否定倾向，促使早期老舍成为一个"国家主义者"。在《二马》中，老舍通过几个普通英国家庭中的大部分成员对中国人的歧视与憎恶，揭示了英国社会普遍的排华情绪以及这种情绪的重要来源——不负责任的小说与影视作品中对中国的丑化和妖魔化。

1946年老舍来到美国，然而美国公众对中国的认识和美国主流文化对中国形象的塑造同样让老舍难以忍受。美国人在19世纪末对中国的认识，不仅延续了欧洲对中国的否定性认知，而且到过中国的美国传教士回国后所写的有关中国的书，也成为美国人认识中国的重要来源。如美国公理会教士明恩溥所写的《中国人的素质》就把当时的中国描绘成《圣经》中的"大洪水前的人"即"史前人"。费正清说："该书是中国生活在美

① 史景迁：《文化类同与文化利用》，北京大学出版社1997年版，第96页。

② 同上书，第66页。

③ 同上书，第90页。

国中产阶级眼中的经典写照。”“这部描写中国的小册子，影响了美国几代人对中国的看法。”① 美国中产阶级主流社会就是以这部书为素材“想象”中国和中国人的。

到20世纪中叶，在美华人历经百年抗争，开始赢得社会上越来越多人们的尊重。1943年，美国废除“排华法案”。但是，在美国主流文化中，作为一个族群的在美华人和作为“他者”的中国和中国人的民族特征和文化属性，一直在社会主导性强势话语下作为“被看”、“被书写”的对象。与此同时，从19世纪末到20世纪，西方文明出现了空前的危机：“西方科技的高速发展、政治乌托邦的崩溃和道德失信所造成的精神真空，特别是两次世界大战给人类所带来的深重劫难和心灵创伤，使得以获取一种稳定、和平与持久为旨归的生存期盼，成为这一时期西方人所共有的心理指向。”② 一部分外国作家开始热衷于对中国精神的探询。“对于那些深怀不安全感和焦虑感的西方人来说，中国在某种程度上成了他们的一条出路或退路。”③

美国也有一些作家，他们不为主流意识形态所左右，对处于“中心”以外的中国和中国人给予深切同情，并用文学形象匡正美国人对中国的固有印象，他们中有布勒特·哈特、马克·吐温、埃德加·斯诺与海明威等。长期在中国生活过的美国人赛珍珠和在美国用英文写作的林语堂都以中国题材创作赢得美国读者的极大关注，他们都是或曾经是老舍的好友，他们对中国形象的文学言说，对老舍在美国的创作和译介必然产生或隐或显的影响。

老舍在1946年3月通过王莹结识了赛珍珠，后来两人成为朋友，老舍的第二个代理人就是她帮助联系的，她还帮助老舍办理了延期回国的手续；《四世同堂》的英译本前十章是在征得赛珍珠嘉许后，才促使老舍与浦爱德继续合作下去的。对赛珍珠的作品，尽管老舍没有作出过任何公开评价，但是对赛珍珠作品中所表达的对中国的善意老舍必会表示认同甚至感激，而对她作品中流露出的“殖民主义”倾向，敏感的老舍想必也会

① 高鸿：《跨文化的中国叙事——以赛珍珠、林语堂、汤亭亭为中心的讨论》，上海三联书店2005年版，第11页。

② 张弘：《跨越太平洋的雨虹——美国作家与中国文化》，宁夏人民出版社2002年版，第10页。

③ 史景迁：《文化类同与文化利用》，北京大学出版社1997年版，第186页。

有所警觉和抵抗。林语堂是老舍在国内的好友，老舍从好友在美国的“成功”中汲取了启示和信心，而对林语堂在英文写作中所表现出的“自我东方主义”以及由此使美国读者对中国、中国文化产生的误解，老舍却不能掩饰心中的不满。

美国政府邀请老舍和曹禺赴美交流，目的是希望他们宣传美国的生活方式。但是，对于被邀方来说，他们也有着向美国传播中国文化、介绍中国人真实生活的强烈意欲。在录自旧金山广播的《旅美观感》中，老舍说：“我们应该了解我们自己也是世界人，我们也是世界的一环，我们必须要使美国朋友们能够真正了解我们的老百姓，了解我们的文化。”“我们对外的宣传，只是着重于政治的介绍，而没有一个文化的介绍，我觉得一部小书与一部剧本的介绍，其效果实不亚于一篇政治论文。过去我们曾经向美国介绍我国宋词，康熙瓶，这最多只是使美国人知道我们古代在文学艺术上的成就，但却不能使他们了解今日中国文化情形。”[①] 由于国家落后和对外文化和国家形象传播的缺失，“无论是在纽约，伦敦，还是罗马，我都得低着头走路。人家看不起中国人”。[②] 丰富的异国体验使老舍意识到，必须以文学的方式进行有效的跨文化传播，使外国了解一个真实的、现实的中国。

老舍在赴美之前，已经是美国的畅销书作家，在美国享有很高的知名度，在美期间，又到多地交流演讲，听众甚多。“与曹禺在加利福尼亚州洛杉矶参观和讲学期间，曾游好莱坞，并出席了电影文学家协会所举行的欢迎会。华纳公司还将其有关活动摄制成新闻短片，在美国各地电影院放映。”[③] 他要用自己的作品告诉更多的美国人，中国人并不是西方人眼中“阴柔的、停滞的、女性化的”中国，而是跟世界上所有国家和人民一样，可以凭借自己的力量改变自己的命运，这种力量已经在第二次世界大战中表现出来。《四世同堂》的英译本 *The Yellow Storm* 就是担负着这样的国家形象传播的使命而诞生的，要完成这一使命，他就必须考虑美国受众的接受习惯和接受心理，而这正是老舍在《四世同堂》英译中进行繁复删节的动因。

---

① 老舍：《旅美观感》，《老舍全集》（14），人民文学出版社 1999 年版，第 404—405 页。

② 老舍：《我们在世界上抬起了头》，《老舍全集》（14），人民文学出版社 1999 年版，第 451 页。

③ 见张桂兴《老舍年谱》（上），上海文艺出版社 2005 年版，第 523 页。

在美国拥有较广泛知名度的老舍，依然面临“异质文化”选择的压力和跨文化传播的精神阻隔，他必须通过美国读者喜闻乐见的形式，让美国读者对中国的国情、现状和文化有一个真实的了解。在文学渊源上，老舍的“文学原点”与美国文学同样源于英国文学，因此，他对美国文学并不十分隔膜，在美期间，他对美国的文学创作、出版发行等情况均有所用心。1946 年 3 月，老舍和曹禺曾经参加在华盛顿大学召开的一次美国作家大会。在会上，“他们讨论‘如何写文章投编辑所好’，‘作家如何找一个好的代理人（为作家推销作品、保护作家权益的人）’”。[①] 同一个月，老舍还参加过赛珍珠的两次座谈，他们交流了中美两国文艺创作的情况和经验。

本着对美国文化语境的了解与国家形象传播的自觉意识，老舍希望《四世同堂》的英译本能成为一架横跨太平洋的文化彩虹，使美国民众对中国的了解能有一个正确的视阈。

第一，叙事节奏的变化。叙事时间的缩短使《四世同堂》英译本的故事性大大增强。文本中的时间即叙事时间是作家最常用的一种叙事策略。作家常常通过叙事时间与故事时间的不同，来突出和强调文本的重点部分。故事时间与叙事时间长短的比为“时距”，时距可以帮助确认作品的节奏，每一事件所占据的文本篇幅表明作者希望唤起读者注意的程度。

在《四世同堂》中，老舍采取了第三人称全知视角。这种外视角叙述可使作者对材料进行灵活调动，将不同时空中的事件有机组配，使故事引人入胜。同时，作为一部抗战小说和文化反思小说，祁瑞宣是老舍“自身形象”的投影，老舍正是通过他介入到故事中去，他不仅是故事中的“行动元”，而且更重要的作用是对各种事件进行评判与反思，其性格特征主要表现在“多思”上，他的“多思”是对自己灵魂——即民族良心的拷问，他对故事中形形色色人物灵魂的分析，也起到了交代故事发展背景的作用。不仅如此，老舍在进行文化反思时，还常常按捺不住自己的情绪，直接以叙述者的身份发表自己的观点，表达自己的感慨。可是，这些与故事情节相辅相成的“零时距”内容，明显的使故事节奏变慢。

由于老舍译介《四世同堂》有着较为明确的国家形象传播意识，这就要求作品要尽可能使更多的读者所接受。所谓传播，就是“一种双边

---

① 克莹、侯堉中：《老舍在美国——曹禺访问记》，载《新文学史料》1985 年第 1 期。

的、影响行为的过程：在这个过程中，一方（信息源）有意地将信息编码并通过一定的渠道传递给意向所指的另一方（接受者），以期唤起特定的反应或行动”。[①] 因此，老舍就必须考虑到异质文化中美国读者的期待视野，这不仅意味着选材的适应性，而且还决定了叙事策略的相应调整。尽管老舍在美国曾对福克纳小说“着迷”，但是国家形象传播意识决定了老舍不可能借助福克纳式的精英文学形式。[②] 老舍在译介时的潜在读者是广大的美国普通民众。20 世纪 40 年代的美国是个发达的工商社会，人们的生活工作以快节奏闻名。大众阅读以休闲性娱乐性的快餐文化为主，故事追求曲折离奇，叙事节奏相应较快。正是为了赋予《四世同堂》英译本以“美国节奏”，老舍在与浦爱德的合作中对原作进行了大量删节，这些删节，大多表现在对原作“零时距”内容与枝节情节的删节上，如对祁瑞宣在学生去参加庆祝保定陷落游行时复杂心理活动的删节，如在原著第五十九段中详细介绍祁天佑在生意上的困顿无奈以及含冤自尽的过程，随后的第六十段与六十一段都是描写祁家人在得知祁天佑死讯之后的悲恸与埋葬过程。在英译中这后两段全被删节。

这样的删节贯穿《四世同堂》英译的全过程。通过删节，使 *The Yellow Storm* 的叙事节奏大大加快；原有人物在作品中的分量也发生了变化，表现为善恶双方在分量上基本形成对等态势。这样，那些在敌占区不肯出卖民族良心的老百姓的惶惑、偷生与饥荒与民族败类在“新时代”下的变态活跃就形成强烈对比。因此，原著中正义和投机取巧的对立、英勇和怯懦的冲突，以及大无畏精神和邪恶之间的斗争变得更为激烈、更富戏剧性。

但是，故事性与戏剧性的增强并没有使英译本减少原著的思想性，相反正是英译本中包含的这种强烈对比，使读者看到了中国在民族解放战争中实际上是打了两场仗：一场外在的对抗日本军国主义的战争，一场内在的扫除民族垃圾的战争。而最终的胜利，则揭示了中华民族传统文化中的固有力量和中国人民坚强不屈的精神，以及对中国未来光明的坚信。在作

---

① ［美］萨姆瓦：《跨文化传通》，三联书店 1988 年版，第 15 页。

② 玛格丽特·米切尔的《飘》曾创下一天销售 5000 册的纪录，一年不到就印刷发行了将近 150 万册，而同是南方人的大作家福克纳在 1936 年出版关于南北战争的小说《押沙龙，押沙龙》，在他 1949 年获诺贝尔文学奖以前的 14 年间，此书一共才销售了大约 7000 册。见陶洁《灯下西窗——美国文学与美国文化》，北京大学出版社 2004 年版。

品译介完成后的1949年8月，老舍在浦爱德哥哥家度周末时，突然给《四世同堂》的英文版想好了一个书名——《黄色风暴》。乔至高认为，老舍为《四世同堂》英译本取名 *The Yellow Storm*，其中文义为《黄祸》，与《惶惑》谐音，而且是出于生意经的谋划。这是对老舍的误会，他决不会为了取悦美国读者为自己的这部充满跨文化传播意识的小说取一个极具“东方歧视”色彩的书名，因为“黄祸”（Yellow Peril）是殖民主义时期美国和欧洲殖民主义国家煽动对亚洲民族尤其是对中国的偏见的一个用语。准确地说，*The Yellow Storm* 应该翻译成《黄色风暴》，“黄色”暗含着故事发生的地理位置——北平特有的天气状况，以及故事中人物的肤色特征；“风暴”是一个颇具力感与动感的词，它不仅指历史风暴——二次世界大战与中国抗日战争，同时也暗含着中国人民的无比威力，以与西方人眼中的“阴柔，安静，女性化”的中国人固有形象区别开来，同时，也暗含着老舍对中国未来的期待即有力地崛起。这一期待不是空想与盲目的自慰，而是从 *The Yellow Storm* 可以得出的必然结论。

第二，语言风格的变化。这可以从以下两例中看到这种变化（注：括号中系被删节部分）：

（1）“了不得啦！”瑞丰（故作惊人之笔地说，说完，他）一下子坐在了沙发上。

（他需要安慰。因此，他忘了他的祖父，母亲，与大嫂也正需要安慰。）

“怎么啦？”大赤包（端详着他的中山装）问。

（2）长顺（傻子似地）随着丁约翰进到一间（不很大的）办公室，富善先生正在屋中来回地走，（脖子一伸一伸的像噎住了似地）。见长顺进来，他立住，拱了拱手。他不大喜欢握手，而以为拱手更恭敬，也更卫生一些。（对长顺，他本来没有拱手的必要；长顺不过是个孩子。可是，他喜欢纯粹的中国人。假若穿西装的中国人永远得不到他的尊敬，那么穿大褂的，不论年纪大小，总被他重视。）

在《四世同堂》中，老舍的语言风格是从容不迫、详尽细致的，这不仅是长篇小说篇幅所允许的，而且也体现了老舍“中年人艺术”的特点。但是这种从容不迫的叙事风格与老舍在英译中所要达到的“美国节奏”显然不合拍，细节删节正体现了老舍艺术再创作的另一个方面。此类删节非常之多，大约每段都有几十处（除前五段外）。这种繁复的删节，最终改变了原作的语言风格，使译文的语言变得简洁、流利而更富动感。

第三，细节的变化。

（A）风俗处理。在赛珍珠的《大地》中，除了自然灾害和匪乱兵灾外，作者“主要体现在对土地神像、祖宗崇拜以及拜佛心理的记述：对婚、丧、生子风俗的记述；对城市下层贫民（如人力车夫、乞丐）生活的叙述；对中国蓄婢纳妾、裹小脚的描写；对农村重男轻女观念的表现；对杀女婴和人口买卖、赌博、嗜烟等恶习的显示”。[①] 但这些富有“中国情调”的描写，未能摆脱美国社会所熟识的对中国的固有想象模式，从中可以清晰地感觉到作者的“殖民主义”窥视目光。而林语堂为了向美国人展示中国人的日常生活，在作品中着力描绘各种生活习俗。从小说中对小脚、纳妾、婚礼等的详尽描摹，可以见出林语堂在传播中国传统文化和向西方介绍中国的同时，仍未逃脱西方文学文本中的“套话”。

《四世同堂》既是一部抗战小说、文化反思小说，同时也是一部风俗小说。作品按照中国传统节日顺序展开叙事，每章开头，往往紧扣战局变化，细致描绘古都年风节俗。这些节日不仅具有丰富的礼俗文化特点，同时也极富喜庆特色，例如在《四世同堂》中写到的中秋节、五月节、北平夏季的水果时节、祝寿等。老舍把大大小小的事件穿插在各种传统节庆的现实的凄凉气氛中，正是为了烘托日本军国主义的罪恶。同时小说中还有大量的对北京民居风俗、民居建筑等的介绍。在英译中，这些颇具异国情调的内容大多得到保留。这些内容很多是“零时距”的叙事部分，在老舍对大量的“零时距”部分的删节中，这些风俗风物的介绍却被保留下来，这不仅是老舍国家形象和文化传播的一个组成部分，也成为老舍一个重要的叙事策略。可是，在英译本中，这部分内容既不像赛珍珠那样对中国风俗丑恶面所进行的细致描摹，也不像林语堂那样“有意而为之”。相反，从 *The Yellow Storm* 中，异国读者可以领略中国人浓厚的人情味。

（B）平等对话。老舍本人是基督徒。基督教的“天国”蓝图与青年老舍所追求的救世理想相契合。但是，随着阅历的增加，老舍看到了这种理想与现实之间的距离。在小说创作中，他一次又一次地揭露西方传教士

① 高鸿：《跨文化的中国叙事——以赛珍珠、林语堂、汤亭亭为中心的讨论》，上海三联书店 2005 年版，第 35 页。

的虚伪与中国基督徒的“不良”。从现实性考虑，他的这一宗教身份，无疑会为他在美国这个几乎全民信教的国家的许多活动提供契机，同时也会使他的作品与他的“暗含读者”更具亲和力，使读者更容易接受他的创作。但是，我们在现有资料中从未发现老舍在美国参与任何宗教活动的记录，或与任何宗教团体有过接触。

在《四世同堂》中，老舍运用了大量与基督教有关的意象，但在翻译时，老舍却有意对之进行了删节，如：

（1）他看到冠晓荷向身后的兽兵轻轻点了点头，像犹大出卖耶稣的时候那样。

（2）现在，他看钱先生简直地像钉在十字架上的耶稣。真的，耶稣并没有怎么特别的关心国事与民族的解放，而只关切着人们的灵魂。可是，在敢负起十字架的勇敢上说，钱先生却的确值得崇拜。

（3）钱少奶奶本不过是个平庸的女人，可是自从生了这个娃娃，野求每一见到她，便想起圣母像来。

（4）那是一个永远不说一句粗话的诗人，又是一个自动的上十字架的战士。

（5）我的话不是法律，但是被我诅咒的人大概不会得到上帝的赦免！

（6）他愿把心中的话告诉给青年：“我常在基督教堂外面看见‘信，望，爱’。我不大懂那三个字的意思。今天，我明白了，相信你自己的力量，盼望你不会死，爱你的国家！”

（7）醒过来，他马上又想起冠晓荷。伤害一个好人的，会得到永生的罪恶。

而《四世同堂》中塑造的有关虚伪的意国传教士“窦神父”和基督徒“洋奴”丁约翰的内容却在英译本中基本得到保留，其间所透露出的老舍的心态颇耐人寻味。

老舍不仅对《四世同堂》中所塑造的大大小小的汉奸深恶痛疾，用漫画笔法淋漓尽致地对他们进行讽刺，在故事结局中给他们都安排了“罪有应得”的下场，而且在直面外国读者时，他通过删节强调了中华民族的自尊与自立，揭露了某些所谓的西方传教士给中国人带来福祉的假象。老舍的一身正气和毫无媚骨的性格，也可以从这些细节的删节中得到进一步的印证，而这一切均出于老舍较为自觉的国家形象和文化传播意识。

第五节 老舍笔下的“日本人”

一、“遭遇”日本

形象塑造者往往以注视者的身份观察、感受作为“他者”的异国，其注视方式影响到所塑造形象的面貌，而时间、距离、频次、视角、先见等都制约着作家的注视方式。

老舍一生曾两度踏上日本本土。1949 年 10 月 27 日，老舍从美国回国途中路经日本横滨，下船买票去东京参观，行色匆匆，只有四五个小时，老舍自称“没有看见什么”，其实，他看见了日本战后的破败，看见了“那凶暴的象征”——“男人们有许多还穿着战时的军衣，戴着那最可恨的军帽”。[①] 1965 年 3 月，老舍应中日文化交流协会邀请，率中国作家代表团前往日本参观访问一个月，先后到过东京、大阪、奈良、京都、热海、仙台等地，其间参加了多次集会，访问了一批文化文艺团体，拜望了许多日本知名作家。

其实，作为一位中国现代作家，老舍日本经验的来源绝不限于本土观察，他是在自己的国土上不断地“遭遇”日本和日本人，作为国与家的加害者，日本、日本人都不是作为一般性概念而是作为一种可怖的梦魇横暴地切入老舍的生命史中。

1900 年，八国联军攻入北京，老舍的父亲在巷战中战死。幼年失父的童年经历深深地影响了老舍的人生与创作。尽管没有证据证明其父死于与日本人交战，但可以相信，老舍对日本的仇恨是最深的。1923 年创作的短篇小说《小铃儿》，主人公德森的父亲即被日本人杀害，与寡母艰难度日，他最大的愿望就是长大后去打日本，雪国耻，报父仇。德森是一个满族味的名字，从小说中父亲、母亲、姑母等人物设置来看，小说明显地投射了老舍的童年经历。那时，中国被各国列强竞相蹂躏，但老舍单将日本挑出作为仇敌，可见在他心中，日本人正是他的杀父仇人。联军攻城之后，老舍家所在区域归日本管守。“有一天，进来三名小鬼。”刺死大黄

① 老舍：《由三番市到天津》，《老舍全集》（14），人民文学出版社 1999 年版，第 413 页。

狗，进屋没找到值钱物，把箱子倒扣在还是婴儿的老舍身上，想闷死他。[①] 年仅一岁的老舍当然不可能记住这些，但母亲的讲述使侵略者的凶残贪婪在老舍幼小的心灵里烙下了深深伤痕。其中，日本人闯进居民家四处搜刮财物这个细节，就一再被老舍在小说中重写。

20 世纪 30 年代，刚刚接受齐鲁大学教职聘书的老舍即开始着手调查“五三惨案”。惨案发生于 1927 年，日本故意挑起事端，攻占济南，屠杀平民伤员，烧杀奸淫，挨家挨户搜查抢劫，抓捕路人后用铁丝穿肉，折磨致死，将时任战地委员会外交主任山东交涉员蔡公时及署内职员捆绑起来，用刺刀将蔡公时和张麟书的耳鼻挖去，最后将 17 人拉出枪杀，仅有一人侥幸逃出，遇难人数逾万。“我每走在街上，看见西门与南门的炮眼，我便自然的想起‘五三’惨案；我开始打听关于这件事的详情；不是那些报纸登载过的大事，而是实际上的屠杀与恐怖的情形。有好多人能供给我材料，有的人还保存着许多像片，也借给我看。半年以后，济南既被走熟，而‘五三’的情形也知道了个大概，我就想写《大明湖》了。”[②] “一·二八”事件发生，《大明湖》书稿被日本人的炮火焚毁，但通过对“五三惨案”的调查必定使老舍对日本人的暴行有了更具体深入的了解。

1934 年，老舍任职国立山东大学，遂居青岛，直到 1937 年日本侵华战争全面爆发才被迫离开。老舍在山东期间，山东半岛已被日本控制，经济侵略和恐怖统治令老舍愤慨不已，先后写作《广智院》、《估衣》、《杀狗》、《新韩穆烈德》等揭露日本人用廉价产品挤垮民族商业，控制民族经济，日本磁、日本布、日本胶皮鞋、日本橘子、高丽苹果充斥市场，中国国民则日益贫困化。日本人利用“杀狗”事件大肆屠杀恐吓，抓捕“激烈分子”，意在制造舆论，为侵略捏造口实，同时从精神上威吓中国人，实行恐怖统治。1937 年，“七七”事变爆发，老舍抛家别子，只身南下投入抗战，咀嚼着家国破碎的愤懑与悲哀。

老舍在自己的国土上遭遇加害者日本，这里，不仅有切肤的丧父之痛、悲伤的童年记忆，还有实地调查，其中既有听来的述说，也有实物见

① 老舍：《且讲私仇》，《老舍全集》（14），人民文学出版社 1999 年版，第 115 页。

② 老舍：《我怎样写〈大明湖〉》，《老舍文集》（15），人民文学出版社 1984 年版，第 204 页。

证、亲身经历的血与火。触目的是屠杀后的村庄、随时发生的敌机轰炸、熊熊燃烧的城市、遍地的鲜血尸身、撼天动地的哭声、流离失所的难民，日本对中国的战争成为一个种族对另一个种族的灭绝行为，这一切本能地激起作者对日本的民族仇恨。

二、套话“小日本”

“套话”是比较文学形象学中指称描述异国异族形象的词汇的一个术语，是形象的一种特殊存在形式，是陈述异族集体知识的最小单位，是对精神和推理的惊人省略。

中日两国复杂的历史关系表现在中国现代文学书写中，便是对日本形象的形形色色的刻画。在老舍的创作里，早期作品《小铃儿》、佚作《大明湖》以及抗战期间的《大地龙蛇》和抗战后期的长篇巨著《四世同堂》，抗战结束后的散文《从三藩市到天津》等，都对日本和日本人做了大量描述，出现频率较高的词汇有：“小日本”、“矮子”、“小老鼠”、“日本鬼子”，其中，“小日本”使用频率最高。与日本自称“大日本帝国”相反，中国人多称其为“小日本”。《四世同堂》中，无论是不谙世事的小顺还是祁老太爷、家庭主妇韵梅、新时代的爱国青年瑞全，都将日本称为“小日本”。

在文本中，“小”有多重含义。第一，从外形来看，日本人比中国人矮小。小说中反复提道：“腿短身量矮”、“短而宽的熊”、“短腿的男女”、“乱跑的矮子”。短腿、矮小成为日本人形象的一个典型特征，甚至“矮小的人”即为日本人的代称。从自然意义上讲高大与矮小只是一种人种区别，但在崇尚高大、挺拔，英雄豪杰都是“身高九尺”、“身长一丈”的中国人看来，矮小自然是一种可供嘲笑的劣势。此外，“小日本”这一称呼也源自中国对日本的古称“倭奴”。汉唐之时，中国以其强盛的经济、军事、文化实力雄踞亚洲，表现出强烈的以自我为中心的强势姿态，“倭奴”的命名在话语层面上集中体现出蔑视的态度。元朝以后，日本人经海上来到中国东南沿海一带烧杀掠抢，肆虐横行，虽然历朝政府数次平倭，但零星的骚扰和劫掠从未中止，给当地百姓带来了深重的灾难，也令中国政府头疼不已。白朴词有：“蕞尔倭奴，抗衡上国，挑祸中原”，“倭奴”一词又增加了凶顽、贪婪、无理、暴虐等贬义的感情色彩。可见，“小日本”即“蕞尔倭奴”的现代语词表述，无论是“倭”还是“小”，都不是一种纯客观的描述，而是意味着一个低劣、弱小、贫穷、贪婪、凶顽、无理、暴虐的形象，包含着强烈的蔑视、羞辱、贬低、憎恶态度。

第二，“小”意味着落后。《四世同堂》里钱诗人对一个似乎很喜爱中国古诗的日本人不无骄傲地说：“中国人教会了你们作旧诗，新诗你们还没学了去！”[①] 在东亚文化圈内，中国古代文明高度发达，远远超出周边民族和国家。在文化交往中，古代中国始终处于话语强势地位或文化输出角色，以发散式的“文化辐射”将自身文化向外传播。在鸦片战争之前，中日之间的文化交流基本是中国输出／日本输入模式。盛唐时期，日本多次派遣使团来华学习，成员经过严格选拔，集中了日本当时外交、学术、科技、工艺、音乐、美术、航海等方面的优秀人才，以保证最大限度地吸收先进的唐文化，促进自身进步，从中国输入的儒学、佛教、建筑等对日本后世产生了深远影响。平安时期以前，日本民族只有自己的语言，而没有本民族的文字。在汉字影响下，出现了假名。最初假名完全借用汉字，以汉字的音、训表记日本语音，至 9 世纪中叶，出现了将汉字的一部分省略或草化而创造的表音文字，取正楷汉字偏旁、部首的叫片假名，汉字草化的叫平假名。这些历史事实成为强大的集体记忆深深扎根于中国人的意识深处，提及古代文化，中国抱有强烈的自豪感，以老师自居，而视日本为后生小辈，是一种身份高低的划分。近代以来，中国与日本的实力、地位发生了倒置，昔日处于引领者的“天朝上国”被臣服者的“蕞尔小国”步步紧逼，无招架之力，由蚕食而鲸吞，几乎被亡国灭种。这种无可奈何又愤懑不平的心理会促使中国人加倍强调辉煌的历史记忆，作为抵御民族自卑的最后心理防线。

第三，“小”还意味着贪婪。面对日本的大举侵华，祁老人据亲身经历分析道：“日本人爱小便宜，说不定这回是看上了卢沟桥”，“要不怎么是小日本呢！看什么都爱！”“庚子年的时候，日本人进城，挨着家儿搜东西，先是要首饰，要表；后来，连铜纽扣都拿走！”[②] 小说中工笔细描了两个细节，瑞宣从狱中释放时，一个“小老鼠”拿着只有三张一元钞票、几张名片、两张当票的皮夹爱不释手。牛教授遇袭时，日本人搜检祁家，一无所获，临走时“顺手拿起韵梅自己也不大记得的一支镀金的，

---

① 老舍：《四世同堂》，《老舍文集》（4），人民文学出版社 1984 年版，第 416 页。

② 同上书，第 21 页。

錾花的，短簪，放进袋中，然后又看了看大清地图一眼，依依不舍的走出去”。[①] 漫画式描写将日本人的贪财、爱占小便宜的可笑嘴脸刻画得入木三分。

第四，“小”也是对日本民族性格高度概括性评价。老舍说：“在大处，日本人没有独创的哲学，文艺，音乐，图画，与科学，所以也就没有远见与高深的思想。在小事情上，他们却心细如发，捉老鼠也用捉大象的力量与心计。小事情与小算盘作得周到详密，使他们象猴子拿虱子似的，拿到一个便满心欢喜。因此，他们忘了大事，没有理想，而一天到晚苦心焦虑的捉虱子。”[②] 在小说中，老舍对此作了浓墨重彩的多重刻画，感情复杂。

日本人抓捕瑞宣这样一个书生时，本可以只派一个宪兵或巡警就够了，却郑重其事地派了一辆坐着两个军官的小汽车和坐着十来个人的大卡车在清晨四点前来抓捕。

> 车停住，那两位军官先下来视察地形，而后在胡同口上放了哨。他们拿出地图，仔细的阅看。他们互相耳语，然后与卡车上轻轻跳下来的人们耳语。他们倒仿佛是要攻取一座堡垒或军火库，而不是捉拿一个不会抵抗的老实人。这样，商议了半天，嘀咕了半天，一位军官才回到小汽车上，把手交插在胸前，坐下，觉得自己非常的重要。另一位军官率领着六七个人象猫似的轻快的往胡同里走。没有一点声音，他们都穿着胶皮鞋。看到了两株大槐，军官把手一扬两个人分头爬上树去，在树叉上蹲好，把枪口对准了五号。军官再一扬手，其余的人——多数是中国人——爬墙的爬墙，上房的上房。军官自己藏在大槐树与三号的影壁之间。
>
> 天还没有十分亮，星星可已稀疏。全胡同里没有一点声音，人们还都睡得正香甜。一点晓风吹动着老槐的枝子。远处传来一两声鸡鸣。一个半大的猫顺着四号的墙根往二号跑，槐树上与槐树下的枪马上都转移了方向。看清楚了是个猫，东洋的武士才又聚精会神的看着

① 老舍：《四世同堂》，《老舍文集》（5），人民文学出版社1984年版，第266页。

② 老舍：《四世同堂》，《老舍文集》（2），人民文学出版社1984年版，第164页。

五号的门，神气更加严肃。[①]

仿佛在看一场黑白无声剧，寂静的清晨，诡异的气氛，悄无声息的抓捕者，紧张有序的分工合作，与对手的无力形成巨大反差，传达出一丝悲凉、愤慨而带有嘲讽的意味。

总之，“小日本”这一套话勾勒出日本人如下特征：身材矮小、凶顽暴虐、性情贪婪、爱占小便宜、做事认真、细致、周到却不免琐碎、目光短浅、心胸狭隘。作者一方面抱着厌恶、蔑视，嘲讽的态度，另一方面对其认真细致也隐约怀着肯定态度，虽然这一态度相当复杂隐晦。

三、形象谱系

日本军人：这是老舍刻画最多且分析最详尽的形象，不仅有大量的概括性分析，还有具体的人物心理、事件描写。“日本军人根本讨厌政治，根本不愿意教类似政治的东西拘束住他们的肆意烧杀。”[②]“特别是在鼠眼的东洋武士们。假若照着他们的本意，他们只须架上机关枪，一刻钟的工夫便把北平改成个很大的屠场，而后把故宫里的宝物，图书馆的书籍，连古寺名园里的奇花与珍贵的陈设，统统的搬了走。”[③]“他是大日本帝国的军人，中国人的征服者，他理当可以蹂躏任何一个中国女子。”[④] 日本军人残暴、野蛮、贪婪、肆意烧杀抢掠、奸淫妇女，以屠杀为乐，这些都是抗战文学中日本军人的固有形象，老舍的杰出之处在于他不仅从表面上描写、表现日本军人的行为，而是以此挖掘其背后的思想基础：是日本文化、宗教、教育决定了日本军人的本性。正是这一发现，使得老舍文学中的日本军人形象没有成为单薄的脸谱、粗略的标签，当战争结束，硝烟散尽，这些形象依然具有深刻的文化人类学意义。“日本军人所受的教育，使他们不仅要凶狠残暴，而是吃进去毒狠的滋味，教残暴变成象爱花爱鸟那样的一种趣味。”[⑤]“无意中的看到东墙，墙上舒舒展展的钉着一张完整的人皮。他想马上走出去，可是立刻看到了铁栅。既无法出去，他爽性看

① 老舍：《四世同堂》，《老舍文集》（5），人民文学出版社 1984 年版，第 164—165 页。

② 老舍：《四世同堂》，《老舍文集》（4），人民文学出版社 1984 年版，第 246 页。

③ 同上书，第 79 页。

④ 老舍：《四世同堂》，《老舍文集》（5），人民文学出版社 1984 年版，第 430 页。

⑤ 同上书，第 199 页。

个周到，他的眼不敢迟疑的转到西墙上去。墙上，正好和他的头一边儿高，有一张裱好的横幅，上边贴着七个女人的阴户。每一个下面都用红笔记着号码，旁边还有一朵画得很细致的小图案花。”[①] 日本人将血腥、邪恶审美化，这种怪异心理是日本民族性格的重要组成部分。

日本学者：《四世同堂》中，老舍塑造了两个日本学者的形象，一个是瑞宣在所谓的“华北文艺作家协会”开会时见到的井田，瑞宣在十几年前听过井田的演讲看过他的书，由信任佩服井田而认为日本自有它的特殊的文化，然而就是这位井田居然声称“日本的是先进国，它的科学，文艺，都是大东亚的领导，模范。我的是反战的，大日本的人民都是反战的，爱和平的。日本和高丽的，满洲国的，中国的，都是同文同种同文化的。你们，都应当随着大日本的领导，以大日本的为模范，共同建设起大东亚的和平的新秩序的！”[②] 他将毁灭他国文化说成是建设东亚新秩序，用谎言扼杀事实，弃人类真理和正义于不顾，彻底泯灭了作为学者的良知。“由井田身上，他看到日本的整部的文化；那文化只是毒药丸子上面的一层糖衣。他们的艺术，科学，与衣冠文物，都是假的，骗人的；他们的本质是毒药。”[③] 老舍在井田身上看到的不只是这类人的无知，更归诸日本文化的本质。

另一个是日本教官山木。山木是一位杰出的动物学家，上课之余便躲在屋里读书做标本，从不过问校务，即使挨了中国学生的骂也从不报复，似乎是一位反对侵略、反对战争的学者，却坚定地相信“日本在中国作战不是要灭中国，而是为了救中国”。[④] 山木对华北的禽鸟有细密的研究，汉语说得完美简劲，却无视日本在中国的烧杀抢掠，对北平的洗劫破坏，对中国青年的屠杀奴化，坚信日本在中国作战的目的是为了拯救中国。

二者的态度虽然不同，论调却相当地一致。他们都认为日本是“最优秀的，理当做主人的民族”，科技最发达、文艺最先进、人种最优越，应该做世界的主人，至少是亚洲的主人，表现出强烈的民族优越感和扩张意识，这绝非偶然。

民族神话，往往是该民族的民族性格和民族思维模式的表征。日本在

---

① 老舍：《四世同堂》，《老舍文集》（5），人民文学出版社 1984 年版，第 254 页。

② 同上书，第 200 页。

③ 同上书，第 255 页。

④ 同上书，第 51 页。

昭和初期公开的《竹内文献》记载，宇宙创世，有皇祖皇太神宫，历代天皇在此即位后乘“天空浮舟”，巡幸全球万国。皇宫所在地越中成为世界中心，天皇为救世主，受神命要统一世界。另有《竹内文书》记录上古十四代天皇国常立自由往来于天日国与地球之间，是诸神战争之前世界的统治者，乘宇宙船巡行万国，以表明为世界之主。内容充满征服世界的梦想，表现出自我中心主义的思维模式。在日本，这些神话是作为“正史”进入日本人脑海中的。

日本军国主义思想源于是日本神道教，这种民族宗教产生于远古，发展过程中吸收中国阴阳五行说、谶纬说、儒家和佛教、道教等外来宗教，形成日本流派最多、影响最大的宗教。明治后，日本走上资本主义道路，政府为控制民众思想，将神道教抬高到国教的地位，利用行政手段和教育体系强制推行神道信仰，宣扬“万世一系的天皇统治”和“万邦无比的天皇制国体”的国家观，使之内化为日本民族的思想与价值理念。神道教认为日本是神造的国家，其他国家是神创造日本时溅出的泡沫凝聚而成；日本“万世一系”的天皇是天界最高神的后裔和其在人间的代表，世界各国之君皆为“天皇之臣仆”；日本民族是天神的后裔，是神选民族。这些意识已深深沉淀于日本的传统文化之中，使日本人坚信他们的国家是世界上最优秀的国家，他们的民族是世界上最优秀的民族，世界秩序应以日本为中心，以优秀的日本民族统治、教化其他劣等民族。

日本儿童：小顺冒雨到门口买零食就是一次冒险，在院中打枣也会受到父亲的责备，偶尔受到母亲的责骂就会有太爷爷、祖母毫无原则地袒护，被日本孩子当马骑，只会喊妈！而日本儿童则截然相反，“七点钟左右，那两个孩子，背着书包，象箭头似的往街上跑去，由人们的腿中拼命往电车上挤。他们不象是上车，而象两个木橛硬往车里钉。无论车上与车下有多少人，他们必须挤上去。他俩下学以后，便占据住了小羊圈的‘葫芦胸’：他们赛跑，他们爬树，他们在地上滚，他们相打——打得有时候头破血出。他们想怎么玩耍便怎么玩耍，好象他们生下来就是这一块槐荫的主人。他们愿意爬哪一家的墙，或是用小刀宰哪一家的狗，他们便马上去作，一点也不迟疑。”[①] 男人在战争中死去，两个孩子只是默默地把泪存在心里而不是啼哭。与小顺的顺从、驯服、软弱相比，日本孩子的

① 老舍：《四世同堂》，《老舍文集》（5），人民文学出版社1984年版，第93页。

尚武、执着、坚强有了双重意味。一方面作者对此是赞赏甚至是羡慕的，一个强盛的民族需要这样敢于冒险、朝气蓬勃的儿童；另一方面，日本儿童的无理、蛮横必将导致他们成为野蛮冷酷的杀人机器。

日本女人：《四世同堂》中多次以“磁娃娃”称之。日本女人在家庭中地位低下，即使是在自己的孩子面前也只能客气地微笑，而不敢训斥。“日本女的，那些永远含笑的小磁娃娃，都打扮得顶漂亮，抱着或背着小孩，提着酒瓶与食盒；日本男人……带着他们永远作奴隶的女人。”①

> 那两个象磁娃娃的女人，带着那两个淘气的孩子，去送那两个出征的人。她们的眼是干的，她们的脸上没有任何表情，她们的全身上都表示出服从与由服从中产生的骄傲。是的，这些女人也该死。她们服从，为是由服从而得到光荣。她们不言不语的向那毒恶的战神深深的鞠躬，鼓励她们的男人去横杀乱砍。……她们不过是日本的教育与文化制成的磁娃娃，不能不服从，不忍受。她们自幼吃了教育的哑药，不会出声，而只会微笑。……她们是她们男人的帮凶。②

一号的男人战死，她们被调去充当营妓，留下两个幼小的孩子。“磁娃娃”是脆弱的，不能思考，只能供人摆弄赏玩，是命运掌握在他人手中的玩偶。老舍叙述间杂议论，勾勒出服从威权、忍受屈辱，同时又以此为最大光荣的日本女人，她们是日本教育和文化的受害者，而又支持了和鼓励了这种有毒的文化。

“超日本人”：指老舍文学中虽有日本国籍，但摒弃了日本侵略者的面目，追求世界和平、人类幸福的人物形象。他们中有《大地龙蛇》中的日本兵马志远，《四世同堂》中一号的日本老妇人。马志远在风雪之夜前来投诚，“我不再受军阀们的盲目的指挥，不再为他们执行可怕的残暴。忘了我的战死沙场的光荣，我投诚给正义，毫不懊恼!”③ 希望当正义胜利的时候，邀请大家去看开满樱花的三岛，过着没有战争，只有友好的生活。一号的日本老妇人虽然是日本国籍，但生在加拿大，长在美国，

① 老舍：《四世同堂》，《老舍文集》(5)，人民文学出版社1984年版，第97页。

② 同上书，第442页。

③ 老舍：《大地龙蛇》，《老舍文集》(10)，人民文学出版社1984年版，第331—332页。

后随父在伦敦经商，她从自己的认识出发，指出杀戮与横暴是日本人的罪恶，日本人必败；另外她也不能希望日本人因为他们的罪恶而被别人杀尽，因为以杀戮惩罚杀戮同样是人类的愚蠢和罪恶。她只希望日本人“能因失败而悔悟，把他们的聪明与努力都换个方向，用到造福于人类的事情上去”。[①] 这是一位超越国家、民族、宗教甚至超越民族仇恨、国家利益，而愿全世界人把所有的聪明才智用来征服自然，追求和平与人类幸福的博大、智慧的形象。

值得注意的是，这位日本妇人称自己“用日本语讲话的时候，我永远不能说我的心腹话”，[②] 因此一直用英语和瑞宣交流。老舍对语言是非常重视的，在他的笔下，正面人物的语言都是非常流利漂亮的，富善先生会很恰当地使用许多北平的俏皮话与歇后语，而牢狱里那些残害中国人的恶魔都说着半通不通的日本腔中国话。日本人通过强制推行日语教育，裁撤英文教学时间，增加日语课时，以语言为载体灌输奴化思想，培养中国人的亲日情感。这一切都使日语和英语已经不仅仅是普通的交流工具，而是不同的情感载体。一个中国人和一个日本人用第三种语言——英语交流，则表示超越了民族仇恨的鸿沟，双方作为世界公民中的一份子，以一种平等的心态进行交流。

老舍文学中的日本人形象是丰富且深刻的，日本人形象有野蛮、贪婪、残暴、无理、丧失人性、琐碎、目光短浅、心胸狭隘的一面，也有周密细致、坚强执着的一面。老舍文学中的日本人形象塑造受到老舍民族—国家集体意识和对日本人的直接观察、自身的思想认识以及创作动机的影响。老舍文学中的这一异国形象同时也从反面寄托了作者对理想世界、理想人性的期望，包含了作者对中国民族性缺失的理性思考，作为一个可供对照的“他者”，中国这个老大民族不能不感到惭愧而奋起直追。

① 老舍：《四世同堂》，《老舍文集》（5），人民文学出版社1984年版，第445页。

② 同上。

第四章

现代艺术视野中的现代文学

第一节　鲁迅与美术

一、艺术趣味

我们为什么谈“艺术趣味”而回避“艺术风格”的概念呢？这是因为，清除当下文学研究中的黑格尔主义雾障是使其还原人文学科“人性”本色的唯一途径。长期以来，在中国现代文学研究中，普遍存在着对于文学的文化和思想层面的过度阐释，而在这一过程中，出现了把文学家等同于一般的思想者，把文学家的思想等同于一般思想者的思想，把充满艺术魅力的文学文本“非审美化”的倾向。文学研究者所要做的，也许只是指出通向艺术家心灵的精神隧道。过去的世界并非由抽象概念居住着的世界，而是由男人和女人们居住着的世界。英国著名艺术史家贡布里希在他的艺术史研究实践中所昭示出来的这一研究倾向是非常值得我们学习的。正是存活在过去世界中的那些男人和女人们的生活史和心灵史，作为“他者”为我们“此在”的世界提供了一面自我观照的镜子。

一个有着独特个性的作家的艺术趣味不仅与他所获得的知识相关，与他的言说相关，更与他的全部人性相关。鲁迅“这个人”平日喜欢吃什么？这个问题本身似乎是“非学术”式的，但其实并不是。在生活中我们不难发现，所有的语言均存在着一种混合的感觉方式，以至于声音可以形容为“亮”、光线可以形容为“温柔”这样一种倾向。对于成熟的现代人来讲，“在烹调中，我们首先认识到好东西太多也会令人讨厌，比如太甜、太油、太软等直接的生理刺激也会产生对立反应”，并且“这一信号能够从生理水平转向心理水平”。[①] 所以，一个种族或一个个体的艺术趣味往往同其口味存在着一种有趣的共感关系。

著名文化史家吴方用“熟”、“精”二字体悟中国宋代与明代文化的一般特征，可谓深得精髓。他认为，在宋明两代，形式与意味的结合都很讲究，几乎达到了穷形尽相的地步，但又不免润饰藻绘、如磋如磨，归于摩挲把玩。在“熟”而“精”的趣味背后，吴方体味到的是中国封建社会成熟期没落文化深邃而又萎靡的特征。你不妨闭目细想明代的园林、家具、服饰乃至书画诗文，的确越发精致、纤巧。就连行为规范，也精致得像一个网眼细密的鸟笼，居住其间的中国人哪里还有那种强健博大的生命创造活力？的确，几千年的文化发育已近迟暮，由于长期缺乏异质文化的介入与冲击，日渐在原先的轴心上自行精致化，委顿、沉静、细密、精雅、熟巧成为中国人特有的精神气质。中国艺术中特有的“微雕”与“绣梓”与中国人特有的文化类型无不体现出“熟”而“精”的特点。纤巧的心智空间如何能燃烧起壮烈的生命激情？而没有了鲁迅所呼唤的“生命的大飞扬”，又如何能够产生出真正撼动心灵的“大艺术”呢？

体格与心智健康的现代人反而“喜欢不那么明显，不那么柔顺的东西”。在口味上反而会选择那些“带苦味的东西或掺了调味品的咖啡，或嘎嘎作响的坚硬果子”。[②] 因为软和柔顺总与人的被动性联系在一起，而硬和嘎嘎作响则与主动性联系在一起。从这个角度上讲，中国传统艺术趣味因缺乏有效的反拨机制，均达到了过分“精美”、过分“甜腻”、过分“雅致”的程度。正如贡布里希所看到的：中国人的画“是画在绢本卷轴上，保存在珍贵的匣椟之中；只有在相当安静时，才打开来观看和玩味，很象是人们打开一本诗集对一首诗再三地吟诵咏叹。这就是中国的十二世纪和十三世纪时最伟大的风景画中所蕴含的意图”。与西方人不同，中国人“有更多的时间去达到雅致和微妙”。[③] 而浮躁的西方人，对那种参悟的功夫则缺乏耐心和了解。贡布里希以一个艺术史家的敏感从东西方绘画中读出了中国人的“安静”与西方人的“躁动”的心灵差异。而作为现代中国文化人的鲁迅不仅在理智层面上而且在趣味层面上都是反拨这个过

---

① ［英］贡布里希：《艺术与人文科学》，范景中译，浙江摄影出版社 1989 年版，第 51 页。

② 同上书，第 51 页。

③ 同上书，第 81 页。

分“熟”而“精”的传统的。他感到这种由几千年农业文明所孕育出的“安静”心境，的确能孕育出独具东方情调的绘画、音乐、花瓶和刺绣，但它也更易于导向过分的雅致与甜腻，从而使国民在人格及心智等方面愈加“沉静”下去，愈加被动下去。

鲁迅曾经说过这样的话：“我看中国书时，总觉得就沉静下去，与实人生离开，读外国书时——但除印度——时，往往就与人生接触，想做点事。”[①] 他感到过于“沉静”的中国人应当去饮点苦涩的黑咖啡，把玩惯了“微雕”与“绣梓”的中国人应当去看看西方的现代木刻，惯于吃软熟食品的中国人不妨去嚼嚼那嘎嘎作响的坚硬果子。在鲁迅的生命趣味中确有一种强烈的反甜腻趋苦涩、反柔顺趋瘦硬的倾向。而贡布里希通过研究发现，西方19世纪末以后的现代审美趣味正有一股对原始性的糙硬、狂乱的偏爱，即在现代艺术中越来越拒绝那些被认为腐败、堕落的东西和太甜腻、太带有讨好性的东西。生命与艺术的美不再仅只满足我们柔顺的认同需要，而更应当是一种灵魂的搏斗与冒险。正是在这样一种趣味中，凡·高、高更、雷诺阿、麦绥莱勒和爱德华·蒙克等艺术大师的艺术才真正成为“美”的。事实上，19世纪以烹调和工艺品的甜腻著称的维也纳竟也成为追求质朴冷峻风格的新潮艺术的首都。从这个意义上讲，鲁迅所“分泌”的正是一种反古典趣味的完全属于现代的“嘎嘎作响”的苦涩而充满生命爆发力的艺术。他的语流有时就是涩滞的、不顺的，他的生命的张力使他没有那种“沉静”的心态使语言达到柔顺的古典境界。这类似于一种躁动的凡·高画风。“有些画的外观具有某种最好可以比作eauforte non ebarbe（没有修平的铜板画）的东西。我觉到画面上的这种特殊效果是画家充满激情地创作时，手所特有的一种颤抖引起的。”[②] 凡·高的画风所追求的正是这样一种没有修平的躁动效果。在他的画中没有圆润的构图，没有甜腻的色彩搭配，有的只是一颗充满激情的心灵的呼吸。请看鲁迅描绘的艺术氛围：

在晴天之下，旋风忽来，便蓬勃地奋飞，在日光中灿灿地生光，如包藏火焰的大雾，旋转而且升腾，弥漫太空，使太空旋转而且升腾

① 鲁迅：《青年必读书》，《鲁迅全集》（3），人民文学出版社1981年版，第12页。
② ［美］欧文·斯通等编：《梵·高书信选》，湖南文艺出版社1991年版，第122页。

地闪烁。①

这里没有平和，没有沉静，没有柔顺，有的只是一种生命意志的升腾，一种撼人心魂的情感张力，这是一幅凡·高风格的画。

具有以上这种生命趣味及艺术感觉的鲁迅究竟喜欢吃些什么？他喜欢吃硬食，不喜爱吃软食。喜欢吃炒得焦硬的蛋炒饭、沙炒豆、生黄瓜、“蟹壳黄”烧饼，还有辣椒，最讨厌煮得稀烂且甜腻的“莲子羹”，许广平说他见了就摇头。而深得中国传统美食趣味精粹的朱自清呢？恰与鲁迅相反，朱自清喜欢吃“小洋锅”煮的“嫩而滑”的“白水豆腐”，他在扬州面馆吃面也要“大煮”，他喜欢吃的干菜包子的菜也一定要选那“最嫩”的、“剁成泥”且要加糖加油，因为朱自清寻求的正是那种“到口轻松地化去”的爽滑柔顺的口感，这种食趣的“软滑”、“甜腻”正与鲁迅的“糙硬”、“苦涩”相对。与此趣味相一致，在文学创作中，朱自清的行文语言也讲求三顺即顺口、顺耳与顺眼，在他的精致雅洁的散文作品中，我们随时可以看到这样一些词，这样一些意境：毛（细、微）雨、微风、乳油、香气、芳春、清梦；甜软的光泽、涓涓的东风、蒙蒙的细雨、漾漾的柔波、缕缕的明漪、轻轻的影、曲曲的波、缠绵的月。连那潭水也“滑滑的明亮着”且像“鸡蛋清那样软”。总之，朱自清的文学世界是一个甜腻、柔滑的艺术世界，这个世界正是艺术家个人甜腻、纤细的心灵世界的人性“分泌物”。

与鲁迅“糙硬”的食趣相一致，他甚至在翻译观上都公开主张“硬译”。我们的“胃”要有勇气吞食那些半生不熟的食物，翻译的目的是为本土文化引进全新的异质性因素。他个人喜爱的西方美术也多偏向于粗粝的木刻、躁动的凡·高等。在他的文学世界中充满了以下的意象：“默默地铁似的直刺天空的落尽了叶子单剩干子的枣树”、“叉于天空中的灰黑色的枝丫”、“石像般独立于暗夜荒野的枯瘦而颤抖的老女人”、“铁铸般立在没有叶子的树枝间的乌鸦”等。这同样是鲁迅心灵世界的外化，这样一个人非常自然地喜爱麦绥莱勒等美术大师的现代木刻，喜爱凡·高、塞尚、高更的现代油画。讨厌“绣梓”，讨厌“微雕”，讨厌叽叽喳喳的喜鹊，讨厌那些表现神经质的爱与恨的失恋诗。他感到中国人的神经已过于纤弱，他批判由于“力”的衰微而形成的病态的神经官能症；他呼唤

① 鲁迅：《雪》，《鲁迅全集》（2），人民文学出版社 1981 年版，第 181 页。

大痛苦，大艺术（因为能承载大痛苦、创造大艺术的必是一颗健康的“大心”）。呼唤天马行空式的艺术精神，呼唤“力之美”。难道中国人真的失去生命力了吗？他像尼采、克尔凯郭尔、列夫·舍斯托夫那样向庸众宣战，同时也是向传统趣味宣战。他要像舍斯托夫那样，以流血的头颅去撞击那绝对理性和传统习惯的大门，他要用“非天然的视力”逼视“天然的视力”，他要以“敢想敢为”对抗“俯首听命”，他要用自己的生命意志去反抗那麻木愚钝的历史风车，他同时也用自己的生命趣味去“与以往的怪兽搏斗，与数个世纪的蛇搏斗”。[①] 他像席慕尔那样感到，人只不过是一匹被关在马厩里而仍在欢欣鼓舞的马，被关在无形的笼中而自以为在飞的鸟。几千年养育出的生命感觉、艺术趣味仍在时间之流中作无意识滑行，而他——一个现代的“真勇主义者”，一个现代的堂吉诃德，一个现代的西西弗斯正在向这个庞然大物宣战。

鲁迅独具个性的艺术趣味使他极欣赏在粗糙的木板上“捏锤凿”任凭“跋扈”（鲁迅语）的凯绥·珂勒惠支、麦绥莱勒和梅斐尔德等现代木刻大师的作品，他感到这才是真正的现代艺术、“力的艺术”。这种艺术透露出的是一种健康、有生命力的人性背景。在对中国传统人性的批判上，他感到这种“力的艺术”正是改造传统人性、建构现代人性所必须的。他说：木刻正是“合于现代中国的一种艺术”。[②] 我们需要一个健康的心灵之“胃”来消化这种艺术，在消化中同时锻炼我们渐趋柔顺、纤细的心智。鲁迅发现，颇能体现中国传统艺术神韵的“宋的院画”，也多萎靡柔媚之作。是的，宋代“翰林图画院”宫廷画家们的作品正是以形式上的工整、细致为特点的，这种艺术正是纤细、沉静的心智的外化。与此相对应，唐伯虎笔下“细腰纤手的美人”更透出一种病态的赏玩趣味。[③] 我们知道，以病态柔弱、极端被动性为美在明清之际可谓登峰造极，曾经在唐代一度风行的各种体育健身方式在此时均被视为野蛮。在这种人文背景和艺术趣味中，隐藏着的正是中国人特有的沉静而又极端敏感纤细的心理及智能风尚，这里没有生命的力度，没有“生命的飞扬”与

---

① ［瑞］荣格：《分析心理学的理论与实践》，成穷等译，三联书店 1991 年版，第 138 页。

② 鲁迅：《〈木刻创作法〉序》，《鲁迅全集》（4），人民文学出版社 1981 年版，第 609 页。

③ 鲁迅：《论“旧形式的采用”》，《鲁迅全集》（6），人民文学出版社 1981 年版，第 223 页。

“沉酣”。[1] 而鲁迅却说：“紧张令人觉到自己生命的力。”[2] 凡·高在粗糙的画布上画出来的充满力度与硬度的土坡、野草和枯树根，让人感到艺术就是一场十足的战斗，是一场令人感到极为兴奋的战斗。

英国哲学家罗素认为，中国人长期以来，在孔子、老庄及佛教思想的浸染陶冶下，逐渐养成了一种克制、谦逊、平静的人格心态。而中国的传统艺术均在这个心智背景下，显示出沉静纤细之风。晚清维新派如谭嗣同、梁启超均斥老子主静主柔之说，以为是中国近代百事废弛之源。在这片土地上生活着的人们，每每把肯发奋者目为躁进，把具热性者目为狂妄。而力斥传统国人风尚的章太炎也被时人视为狂生、异端和疯子。而现代文化人鲁迅也深感此种传统迟暮心态积弊日深，他之介绍西方现代木刻与绘画也正是为了通过这种现代“力的艺术”冲刷这一传统迟暮心态。他欣喜地看到在他的倡导和努力下，“若干青年们的一幅铁笔和几块木板，便能发展得如此蓬蓬勃勃”。他觉得从这些热性青年的木刻作品中流淌出的正是中国“现代社会的魂魄”。[3] 在人类不同的书写工具中，东方的毛笔与西方的硬笔可被视为不同国民心态的象征性表征。鲁迅说：羊毫和松烟正是“闲人”的书写用具，它体现的是一种“能够悠悠然，洋洋焉，拂砚伸纸，磨墨挥毫”的沉静雅致的东方人的文化心态。[4] 我们当下要用外来的“力的艺术”去冲击这样一种“悠悠然，洋洋焉”的传统心态。鲁迅从骨子里正是一个现代艺术大师，他文学作品的“现代性”因素到目前还远没有被充分揭示，他的艺术是对中国传统古典艺术趣味的抗争与超越。在现代“嘎嘎作响”的艺术中，接受者接受新艺术的洗礼，从中荡尽那“熟”而“精”的迟暮心态，让一个古老的民族重新获得业已衰微的生命激情，艺术绝不是以往艺术程式的纤弱沉积物。鲁迅对西方艺术的欣赏多集中在19世纪之后，大概是因为到这个时代，艺术才真正成为“表现个性的完美手段”，甚至可以说，西方19世纪的艺术史也可以说是“少数孤独者的历史”。[5] 他痛心地看

---

① 鲁迅：《复仇》，《鲁迅全集》（2），人民文学出版社1981年版，第173页。

② 鲁迅：《秋夜纪游》，《鲁迅全集》（5），人民文学出版社1981年版，第251页。

③ 鲁迅：《〈全国木刻联合展览会专辑〉序》，《鲁迅全集》（6），人民文学出版社1981年版，第338页。

④ 鲁迅：《论毛笔之类》，《鲁迅全集》（6），人民文学出版社1981年版，第393页。

⑤ ［英］贡布里希：《艺术发展史》，范景中译，天津人民美术出版社1998年版，第282—283页。

到木刻虽然产生在东方而最终却发展为纤巧的“绣梓”。鲁迅文学世界所发出的绝不是 Velvet tone（天鹅绒般的语调），而是 Black bass（黑色的男低音）和 Loud color（响亮的色彩）。鲁迅不喜欢平滑柔软的丝绸衣服，而凡·高正穿着亚麻布罩衫躺在一株老树干边的沙土地上，他用的画具是未经加工过的粗粝的石墨。

司徒乔是鲁迅所喜爱的中国画家，在司徒乔的画中，鲁迅读出的正是那种鲁迅式的反抗绝望的“人与天然的争斗”。在他的画面上到处可以看到土山、古庙、破屋、漫天黄埃、肥厚的棉袄、紫糖色脸上的皱纹。从这里，鲁迅看到了“人们对于天然并不降服，还在争斗”。在他并不圆润、和谐的构图中展示的正是人的“倔强的魂灵”，艺术家自身也为这苦斗的古战场所惊“自己也参加了战斗”。[①] 鲁迅在中国现代艺术家这里发现了一颗躁动不安的心灵。他不喜欢“罗马夕照”与“西湖晚凉”之类的平和之作。[②] 因为在这类绘画中隐藏着的正是一颗沉静而没有生命力度的精神世界。凡·高是这样描绘他自己的一幅画《根》的：

> 这些树根痉挛似地疯狂地扎进土壤，却几乎被风暴拔起来。……在这些扭曲多节的黑色的树根中，我想表达为生存而奋斗的主题。[③]

我确信鲁迅在司徒乔与凡·高之间读出了精神一致性。“绘画就是要设法穿过一堵看不见的铁墙。”[④] 真正的富有个性的艺术是一种生命意志的颤抖，一种生命激情的宣泄，是一种精神的抗争与搏杀，它与所有的和谐、沉静、甜腻无缘。

> 当她说出无词的言语时，她那伟大如石像，然而已经荒废的、颓败的身躯的全面都颤动了。这颤动点点如鱼鳞，每一鳞都起伏如沸水在烈火上，空中也即刻一同振颤，仿佛暴风雨中的荒海的波涛。

---

① 鲁迅：《看司徒乔君的画》，《鲁迅全集》(4)，人民文学出版社 1981 年版，第 72—73 页。

② 鲁迅：《“连环图画”辩护》，《鲁迅全集》(4)，人民文学出版社 1981 年版，第 445 页。

③ [美] 欧文·斯通等编：《梵·高书信选》，湖南文艺出版社 1991 年版，第 138 页。

④ 同上书，第 173 页。

她于是抬起眼睛向着天空，并无词的言语也沉默尽绝，唯有颤动，辐射若太阳光，使空中的波涛立刻回旋，如遭飓风，汹涌奔腾于无边的荒野。①

这是一幅带有浓烈表现主义倾向的现代“木刻”，在这里，生命的张力、生命的激情被具象化了。

枯草支支直立，如铜丝。一丝发抖的声音，在空气中愈颤愈细，细到没有，周围便都是死一般静。两人站在枯草丛里，仰面看那乌鸦；那乌鸦也在笔直的树枝间，缩着头铁铸一般站着。②

这粗硬冷厉的线条及意境更传达出鲁迅所喜爱的西方现代木刻大师的艺术神韵。从这里我们不难发现通向艺术家心灵的精神通道。如此这般的艺术境界令人想起挪威画家爱德华·蒙克的那幅著名的石版画《呐喊》，艺术史家贡布里希说那幅画“使人不安”。③ “紧张让人觉到生命的力。”鲁迅这样说。

鲁迅这种完全属于现代的艺术趣味，自然使他易于同爱德华·蒙克和凡·高这样的艺术天才发生心灵上的共振。早在留学日本时期，他就读到过凡·高饱含人生痛苦体验的书信集，30 年代初期他还曾大量求购凡·高大画集。凡·高这样一位“紧张”到几乎灵魂撕裂的艺术狂人应该能够深深地打动鲁迅的艺术灵思。凡·高用他那一道道粗犷的笔触，使色彩化整为零，传达出艺术家独具魔力的生命激情。他笔下的枯树、野草、太阳都在旋转、都在燃烧，那是因为艺术家的心灵在燃烧。这样一种“燃烧”对于国人麻木平和的灵魂是一味很好的药剂。在凡·高那里，艺术已看不到安格尔“浴女”式的精到、细腻与圆滑的构图的完美性。这是一种反古典趣味的现代画风，是一种反甜腻、反纤巧的硬嘎嘎的艺术之风，他在用他的激情向庸众麻木平静的心境宣战。

不仅凡·高，而且爱德华·蒙克、塞尚和高更等人的艺术也能为鲁迅

① 鲁迅：《颓败线的颤动》，《鲁迅全集》（2），人民文学出版社 1981 年版，第 206 页。

② 鲁迅：《药》，《鲁迅全集》（2），人民文学出版社 1981 年版，第 448 页。

③ ［英］贡布里希：《艺术发展史》，范景中译，天津人民美术出版社 1998 年版，第 315 页。

所热爱与欣赏。从塞尚那里他可以看到“强烈、浓厚的色彩”。[①] 从马内那里他可以看到现代艺术家如何“抛弃了柔和的传统明暗法而改用强烈、刺目的对比”。从马内特那里他可以看到画家如何“疾挥画笔”，急切地将色块直接涂抹到画布上。[②] 在现代，艺术家不再把自己隐藏在艺术作品的背后，而是作为独异的个体，作为人类某种情感的聚光点勇敢地站在了艺术作品的前台，涨满生命力和充满“毛边”的激情击毁了以往精雅、宁静、和谐的构图。鲁迅的这种极具现代色彩的艺术趣味到底在多大程度上沉淀到他的文学世界之中去了？我不相信，对这样一位充满现代艺术趣味的大师可以用一个“现实主义”概念所能解释得清楚，从某种意义上讲，他是一位现代表现主义大师。

> 几株老梅竟斗雪开着满树的繁花，仿佛毫不以深冬为意；倒塌的亭子边，还有一株山茶树，从暗绿的密叶里显出十几朵红花来，赫赫的在雪中明得如火，愤怒而且傲慢。[③]

这是一幅极富现代感的艺术杰作，这里没有平和与宁静，有的只是由色彩对比所昭示的艺术家心灵的动荡不安。他用自己的艺术荡涤着中国人传统的迟暮心态。打开窗子吧，让这古老的东方帝国重新呼吸到英雄们的空气，让我们同华兹华斯一起为我们渐趋柔弱纤细的心灵世界唱一首招魂曲：

> 到哪儿去了，那种幻象的微光？
> 现在在哪儿，那种荣耀和梦想？

鲁迅——一个精神受难者的形象，他穿一双胶底鞋奋然前行，然而在他的头上没有“天使的吻”（鲁迅谈陀思妥耶夫斯基语），只有凡·高笔下那轮急速旋转的太阳追逐着他，那枣树仍默默地铁式的直刺天空。紧张令人觉到自己生命的力，在危险中漫游是很好的。是的，富于精神创造性

---

① ［英］贡布里希：《艺术发展史》，范景中译，天津人民美术出版社 1998 年版，第 302 页。

② 同上书，第 290 页。

③ 鲁迅：《在酒楼上》，《鲁迅全集》（2），人民文学出版社 1981 年版，第 25 页。

的人总是危险地行走在高度亢奋的意识刀锋上，凡·高残了，尼采残了，克尔凯郭尔也残了，鲁迅在一个“微温中道”的国度里并没有为躲避孤独、痛苦与绝望而拒绝“个体的存在”，然而这需要多么大的意志和勇气呢？

让我们试着长久注视一下他的脸。你会从这张独异的脸上读出真正的艺术家“悲哀和苦斗的痕迹来”。[①] 他乱发、黑须、眼光凝沉、样子困顿倔强，在“杂树和瓦砾”、“荒凉破败的丛莽”间奋然前行。[②] 瞿秋白说他是“莱谟斯”，也就是野兽的奶汁所喂养大的。他在进行灵魂的冒险，他是一个东方式的个体存在者的典型。在他的身上体现出的是一种“生命的飞扬”，“生命的沉酣”，生命的燃烧，在奋然前行中爆出一阵阵噼噼啪啪的声响。

二、艺术精神

在西方，自然主义、印象主义仍停留在事物的表层，而象征主义和新浪漫主义又在追逐纯粹、精致的过程中变得矫揉造作。人的生命感觉与激情沉睡了，颓靡了，精神荒漠等待着、呼唤着一种全新的躁动，少数孤独者尖叫了。在西方，表现主义思潮终于浮出地面；而在中国，面对“伧俗横流”的委顿生命存在形式，面对“生人”“麻木的神情”，[③] 面对民族近乎普遍的精神侏儒症，“精神界之战士”呐喊了。正是这呐喊，触发了那个时代特有的青春骚动。这呐喊与西方表现主义思潮遥遥呼应，共同宣称：精神的最佳存在方式是充满激情的燃烧。

> 假如一间铁屋子，是绝无窗户而万难破毁的，里面有许多熟睡的人们，不久都要闷死了，然而从昏睡入死灭，并不感到就死的悲哀。[④]

面对几千年封建文化之瓦筑就的“精神铁屋”，“先觉者”鲁迅也只有叫喊，只有“大嚷”。勇敢的“那个个人”（克尔凯郭尔墓志铭）一旦

① 鲁迅：《论照相之类》，《鲁迅全集》（1），人民文学出版社 1981 年版，第 186 页。

② 鲁迅：《过客》，《鲁迅全集》（2），人民文学出版社 1981 年版，第 188 页。

③ 鲁迅：《〈呐喊〉自序》，《鲁迅全集》（1），人民文学出版社 1981 年版，第 416 页。

④ 同上书，第 419 页。

挣脱了长期捆绑他的传统文化锁链后就必然步入一场生命的搏击中去。他在精神旷野上竖立起“个体存在”的人纛，他呐喊，他绝叫。“独有叫喊于生人中，而生人并无反应，既非赞同，也无反对，如置身于毫无边际的荒原。”① 只有在这孤独的呐喊声中，鲁迅才能感到自己“存在着，生活着”。② 是的，“魂灵被风沙打击得粗暴，因为这是人的魂灵，我爱这样的魂灵”。“因为他使我觉得是在人间，是在人间活着。”③ 弥漫在表现主义艺术世界中的呐喊也同样响彻在鲁迅独异的精神世界中。可以说，呐喊正是鲁迅（尤其是早期）特有的“存在方式”，也是他艺术的特有表达方式。“我们能够大叫，是黄莺便黄莺般叫，是鸱鸮便鸱鸮般叫。”“叫出没有爱的悲哀，叫出无所可爱的悲哀。”“一直叫到旧账勾消的时候。”④

> 忽然，他流下泪来了，接着就失声，立刻，又变成长嚎，像一匹受伤的狼，当深夜里在旷野中嗥叫，惨伤里夹杂着愤怒和悲哀。⑤
>
> 鬼魂们在冷油温火里醒来，从魔鬼的光辉中看见地狱小花，惨白可怜，被大蛊惑，倏忽间记起人世，默想至不知几多年，遂同时向着人间，发一声反狱的绝叫。⑥

这叫喊简直就没有应答，但在呐喊中，鲁迅完成了心灵的自我放逐，完成了与“合群的自大”的痛苦分离。⑦ 痛苦与绝望是步入个人澄明境地的唯一出口。这呐喊成为孤独者的“旷野呼告”。但具有“存在的勇气”的鲁迅没有放弃呐喊，如同俄国存在主义者列夫·舍斯托夫所说：“在精神存在的共同庄园里旷野呼声同样是必要的，就像传播于人群密集之处，广场，教堂的呼声。”⑧ 鲁迅笔下的“过客”也明知前面是死亡，但他只听从自我内心的呼唤，奋然前行，任凭那浓浓夜色跟在他后面。他不得不

---

① 鲁迅：《〈呐喊〉自序》，《鲁迅全集》（1），人民文学出版社 1981 年版，第 417 页。

② 鲁迅：《“这也是生活”……》，《鲁迅全集》（6），人民文学出版社 1981 年版，第 601 页。

③ 鲁迅：《一觉》，《鲁迅全集》（2），人民文学出版社 1981 年版，第 223—224 页。

④ 鲁迅：《随感录·四十》，《鲁迅全集》（1），人民文学出版社 1981 年版，第 322 页。

⑤ 鲁迅：《孤独者》，《鲁迅全集》（2），人民文学出版社 1981 年版，第 88 页。

⑥ 鲁迅：《失掉的好地狱》，《鲁迅全集》（2），人民文学出版社 1981 年版，第 199 页。

⑦ 鲁迅：《随感录·三十八》，《鲁迅全集》（1），人民文学出版社 1981 年版，第 311 页。

⑧ ［俄］列夫·舍斯托夫：《旷野呼告》，方珊等译，华夏出版社 1991 年版，第 24 页。

面对绝望，面对焦虑："呜呼，人和人的魂灵，是不相通的。"① "人人之间各有一道高墙，将各个分离。"② 而精神上的英雄，"还是站在沙漠上，看看飞沙走石，乐则大笑，悲则大叫，愤则大骂"。③ 正是在这种孤独的旷野呐喊中，鲁迅才真正体会到自我"生命的沉酣"与"生命的飞扬"。④ 他呼唤那种"只要一叫而人们大抵震悚的怪鸱的真的恶声"。⑤

时常出现在鲁迅艺术世界中的绝叫与呐喊正是西方现代表现主义艺术中最常见的主题意象。从鲁迅对待外国文学艺术的独特态度也可以看出他的"前理解"，他说伊凡·跋佐夫的小说是"悲愤的叫唤"。⑥ 说迦尔洵的小说是"绝叫"。⑦ 他引德国作家霍普德曼对凯绥·珂勒惠支的书简称其艺术是"一种惨苦的呼声"。⑧ 而这呼号的主体是对"处在压榨、逼拶和无情的烈火燃烧中的灵魂全神贯注的人"。⑨ 通过鲁迅那撕心裂肺的荒野呐喊，我们不难体味出他艺术世界浓重的表现主义倾向，这一切都令人联想到早期表现主义画家蒙克的那幅著名的画《尖叫》（又译《呐喊》），前面我们已通过相关材料证实：鲁迅对这位19世纪末的挪威表现主义大师一点也不陌生，他是在1931年5月4日晚收到徐诗荃寄自德国的 *Edvard Muchsgraphische Kunst*（《爱德华·蒙克版画艺术》）的，⑩ 其中的名画就是那幅《尖叫》，这幅画作于19世纪80年代，那时的斯堪的那维亚艺术家包括鲁迅所推崇的剧作家易卜生，还有另外一个剧作家斯特林堡，他们都普遍感受到精神上的压抑情绪，他们普遍感到孤独、焦虑、苦闷，灰色的悲剧感就像一层浓雾一样笼罩着他们敏感的艺术神经。而爱德华·

① 鲁迅：《无花的蔷薇之二》，《鲁迅全集》(3)，人民文学出版社1981年版，第262页。

② 鲁迅：《俄文译本〈阿Q正传〉序及著者自叙传略》，《鲁迅全集》(7)，人民文学出版社1981年版，第81页。

③ 鲁迅：《华盖集·题记》，《鲁迅全集》(3)，人民文学出版社1981年版，第4页。

④ 鲁迅：《复仇》，《鲁迅全集》(2)，人民文学出版社1981年版，第172—173页。

⑤ 鲁迅：《"音乐"?》，《鲁迅全集》(7)，人民文学出版社1981年版，第54页。

⑥ 鲁迅：《〈战争中的威尔珂〉译者附记》，《鲁迅全集》(10)，人民文学出版社1981年版，第183页。

⑦ 鲁迅：《〈一篇很短的传奇〉译者附记二》，《鲁迅全集》(10)，人民文学出版社1981年版，第458页。

⑧ 鲁迅：《〈凯绥·珂勒惠支版画选集〉序目》，《鲁迅全集》(6)，人民文学出版社1981年版，第470页。

⑨ ［英］R. S. 弗内斯：《表现主义》，艾晓明译，昆仑出版社1989年版，第58页。

⑩ 据人民文学出版社1981年版《鲁迅全集》中的"鲁迅日记"等整理。

蒙克的《尖叫》则正是这种情绪的典型表达。画家在一个落日黄昏突然听到一声叫喊穿过眼前的大自然，画面上是一个从所有背景中剥离出来的极度孤独的自我，他甚至没有耳朵，没有鼻子，没有性别，他表情的全部信息就是尖叫。我们感受到，一种尖厉躁动的声之波随时都会撕裂画框向我们直逼过来，那种压抑感和恐怖感一时令我们不知所措。

在西方艺术史上，正是随着爱德华·蒙克和凡·高的出现，“个人存在”的问题才在艺术的表现主义骚扰人心的极端形式中登场。这是一个宽泛的文学艺术思潮，它的影响绝不仅仅局限在绘画领域，诗歌方面的波特莱尔，小说方面的陀思妥耶夫斯基，戏剧方面的易卜生与斯特林堡，都在人类心灵的荒漠与丛林中作出了许多新的发现。而这些艺术家也大多为鲁迅所欣赏与喜爱，而鲁迅早年心仪的早期“个体存在”哲学家尼采也可以视为整个表现主义思潮的精神先导，因为正是“个体存在”所形成的内部精神张力为艺术家的生命激情注入了活力。

凡·高是后期印象派绘画的代表画家，也是西方表现主义艺术思潮当之无愧的精神先驱。他和塞尚、高更均反对早期印象派主张绘画要客观表现自然光与色的思想。特别强调要表现艺术家独特的主观激情。现代艺术越来越强调主观情感的作用，被誉为现代艺术之父的塞尚就曾声称作画“要有更强烈的个人的感情色彩”。[①] 凡·高说：“我的作品就是我的肉体和灵魂，为了它，我甘冒失去生命和理智的危险。”[②] 由于感情浓烈，他几乎不用平涂法。凡·高燃烧的生命激情之火能够深深打动鲁迅的心灵。事实是：鲁迅对于凡·高非但不陌生，而且十分熟悉，他在谈到西方现代美术思潮时说：“后期印象派的绘画，在今日总还不算十分陈旧；其中的大人物如 Cezanne 与 Van Gogh 等，也是 19 世纪后半期的人，最迟的到 1906 年也故去了。”[③] 可见，鲁迅对作为表现主义艺术思潮精神先驱的后期印象派也是非常熟悉的。他曾在 1930 年至 1933 年广泛搜求凡·高的各种画帖和画集。对塞尚与高更，鲁迅也并不陌生：

1932 年 7 月 28 日去内山书店买《塞尚大画集》(一)。

1932 年 9 月 8 日去内山书店买《塞尚大画集》(二)。

---

① ［法］塞尚：《书信》，见《世界美术》1979 年第 2 期。

② 鲍诗度：《西方现代派美术》，中国青年出版社 1993 年版，第 34 页。

③ 鲁迅：《随感录·五十三》，见《鲁迅全集》（1），人民文学出版社 1981 年版，第 341 页。

1932年10月9日去内山书店买《塞尚大画集》（三）。

1933年10月28日去丸善书店买《高更版画集》（二本）。[①]

鲁迅还打算亲自动手翻译高更的塔希提游记《诺阿·诺阿》，只可惜没有找到合适的译本。正是这些孤独的燃烧着生命激情的艺术家的心灵深深打动了鲁迅，在他们的艺术中，没有构图的平稳、圆润，心态的沉静、雅洁，代之而起的是撼人心魄的灵魂的挣扎与苦斗。凡·高曾这样描绘他自己的一幅画《根》：

> 这些树根痉挛似地疯狂地扎进土壤，却几乎被风暴拔起来，……在这扭曲多节的黑色的树根中，我想表达为生存而奋斗的主题。[②]

鲁迅也从司徒乔的画中读出了“人们对于天然的并不降服、还在争斗”的精神，这里有艺术家“对于天然的倔强的魂灵”。[③] 让我们重温一下1901年在巴黎伯恩海姆画廊首次举行凡·高绘画回顾展时，维也纳诗人豪夫曼·斯达尔有名的观后感吧：

> 树木、黄色与绿色的地面，残缺石块铺的山丘小路，锡水壶，陶瓷盆，桌子和粗糙的椅子，各自都有了新的生命。[④]

这好像是对鲁迅艺术精神表现性一面的概括。凡·高饱尝痛苦仍拥有对生命的炽热情怀，金黄色的向日葵就是他蓬勃燃烧的生命之光。鲁迅一生同样饱尝痛苦与绝望，但他并没有堕入黑暗的深渊。

> 几株老梅竟斗雪开着满树的繁花，仿佛毫不以深冬为意，倒塌的亭子边还有一株山茶树，从暗绿的密叶里显出十几朵红花来，赫赫的在雪中明得如火，愤怒而且傲慢。[⑤]

---

① 据人民文学出版社1981年版《鲁迅全集》中的“鲁迅日记”等整理。

② ［英］R. S. 弗内斯：《表现主义》，艾晓明译，昆仑出版社1989年版，第98页。

③ 鲁迅：《看司徒乔君的画》，《鲁迅全集》（4），人民文学出版社1981年版，第72页。

④ 鲍诗度：《西方现代派美术》，中国青年出版社1993年版，第4—35页。

⑤ 鲁迅：《在酒楼上》，《鲁迅全集》（2），人民文学出版社1981年版，第25页。

这个画面显示的正是鲁迅对于绝望的反抗与超越，是生命对于死亡阴影的并不降服。

早在1919年鲁迅就认为，艺术是“思想与人格的表现”，贵在“能发生感动，造成精神上的影响”。① 在谈及19世纪后半叶艺术精神裂变时，他说，那时的艺术“完全变成和人生问题发出密切关系”的东西，“现在的文艺，就是在写我们自己的社会，连我们自己也写进去；在小说里可以发现社会，也可以发现我们自己”。艺术家“连自己也烧在这里面”。② 鲁迅在看了陶元庆个人西洋画展后又说：“在那黯然埋藏着的作品中，却满显出作者个人的主观和情绪，尤可以看见他对于笔触、色彩和趣味是怎样的尽力与经心。”③ 从这些美术评论中，我们不难发现鲁迅艺术眼光强烈的表现主义色彩，这就是鲁迅的文学接受视界，这是一个带有浓厚表现主义倾向的接受视界。鲁迅的艺术精神是躁动的、倾斜的、焦灼的，因而是反古典美学精神的，这种现代艺术精神与西方表现主义美学追求是相通的。

事实上，鲁迅对西方表现主义艺术思潮曾一度十分留意，这从下面的购书单可以看出：

1926年1月4日 得张凤举赠德文《表现主义》。

1928年3月16日，去内山书店买《表现主义的戏剧》。

1929年4月7日，去内山书店买《表现主义的雕刻》。

1929年11月14日，去内山书店买《表现主义图案集》。

1930年10月9日，得方仁寄《艺术之一瞥》（包括表现主义等）。④

鲁迅在《介绍德国作家版画展》中对西方表现主义艺术作了简要介绍：“例如亚尔启本珂，珂珂式加，法宁该尔，沛息斯坦因，都是只要知道一点现代艺术的人，就很熟识的人物。此外还有当表现派文学运动之际，和文学家一同协力的霍夫曼、梅特耶的作品，至于新的战斗的作家如珂勒惠支夫人、格罗斯、梅斐尔德那是连留心文学的人也就知道的。”鲁

① 鲁迅：《随感录四十三》，《鲁迅全集》（1），人民文学出版社1981年版，第330页。

② 鲁迅：《文艺与政治的歧途》，《鲁迅全集》（7），人民文学出版社1981年版，第118页。

③ 鲁迅：《〈陶元庆氏西洋绘画展览会目录〉序》，《鲁迅全集》（7），人民文学出版社1981年版，第262页。

④ 据人民文学出版社1981年版《鲁迅全集》中的“鲁迅日记”等整理。

迅在这里所论及的艺术家大多属于表现主义思潮。格罗斯是表现主义者；珂珂式加更是表现主义戏剧和绘画的重要先驱，他的画风是对凡·高躁动画风的延续。鲁迅一向倾心的木刻大师凯绥·珂勒惠支更是在后期直接加入表现主义激情涌动的大合唱中。20 世纪西方著名的美学家克罗齐认为，只有自发产生，只有作为对感情冲动的自然反应的艺术才算是艺术。而表现主义正是以对人类某些极端精神状态的直接表现为特色。由于表现主义艺术所表现的是现代人的一些极端精神体验比如痛苦、焦虑、绝望、隔绝等，所以表现派的人像绘画，其中的人物形象大都是阴郁、悲痛、畸形、和丑陋的。比如鲁特路甫的《带手镯的女人》，形象扭曲，情绪悲痛；格罗斯的《大都市》，画面上的人物也多是变异的、畸形的和丑陋的。这里，艺术的美已不在于其构图的完美、色彩的和谐，而在于透过画布所折射出来的孤独苦斗的艺术家的心灵来。我们看到，在鲁迅的艺术世界中，也充满了这种扭曲、畸形、丑陋的紧张感。射出“死人似的眼光”，“干枯地立”在“广漠的旷野”上的两只裸露的人体（《复仇》）；“状态困顿倔强，眼光阴沉，黑须，乱发，黑色短衣裤皆破碎，赤足著破鞋”的过客（《过客》）；在深夜荒野饱尝冷骂和毒笑的浑身颤动的“垂老的女人”的石像般的露体（《颓败线的颤动》）；还有那只在暗夜荒原上长嗥的狼（《孤独者》）。所有这一切其实都是表现主义艺术所热衷的题材。看看凯绥·珂勒惠支艺术中的那些扭曲瘦损痉挛的手和脸，你就会理解带有表现主义艺术倾向的鲁迅为什么对这位木刻大师如此倾心，这是一种现代表现主义审美精神的心灵共振。

> 空中突然另起了一个很大的波涛，和先前的相撞击。回旋而成旋涡，将一切并我尽行淹没，口鼻都不能呼吸。
>
> 她于是抬起眼睛向着天空，并无词的言语也沉默尽绝，惟有颤动，辐射若太阳光，使空中的波涛立刻回旋，如遭飓风，汹涌奔腾于无边的荒野。①
>
> 在无边的旷野上，在凛冽的天宇下，闪闪在旋转升腾着的是雨的

---

① 鲁迅：《颓败线的颤动》，《鲁迅全集》（2），人民文学出版社 1981 年版，第 205—206 页。

精魂。①

在这里出现的“旋涡”意象，一方面可以从中看出鲁迅文学世界极其鲜明的绘画造型意识，同时这些急速旋转的涡状图案昭示的也是鲁迅那颗几近被撕裂的灵魂的燃烧。值得注意的是，在表现主义美术大师爱德华·蒙克的《尖叫》中就有一种将声响、情绪具象为画面上急速旋转的涡轮的倾向，充满张力的生命激情仿佛随时可以撕裂画布奔突而来。这种狂热的歇斯底里和沉醉迷狂的氛围构成了许多表现主义作品的特征，这里有一种焦灼不安和趋于偏至的情感倾向。在英国，1914 年 7 月 20 日出现了被称为“紫褐色的魔鬼”的《疾风》杂志，刘易斯在该刊第 2 期就明确宣称，这是一种个人的艺术，他进一步提出了“漩涡”的概念：“我们的漩涡是白色的和抽象的，带有它赤热的迅疾。”② 鲁迅散文诗中的“漩涡”造型，也正是鲁迅奔涌激情的外化，这是“生命的沉酣”与“生命的飞扬”。表现主义艺术家正是用这种灵魂的燃烧向平和、沉静的古典艺术精神交锋。在凡·高的名画《星月夜》中也有弥漫于太空的漩涡，这漩涡在急速翻滚，那象征教堂的松树似乎也在翻滚也在燃烧。

随着表现主义艺术思潮的勃兴，表现主义痛苦的“灵魂的呼唤”的音乐也响起来了。现代舞大师、尼采的崇拜者邓肯也曾宣称，要大胆表现人类的心灵和精神。悲观、孤寂、绝望、彷徨等现代情绪以血淋淋的躁动的极端形式登场了，人类的情感首次撕破了平和雅洁的面纱，1880 年在曼彻斯特，表现主义者就是指那些致力于表现特殊情感和激情的艺术家群体。在中国这片重“和”尊“中”的文化土壤上，鲁迅充满现代感的激情的漩涡正式宣告了中国现代艺术精神的诞生。它是对中国传统国民心态及艺术精神的一次重重的闪击。

鲁迅不仅对表现主义美术有兴趣，而且对表现主义戏剧也有兴趣。在戏剧领域，瑞典剧作家斯特林堡就是表现主义戏剧的先驱。鲁迅对这位表现主义大师也并不陌生。下面的购书单无疑可以证实这一点：

1927 年 10 月 5 日，去内山书店买《一个心灵的发展》。

1927 年 10 月 12 日，去内山书店买《到大马士革去》、《疯子的自

---

① 鲁迅：《雪》，《鲁迅全集》(2)，人民文学出版社 1981 年版，第 181 页。

② ［英］R. S. 弗内斯：《表现主义》，艾晓明译，昆仑出版社 1989 年版，第 98 页。

白》、《岛的农民》、《燕曲集》。

1927 年 10 月 22 日，去内山书店买《黑旗》。

1928 年 2 月 1 日，去内山书店买《结婚》、《女仆之子》、《大海边》。

斯特林堡的代表作《到大马士革去》标志着表现主义戏剧的出现。剧中所有人物都是从灵魂中发射出来的，他们象征着与无形者进行战斗的各种力量，全剧被一种强烈的主观性所笼罩，人物都是象征性的，1887 年 12 月 14 日左拉曾致函斯特林堡，反对他在《父亲》中对人物的主观图解，缺乏现实性，左拉指责作品“甚至连名字也没有”。1900 年创作的《死魂舞》更发展了这种倾向，场景交代极其简略，并以抽象场景取代繁复的写实场景，象征人物代替写实人物。鲁迅创作于 20 年代的《过客》，从某种意义上讲，正是一部斯特林堡式的高度浓缩的表现主义短剧。这种短剧以强烈的非现实性以及对人类灵魂内部生活的特殊关注为特色。人物是象征式、图解式的，时间是“或一日的黄昏”，空间是“或一处”，都是高度抽象化、主观化的。而场景是表现性的：“东，是几株杂树和瓦砾；西，是荒凉破败的丛葬；其间有一条似路非路的痕迹。一间小土屋向这痕迹开着一扇门；门侧有一段枯树根。”《过客》力图表现的是鲁迅作为“存在者”面对旷野的苦苦探寻及其孤独者存在的勇气。这里，我不能确认《过客》曾受到斯特林堡戏剧的影响，但鲁迅在一个时期集中留意这位表现主义戏剧大师似乎也并非纯粹出于偶然，这其间确有伟大艺术家之间的心灵共振。有趣的是，为鲁迅早年推崇的尼采就是斯特林堡的精神导师，并且在尼采精神完全崩溃之前和之中，斯特林堡与尼采还有过短期通信。对于西方现代各种艺术思潮的血缘关系而言，尼采的出现是一个欧洲现象。正是尼采对自我意识、自主和热烈的自我完善的强调给了表现主义者的运思方式以强大的精神与智力推动力。几乎所有的表现主义艺术家都深深为尼采大无畏的悲怆，为他对一切古老和垂死之物必将毁灭的重申，为他对敢想敢为的强调所倾倒。

总之，西方现代的许多艺术运动都并不仅仅局限在艺术的狭小领域，在艺术与哲学之间也存在着某种共生的关系，早年接受过尼采精神洗礼的鲁迅之倾心于西方表现主义艺术精神也是十分自然的。表现主义艺术家也都是“个体存在者”，他们常常在艺术中描绘一个孤立的个人，这与克尔凯郭尔等存在主义者的思想倾向是相通的。鲁迅笔下的狂人、孤独者、老女人、过客、疯子、神之子、这样的战士等正是这样一些“孤立的个人”。正像凡·高的自画像所展示的，那是一种永久的孤独，是先觉者不被理解的悲哀，这种孤独与悲哀和存在主义哲学家克尔凯郭尔和尼采等人所表达的个体生存思想是一致的。

第二节　张爱玲与美术

引言

张爱玲，这位成名于20世纪40年代孤岛上海的女作家从中国的漫漫传统中走来，然而她的思考和创作极具现代性意味和世界性特征。她生活于西方现代主义思潮全方位引进的20世纪三四十年代，她通晓英文，对文学艺术的兴趣使她广泛涉猎西方现代文化，应当说张爱玲是置身于世界性的现代主义艺术思潮中的一位中国作家。

从她的作品中我们很容易发现西方现代主义文学、哲学、心理学、美术的影子。而在这众多的影响元素中，美术对于张爱玲的影响，奇特而耐人寻味，其中的微妙与精彩之处尤其值得探索。张爱玲自幼对美术的喜好，特别是她对西方现代派美术的关注，使她的创作不断吸取和转化绘画元素和绘画表现手法呈现出独特的审美特性，也使她的作品具有了一种异于传统的现代艺术特质。然而，“张爱玲与美术”这一带有作家鲜明的个性印记的课题在学界仍留有极大的探索空间，其中西方现代派美术与张爱玲的关系更是比较薄弱的环节，但西方现代派美术对张爱玲的意义不容忽视。张爱玲对西方美术的介绍和喜爱明显地集中在广义的现代主义思潮上，她的文学也应更多地从这个大的艺术思潮背景上去理解、去阐释。通过张爱玲所喜爱的这些西方画家我们可以开凿一条洞察她心灵世界和艺术世界的隧道，考察西方现代派绘画与张爱玲的文学创作究竟建立了怎样的精神联系，又在张爱玲的创作文本上留下了怎样的印痕。这些都是探讨张爱玲创作的现代性和世界性、把握张爱玲在接受西方现代派绘画影响中的独特性的十分重要的问题。因此现代美术对张爱玲的影响也是本节探讨的主干。

由于对张爱玲产生影响的现代主义思潮中有诸多因素，本节无法一一详论，而是由美术一维推演开去，将现代美术视为整个西方现代艺术思潮的一个构成部分，这样，从现代美术对张爱玲的影响关系为切入点，力图彰显张爱玲与西方整个现代艺术思潮与艺术精神的深层联系，以求从艺术上把握张爱玲创作的现代性和世界性因素，进而从张爱玲这一个点管窥整个中国现代主义文学与西方现代主义思潮的渊源，这即是本研究课题的主旨。

一、艺术取向与艺术精神的现代性

张爱玲小说的基本特色就是传统情调与现代趣味的统一，这源于她特殊的文化背景。她的创作根植于东方古老的文化、艺术传统中，选材、取景、叙事都透出古气盎然的一面，然而她又置身于世界性的现代主义思潮之中，观照的视角和表现的主题无不带有现代特质和世界性因素。张爱玲的确也喜欢谈现代性与世界性，并以为是文艺作品的最高成就，她评《海上花列传》："……而最后飘逸的一笔，还是把这回事提高到恋梦破灭的境界。作者尽管世俗，这种地方他的观点在时代与民族之外，完全是现代的，世界性的。"① 又评诗人纪弦的诗："纪弦最好的句子全是一样的洁净、凄清，用色吝惜，有如墨竹，眼界小，然而没有时间性、地方性，所以是世界的。"② 因此，在所做的艺术选择中，张爱玲最注重的就是由"现代绘画之父"塞尚所开启的西方现代主义美术。读其散文《忘不了的画》和《谈画》如同漫步在画廊，从拉斐尔的圣母像 The Sistine Madonna 到日本画《山姥与金太郎》，从达·芬奇的《蒙娜丽莎》到塞尚夫人的肖像画，从高更的《永远不再》到塞尚的《戴着荷叶边帽子的妇人》，她"对西方艺术流派之熟稔，分析之精到，令人叹为观止"③。她知道"塞尚是现代派绘画第一个宗师"，又"对于他的徒子徒孙较感兴趣，像高更、凡·高、马蒂斯，以至后来的 Picasso"④。她看塞尚、高更、凡·高的作品，所注重的不仅仅是现代绘画色彩表现技巧的革新，还有与其人生体验相契合的日常生活和情感的表现。所以从美术这一维度切入可以开掘出一条步入张爱玲现代艺术世界的通道。

---

① 张爱玲：《忆胡适之》，《张看》，经济日报出版社 2002 年版，第 188 页。

② 张爱玲：《诗与胡说》，《张看》，经济日报出版社 2002 年版，第 241 页。

③ 陈子善：《苏青评张爱玲和张爱玲的两幅画》，见陈子善编《私语张爱玲》，浙江文艺出版社 1995 年版，第 256 页。

④ 张爱玲：《谈画》，《张看》，经济日报出版社 2002 年版，第 271 页。

张爱玲的文化接受具有极强的主体选择性，这源于她对“人”的关注。她兴趣最浓的，就是“由上眺望人间世”，[①] 睥睨众生。她将“人性”看作“最有趣的书”，翻阅了“一生一世”[②]。她孜孜不倦地探索着人生之谜，充满现代感的人性拷问成为她创作的全部命题和旨归。即使当她拿起“西洋画册子”的时候，眼中看到的还是绘画本身富于人性的部分。“拉斐尔与达文西（达·芬奇）的作品，她只一页一页的翻翻过，……塞尚的画却有好几幅她给我讲说，画里人物的那种小奸小坏使她笑起来。爱玲自己便是爱描写民国世界里小奸小坏的市民。”[③] 在她的笔下，很少有“人生的飞扬”的一面，“全是些不彻底的人物。他们不是英雄，他们可是这时代的广大负荷者”。[④] 臻于此种艺术取向，她喜欢“日本的版画，浮世绘，及塞尚的画册”[⑤]，喜欢现代派大师凡·高、高更的画，只因“此中有人，呼之欲出”[⑥]，她在其中找到了共鸣。

塞尚、高更和凡·高等艺术家生活在19世纪后半叶西方人精神失序的时代，“如果现代主义文化有一个心理中心的话，那就是所谓‘无神无圣’的观念”[⑦]。浸淫于这种时代气息里，他们拿着画笔，带领西方绘画走出了“神”的殿堂，融进了人世间，使艺术“完全变成和人生问题发出密切关系”[⑧] 的东西。

凡·高说：“人须了解，在我这里是没有圣经故事的”[⑨]，没有庄严和一切优美的东西。对于他，丑陋枯萎了的妇女是美的，尽管“生命已经

---

① 殷允凡：《访张爱玲女士》，见陈子善编《私语张爱玲》，浙江文艺出版社1995年版，第11页。

② 林以亮辑：《张爱玲语录》，《张看》，经济日报出版社2002年版，第203页。

③ 胡兰成：《民国女子——张爱玲记》，《今生今世》，台北远景出版事业公司1996年版，第189页。

④ 张爱玲：《自己的文章》，《张看》，经济日报出版社2002年版，第366—367页。

⑤ 胡兰成：《民国女子——张爱玲记》，《今生今世》，台北远景出版事业公司1996年版，第187页。

⑥ 张爱玲：《道路以目》，《张看》，经济日报出版社2002年版，第27页。

⑦ 丹尼尔·贝尔：《资本主义文化矛盾》，三联书店1989年版，第220页。

⑧ 鲁迅：《文艺与政治的歧途》，《鲁迅全集》(6)，人民文学出版社1981年版，第113页。

⑨ ［德］瓦尔特·赫斯：《欧洲现代画派画论》，宗白华译，广西师范大学出版社2001年版，第42页。

越过她走去了”，但“苦痛和不幸的命运在她身上画下了烙印”[①]。即使一双硬邦邦、沉甸甸的破旧农鞋在他笔下也“聚集着对面包稳固性的无怨无艾的焦虑，以及那再战胜了贫困的无言的喜悦，隐含着分娩时阵痛的哆嗦和死亡逼近的战栗”。[②]

亦如张爱玲眼中扶门而看的妓女，“披着黄头发，绸子浴衣是陈年血迹的淡紫红，罪恶的颜色，然而代替罪恶，这里只有平板的疲乏。明天与明天……丝袜溜下去，臃肿地堆在脚踝上；旁边有白铁床的一角，邋遢的枕头，床单，而阳台之外是高天大房子，黯淡而又白浩浩，时间的重压，一天沉似一天”。[③] 生之困顿里有挣扎、有焦虑，亦有对生命的敬畏，令我们苦涩的唇上仍能漾起温暖的回味，这是画家和作家共同追寻的、内心深刻感受着的真实人生。

在凡·高看来，那些贴近大地的人比神圣博爱的上帝更为可亲，他们为痛苦所扭曲可是仍然迸发出伟大的生命力，他们才是真切的；同样，在张爱玲眼中，粗鄙的娼妓，与有着“可爱的人品与风韵”[④] 的淑女相比，更富于人生味，她们才是“真可爱”[⑤]。张爱玲甚至坦陈她信仰中的神就是奥涅尔《大神勃朗》一剧中的“地母娘娘”——那是一个妓女的形象，“一个强壮，安静，肉感，黄头发的女人，二十岁左右，皮肤鲜洁健康，乳房丰满，胯骨宽大。她的动作迟慢，踏实，懒洋洋地像一头兽。她的大眼睛像做梦一般反映出深沉的天性的骚动。她嚼着口香糖，像一条神圣的牛，忘却了时间，有它自身的永生的目的”。[⑥] 这是一个有着凡俗人性的神，在她身上抹去了静朗、肃穆的神性，还原为最日常性的人，强壮的身体，深沉的欲望，代表着这时代最广大的负荷者，她的同情和慈悲的抚慰使每一个人在人生中获得安稳。对于张爱玲，这种“人的神性”才是最真切的，“有着永恒的意味”[⑦]。

---

① ［德］瓦尔特·赫斯：《欧洲现代画派画论》，宗白华译，广西师范大学出版社 2001 年版，第 35 页。

② 海德格尔：《艺术作品的本源》，见 M. 李普曼主编：《当代美学》，邓鹏译，光明日报出版社 1986 年版，第 392 页。

③ 张爱玲：《忘不了的画》，《张看》，经济日报出版社 2002 年版，第 45 页。

④ 张爱玲：《谈女人》，《张看》，经济日报出版社 2002 年版，第 51 页。

⑤ 同上。

⑥ 同上书，第 50 页。

⑦ 张爱玲：《自己的文章》，《张看》，经济日报出版社 2002 年版，第 366 页。

面对塞尚和高更的画，张爱玲侃侃而谈。“只喜现代西洋平民精神的一点”[①]的她，也抛弃了平和、沉静、高洁、甜腻的古典艺术趣味。她认为“一切完美的艺术皆属于超人的境界”，她宁取“不纯熟的手艺”或民间艺术，申曲、蹦蹦戏、侦探小说、东宝歌舞团的表演，越通俗的她越喜欢，因为里面“有挣扎、有焦愁、有慌乱、有冒险”，有浓厚的“人的成分”[②]。同样的艺术旨趣，使张爱玲和西方这些美术大师在思想和艺术个性上具有了某种共振点——难以把握命运的孤独体验和还原真实生命的“人的努力”。作为“现代绘画之父”的塞尚痛苦地把握住了这个时代，体悟出了这个时代生命无根的恐惧。“我们的生命从我们身上飘逸，如朝露作别小草，如热气从华宴上蒸腾。哦，微笑，今在何方?”[③]塞尚抓住了这种“人生的无言的感受”[④]，张爱玲又从塞尚的肖像画中获得了它。

她看《维克多·萧凯的肖像》，看到了塞尚“并不缺少温情”的“讽刺”——“哆着嘴，跷着腿坐在椅上”的萧凯，全身布满“颤抖狐疑的光影”，显得“畏怯，唠叨，琐碎”，带着人生的惶恐；而在九年后，这惶恐平静下来，“混成一片大的迷惑”，“低垂的眼睛里有那样的忧伤，惆怅，退休”，“瘪进去的小嘴带着微笑”，透出“对于人生的留恋”。张爱玲发现了这人内心的秘密——生命流逝的不安，也理解了塞尚“一笔一笔里都有爱”[⑤]，对人生的爱。

看塞尚太太的肖像画，张爱玲读出了普通女人的一生：清晓阳光下的湖岸上，恋爱中的塞尚夫人还是“淡薄的少女”，拘谨单纯，“微凸的大眼睛”里藏着感动的泪光，是所有少女对爱的期待；婚后的她转身一变，已变成“意志坚强”的女人，有着“铁打的妇德”，在艰难的生活中练就了“永生永世的微笑的忍耐”[⑥]；就是在“柔情的顷刻间”，穿着缎子寝衣披散着头发沉沉地想心事的当儿，眼睛里已掩饰不住年轻人没有的

---

① 胡兰成：《民国女子——张爱玲记》，《今生今世》，台北远景出版事业公司 1996 年版，第 186 页。

② 张爱玲：《道路以目》，《张看》，经济日报出版社 2002 年版，第 27 页。

③ 里尔克、勒塞等：《杜伊诺哀歌与现代基督教思想》，林克译，上海三联书店 1997 年版，第 10 页。

④ 鲍诗度：《西方现代派美术》，中国青年出版社 1993 年版，第 54 页。

⑤ 张爱玲：《谈画》，《张看》，经济日报出版社 2002 年版，第 274 页。

⑥ 同上书，第 275 页。

“凄哀”；等到青春远去，脸面布满岁月的风霜的时候，理想于她已变得渺茫，做了这些年的厨房里的妇人，连日影的光亮都不再是她的，除了“惨淡的勇敢”的目光，也只剩下“疲乏、粗蠢、散漫的微笑”；即使有一日重新站在阳光下，穿着“最考究的衣裙”，用“鲸鱼骨束腰带”紧匝出“少妇的体格”，而背后的春天早已与她无关了，“脸上的愉快是没有内容的愉快”，“出奇的空洞”。[①] 生命在时间之流中褪去了颜色，而“这一切都是一点一点来的”，更显得悲哀。“因为懂得，所以慈悲”[②]，张爱玲轻轻发出了内心的感慨：“人生真是可怕的东西呀！”[③]

塞尚是按照强烈的自我进行生活和创作的人，无论是静物、风景还是肖像画，都绝非只是简单、无生命的描绘。你看他的六个苹果，“你注视得越久，苹果似乎变得越红、越圆、越绿、越重……它刺激我们，令我们兴奋……唤起内心里自己甚至不知道的……东西”。[④] 而站在《雷斯塔克的海边》，又“有一种听不见的平静；画中的景象似乎会穿越过去的记忆，翻阅人的一生”[⑤]。他的画作总是充满神奇的回味，你会感到在他画中厚重的笔触下，充满了灵魂的激荡以及人性的永恒与持久。

张爱玲非常喜欢这些带有浓烈人生况味的绘画。在她的理解中，“‘翩若惊鸿，宛若游龙’的洛神不过是个古装美女，……金发的圣母不过是个俏奶妈，当众喂了一千余年的奶”[⑥]，淑女是“用人工培养出来的”，都是沉静而没有生命力度的，而“普通人……有立体的真实性”[⑦]，在切实的世俗生活中充满了人的生气。因此，面对不同风格流派的作品，她更喜欢洞幽通微地探寻画中所蕴含的充盈内涵，更重视画家的艺术个性和主观体验。她和这些具有独特的艺术灵运的美术家们，一起勇敢地走进一切的生命里去，探寻人的秘密。

如果将张爱玲的小说与塞尚、高更等人的画作结合起来分析是相当有

---

① 张爱玲：《谈画》，《张看》，经济日报出版社 2002 年版，第 276 页。

② 胡兰成：《民国女子——张爱玲记》，《今生今世》，台北远景出版事业公司 1996 年版，第 171 页。

③ 张爱玲：《谈画》，《张看》，经济日报出版社 2002 年版，第 275 页。

④ ［英］维吉尼亚·伍尔芙语，见马波编《塞尚画传》，时代文艺出版社 2004 年版，第 59 页。

⑤ 马波编：《塞尚画传》，时代文艺出版社 2004 年版，第 58 页。

⑥ 张爱玲：《谈女人》，《张看》，经济日报出版社 2002 年版，第 51 页。

⑦ 张爱玲：《谈看书》，《张看》，经济日报出版社 2002 年版，第 307 页。

意思的，也许我们可以更清楚地触摸到张爱玲与她心仪的画家在心灵世界与艺术世界的共振点。

张爱玲在《忘不了的画》中开篇即言："有些图画是我永远忘不了的，其中只有一张是名画，高更的《永远不再》。"画面上是一个三十来岁的夏威夷女人，在春暮里怀想着青春，她裸体躺在棕黑的沙发上，"身子是木头的金棕色"，暗色的调子透着寂静平稳；背景里嵌着"彩色玻璃，蓝天，红蓝的树，情侣，……童话里稚拙的大鸟"，艳丽的色彩，笔触仿佛变了形，神秘、不真实，与主画面的自然写实形成强烈的视觉刺激。张爱玲一下从女人的"吊梢眼"里读出了与之共鸣的内容：她"静静听着门外的一男一女一路说着话走过去。门外的玫瑰红的夕照里的春天，雾一般地往上喷，有升华的感觉，而对于这健壮的，至多不过三十来岁的女人，一切都完了。……想必她曾经结结实实恋爱过，现在呢，'永远不再了'。……这里面有一种最原始的悲怆"。[①] 在张爱玲笔下，这是三十年来"戴着黄金的枷"一路走来的曹七巧。她"似睡非睡横在烟铺上"，隔着三十年的月亮往回看："十八九做姑娘的时候，高高挽起了大镶大滚的蓝夏布衫袖，露出一双雪白的手腕。"[②]"就连出了嫁几年之后"，还是俏俏的"瘦骨脸儿，朱口细牙，三角眼，小山眉"[③]，"镯子里也只塞得进一条洋绉手帕"。而现在呢，"她摸索着腕上的翠玉镯子，徐徐将那镯子顺着骨瘦如柴的手臂往上推，以至推到腋下。她自己也不能相信她年轻的时候有过滚圆的胳膊。"[④] 对于她，"一切都完了"[⑤]，连同"喜欢她的有肉店里的朝禄，她哥哥的结拜弟兄丁玉根，张少泉，还有沈裁缝的儿子"[⑥] ——她曾经的"结结实实"的恋爱都"永远不再了"[⑦]。这切实的人生中磨损的不仅是感情，还有永不回头的岁月。

这又是立志做"女结婚员"的郑川嫦，"结结实实"地爱着生命里

---

① 张爱玲：《忘不了的画》，《张看》，经济日报出版社2002年版，第244页。

② 张爱玲：《金锁记》，《张看》，经济日报出版社2002年版，第115页。

③ 同上书，第87页。

④ 同上书，第115页。

⑤ 张爱玲：《忘不了的画》，《张看》，经济日报出版社2002年版，第244页。

⑥ 张爱玲：《金锁记》，《张看》，经济日报出版社2002年版，第115页。

⑦ 张爱玲：《忘不了的画》，《张看》，经济日报出版社2002年版，第244页。

“第一个有可能性的男人”。不幸的是，病床成了他们唯一的接触，“她的肉体在他的手底下溜走了。她一天天瘦下去了，她的脸像骨格子上绷着白缎子，眼睛就是缎子上落了灯花，烧成了两只炎炎的大洞”。“从前有过极其丰美的肉体，……华泽的白肩膀，……深邃洋溢的热情与智慧”“永远不再了”，还有憧憬着的“十年的美，十年的风头，二十年的荣华富贵”也都“无望了”。这是怎样卑微、难堪、无常的生命啊！她“像一个冷而白的大白蜘蛛”，“一寸一寸地死去了，这可爱的世界也一寸一寸地死去了”。[①]

自信“把人生的来龙去脉看得很清楚”[②] 的张爱玲时常感慨时间如刀般的锋利，一点一点地琢刻着旺盛的青春。高更的这幅画一直挂在她家的客厅里，是张爱玲母亲最喜爱的，或许也契合了她的心境。她准确地把握到了高更的绘画追求——运用准确的明暗对比的调子和安稳和谐的色彩，给予景物以启示的精魂，使观者像音乐那样富于想象力地进行思考——的同时，也抓住了人物隐秘的内心世界。

《人生》是毕加索“蓝色时期”（1901—1904）最大幅的代表作。刚刚脱离家庭的毕加索，生活在一群失落、潦倒的穷人中间，对贫困、孤独与绝望有深切的体验，加上好友卡萨盖马斯因失恋而自杀的痛苦，这一时期的作品常以蓝色为主调。蓝色是贫穷和世纪末的象征，是既深且冷的颜色，是与悲观及苦难相调和的颜色，它含有一定成分的绝望。与橙色、红色等表达生命、阳光和热情的暖色相对比，忧郁、孤单的蓝色表达的是人生的落魄、凄凉与孤寂。

一直被评为“有问题的绘画”[③] 的《人生》，就采用了这种神秘的、深夜一般的阴沉的蓝色，背景蓝，人物蓝，头发、眉毛、眼睛皆蓝，蓝色布满了整个画面。与之相称的是悲怆而多意的构图。画面左侧，一对有着坚实肉体的男女偎依在一起。画面右侧，形容憔悴的母亲怀抱婴儿，停下沉重的脚步，默默无言，双眼直盯着对面的两个年轻人。男子微翘的食指忧郁而彷徨，右侧妇人黯淡的眼光冰冷而疑惑。这里究竟隐藏了什么？应该是对于人生的质疑吧。人生是什么？甜蜜的爱情抑或淳厚的母爱？都不是。在毕加索眼里，即使有爱情与母爱的滋润，人生仍

① 张爱玲：《花凋》，《张爱玲文集》（上），安徽文艺出版社 1996 年版，第 97—107 页。

② 张爱玲：《我看苏青》，《张看》，经济日报出版社 2002 年版，第 162 页。

③ 朱小钧：《毕加索》，中国人民大学出版社 2004 年版，第 110 页。

是一片荒芜，连怀中的婴儿在绝望中也得继续那无处逃遁的人生。这里有对人生的大悲观。

尽管张爱玲没有谈到这幅画，但同样对生命持悲观态度的她，也对人生提出了质疑。“我们的天性是要人种滋长繁殖，多多的生，生了又生。……然而，是什么样的不幸的种子，仇恨的种子!”[①] 孩子一个一个生出，悲剧也在一幕一幕上演，传庆的母亲死了，“她完了，可是还有传庆呢？……即使给了他自由，他也跑不了”。[②] 就像七巧三十年的故事一样，“还没完”，也“完不了”[③]，还会一代一代地继续下去。

也许正是因为生命的永远无法把握，张爱玲的小说总有一个开放性的结尾，苍凉哀婉，亦如毕加索作品主题的多意性和神秘性，向人们展示着永远没有完的人生的悲剧。结论就是凡·高在遗言中留下的“痛苦便是人生”。[④]

塞尚推崇“人加自然”[⑤] 的绘画艺术，“在我内心里，风景反射着自己，人化着自己，思维着自己。我把它客体化、固定化在我的画布上”[⑥]。所以，他的每张风景画里都藏有人的影子。

张爱玲“最喜欢那张《破屋》”，中午大白日光中的白房子，“有一只独眼样的黑洞洞的窗”，墙上“裂开一条大缝”，仿佛房子里的人，偷偷瞅着屋外的太阳下淡淡的小路，“高高下下的草”，“在那里笑，一震一震，笑得要倒了”。这笑又似在哭，犹如“哽噎的日色”[⑦]，弥漫着无边的荒凉。

这是一幅水彩，散淡的水印子是人模糊了的记忆。带着这记忆，张爱玲又回到了父亲的家，那个让她“孤独惯了”[⑧] 的家，想起了被监禁的空房子，“青白的粉墙，片面的，癫狂的”黑影，“楼板上的蓝色的月光”透出“静静的杀机”[⑨]。如今隔着十年的月光往回看，只有“更空虚的

---

① 张爱玲:《造人》,《张看》，经济日报出版社 2002 年版，第 68 页。

② 张爱玲:《茉莉香片》,《张看》，经济日报出版社 2002 年版，第 154 页。

③ 张爱玲:《金锁记》,《张看》，经济日报出版社 2002 年版，第 116 页。

④ 罗田等:《凡·高图传》，中国书籍出版社 2004 年版，第 171 页。

⑤ ［德］瓦尔特·赫斯:《欧洲现代画派画论》，宗白华译，广西师范大学出版社 2001 年版，第 16 页。

⑥ 同上书，第 20 页。

⑦ 张爱玲:《谈画》,《张看》，经济日报出版社 2002 年版，第 278 页。

⑧ 张爱玲:《私语》,《张看》，经济日报出版社 2002 年版，第 81 页。

⑨ 同上书，第 79 页。

空虚”[①]。

尽管张爱玲很少在文本中运用“孤独”这个词，但这种孤独感在她的散文《私语》中倾泻无余。这是一种渗入到潜意识里的孤独。所以，看风景画，她撇开了“枫丹白露”与“罗马夕照”之类的淡雅之作，单挑出这幅《破屋》来。她对《破屋》的观照就是对她自己内心世界的观照；《破屋》的荒凉与空虚，也是张爱玲内心的孤独与苍凉感的呈现。塞尚把感受融入了自然中，而张爱玲又从自然中发现了它。创作主体与观照主体在这里相遇，尽管不一定有完全相同的主观体验，但都传达出跃出画外的丰富意蕴——心灵的秘密。

在这里，我们发现，张爱玲对人隐秘的心灵探求和极富个性的艺术追求，是与19世纪末及20世纪初西方的艺术主流相通的。塞尚、凡·高和高更等无论美术技法有何不同，而他们作为孤独的“个体生存者”所表现出来的艺术生命力的追求是相似的。张爱玲对人的生命、欲望、孤独、焦虑的表现，击毁了以往精雅、宁静、和谐、甜美的审美理想，使她跟她所喜爱的这些现代美术家站在了同一行列。

“美与美术的源泉是人类最深心灵与他的环境接触相感时的波动，各个美术有它特殊的宇宙观与人生情绪为最深基础。”[②] 19世纪的西方随着神在人们心目中的远离，艺术也逐渐由庙堂走向俗世，开始探寻人作为个体的存在。因此，西方现代派美术更注重表现的是自我生命的内核，是个体生命内部最深的动，是孤独而痛苦的生命体验。塞尚、高更、凡·高都是现代艺术之路上的孤独者，且看看他们为自己绘制的各种自画像吧。

戴帽子的塞尚斜视的眼睛，流露出冷峻的目光，面对朋友的不理解和世人的嘲笑，他喊出了“我要孤独”[③]，“一孤独，至少谁也不要想来统治我吧”[④]。而画中的凡·高总是一个人在那里，深邃的眼神似乎可以穿透一切，永久的孤独是他永恒的精神表征。高更则把自己画成一个戏剧国王的形象，带着他一贯的孤傲和冷漠的眼神。这些19世纪末的艺术家在现代艺术的开创之路上踽踽独行，他们都有着一颗孤独的心和独异的艺术个

---

① 张爱玲：《谈画》，《张看》，经济日报出版社2002年版，第278页。

② 宗白华：《艺境》，北京大学出版社1999年版，第78页。

③ ［法］约翰·利伏尔德：《塞尚传》，郑彭年译，上海人民美术出版社1997年版，第228页。

④ 同上书，第181页。

性，他们都曾经体验过极度的失败感和绝望感，对人生感到怀疑和焦虑，他们选择了孤独、痛苦、绝望之后的隔绝，寄情于画笔，用强烈浓重的色彩、奔放粗野的线条、扭曲夸张的形体，在人类心灵的荒漠与丛林中孜孜不倦地探索着。

张爱玲也选择了孤独幽闭的生活，在上海，在遥远的美国，用小说围造起一个属于自己的世界。她是没有精神之家的现代人，她过早地体验了亲情的背弃、感情的叛离、战火的磨难、理想的破灭……她在这个世上就像一个孤独的游魂，不断地在恐惧中支持着自己的孤独。我们从张爱玲照片中或许可以捕捉到她隐秘的内心世界。有时她仿佛临水自照的水仙，双目低垂，把头深深地埋向衣服里；有时她又是居高临下的女王，睥睨众生，孤傲地扬着头，眼神中流露出慧黠的光。她就“像是一个岛”①，将自我疏离于时代主流之外，又隔海相望，审视着陆上的人生。在战火燃烧的香港，她痛苦地发现“我们每一个人都是孤独的”②，敏感内省的她感觉到“日常的一切都有点儿不对，不对到恐怖的程度。人是生活于一个时代里的，可是这时代都在影子似的沉没下去，人觉得自己是被抛弃了”③。面对时代“惘惘的威胁”，她将自己幽闭起来，写作于她便是生活的全部，“只要我活着，就要不停的写”④。和塞尚等人一样，艺术创作是他们灵魂的依托；睥睨世间，是他们作为一个个体生存者共同的精神表征。

对生命孤独感的体验，对人生悲观痛苦的发现，使他们的审美趣味也一反往昔的沉静、雅洁，倾向于对自然的、狂乱的、原始的偏爱。塞尚的画从一开始就没有其他印象派画家笔下的那种优雅、妩媚的形象和欢乐愉悦的气氛；凡·高的画布上再也没有了构图的平衡、圆润，代之以强烈振动的色彩和狂躁颤抖的笔触；高更丢掉了学院派甜腻柔和的风格，在厚重的大色块和粗犷原始的线条中表现神秘的心灵世界。正是在这样一种趣味背景下，他们创造了一种现代意义上的美，传达着关于生命、欲望、孤独、命运等世纪末的人在理智与情感的纠葛中所产生的痛苦情绪。

翻开张爱玲小说，展现在面前的是一个被金钱与死亡笼罩着的扭曲的

① 陈子善编：《私语张爱玲》，浙江文艺出版社 1995 年版，第 120 页。

② 张爱玲：《烬余录》，《张看》，经济日报出版社 2002 年版，第 278 页。

③ 张爱玲：《自己的文章》，《张看》，经济日报出版社 2002 年版，第 367 页。

④ 陈子善编：《私语张爱玲》，浙江文艺出版社 1995 年版，第 116 页。

世界。如果我们把它还原成一幅图画，应该是一幅“印在劣质的报纸上”的梦魇般的图画：“遗老遗少和小资产阶级，全部为男女问题这恶梦所苦，恶梦中是淫雨连绵的秋天，潮腻腻的、灰暗、肮脏、窒息与腐烂的气味，像是病人临终的房间。烦恼、焦急、挣扎，全无结果。恶梦没有边际，也就无从逃脱。零星的折磨，生死的苦难，在此知识无名的浪费。青春、幻想、热情、希望，都没有生存的地方。川嫦的卧房，姚先生的家，封锁期间的电车车厢，扩大起来便是整个的社会，一切之上还有一只瞧不及的巨手张开着，不知从哪儿重重地压下来，要压瘪每个人的心房。”①这幅图画充满了生之焦虑和死之恐惧，沉闷黑暗——这是一颗孤独、抑郁的艺术心灵所洞悉到的生存的荒凉的本相，没有静穆没有飘逸，没有高雅没有和谐，有的只是人与人之间的钩心斗角，以及令人透彻心骨的极端变异的亲情。在这样的阴冷的图画上却涂满了一堆斑驳跳动的色彩：灼灼的红，幽幽的绿，毒辣的黄，凄冷的银灰，魅惑的紫蓝，阴森冷酷的黑与白……营造出更加恐怖绝望的氛围。

有许多学者谈到：张爱玲的小说是审丑的美而非美的美，最能触动张爱玲的美是怪诞之美。比如张爱玲不喜欢拉斐尔的圣母像，而喜欢日本画中的《山姥与金太郎》。山姥披着一头乱蓬蓬的黑发，丰肥的长脸，眼睛妖淫，又带点潇潇的笑，而胸前的黄黑的小孩子圆睁怪眼，于强凶霸道之外，又有大智慧在生长中。张爱玲认为圣母像只是天真的乡下姑娘，而山姥“看似妖异，其实是近人情的”②，有一种反常中的寻常。

张爱玲的小说世界是怪诞的，怪异的色调形体，苍凉哀伤的调子。这种怪诞混合了恐惧、畸形、变态、讽刺与滑稽，与崇高的艺术刚好产生对比与互补的效果。德国的凯撒（Wolfgang Kaxser）在论怪诞的专书中，指出怪诞的特殊动机是为展现作者自身的一种危惧的生活，也就是说怪诞美显示的是人类内心深处的不安。张爱玲所感到的不安，是这种时代“已经在破坏中，还有更大的破坏要来”的不安，是世界“不对到恐怖的程度”③、到处充满了“惘惘的威胁”④ 的不安，是人的力量无法驾驭、无

① 迅雨（傅雷）：《论张爱玲的小说》，见陈子善编《张爱玲的风气——1949 年前张爱玲评说》，山东画报出版社 2004 年版，第 13 页。

② 张爱玲：《忘不了的画》，《张看》，经济日报出版社 2002 年版，第 248 页。

③ 张爱玲：《自己的文章》，《张看》，经济日报出版社 2002 年版，第 367 页。

④ 张爱玲：《〈传奇〉再版的话》，《张看》，经济日报出版社 2002 年版，第 364 页。

法抗拒命运的不安。

不安的灵魂产生不安的艺术。1910 年，维也纳诗人豪夫曼斯达尔在参观凡·高绘画首次回顾展后为凡·高强烈挣扎的心灵所震撼："我在那些为命运撕裂的风景、静物、食土豆的几个农夫的画前面，不禁愕然……我不得不承认奇迹般地受到了强烈的冲击。树木，黄色与绿色的地面，残缺石块铺的山丘小路，溪水壶，陶瓷盆，桌子和粗糙的椅子，各自都有了新的生命。那是从没有生命的恐怖的混沌中，从无底的深渊中，向我投射的生命之光。我是感觉到的，而不是领悟到的！这些被造物是由对世界绝望而极其恐惧的怀疑中诞生出来的。它们的存在，将永远地穿破虚无、丑恶的裂缝。我确实感觉到，作者为了摆脱恐怖、怀疑和死的痉挛，以这种绘画来回答自己那种人的灵魂。"① 张爱玲的作品的怪诞美、艳异美与她所欣赏的现代艺术，在精神上可以说是相通的；同样在她的艺术世界中也充满着一种与西方现代主义美术所共有的扭曲、畸形的紧张感和不和谐感。从这里我们可以窥探出张爱玲艺术精神的现代性与世界性。

张爱玲所表现的是现代人的一些极端精神体验，比如恐惧、痛苦、焦虑、压抑、荒凉等，她笔下的人物形象大都是阴郁、悲哀、畸形和绝望的，她所用的色彩都是响亮惨烈的对照，传达出的是人物的歇斯底里和无常可怖的人生。如果将张爱玲用文字绘就的图画还原为色彩与线条，应该是一幅具有现代特征的油画。它既不像讲究笔墨骨法的中国画，没有彩色的喧哗炫耀，幽淡、微妙、静寂、洒脱，富于心灵的幽深淡远。它又不像眷念于光色空气的西方传统油画，由希腊庙堂圣殿的雕刻艺术同步发展而来，形似逼真、色彩浓丽，追求和谐、匀称、整齐、凝重、静穆的形式美。在这个文明处于破坏中的乱世，这幅画已失去了长期浸染于孔子、老庄及佛教思想的中国的传统艺术所具有的沉静、超脱之风，也没有了追求宇宙永久秩序的希腊精神贯通下的西方传统艺术所具有的庄严整齐、雄浑高雅之美。它更接近塞尚、凡·高画布上涌动的躁动、不安、焦灼的气息，这里，艺术的美已不在于其构图的平稳、色彩的和谐，而在于透过画面所折射出来的撼人心魄的灵魂的挣扎与扭曲。充斥张爱玲艺术世界的这种扭曲、畸形、抑郁的恐怖感，是与古典美学精神背道而驰的，这是一种现代的艺术精神。

---

① 鲍诗度：《西方现代派美术》，中国青年出版社 1993 年版，第 35 页。

二、对现代绘画色彩的巧妙运用

张爱玲从小喜爱美术，她是伴着美术成长的。母亲是西洋文化的崇拜者，在张爱玲两岁时就同张的姑姑一道赴法国学美术；回来后，她教张爱玲学画图、学钢琴、学英语，灌输西式教育。九岁的张爱玲快乐地沉浸在母亲营造的新文化氛围里。投到大美晚报的一张漫画赚得了她第一笔稿费；有一个时期还幻想着画卡通影片，“把中国画的作风介绍到美国去”，甚至“踌躇着不知道应当选择音乐或美术作我终身的事业”[①]。上大学后，与好朋友炎樱一起作画，更是她的一大快事，常常是她构图，炎樱着色，不断切磋画艺。虽然张爱玲最终没有选择音乐，也没有选择美术，而是选择了文学创作，但她对绘画仍存着固执的留恋和偏爱。少年时的读画报、做副刊、配插图的习惯，延续到成年后发表自己的作品时，她还是喜欢亲手设计封面、绘制作品的插图。

“一个艺术家对他所从事的艺术以外其他艺术门类的修养必然会作为一种深层经验沉淀到他的艺术运思中去，从而为他的艺术世界涂上一层特有的光泽。”[②] 作为小说家的张爱玲，一直在努力为自己内在的精神世界寻找最恰当的表现形式，这是一种艰难的艺术转化过程。她对绘画的喜爱和通晓，在创作中自觉不自觉地影响着她的审美心理建构，使她不断地汲取绘画的表现方式，将小说和绘画两种不同艺术样式联结起来，用光、色、声、形创造了“一个生动、活跃、跳溅着的感性世界”[③]。

前文我们已经论及张爱玲在艺术选择上更倾向于西方现代派美术，她在塞尚、高更、凡·高、马蒂斯、毕加索艺术世界中找到了相似的绘画语言。这些“艺术家在外部物质世界面前闭上了眼睛，而把视线转向自己灵魂中的主观风景画”[④]。色彩成为他们传达现代情绪的最重要的绘画语言，他们巧妙地运用“色彩所发出的音响”[⑤]、夸张变形的形象和扭曲旋

① 张爱玲：《天才梦》，《张看》，经济日报出版社2002年版，第3页。

② 冯光廉等主编：《多维视野中的鲁迅》，山东教育出版社2001年版，第313页。

③ 赵园：《开向沪、港“洋场社会”的窗口——读张爱玲小说集〈传奇〉》，见金宏达主编《镜像缤纷——回望张爱玲》，文化艺术出版社2003年版，第13页。

④ 赵乐甡等主编：《西方现代派文学与艺术》，时代文艺出版社1986年版，第28页。

⑤ ［德］瓦尔特·赫斯：《欧洲现代画派画论》，宗白华译，广西师范大学出版社2001年版，第72页。

转的笔触，用线、色、调子组合成象征性的画面，梦幻性与现实性相结合，来表达神秘的心灵世界。

也许正是这些“色彩音乐家”，运用色彩在我们的感觉里所激起的谜样的东西“俘获”了张爱玲，使这位“对于色彩，音符，字眼……极为敏感”① 的女作家找到了感觉上的回应。她也像这些画家一样，用头脑中“彩色的光亮所织成的”② 画面来构造最强有力的色彩效果，通过存在于心灵与色彩及线条之间的神秘共鸣，来描写人生的无言的感受。

打开张爱玲的小说，如同站在凡·高等人的油画前，最惊异的莫过于色彩的飞扬与流动。她仿佛是个画家，非常理性地在画盘里调弄着颜色，赭红、桃红、橙黄、墨绿、黄绿、蓝紫……每一块色彩，都涂抹有致，仿佛闪烁着生命的光辉，魔力般地牵引着我们的神经和情感——“色彩在她的笔下，已不复是一种单色，那是一团会说话会表演甚至会吓人的生命，它能把作者掩映在色彩中的语言突兀而生动地表现出来。”③

张爱玲具有一种极为“纯正、细腻的色彩感”④，或许是源于一位女性悲哀而异样敏锐的心灵：她能从“楼板上的蓝色的月光中”感觉出“静静的杀机”⑤，从“翠蓝与青”两种颜色的对比中体味到“森森细细的美”⑥，从“无量的苍绿”中看到“安详的创楚”⑦。深谙绘画艺术的她，能够准确地把握到不同色彩所唤起的人的不同情感，她将色彩的这种丰富的表情特质纳入小说，常常在同一个画面中，运用那些极难和谐的色块，与一种奇异的“形”、“光”相配合，从而使画面获得一种涌动、神秘、充沛的生命感。

而把两种相冲相犯的色块摆在一起，故意造成一种触目的视觉效果，也是西方现代派画家惯用的手法之一。正如现代派画家所发现的：借助于色彩与色彩的亲和与对比关系能够达到充满迷惑力的效果，而且越简单的

---

① 张爱玲：《天才梦》，《张看》，经济日报出版社 2002 年版，第 3 页。

② ［德］瓦尔特·赫斯：《欧洲现代画派画论》，宗白华译，广西师范大学出版社 2001 年版，第 73 页。

③ 于青：《论〈传奇〉》，见《当代作家评论》1994 年第 3 期。

④ 戴锦华、孟悦：《浮出历史地表——现代妇女文学研究》，中国人民大学出版社 2004 年版，第 235 页。

⑤ 张爱玲：《私语》，《张看》，经济日报出版社 2002 年版，第 79 页。

⑥ 张爱玲：《谈音乐》，《张看》，经济日报出版社 2002 年版，第 262 页。

⑦ 张爱玲：《诗与胡说》，《张看》，经济日报出版社 2002 年版，第 243 页。

颜色，对于情感的影响越有力。因此，凡·高“试图以红色和绿色表现人类可怕的热情”，用黄绿色和刺目的蓝绿色的强烈对比来“表现黑暗的力量”①；高更“总是把在色阶和强度上相同的使人吃惊的红色与绿色并置在一块”②，突出原始的神秘与热烈；毕加索则用饱和的红、蓝、绿奏出人与天、地间的《音乐》。在他们的画面中，“色彩是振动的，它能获得自然界中最一般的同时也是最难以理解的东西：其内部力量”③。

张爱玲喜欢浓烈、犯冲的颜色，能给人以精神上的刺激和振动。她娴熟地运用色彩的纯度、冷暖和明暗对比，使小说呈现出鲜明的视觉审美特性，回荡着丰富厚重的人生韵味。

颜色之于每个艺术家都凝结着他们对生命的特定体验，正如黄色对1889年的凡·高意味着生命的躁动和热望，蓝色对1903年的毕加索又意味着生命的沉思和忧郁一样，红色在张爱玲的记忆里是“温暖而亲近”的，也是最富于人性的。对于她，“红油板壁”“有一种紧紧的朱红的快乐”④，“‘照眼明’的红色”唤起她的是“‘暖老温贫’的感觉”⑤，就连她和弟弟卧室的墙壁也选择“那没有距离的橙红色”⑥。

红是张爱玲文本里出现频率最高的颜色，带着她多样的生命体验。她把这红色欲不同的对比色放在一起，让我们在色彩的跳动中触摸到了人物隐秘的心灵世界和命运之弦。

这是黑夜里的“红”：

> 黑夜里，她看不出那红色，然而她直觉地知道它是红得不能再红了，红得不可收拾，一蓬蓬一蓬蓬的小花，窝在参天大树上，壁栗剥落燃烧着，一路烧过去，把那紫蓝的天也熏红了。⑦

---

① ［美］赫谢尔·B. 奇普编：《塞尚、凡·高、高更通信录》，吕澎译，广西师范大学出版社2002年版，第34页。

② 安德烈·丰丹纳对高更的展览和《我们从何处来？……》的评论，见［美］赫谢尔B. 奇普编《塞尚、凡高、高更通信录》，吕澎译，广西师范大学出版社2002年版，第75页。

③ Thomson B. Opcit, *Bostton*: *Little*, Brown and Company 1993年版，第257页。转引自范迎春《高更：艺术美学观初探》，见《郴州师范高等专科学校学报》2002年第6期，第83页。

④ 张爱玲：《私语》，《张看》，经济日报出版社2002年版，第75页。

⑤ 张爱玲：《道路以目》，《张看》，经济日报出版社2002年版，第24页。

⑥ 张爱玲：《私语》，《张看》，经济日报出版社2002年版，第75页。

⑦ 张爱玲：《倾城之恋》，《传奇》，经济日报出版社2003年版，第131页。

> 天完全黑了，整个的世界像一张灰色的圣诞卡片，一切都是影影绰绰的，真正存在的只有一朵一朵挺大的象牙红，简单的，原始的，碗口大，桶口大。[①]

同是黑色的夜，火红的花——画布上两种极端的色彩，传达出两种全然不同的情调。一个如凡·高般凌乱的笔触翻卷着狂野的激情，另一个却似高更平整鲜明的色块里潜存着恐惧与不安。

作者巧妙地运用了红黑对比所产生的奇妙效果。康定斯基认为，在任何色彩中也找不到在红色中所见到的那种强烈的热力，“它只在自身之内闪耀，并不向外放射很多能量”。[②] 而黑色在心理上是一种很特殊的色，它本身无刺激性，但与其他色彩配合却能增加刺激。红黑相配，既可以凸显出红色的热情、活泼、艳丽、狂放等心理特征，也可以反衬出黑色的阴郁、悲哀、绝望、死亡、恐惧的内涵。

如果把这两段文字还原为图画，流苏的这张应当是红胜于黑的，占满了大半个画面的红色斜伸向画面的一角，急迫杂乱的笔触冲破了黑色块的包围，仿佛一团燃烧的火，照亮了黑色的夜空。这里的“野火花”红得炽热，红得热烈，自然而泼刺，正如流苏的生命，带着对柳原的情欲，起伏、交错、四处伸展着。然而薇龙的图画却是另一种风格的。定完船票的薇龙在路上走着，背后跟着乔琪乔的汽车，各自在内心盘算着。此时的夜与花置换成颜色，便是大块的黑色涂满了整个画面，大小不一的红色圆块点缀其间，闪闪烁烁地，红得寂静，红得荒凉，罩着一重神秘性的恐怖。溶解在色彩这种感性形式中的，是薇龙痛苦矛盾的心理，还有她对于未来人生命运的隐隐的忧惧。

以红黑示心理并不是现代派绘画的发现，而将红与黑不规则地平涂于简单的画面，直接构出不同的造型，隐含某种微妙的感受却是西方现代派画家的“专利”。张爱玲运用文字将此勾画手法更是运用到了炉火纯青之地。

同样精彩的还有红与绿的对照。下班回家的佟振保在阳台上迎面碰到

---

① 张爱玲：《沉香屑·第一炉香》，《传奇》，经济日报出版社 2003 年版，第 199 页。

② 康定斯基：《形式与色彩的语言》，见鲁道夫·阿恩海姆《艺术与视知觉》，滕守尧等译，四川人民出版社 1998 年版，第 467 页。

了王娇蕊：

> 她穿着一件曳地的长袍，是最鲜辣的潮湿的绿色，沾着什么就染绿了。她略略移动一步，仿佛她刚才所占有的空气上便留着个绿迹子。衣服似乎做得太小了，两边迸开一寸半的裂缝，用绿缎带十字交叉一路络了起来，露出里面深粉红的衬裙。[①]

美人静立，乍看上去，这好像只是一张普通的古代仕女图。而张爱玲的构图别有意味。忽然出现的娇蕊穿过了振保的眼睛，而在他的脑海里没有留下清晰的面庞，只是顺着身体曲线流淌而下的绿，一直流到她身后的黑暗里。那绿浸润着他的感觉成为“最鲜辣的潮湿的绿色”，染满了大半个画面，也染绿了振保的眼睛，而一抹“深粉红”藏在这绿色里，似露非露的，仿佛在向他索求什么。

这样一幅静态的画面，是一个男子眼中一刹那的感觉，大块成片的绿浓浓地铺过去，将观者的目光延伸开来，而竖笔勾出的一抹深粉红不仅形成强烈的刺激，也使整个画面顿时活跃起来，造成一种鲜明的情感暗示。红绿包裹着的娇蕊在振保眼中宛如一朵娇艳欲滴的绿蒂红玫瑰，带着“稚气的娇媚”[②]，那流动的绿正是他随时都会喷薄而出的情欲。如果为这幅画加上背景色，当是日暮里的昏黄色，更添几分幽秘诱惑的味道。

在张爱玲看来，简单的几笔勾勒远胜过一大段的描绘，它能使文字变得鲜活起来，在言所不能及之处留给读者更丰富的想象空间。无疑她是成功的。

在张爱玲的小说里，除了两种对比色形成的鲜明对照外，最令人触目的莫过于多重色彩的交错与对照。这种现代绘画中斑驳强烈的色彩在张爱玲文本中随处可见。

> 好容易船靠了岸，她方才有机会到甲板上去看看海景。那是个火辣辣的下午，望过去最触目的便是码头上围列着的巨型广告牌，红的，橘红的，粉红的，倒映在绿油油的海水里，以挑剔，一抹抹刺激

---

① 张爱玲：《红玫瑰与白玫瑰》，《传奇》，经济日报出版社 2003 年版，第 37 页。

② 同上书，第 39 页。

> 性的犯冲的色素，窜上落下，在水底下厮杀得异常热闹。流苏想着，在这夸张的城里，就是栽个跟头，只怕也比别处痛些……①

无数的色彩在交相辉映，多重的形影在互涉变幻，宛如一幅后印象派绘画。画面的中间是一艘轮船，甲板上站着一个穿古装旗袍的女子，背后的天是火辣辣的红，眼前的海是浮动的油油的绿，再往近处是码头上广告牌的倒影，红色、橘红、粉红与绿色交缠着，扭打着，断裂细琐的笔触，赋以缤纷刺激的颜色，营造出一种诡秘、暗藏杀机的气氛。而这样一个光怪陆离五光十色的异域，让刚从上海过分安静、令人窒息的旧家庭里走出来的流苏，既觉得分外新奇，又感到不真实，那“窜上串下”的倒影使她对命运产生了新的忧虑和恐慌。

这是流苏眼中的香港，在匆匆的一瞥里，留下的是一刹那的整体印象。这也是张爱玲眼中的香港，她借流苏的眼睛对这个殖民地世界作了刺激夸张的描绘，这图景里不仅有感觉，还有她对人类生存总背景的感悟。生逢乱世，无论是腐朽颓败的旧式家庭，还是新奇迷醉的现代都市，都不过是埋葬人的青春的地方。人生仿佛一场梦魇，经受着来自地狱般的苦痛和黑暗。为了表现这种梦魇般的情调，她在同一个画面中，将那些极难和谐的色块——不同纯度的红与绿组合在一起，与一种断裂破碎的形和火热强烈的光相配合，从而使画面获得一种涌动、神秘、恐怖的生命感。

这让我们联想到凡·高的《夜咖啡馆》。他也大量采用了红与绿的鲜明对比，把粉红、血红、深红的酒色与路易十五绿、石青、橄榄绿以及刺眼的青绿色放在一起，色相对比达到一种极致状态，使“这一切表现出一种火热的地狱气氛，惨白的苦痛、黑暗，对昏昏欲睡的人们压制着”。②正如凡·高自己所述，《夜咖啡馆》是由深绿色的天花板，血红的墙壁和不和谐的绿色家具组成的梦魇。那细碎繁乱的笔触和线条将色彩分割得眼花缭乱，强加给我们一种幽闭、恐怖和压迫感的可怕体验。

多重色彩的交错混合运用往往用来表达某种极端的情感体验，恐怖的或者兴奋的，因而画面中的色彩具有很强的表现性。色彩本身似乎在向我

---

① 张爱玲：《倾城之恋》，《传奇》，经济日报出版社2003年版，第172页。

② ［德］瓦尔特·赫斯：《欧洲现代画派画论》，宗白华译，广西师范大学出版社2001年版，第43—44页。

们挑战，碰触我们身上某些神经，它刺激我们，令我们兴奋，唤起我们内心里自己都不知道的已经存在的字眼和感觉。我们的心也随着色彩一起颤动。

一路只见黄土崖，红土崖，土崖缺口处露出森森绿树，露出蓝绿色的海。[①]

那酽酽的，滟滟的海涛，直溅到窗帘上，把帘子的边缘都染蓝了。[②]

在这里，红、黄、绿、蓝绿，“和情感结合着的色彩，像音乐和激动结合着”[③]，传达出欢快的调子，这儿带有张爱玲的回忆。初次踏上香港的土地，张爱玲和流苏一样兴奋着，那颇具热带特点的风景，隐藏着她内心的热情与快乐，她把颜色重重地涂上去，但是“总觉得还不够；还不够，像Van Cogh（凡·高）画图，画到法国南部烈日下的向日葵，总嫌着色不够强烈，把颜色大量地堆上去，高高凸了起来，油画变成了浮雕”。[④]

她和凡·高一样都是“色彩狂热”者，在激情燃烧的时候，似乎所有的颜色都不足以表现，唯有不停地涂抹。于是，在他们笔下，“一个奇异的、非凡的色彩交响”[⑤] 诞生了。

自然界中的色彩一般可以分为冷、暖两部分，用冷暖归纳组合画面秩序，是现代派绘画在色彩语言上的显著特点。在同一个画面中运用冷暖色调的对比，是使画面生动起来的重要手段。高更在其名作《雅各与天使的格斗》中运用纯度很高的黑白和红黄形成冷暖对比，来描绘一群布列塔尼的农妇在听牧师讲解《圣经》后产生的雅各与天使扭打的幻觉。他以农妇衣着的黑白色表示现实世界，以一片平涂的浓艳的红色显示幻觉。富有层次的冷暖对比造成色彩间的“斗争”，使画面产生跳跃、闪烁、丰

---

① 张爱玲:《倾城之恋》,《传奇》，经济日报出版社2003年版，第127页。

② 同上书，第128页。

③ ［德］瓦尔特·赫斯:《欧洲现代画派画论》，宗白华译，广西师范大学出版社2001年版，第38—39页。

④ 张爱玲:《童言无忌》,《传奇》，经济日报出版社2003年版，第161页。

⑤ ［德］瓦尔特·赫斯:《欧洲现代画派画论》，宗白华译，广西师范大学出版社2001年版，第38—39页。

富的效果。

在张爱玲的作品中，色彩的冷暖对比也很鲜明。像我们前面提到的流苏在黑夜里所感受到的“影树”那红得不能再红了的“野火花”，那是她在范柳原暧昧的话语里所产生的欲望的幻觉。那大片向上延伸的红在黑色的衬托下也给我们一种跳跃、闪动的感觉。

于青说：“读《传奇》如观戏剧，人物带着作者给它披上的彩色华衣，触目惊心地打你面前掠过，掠过后便过目不忘，因为那些色彩过于浓烈、犯冲，对比强烈。无论冷调、热调、明调、暗调，都能让你透过方块字感受到它传达的冷暖明暗。”① 正是色彩所形成的鲜明对比和它在我们心中所产生的冷暖明暗，使我们对文字和字里行间的情绪有了更多的玩味和发现。

比如在《金锁记》中运用的是阴冷晦暗的色调，处处潜伏着焦躁、沉闷、抑郁欲爆发的气氛，尤其在长安的爱情即将被摧毁的一刻，光与色、明与暗的对比达到了极点：

> 冷盘撤了下去，长白突然平按着桌子站了起来。世舫回过头去，只见门口背着光站着一个小身材的老太太，脸看不清楚，穿一件青灰团龙宫织缎袍，双手捧着大红热水袋，身材夹峙着两个高大的女仆。门外日色昏黄，楼梯上铺着湖绿花格子漆布地衣，一级一级上去，通向没有光的所在。

七巧仿佛从地狱里走出来，背后是“没有光的所在”，令人“毛骨悚然”②。在这个阴毒、冷酷、变态的女人周围集中了青灰、湖绿这样幽暗的冷色调，唯一一点浓重的红更显得恐怖、森寒。画面是纯静态描写，然而瘦小疯子般的老太太与高大的女仆、青灰的缎袍与大红热水袋、昏黄的日色与湖绿漆布地衣……这一切色与形、明与暗的强烈对比捣乱了画面的平静，使我们感受到强烈刺激后的恐怖而莫名的压迫感。阴鸷的七巧要把被黄金枷锁腐蚀了的美好爱情、被黄金枷锁囚禁了的美好青春岁月，都从儿女身上索回。这一刻，她从“没有光的所在”走出来，准备把女儿也

---

① 于青：《论〈传奇〉》，见《当代作家评论》1994 年第 3 期。

② 张爱玲：《金锁记》，《传奇》，经济日报出版社 2003 年版，第 114 页。

带回“没有光的所在”；这一刻，正孕育着一股神经质的狂暴和病态痉挛的态势。然而张爱玲用冷静、平实的语言程式框住了野兽般的狂乱情绪，在我们内心形成一种对抗性的张力，压抑得透不过气来。

张爱玲的小说在整体的调子上是冷的，暗的，用来突出她所描绘的是一个梦魇般的世界；而在作品中并不是一律的灰暗色调，她往往加入一些明亮的颜色，如红、黄等，不过在冷暖色调的对比中，冷暗灰色调占绝大部分，而小部分是暖明鲜亮的色调，这样的对比就形成了她所追求的苍凉意味。

在文学界、在学术界，张爱玲小说中的浓厚的色彩和鲜明的绘画感一直是品评者赞赏的焦点，张爱玲的文学魅力正体现在绘画造型感上。与其现代的艺术精神相对应，张爱玲的敷色和构图手法也是现代的，其中我们不难发现塞尚般强烈浓厚、富于情感的色彩，凡·高般跳动飞扬、扭曲夸张的笔触，还有高更笔下寂静粗犷而又神秘不安的自然图景。在她用文字绘就的图画里，那浓墨重彩、冷暖明暗里我们总是可以发现西方现代派绘画的踪影。

三、对现代绘画手法的深层把握

张爱玲常烦恼于一切语言文字的贫乏，因此她选择用文字作画的手法来表现。“她最喜欢新派的绘画”（即塞尚、高更、凡·高等西方现代派绘画），因为“新派的绘画是把形体做成图案，而以颜色来表现象征的意味的。它不是实事实物的复写，却几乎是自我完全的创造”。[①] 除了对色彩等绘画元素的精心琢磨外，她不断地借鉴绘画的表现方式，巧妙地加以转化。从西方现代派绘画中，张爱玲找到了创作的灵感，她将自己对绘画手法的理解不着痕迹地运用到创作中，使她的小说呈现出逼真可感的多样化的艺术效果。

塞尚放弃了对自然的客观摹写，他主张人加自然的表现方法，先把反复感觉的自然存入记忆，加以组织、整理，然后在画布上赋色造型，传达出不同的情调。因此，他笔下的自然都是他的感觉和情感的凝缩，是一种主观的真实。

---

① 胡兰成：《论张爱玲》，见陈子善编《张爱玲的风气——1949年前张爱玲评说》，山东画报出版社2004年版，第20页。

张爱玲的阅历并不那么丰富，而她的小说却表现出惊人的深刻与厚重感，正是因为对人类本质存在的最真实的体验和感悟是她创作的源泉。她在小说中构绘的每一幅图画都带有她强烈的感受。如果说塞尚是根据他记忆中的自然图景赋色造型，那么张爱玲则是凭借此刻人物的心理与命运来设色构图，传达的都是主观表现的真实。因此她作品中所描绘的图景与作品故事情节相依相成，不仅仅烘托出气氛的幽明冷暖，还暗示着情节和人物的命运的发展。

这是罗杰和愫细结婚的晚上：

> 那时候，夜深了，月光照得地上碧清；铁栏杆外，挨挨挤挤长着墨绿的木槿树；地底下喷出来的热气，凝结成了一朵朵多大的绯红的花。木槿花是南洋种，充满了热带森林中的回忆——回忆里有眼睛亮晶晶的黑色的怪兽，也有半开化的人们的爱。木槿树下面，枝枝叶叶，不多的空隙里，生着各种的草花，都是毒辣的黄色，紫色，深粉红——火山的涎沫。还有一种背对背开的并蒂莲花，白的，上面有老虎黄的斑纹。在这些花木之间，又有无数的昆虫，蠕蠕地爬动，唧唧地叫唤着，再加上银色的小四脚蛇，阁阁作响的青蛙，造成一片怔忡不宁的庞大而不彻底的寂静。①

知晓人物可悲命运的张爱玲为本应喜庆的夜晚设计了这样一幅超现实的风景画。这是带着她的强烈感受的图景：黑色的夜里，绯红的地气弥漫着一片浓密的木槿树，墨绿的枝枝叶叶里藏着黄、紫、深粉红的草花，还有眼睛亮晶晶的黑色怪兽。在月亮的清辉下，白色的并蒂莲上能看到老虎黄的斑纹，青蛙、小四脚蛇和无数的昆虫的响声更添静寂。怔忡不宁的气氛，似乎藏着静静杀机。

这分明是一幅卢梭的画。卢梭的作品因神秘、空寂被归入超现实派，张爱玲曾被他的两幅画——《沉睡的吉普赛少女》和《夜的处女》中散发的“清新的恐怖气息”② 所吸引。而这幅夜之图，在用色构图上更像卢梭的名作《梦》。同样是在深夜碧清的月色下，黑夜与墨绿的树占满了整

① 张爱玲：《沉香屑·第二炉香》，《传奇》，经济日报出版社 2003 年版，第 211 页。

② 张爱玲：《忘不了的画》，《张看》，经济日报出版社 2002 年版，第 248 页。

个画面，均系冷色的黑与绿，是整幅画的基调。分布其间的是沉抑、凝重的黄色、紫色、深粉红，更增强了“冷”的感觉。画面清晰得可以看到并蒂莲花上的老虎黄斑纹和蒸腾的地气，正如卢梭画出的树上的每一片绿叶和叶子上清晰的脉络。而极端的清晰会产生不可思议的神秘感，反常的寂静也会导致内心的不安宁。这里向我们暗示着即将上演的愫细和罗杰的爱情悲剧。

而在另一个风雨狂暴的夜晚，薇龙的悲剧已经开幕：

黑郁郁的山坡上，乌沉沉的风卷着白辣辣的雨，一阵急似一阵，把那雨点儿挤成车轮大的团儿，在汽车头上的灯光扫射中，像白绣球似的滚动，遍山的肥树叶弯着腰缩成一团，像绿绣球，跟在白绣球的后面滚。①

在急速奔腾的风中，白雨、绿叶如漩涡状翻卷跳跃，紧张得撼人心魄。黄色的光扫射着白辣的雨、肥绿的叶，在乌沉的风中，点、线、面之间彼此交织、分割，笔触呈旋风状翻腾扭曲，这是一幅凡·高风格的画，所有的一切都在令人眼花缭乱地运动。这里有一种狂暴的力的美，然而传达的却不是生命意志的升腾，而是生命的扭曲与被吞噬。

这颜色、这景象似乎随处可见，但又似非在人间，只有张爱玲才能联想得到、描绘得出。她的绘画语言充满了深幽绵远的暗示力，正是得益于她对颜色、情调、动静和意蕴极其敏慧的体悟，“她的东方圆润的笔墨，给予景物以动的生命，又以西方静观的沉思，给予景物以启示的精魂”。②

高更从印象派中脱离出来，开创了象征主义绘画。他反对印象主义画家抄袭自然的做法，他认为“绘画必须表现思想。绘画所描写的事物，必须是思想的象征，既不是直接观察自然的结果，也不是对自然的盲目服从，必须按照象征的目的整理或综合自然”。因此，高更的绘画，完全凭借对客观事物得来的印象，加以分析、综合，并且在造型、色彩、构图等各方面注入自己的主观因素，赋予它们抽象的象征性的寓意。

因为色彩作为诉诸感观最强烈的信号，往往具备某种象征意义。就像

① 张爱玲：《沉香屑·第二炉香》，《传奇》，经济日报出版社 2003 年版，第 187 页。

② 杨义：《中国现代小说史》(3)，人民文学出版社 1991 年版，第 471—472 页。

高更的绘画，一般以橘黄或者土黄为主调，简洁纯净，来表现他所追求的原始的神秘情调。他被塔希提的热带风光和平静的生活所感染，重新发现了人性和快乐，他用金黄和赤红来象征塔希提女子的质朴与热烈，用大块鲜亮的红、黄、绿来表现塔希提的热带风情。他的色彩是真实而又略带夸张的，是他内心世界的象征。

张爱玲最欣赏西方现代派绘画"以颜色来表现象征的意味"①。在她这里，颜色不完全是真实的，却暗合了小说的情节和人物的性格与命运。

用色彩象征人生和性格是作家常用的手法。在张爱玲作品中，红与白便是一种鲜明的人生对照。红是一种充满了热情、亢奋与情欲的颜色，象征着生命的饱满与丰富。而白是一种无彩之色，既有纯洁、高尚的一面，又指向虚无、空洞和死亡。如同她心中惨烈的人生，她笔下的红色生命极少出现，即使美艳多姿的红玫瑰最后也不过是"墙上的一抹蚊子血"；而惨戚的白色才是最平常的女子的人生。她笔下的一群年轻女子，皆是无血色的、透明的白，不似在人间。愫细"像浮在水面上的一朵白荷花"②，纯洁完美得不可接近；翠远则似"一朵淡淡几笔的白描牡丹花"，"模棱两可"得"没有轮廓"③。许小寒"没有血色的玲珑的脸"和"极长极长的黑眼睛"，"薄薄的红嘴唇"组合起来，"有一种奇异的令人不安的美"④；而周吉婕"雪白的脸上"装点着"淡绿的鬼阴阴的大眼睛"，"油润的猩红的厚嘴唇"，"美得带些肃杀之气"⑤——全是空洞的、虚浮的、不完全的生命，"白"是她们共同的生命特征。

张爱玲还经常运用色彩的消减与变换来象征人物命运的变化。在母亲的淫威下，姜长安的一生就像一个"美丽而苍凉的手势"⑥。生命里顶完美的一段就是遭遇童世舫。瞒着母亲相亲之夜，长安"耳朵上戴了二寸来长的玻璃翠宝塔坠子，又换上了苹果绿乔其纱旗袍，高领圈，荷叶边袖

---

① 胡兰成：《论张爱玲》，见陈子善编《张爱玲的风气——1949年前张爱玲评说》，山东画报出版社2004年版，第20页。

② 张爱玲：《沉香屑·第二炉香》，《传奇》，经济日报出版社2003年版，第215页。

③ 张爱玲：《封锁》，《传奇》，经济日报出版社2003年版，第269页。

④ 张爱玲：《心经》，《传奇》，经济日报出版社2003年版，第239页。

⑤ 张爱玲：《沉香屑·第二炉香》，《传奇》，经济日报出版社2003年版，第181页。

⑥ 张爱玲：《金锁记》，《传奇》，经济日报出版社2003年版，第112页。

子，腰以下是半西式的百褶裙”。[①] 外面罩一件苹果绿的鸵鸟毛斗篷。全是些轻快明亮的颜色。然而，在决绝的那天，就只剩下黑鞋与白袜：“长安悄悄地走下楼来，玄色花绣鞋与白丝袜停留在日色昏黄的楼梯上。停了一会，又上去了。一级一级，走进没有光的所在。”[②] 在衣着的颜色由明变暗、由暖变冷的过程中，长安的爱，还有她的青春生命就这样凋谢了。

除了以单纯的颜色来突出象征的意味，张爱玲还设计了许多精巧的意象，依存于故事的具体进程之中，与故事的情节和人物的心理形成一种同构关系。在《沉香屑·第二炉香》的结尾，走投无路的罗杰在黑暗的厨房里烧水：

> 煤气的火光，像一朵硕大的黑心的蓝菊花，细长的花瓣向里拳曲着。他把火渐渐关小了，花瓣子渐渐的短了，短了，快没有了，只剩下一圈齐整的小蓝牙齿，牙齿也渐渐地隐去了，但是在完全消灭之前，突然向外一扑，伸为一两寸长的尖利的獠牙，只一刹那，就“拍”的一炸，化为乌有。[③]

煤气的火光是蓝色的，在黑夜的闪动中让我们联想到鬼火的蓝，缥缈虚空的难以触及，就像愫细的“小蓝牙齿”。这是罗杰的幻觉，在他看到愫细的那一刻，就被她的细细的、白得发蓝的小蓝牙齿所吸引，而此刻，在婚姻中身败名裂的他突然发现，那小蓝牙齿竟化成“尖利的獠牙”，冷漠地将他吞噬。张爱玲没有运用任何理性的、解释的文字，只用这样一个意象将罗杰的悲剧形象化了，在象征中蕴含了深于一切语言的复杂内涵。

高更的作品，不仅在颜色、造型上具有象征意义，他还用整体的画面来表现他对人和生与死的思考。《我们从哪里来？我们是谁？我们往哪里去?》是对人生的疑问，他将人的一生——诞生、生活、死亡——浓缩在同一幅画面中，用浓重的神秘色彩来表现“无法理解我们的来龙去脉”[④] 的痛苦。他把抽象的、象征的以及人类智慧上未能深涉及的带有幻想性和神秘色彩的东西，用绘画语言表达了出来，这正是高更的绝妙之处。

---

① 张爱玲：《金锁记》，《传奇》，经济日报出版社 2003 年版，第 108 页。

② 同上书，第 114 页。

③ 张爱玲：《沉香屑·第二炉香》，《传奇》，经济日报出版社 2003 年版，第 228 页。

④ 鲍诗度：《西方现代派美术》，中国青年出版社 1993 年版，第 31 页。

张爱玲的小说也具有整体性象征的特点。《等》是一幅太太、姨太太的群像图。一群各式各样的女人坐在推拿诊所里抱怨着自己的丈夫，不同的衣着，不同的形态，脸上却都是一样的悲哭冷漠的表情。而在外面，“一只乌云盖雪的猫在屋顶上走过，只看见它黑色的背，连着尾巴像一条蛇，徐徐波动着。不一会，它又出现在阳台外面，沿着栏杆慢慢走过来，不朝左看，也不朝右看；它归它慢慢走过去了”。“等待”作为一种人生状态的象征，不仅暗含着女人的命运悲剧，还表现出人对生命麻木无知却又无可奈何的状态。“生命自顾自走过去了”① 是张爱玲最后为人生作的注解。

她的画面总是感性的而又总是直逼象征。薇龙眼中跳跃的麻雀，乔琪乔唇上“一朵橙红色的花”②，烟鹂的一双绣花鞋……每一个意象都用得别出心裁、恰到好处，从不同角度、不同侧面丰富这小说的意蕴，同时又将小说的题旨含蓄隽永地传达出来，即使小说具有浓厚的象征色彩，又满足了张爱玲对苍凉意味的追求。

19 世纪下半叶，由于尼采、伯格森、弗洛伊德等人的哲学观点及学说的影响，西方美术彻底告别了传统时代，“艺术家在外部物质世界面前闭上了眼睛，而把视线转向自己灵魂中的主观风景画”③。塞尚、凡·高等画家便是最早的身体力行者，他们把对人的内心世界的兴趣转移到艺术中，每一幅画描绘的都是心灵的真实和独特的自我。

张爱玲也是弗洛伊德心理学的受惠者，她最擅长的就是对人性和人内心最最隐秘角落的挖掘，而在她的作品中，很少作人物情绪、感受和心理的直接的静态展示，也鲜有“灵与肉”、理想和现实的矛盾冲突中痛苦和迷惘的心理独白。她把对“乱世”人生的独特细微的感受付之于画面，用色彩的交响乐传达普通人心理混乱的流变。这是她用文字作画最有创意的地方。她不仅超越了小说的表现领域，还把从塞尚等人的画中得来的启示运用到她的文字画中，用色彩为我们创造了一个迷离的心理世界。

《心经》中，许峰仪的手隔着玻璃，按在小寒的胳膊上，怀着的对女儿的不正常的爱，他看到的是“象牙黄的圆圆的手臂，袍子是幻丽的花

① 张爱玲：《等》，《传奇》，经济日报出版社 2003 年版，第 68 页。

② 张爱玲：《沉香屑 · 第二炉香》，《传奇》，经济日报出版社 2003 年版，第 202 页。

③ 赵乐甡、车成安、王林主编：《西方现代派文学与艺术》，时代文艺出版社 1986 年版，第 28 页。

洋纱，珠漆似的红底子，上面印着青头白脸的孩子，无数的孩子在他的指头缝里蠕动。……小寒——那可爱的大孩子，有着丰泽的，象牙黄的肉体的大孩子”——那是他的孩子，“峰仪猛力掣回他的手”①。此时，他内心的欲望、躁动、矛盾、不安……全部隐喻在黄色、红色、青色、白色的尖锐对比中。

颜色影响着我们，把我们带到特殊的思想感情当中。它们极富心理表现力，调绘出的每一片风景都带着画家心灵的回应。我们可以在丰丽、坚实的《圣维克多山》前看到塞尚童年的快乐，在高更《芳香的土地》中找到灵魂的静谧和安宁，在凡·高《阿尔的吊桥》上感受春天的欢快与清新。同样，在张爱玲的笔下，我们也可以跟随人物走进不同的风景，发现不同的心灵。

新婚之夜，逃出家门的愫细惊魂未定，望着“窗子外面，斜切过山麓的黑影子，山后头的天是冻结了的湖的冰蓝色，大半个月亮，不规则的圆形，如同冰破处的银灿灿的一汪水。不久，月亮就不见了，整个的天全冻住了……”② 恐惧依然占据着她的内心。

热闹的圣诞夜，满怀凄怆的聂传庆独自站在半山中。满山植着的矮矮的松杉，满天堆着的石青的云“被风嘘溜溜吹着，东边浓了，西边稀了，推推挤挤，一会儿黑压压拥成了一团，一会儿又化为一蓬绿气，散了开来。林子里的风，呜呜吼着”，仿佛白天言子夜的怒骂；远处海面上的风，“像哀哀的狗哭”③，是传庆凄然的回应。

在这些风景画里，“作家驱遣着轻灵的笔或凝重的笔，使大自然散发着一种原始的生命力或阴郁的神秘感”④，与人物的心理氛围建立了某种可以感知、认知的同构关系。在张爱玲的小说中，“一片风景就是一种心理状态”⑤。最典型的莫过于《沉香屑·第一炉香》，除了强烈的色彩感，作者还富于创意地是用风景记录下了葛薇龙整个的心理变迁。

小说描写的是一个初到香港，涉世未深的上海女学生“为爱情堕落”的故事，表现的重点就是葛薇龙在“堕落”过程的矛盾心理的变化过程。

---

① 张爱玲：《心经》，《传奇》，经济日报出版社 2003 年版，第 251 页。

② 张爱玲：《沉香屑·第二炉香》，《传奇》，经济日报出版社 2003 年版，第 214 页。

③ 张爱玲：《茉莉香片》，《传奇》，经济日报出版社 2003 年版，第 158 页。

④ 杨义：《中国现代小说史》（3），人民文学出版社 1991 年版，第 47 页。

⑤ 余彬：《张爱玲传》，广西师范大学出版社 2001 年版，第 145 页。

在薇龙堕落的过程中，至少经历了四次大的心理变化和转折，而张爱玲的风景画都出现在薇龙命运转折的关键时刻，都渗透了主人公矛盾复杂的心理。

第一次是薇龙初到姑母家的白房子看到：

> 满山轰轰烈烈开着野杜鹃，那灼灼的红色，一路摧枯拉朽烧下山坡子去了。杜鹃花外面，就是那浓蓝的海，海里泊着白色的大船。①

从花园里延伸出去的杜鹃花烧遍了整个山坡，红得狂放，红得恣肆，红得咄咄逼人，那灼灼的红色与浓蓝的海、白色的大船硬生生地搀糅在一起，更给人一种“眩晕的不真实的感觉”。薇龙在姑妈家处处看到夸张放诞的色调，处处感到不调和，仿佛在一种奇幻的境界里，待到下山时“那巍巍的白房子”已幻化成“古代的皇陵”。她已经意识到环境的威胁，但为了留在香港读书，她还是决定“睁着眼走进了这鬼气森森的世界”②。

第二次来到姑妈家，是个潮湿的春天的晚上：

> 梁家那白房子黏黏地溶化在白雾里，只看见绿玻璃窗里晃动着灯光，绿幽幽地，一方一方，像薄荷酒里的冰块。渐渐地冰块也化了水——雾浓了，窗格子里的灯光也消失了。③

那雾中的白房子，绿幽幽地，就像“薄荷酒里的冰块”，朦胧模糊，有几分暧昧的气息。薇龙被这气氛撩拨着，心已经飘飘荡荡起来。住进的当晚，薇龙就在卧室里发现了一大橱“金翠辉煌”的衣服，欣喜地“一件一件试着穿”。可“一个女学生哪里用得了这么多?”薇龙突然省悟到她日后在梁家的角色。然而，那些衣服在睡梦里诱惑着她，“毛织品，毛茸茸的像富于挑拨性的爵士乐；厚沉沉的丝绒，像忧郁的古典化的歌剧主题歌；柔滑的软缎，像《蓝色的多瑙河》，凉阴阴地匝着人，流遍了全身”。她还是决定留下来，“看看也好!”④ 这是薇龙的第二次选择。

① 张爱玲：《沉香屑 · 第一炉香》，《传奇》，经济日报出版社 2003 年版，第 164 页。

② 同上书，第 172—173 页。

③ 同上书，第 173 页。

④ 同上书，第 175—176 页。

就这样，“薇龙在衣橱里一混就混了两三个月”。一方面，她小心翼翼地看着姑妈的眼色应酬男人，另一方面悄悄为自己寻找一个可靠的人。卢兆麟被姑妈抢了去，她只能忍气吞声；乔琪乔是个浪子，她只能敬而远之。她就这样观望着，直到一个狂风暴雨之夜，姑妈的老相好司徒协把镯子突然套在了她的手腕上，她开始恐慌起来。

在黄梅雨中，满山醉醺醺的树木，发出一蓬一蓬的潮湿的青叶子味；芭蕉，栀子花，玉兰花，香蕉树，樟脑树，菖蒲，凤尾草，象牙红，棕榈，芦苇，淡巴菰，生长繁殖得太快了，都有些杀气腾腾，吹进来的风也有些微微的腥味。①

各种各样的植物，色彩缤纷，在黄梅雨中棵棵直立，不停地向上伸展，显示出一种极度旺盛的生命力。这样的风景就像凡·高笔下的繁茂旺盛的果树，不规则的笔触点向画面，色彩堆得厚厚的，呈现出不加修饰的自然状态，给人一种焦虑不安、心烦意乱感觉。看着“繁茂过度”的草木都感到“杀气腾腾”，这是惊魂未定的薇龙正经历着内心的搏战。

是回家？还是嫁人？“三个月的工夫，她对于这里生活已经上了瘾”，走是不可能了。“她要离开这儿，只能找一个阔人，嫁了他”②。这是薇龙最难堪的选择。有钱又合意的，几乎不可能；她又不愿沦落成姑妈那样，只有在“爱”字上冒险了。最后她把终生托付给了爱而不能依靠的乔琪乔。

但薇龙很快就发现这是一次绝对错误的选择。约会的当晚，乔琪乔就背叛了她的爱。她又恼又怒，想回上海，却又生了场病。爱情的理想崩溃了，她感到绝望和痛苦：

中午的太阳煌煌地照着，天却是金属品的冷冷的白色，像刀子一般割痛了眼睛。秋深了。一只乌向山巅飞去，黑乌在白天上，飞到顶高，像在刀口上刮了一刮似的，惨叫了一声，翻过山那边去了。③

① 张爱玲：《沉香屑·第一炉香》，《传奇》，经济日报出版社2003年版，第188页。

② 同上书，第189页。

③ 同上书，第198页。

黑鸟白天，世界已经在她心中失去了所有色彩。可是乔琪乔引起的那“不可理喻的蛮暴的热情”[①] 仍在膨胀。回去？还是留下？薇龙又一次彷徨起来。这是第四次选择，也是最后一次选择。最终欲望的她在看到乔琪乔的一刹那战胜了理性的她——她不走了。从此以后，“薇龙就等于卖给了梁太太和乔琪乔，……不是替乔琪乔弄钱就是替梁太太弄人”。[②]

薇龙在清醒的意识中完成了她的堕落，张爱玲又为她的堕落加上了一幅苍凉的图景：

> 她在人堆里挤着，有一种奇异的感觉。头上是紫湿湿的蓝天，天尽头是紫湿湿的冬天的海，但是海湾里有这么一个地方，有的是密密层层的人，密密层层的灯，密密层层的耀眼的货品——蓝瓷双耳小花瓶；一卷一卷的葱绿堆金丝绒；玻璃纸袋，装着“吧岛虾片”；琥珀色的热带产的榴莲糕；拖着大红穗子的佛珠，鹅黄的香袋；乌银小十字架；宝塔顶的大凉帽；然而在这灯与人与货之外，有那凄清的天与海——无边的荒凉，无边的恐怖。她的未来，也是如此——不能想，想起来只有无边的恐怖。[③]

张爱玲的小说就像一幅幅画，在光线与色彩的变换中凸显出各色人物的众生相，表达着作家对生命的永恒、命运的无常、人性的微妙的独特感受和思考。而这些画不乏对西方现代派美术在光与色、情感表现上的借鉴。与生活在文明交接地带的人物悲凉的命运相吻合的是文字画中强烈斑驳的色彩、奔放粗野的线条、扭曲夸张的形体，使画面的象征性、梦幻性与现实性融合，大大开拓了文字表现的空间。张爱玲对现代绘画手法的体悟和转化，对象征、暗示以及与人物心理相契合的图景来涂抹心灵的表现方法的成功运用，使她的文学世界散发出迷人的艺术魅力。

四、与西方现代主义思潮的精神关联

在 19 世纪末“文学与视觉艺术——即绘画、雕塑和建筑之间……有

---

① 张爱玲：《沉香屑·第一炉香》，《传奇》，经济日报出版社 2003 年版，第 198 页。

② 同上书，第 200 页。

③ 同上书，第 201 页。

了新的关联”。[1] 从后印象派到野兽派、表现主义、立体主义，再到达达派、超现实主义、抽象主义，西方诸多现代主义艺术运动都并不仅仅局限于狭小的艺术领域，“画家们最早探索了现代主义的革命可能性，于是绘画变成了指引方向的艺术形式。现代主义作家常常从视觉艺术中汲取相似的东西，并仿效它们来开展文学的实验”。[2] 因此，“20 世纪欧洲艺术的发展几乎处处与现代派文学同步前进”。[3] 在以塞尚、高更、凡·高为代表的现代派艺术的先驱主张用宽阔的笔触、粗犷的线条、鲜明的色块来表现主观化了的客观的同时，文学上的象征派、表现派、未来派运动几乎与之同步前进，而现代心理学、哲学则是影响诸多文艺流派的理论基础。它们互相交叉、融通，形成了声势浩大的现代主义思潮。

深谙绘画艺术的张爱玲，具有一份独特的艺术灵思。她把对画的理解自然地融入创作中，用文字作画，用画描绘人生，使她的作品表现出丰富的视觉审美特性。她用画家的线条与色彩编织出的小说世界，直接呼应了 20 世纪以来各个艺术门类互相突破渗透，以扩大其艺术表现力的趋势。作为文学家的她通过美术、通过艺术已与整个西方现代主义思潮建立了千丝万缕的联系，而在现代，艺术思潮与整个知识背景（包括文学、哲学、文化心理学等）都有着不可分的联系。因此，只说美术仍不能全面概括张爱玲与西方整个现代主义思潮的联系性，也不能充分地揭示出其现代性与世界性因素，因为为了更完整的观照张爱玲在接受西方现代主义思潮影响上的独特性，本节有必要由美术延伸开来，对张爱玲与西方现代主义文学思潮的关系作一番探讨。

“五四”一代是浪漫的一代，他们充满着青春的激情与躁动，表现出社会大变革时代的一般特征，他们无疑与西方的启蒙主义在精神底色上有着更多的相通之处，甚至连他们的悲观也是昂奋的。在那个时期，中国作家虽然也从西方的现代主义思潮中摄取过精神养分，但这种摄取似乎并未改变那一代人的精神底色的近代特征。而随着中国社会的整体演进，一部分作家的理想人生观被解构，他们越来越与西方现代主义在精神底色上完成了对接。学界早已有人看到在张爱玲古气盎然的艺术图景下蕴藏着极其

① 格伦·麦克劳德：《视觉艺术·现代主义》，迈克尔·莱文森编，田智译，辽宁教育出版社 2002 年版，第 163 页。

② 同上。

③ 袁可嘉：《欧美现代派文学概论》，广西师范大学出版社 2003 年版，第 41 页。

现代的精神内涵，如果不考虑或少考虑西方现代文化背景的切入，张爱玲的文学世界将是不可解的，极端的例子如《封锁》、《等》等。如果把张爱玲的文学世界与西方的现代主义思潮联系起来思考，那么，张爱玲的现代性意味和世界性特征就向我们彰显出来。

张爱玲很少提及自己喜欢哪个作家，因此我们很难直接确认对她产生直接影响的外国作家。但通过她的作品和访谈记录，我们可以搜寻到托尔斯泰、奥涅尔、威尔斯、毛姆、赫胥黎、梅特林克、萧伯纳、海明威、卡夫卡、波特莱尔、里尔克等人的名字。这些大都是一战后活跃于欧美文坛的小说家、戏剧家，都带有明显的现代主义的印迹。在尼采“上帝死了”这一声惊世骇俗的宣告中，西方人经历了一次痛苦的精神裂变；而世界大战过后，人间到处弥漫着死亡、颓废的气息。在他们的作品中，对资本主义怀有共同的幻灭感、精神危机，对社会、历史、文明流露出基本一致的怀疑、悲观与失望。对文明毁坏后的虚无体验和末日情境的描述，便成为一战以后西方现代主义文学的一个重要主题。

生于乱世、长于乱世的张爱玲在内心深处也隐藏着对中国传统文明和现代文明双重的幻灭感，生命的虚无和命运的不可知也成为她创作的潜在主题。代表旧式文化的父亲的家和充满新式文明的母亲的家是张爱玲对两种文明的最初体验。

张爱玲出生于没落的官宦之家，使她有机会亲眼目睹王纲礼乐的崩塌，封建士大夫后代的没落与沉沦，从小就深切感受着已经走到尽头的中国传统文明的衰朽、腐烂、封闭、乖戾和最后的疯狂。在她的记忆中，“父亲的房间里永远是下午，那里坐久了便觉得沉下去、沉下去”。[①] 房屋里总是弥漫着鸦片、沉香屑的烟雾，“有太阳的地方使人瞌睡，阴暗的地方有古墓的清凉。房屋的清黑的心子里是清醒的，有它自己的一个怪异的世界”。[②] 这是一个梦魇般的世界，张爱玲不仅没有找到家的感觉，还体尝到了这种衰朽文明的残忍冷酷的一面，当她遭父亲毒打后，“暂时被监禁在空房里，我生在里面的这座房屋忽然变成生疏的了，像月光底下的，黑影中显出青白的粉墙，片面的、癫狂的”，“楼板上的蓝色的月光”透

① 张爱玲：《私语》，《张看》，经济日报出版社 2002 年版，第 77 页。

② 同上书。

着“静静的杀机”。[①] 人性从此在她心里埋下了黑暗的种子。她从父亲的家里逃了出来，来到了具有浓厚的西方文明气息的母亲的家。畅想新生活的张爱玲开始接受母亲的西洋教育和淑女式训练，结果却留给母亲一次失败的经验，与西方文化的相隔也使张爱玲最终感到母亲的家不再是亲切可爱的了。母亲的再次离去，使张爱玲彻底失去了一切依傍，无家可归的感受在她的头脑中演进为对命运的不可知和生命虚无的悲观与绝望。

港战的经历使张爱玲对人性和文明彻底失去了信心，她深刻地体验到了战争毁灭了一切、人们毫无物质和精神可依傍的恐惧：

> 在劫后的香港住下去究竟不是长久之计。白天这么忙忙碌碌也就混了过去。一到了晚上，在那死的城市里，没有灯，没有人声，只有那莽莽的寒风，三个不同的音阶，“喔……呵……呜……”无穷无尽地叫唤着，这个歇了，那个又渐渐响了，三条并行的灰色的龙，一直线地往前飞，龙身无限制地延长下去，看不见尾。“喔……呵……呜……”……叫唤到后来，索性连苍龙也没有了，只是三条虚无的气，真空的桥梁，通入黑暗，通入虚空的虚空。这里是什么都完了。剩下点断墙颓垣，失去记忆力的文明人在黄昏中跌跌绊绊摸来摸去，像是找着点什么，其实是什么都完了。[②]

文明的毁灭和时间的终结在她内心留下了急促的危机感：“快，快，迟了来不及了，来不及了！……个人即使等得及，时代是仓促的，已经在破坏中，还有更大的破坏要来。有一天我们的文明，不论是升华还是浮华，都要成为过去。如果我常用的字是‘荒凉’，那是因为思想背景里有这惘惘的威胁。”这“惘惘的威胁”源于人类文明在全世界范围内大规模的崩溃，是“人类遭受政治、经济、文化、精神四重毁灭性打击的‘荒野’时代”[③] 的来临。40年代的新生代诗人也为无法摆脱的命运和人的生存困境所困扰，穆旦站在这个荒凉的世界上，悲哀地发现：“我们有机器和制度却没有文明/我们有复杂的感情却无从归依。”[④] 郑敏觉得自我

---

① 张爱玲：《私语》，《张看》，经济日报出版社2002年版，第79页。

② 张爱玲：《倾城之恋》，《传奇》，经济日报出版社2003年版，第144页。

③ 邵迎建：《传奇文学与流言人生》，北京三联书店1998年版，第157页。

④ 穆旦：《隐现》，《现代诗选》，浙江文艺出版社1991年版，第218页。

“单独对着世界”，生活在“一群陌生的人里”，“永远是寂寞的”[①]。

置身于历史的交接处和文明的交界处的张爱玲更是万分失落，旧的一去不复返了，新的又无可依托，早年的无家可归进而演变成精神上的无家可归，自我生命的虚无感扩大为对文明的幻灭和末日来临的恐慌，荒凉变成为她最根本的精神特征。正如李欧梵所说，张爱玲的“荒凉”是“她对于现代历史洪流的仓促和破坏的反应”[②]，是“虚空的空虚，一切都是虚空”[③] 的哀叹。但张爱玲所感受到的“荒凉”与中国传统文人心中的“虚空”并不相同，它不仅仅是“人生如梦”、“是非成败转头空”的生命短暂和世事无常的感慨，而是更多地指向人和生命本身，是对文明毁灭之下人的孤独、恐惧、人性异化的清醒认识，是现代人类由生存荒谬而引发的痛苦焦灼、虚无绝望的世纪末意识。

面对两次世界大战在地球上空弥漫不息的硝烟，现代西方人不再相信资本主义文明的美好，不再信奉基督教传统中的“因信得救”，历史、文明、人性这些现代人赖以存身的意念霎时间崩溃。如同世界化为瓦砾一样，人们的思想里只剩下赤裸裸的原始的恐惧、战栗与绝望。在威尔斯、艾略特、乔伊斯、海明威、劳伦斯等作家那里，创作的主题指向了精神危机和存在的荒诞。艾略特的《荒原》作为西方现代派文学中里程碑式的作品，其中反复回响着的催促声：“时间到了，请赶快/时间到了，请赶快。”[④] 正是现代人对生命无可把握的焦虑。战火中，“世界就是这样告终，不是嘭的一声，而是嘘的一声”化为荒野，到处都是精神虚脱、绝望幻灭的“空心人”、“稻草人”，“有生无形，有影无色”[⑤]。艾略特的“荒原意识”成为西方现代人的精神写照，也成为西方现代派精神的核心特征。

彻底的“荒凉感”是张爱玲作品中最有代表性的现代主义特征，在

---

① 郑敏：《寂寞》，《现代诗选》，浙江文艺出版社 1991 年版，第 239 页。

② 李欧梵：《漫谈中国现代文学中的“颓废”》，见《现代性的追求》，三联书店 2000 年版，第 166—167 页。

③ 张爱玲：《中国人的宗教》，《张看》，经济日报出版社 2002 年版，第 82 页。

④ 艾略特：《荒原》，见杨慧琳等编《外国文学阅读与欣赏》，首都师范大学出版社 1999 年版，第 516 页。

⑤ 艾略特：《空心人》，见杨慧琳等编《外国文学阅读与欣赏》，首都师范大学出版社 1999 年版，第 449 页。

包含了孤独、焦虑、恐惧、死亡、悲哀、绝望等这些生命体验的关键词上，无疑与西方的“荒原感”具有相似的情绪特征；而在文学表现上，便是她在小说中创造的“都市旷野”的意象：白天从“高楼的后阳台上望出去，城市成了旷野，苍苍的无数的红的灰的屋脊，都是些后院子，后窗，后巷堂，连天也背过脸去了，无面目的阴阴的一片”[①]，小孩“拍着木栅栏久久叫唤，高楼外，正午的太阳下，苍淡的大城市更其像旷野了”[②]；“一到了晚上，在那死的城市里，没有灯，没有人声，只有那莽莽的寒风”[③]，“黑暗，从小屋暗起，一直暗到宇宙的尽头，太古的洪荒——人的幻想，神的影子也没有留过踪迹的地方”[④]，即使有“高高的一轮满月”的晚上，也仿佛“漆黑的天上一个灼灼的小而白的太阳”，静藏杀机，“令人汗毛凛凛”[⑤]。文明在创造文明的人类手中毁灭了，都市成了蛮荒世界，人又退回到了“单纯的兽性生活的圈子里”[⑥]。在这样的世界里，现代人更加“苍白，渺小”，“自私与空虚”[⑦]。所以，她从胡琴嘶嘶的嘎声中听出了“天地玄黄，宇宙洪荒，塞上的风，尖叫着为空虚所追赶，无处可停留”[⑧]的惶恐，联想到威尔斯（H. G. Wells）关于人类退化与世界毁灭的悲观预言，“所以我觉得非常伤心了。常常想到这些，也许是因为威而斯的许多预言。以前以为都还远着呢，现在似乎并不很远了”[⑨]。

不知是张爱玲的感受印证了威尔斯的预言，还是威尔斯的预言激发出了张爱玲对人的生命价值和存在意义的拷问。这些都无从考察，但我们可以发现张爱玲对文明毁灭后的彻底的“荒凉感”是一种具有现代主义特质的情绪体验，它在与西方现代主义相似的、中国本土的社会和时代背景下生成，与西方现代派文学有着不可否认的相通之处。同样我们在张爱玲所熟悉的劳伦斯、毛姆、赫胥黎、海明威的作品中也可以找到某些相似点，虽然我们不能直接断定她与这些西方现代主义大师间有师承关系，但

① 张爱玲：《桂花蒸·阿小悲秋》，《传奇》，经济日报出版社2003年版，第69页。

② 同上书，第75页。

③ 张爱玲：《倾城之恋》，《传奇》，经济日报出版社2003年版，第144页。

④ 张爱玲：《沉香屑·第二炉香》，《传奇》，经济日报出版社2003年版，第226页。

⑤ 张爱玲：《金锁记》，《传奇》，经济日报出版社2003年版，第106—107页。

⑥ 张爱玲：《烬余录》，《张看》，经济日报出版社2002年版，第41页。

⑦ 同上书，第42页。

⑧ 张爱玲：《〈传奇〉再版的话》，《张看》，经济日报出版社2002年版，第364页。

⑨ 同上书，第365页。

这些潜文本的熏陶对张爱玲创作的成熟起着微妙而重要的作用。她的作品中所具有的和这些潜文本大量的共通处证明她曾从中汲取了许多潜在的营养，不断地与自己的思想发生碰撞，融会贯通，形成她小说现代的主题、语言、艺术手法、世界观。特别是"荒凉"这种本质的精神特征使张爱玲的创作带有西方现代派的"先锋"色彩，与西方现代派文学的精神相通，使中国文学有了能与世界文学相对话的基础，同时也表现了在东西文化相冲撞相扭结背景下发展的中国文学实绩。

小说尤其是现代小说的历史是一部人类自我认识自我发现的历史，小说家理所当然地成了生活的发现者。世界范围内的小说都勇敢地向这一中心职责聚拢，他们勇敢地向人性的暗河掘进并且勇敢地放出他们探索的目光。他们的存在往往会使异常容易的生活顿时变得困难起来，人性的黑洞向人间睁开了它梦魇般的瞳孔。世界范围内的现代小说解构了近代意义上的人性的"宇宙精华、万物灵长"论，人性的暗河涌出地表。在这个演进的链条上，张爱玲无疑代表着一种中国类型。

张爱玲的小说在具有地道的中国式的古典味的同时，也注入了极其先锋的现代内涵。余彬说："张爱玲的创作在精神上与同时代的西方文学有严格意义上的同步关系，西方文学中真正对她具有吸引力的是第一次世界大战以后的作家。"① 这些西方作家大都生活在现代非理性主义的精神土壤中，他们普遍感受到深刻的精神危机，在他们那里体现出一种人性观的大转型。张爱玲在思想上深受这些作家的影响，她在港战中的经历为她与西方作家对一战的精神感受的共鸣提供了一种人生体验基础。这样她就能很自然地把西方现代作家对人类文明的幻灭感融入自己的意识深处，把西方现代文学对人的本性的解释、对人的生存状态的关注融进自己个人的生活体验和创作视界中去。她更多地是以人性中的非理性因素来解释人生悲剧和行为动机。因此，她对人性暗河孜孜不倦地烛照和探索赋予其文本极为现代的精神品格。

为了更好地认识张爱玲及其文学的独特性，我们力图以人性主题为视角，以英国现代作家毛姆（S. Mangham）为参照，彰显张爱玲文学创作的现代性和世界性因素。

张爱玲与毛姆的文学影响关系几乎贯穿着她的一生。在香港大学求学

---

① 余彬：《张爱玲传》，广西师范大学出版社2001年版，第409—410页。

期间，学校在开设的“文学作品欣赏”课上就曾向学生推荐毛姆的小说。毛姆的小说在三四十年代的中国也广有译介，《月亮和六便士》、《刀锋》等也早已有中译本行世，并且曾受到中国读者的广泛欢迎还多次引发读书界的“毛姆热”。张爱玲置身于此读书氛围，不可能不关注毛姆的作品，这在周瘦鹃、张子静、胡兰成等人的文章中多有记述[①]。而在她成名后也曾确认自己喜欢毛姆的作品，甚至晚年在《海上花注》的“好快刀”一条的注文中，还引用特德·摩根著《毛姆传》中的有关内容。[②] 张爱玲与毛姆的事实影响关系由此略见一斑。由于童年和青年时代的种种精神创伤一直映现在他们孤独、内省的心灵屏幕上，他们往往以怀疑和敏感的眼光来看待世界，以挑剔和嘲讽的姿态来审视人生。对人性暗河的烛照、对人性之迷的探究成为他们一生挥之不去的核心关注点。张爱玲说：“人性是最有趣的书，一生一世看不完。”[③] 毛姆在《月亮和六便士》中坦言：“作家对那些吸引着他的怪异性格本能地感到兴趣……他喜欢观察这种多少使他感到惊异的邪恶的人性。”[④] 因此，充满现代感的人性拷问成为他们文学创作的全部命题和旨归。

在张爱玲梦魇般的故事中，我们感受到人性的残酷、非理性以及生活中那永远挥之不去的悲剧感。以非理性来解释悲剧、解释人性、解释人的行为是西方现代文学的一个重要特征，张爱玲在这一点上无疑受到了包括毛姆在内的西方现代作家的潜在影响，她常常将其笔下的人物置于情欲和物欲、理性与非理性、文明与蛮性的激烈交战中，活画出一幅特异环境下人性扭曲、变形、异化的灰暗图景，揭示出文明伪饰下的人类生存本相。

情欲的本质在于其非理性，张爱玲与毛姆往往通过对人的情欲的展示来表现人性中的非理性与潜意识。在他们笔下，有恋着自己的父亲一遍又一遍扼杀掉健康爱情的少女许小寒（张爱玲《心经》）；有纯情地爱着一个虚伪而又自私的男人不惜毁掉自己美满家庭的少妇王娇蕊（张爱玲

---

① 子通、亦清编：《张爱玲评说六十年》，中国华侨出版社 2001 年版，第 22、4、35 页。（周瘦鹃《写在〈紫罗兰〉前头（节录）》、张子静《我的姊姊张爱玲》、胡兰成《民国女子》中都曾提到张爱玲喜读毛姆作品并深受其影响。）

② 钱伯诚著，张爱玲注：《海上花》，见金宏达主编《回望张爱玲：镜像缤纷》，文化艺术出版社 2003 年版，第 393 页。

③ 张爱玲：《张爱玲语录》，《张看》，经济日报出版社 2002 年版，第 203 页。

④ ［英］毛姆：《月亮和六便士》，傅惟慈译，上海译文出版社 1997 年版，第 16 页。

《红玫瑰和白玫瑰》）；有对情人怀着不可名状的爱而甘愿受其摆布的青年菲力普（毛姆《人性的枷锁》）；也有为爱所驱使难产而死的美丽姑娘丽莎（毛姆《兰贝斯的丽莎》）。这些人物都受着情欲的支配且难以自持，在罪恶的深渊中痛苦挣扎。可以说，盲目的情欲是导致人生悲剧的一个重要因素，它能在理性的抑制与逃避中，以变态和复仇的非理性形式意欲进行疯狂的突围。变态与复仇往往扭结成一股合力，疯狂地毁灭着复仇者和被复仇者的人性。

毛姆的短篇小说《母亲》塑造了一个有恋子情结的母亲形象。她对儿子怀有一种强烈地带着嫉妒心情的爱，七年前为了儿子，她委身于一个不爱的男人，后来同样为了儿子，她杀死了自己的情人，入狱七年。出狱后，“这种感情要求以一种无法实现的献身精神来偿还。她希望自己是儿子心中最爱的人”。然而，现在的儿子已经长大，他需要的是另一种爱，他开始厌倦母亲。为了取得姑娘的欢悦，他跟母亲怄气、不来看她。当母亲发现儿子的“背叛”后，她气急败坏，无法稳定“那颗已被撕碎的心和那异常激动的情绪”，将匕首刺进了姑娘的脖颈。变态情欲的力量在母亲身上产生了巨大的破坏力，在小说的末尾作者让我们充分看到了人性狰狞的一面：“她用蔑视的眼光看着大家，一声不吭，眼睛里闪现着胜利的光芒。警察带着她穿过院子，从罗莎莉娅躯体旁走过去。‘她死了吗?’卡齐拉问。‘死了，’医生郑重的回答道。‘感谢上帝！’她说。”[1]

与毛姆笔下的变态母亲形象相比，张爱玲《金锁记》中的曹七巧作为一个母亲，带着黄金欲和情欲的双重镣铐挣扎着过了十年，更显得其可怖。十年前，为了黄金，她不得不用隐秘浮薄的调笑来包裹内心涌动的情欲；十年后，为了黄金，她赶走了生命中情欲的唯一寄托姜季泽。她被生命中的魔鬼所控制从而走上了复仇之路，她用伦常和欺诈扼杀了女儿的幸福，用婆婆的淫威折磨死了两个儿媳，又用鸦片烟将儿子永远捆在身边。“她知道她儿子女儿恨毒了她”，[2] 但极度缺乏满足的情欲，已异化为一种强大的非理性力量，深入到她的潜意识深处，疯狂地将她拖往毁灭的深渊。

---

① ［英］毛姆：《母亲》，《毛姆短篇小说选》，佟孝功等译，湖南人民出版社 1984 年版，第 565—567 页。

② 张爱玲：《金锁记》，《传奇》，经济日报出版社 2003 年版，第 115 页。

张爱玲小说对情欲力量和心理变态的渲染，是她对人类心灵悲剧的预言性揭示。情欲存在于人的本性中，悲剧则是人类无可逃遁的陷阱，这与毛姆对人的情欲和人的非理性的认识是一致的。在《刀锋》中毛姆借“我”之口道出了对情欲的看法：“情欲是不计代价的。……情欲是毁灭性的。”① 这些表述，用以解释《金锁记》中曹七巧的变态情欲、《心经》中小寒的恋父情结、《茉莉香片》中聂传庆的自虐心理，用以观照张爱玲对人性残酷性、生命悲剧性的认识，无疑也是切中肯綮的。正是毛姆等人作品中大量的与张爱玲人生体验获得共感的成分，唤起了她的感觉、印象、回忆中已存有而尚不够确定不够明朗的部分，从而写出了与她的年龄并不相称却又直逼人性最幽暗处的成功作品。

人有时会被他的创造物所掠获从而导致人性的扭曲与裂变，金钱可谓这些创造物中最凶猛的怪兽。金钱欲作为物欲的象征能够彻底撕碎人性的完整性，人性的玫瑰色被涌出的人性浊流所遮盖。张爱玲和毛姆都通过他们的小说表现了金钱对人性的异化。

在毛姆的小说《情场失意之一例》中，勋爵之妻卡斯特兰夫人“受到人的天性的捉弄”，与年轻英俊的杰克·阿尔德蒙偷情，事情败露后，她“为了保住自己”，为了那“煊赫的名声、万贯的家产、社会的地位、世间的成功”② 无情地抛弃了阿尔德蒙最终导致他惨死异乡。在张爱玲的小说《花凋》中，患肺病的川嫦成了“整个世界的拖累”，她父母“不愿把钱扔在水里”，而在她的墓碑上却赫然刻着：“安息吧，在爱你的人的心底下，知道你的人没有一个不爱你的。”③ 在金钱的诱惑面前，爱不仅成为毁灭健康人性的“杀手”，还充当着人性自私、虚伪、卑污的“遮羞布”。

有时对金钱的非理性追逐还演变成物欲与情欲的极端复杂的纠缠关系。在《刀锋》中，毛姆对于人性的挖掘可谓一波三折，鞭辟入里。伊莎贝尔是现代“金钱拜物教”的忠实信徒，由于她无法从拉里那儿得到安稳富足的物质生活而与格雷结了婚。但是格雷也破产了，为了金钱而嫁给格雷的伊莎贝尔理应抛弃格雷，但在常人看来，她却像东方淑女般恪守

① ［英］毛姆：《刀锋》，周煦良译，上海译文出版社 1997 年版，第 254 页。

② ［英］毛姆：《情场失意之一例》，《毛姆短篇小说选》，佟孝功等译，湖南人民出版社 1984 年版，第 46 页。

③ 张爱玲：《花凋》，《张爱玲文集》（上），安徽文艺出版社 1996 年版，第 94 页。

妇道，并且声称永远不会移情别恋，因为他们苦乐与共。然而被称为“天堂之魔”的毛姆绝不会放弃任何一次嘲笑与讥讽人性虚妄的机会。正当我们钦佩伊沙贝尔美好人性的时候，是她自己道出了真相：原来她与格雷共患难，只是因为格雷完全俯首听命于她且能够满足她的疯狂肉欲。毛姆将情欲与物欲统统视为人性恶的表现，它们是阻碍人类精神提升的沉重枷锁。

与毛姆不同的是，张爱玲往往把人性放在情欲与物欲的精神炼狱中加以拷问。被虚荣心支配的葛薇龙闯进姑母的社交圈中，恋着安逸的生活却又难逃情欲的驱使，自甘堕落到不惜以自己的青春美貌为乔琪乔弄钱、为梁太太弄人的尴尬境地（《沉香屑·第一炉香》）。情欲与物欲的冲突在《金锁记》中更是被表现得异常的激烈，畸形的婚姻剥夺了七巧作为一个正常人的情欲需求，而当黄金欲膨胀得越大，情欲也就被压抑得越深，在毁灭他人与自我毁灭中，七巧无奈地体味着人生的苍凉。

毛姆作为一个人性探索者，往往从生活的本真状态出发表现普通人的感情、体验和生活。他说：“我更多关注的是普通人而非著名人士。”[①] 因此他所表现的人生、人性就更加真实，更具普遍性。他笔下的人物大都受着资本主义城市文明的滋养，但他们不是成为文明的牺牲品（如《宝贝》中的理查德哈伦杰，《雨》中的传教士汤普森），就是成为文明社会的逃离者，（如《月亮和六便士》斯特里格兰德、《快乐的人》中的史蒂芬斯等）。毛姆发现人类所创造的文明在本质上与追求人性自由、追求自然的人相对立，现代文明不仅没有将人类的本性导向崇高，反而压制了人类追求更高精神境界的渴望。如果说情欲和物欲是毁灭人性的内在枷锁，那么文明就是遏制自然人性的外在绳索。因此，对现代文明的批判，实际上就是对人的生存状况、人的本质问题的探讨。

张爱玲也将普遍人性凝定在普通人身上，试图“在普通人里寻找传奇”。唯其普通，体现在这些人身上的人性才更带有普遍意味。张爱玲身处新旧交替时代，这个时代的浮华与对照正是她展示人性秘密的绝佳幕布，古宅与洋场作为两种文明的象征，构成了张爱玲笔下人物活动的舞台。当你置身于一座座散发着鸦片味、沉香味和樟脑味的古宅中，就会发现那些穿着清末古装、踏着古旧时钟节拍生活的男女老少是如何沉重地背

---

① ［英］毛姆：《毛姆随想录》，俞亢咏译，百花文艺出版社1992年版，第13页。

负着旧文化的甲胄。“硕大无朋的自身和这腐烂美丽的世界，两个尸身背对背拴在一起，你坠着我，我坠着你，往下沉。”① 而与此相对照的那些洋场新贵，他们的生存背景虽然从古宅移向现代公寓与别墅，骨子里存留着的却仍然是古老文化的血液。而表层生活方式在瞬间的“洋化”，只能加重他们的精神紊乱和心理变态。张爱玲把这种复杂人性放在一个没落与新生相交接的时代中去接受煎熬，从而表现健康生命在强大环境力量的摧残下所发生的扭曲变形，揭示正常人性惨遭戕害终致沦丧的悲剧情状。古老宅第与新式洋房代表着古代文明与现代文明的交错杂陈，然而它们都没有带给人类美好的生存环境。毛姆小说塑造了两类相对立的人物，他们所生存的城市和所向往的南洋小岛便是人类两种生存处境的对立呈现。如果说毛姆为他笔下的人物还设计了一个光明自由的所在，那么张爱玲则把遗老贵族生活的古宅和洋场新贵寄身的别墅公寓共同视为人性的埋葬之地。面对新旧文明，她只有无可奈何的哀叹：“总之，生命是残酷的。”②

毛姆是西方自然主义向现代主义过渡时期的作家，其小说创作带有明显的现代主义倾向。在他笔下，人性的“恶”聚集成为人类自身强大的毁灭性力量，它是一种与人的高贵理性相对立的动物本能，它表现为人类难以抑制的物欲与情欲。现代物质主义激发了人的活力，也激活了人的情欲，诱发了潜伏于人类意识深处的非理性潜流。当这种非理性成为人性主导的时候，人生也就沦为荒诞性和悲剧性的存在。在毛姆小说《人性的枷锁》中有一个重要的象征性意象：一条色彩艳丽、图案繁复却已破败不堪的波斯地毯。小说的主人公菲力普不断地探寻着生活的意义，在经历了种种追求与幻灭后，他终于领悟：人生就像这条波斯地毯，“不过是一种格局而已”,③ 本身并没有意义。毛姆对生命的虚无感受和悲观认识，使他把目光投向对人性暗河的烛照。这种生命的荒芜感也弥漫在张爱玲的文学世界中：“人生是一袭华美的袍，爬满了蚤子。”④ 青年时代的张爱玲就发出了如此悲凉彻骨的感叹，这是张爱玲撩开凡俗生活重重面纱窥见人生本相后的感叹，这是张爱玲面对人生的意义缺失所发出的充满虚无感的绝望的呼声。在这里我们不难体会到张爱玲对于人性的现代思索。张爱玲

① 张爱玲：《花凋》，《张爱玲文集》（上），安徽文艺出版社 1996 年版，第 95 页。

② 张爱玲：《我看苏青》，《张看》，经济日报出版社 2002 年版，第 170 页。

③ ［英］毛姆：《人性的枷锁》，张增健等译，上海译文出版社 1996 年版，第 268 页。

④ 张爱玲：《天才梦》，《张看》，经济日报出版社 2002 年版，第 5 页。

把从毛姆等人的小说中寻来的灵感与个人的人生体验和超人才华结合为一体，这使她的创作体现出与20世纪世界文学思潮相一致的现代性因素。

西方现代派文学的理论来源是西方现代哲学，其中影响最大的是叔本华的“唯意志论”、尼采的“权力意志论”、柏格森的“直觉主义”及弗洛伊德的“现代心理学”，它们是西方现代主义各流派共同的理论基础。西方的现代派文学是在这极其深厚的哲学底蕴上发展起来的。叔本华、尼采这些人的著作都曾经被介绍到现代中国来，并产生很大的影响。张爱玲对这些观点不可能不了解，在她的散文中就曾提到过叔本华、尼采，她所深切感受的“苍凉”在本质上就是一种浓重的悲观主义。张爱玲对世界是悲观的，对文明是悲观的，对人生是悲观的。她在战火的残酷中发现了人的悲剧性存在：人类为了摆脱“单纯的兽性的圈子”而努力创造文明，而“几千年来的努力竟是枉费精神”①，被文明刺激出来的欲望又使人走向文明的荒野。在历史的洪荒中，不论人怎么挣扎，最后也只是“屏风上的鸟”、被“钉死的蝴蝶”，人的存在不再被赋予任何意义。她对世情有着一种悲凉的、近宗教性的体察。

在很长时间里，张爱玲的作品一直被归为通俗小说，以婚恋、悲情主义来附和群众的趣味，缺少主流文学应有的雄大气势和社会关怀。当夏志清先生在异国他乡为张爱玲正名的时候，反复强调的还是张爱玲作品的“历史感”、“强烈的历史意识”，以及引发读者“对于道德问题加以思索”② 的道德倾向。正是张爱玲直言不讳地将“饮食男女”作为人生的全部，很难让人把她跟形而上的哲学联系在一起。然而，就在张爱玲去世不久，香港学者刘再复对她作出了异于他声的评价：“在本世纪中，张爱玲是一个逼近哲学、具有形上思索能力的很罕见的作家。浸透于她的作品中的是很浓的对于世界和人生的悲观哲学氛围。……张爱玲这种对人生的怀疑和对存在意义的叩问，使得她的作品挺进到很深的深度。中国现代文学，普遍关注社会，批判社会的不合理，但缺乏对人类存在意义的叩问这一维度。而张爱玲的小说却在这一维度上写出精彩的人生悲剧。”③ 这一评价无疑是对张爱玲创作的“哲学感”所做新的文学史定位。几年后，

---

① 张爱玲：《烬余录》，《张看》，经济日报出版社2002年版，第41页。

② 夏志清：《中国现代小说史》，香港友联出版社1979年版，第341、355页。

③ 刘再复：《也说张爱玲》，见《西寻故乡》，香港天地图书1997年版，第291—292页。

他一反夏志清先生关于张爱玲作品“历史感”的评述，将自己先前的观点继续引申：“张爱玲才能不是表现为‘历史家’的特点，而是表现为‘哲学家’的特点。也就是说，她有一种超越空间（城市）和超越时间（历史）的哲学特点。”[①] 这种评价是否过高仍值得商榷，但我们可以确定张爱玲对人性的关注和对人的生存困境的展示使她同存在主义哲学之间建立了某种可以相互阐释的关系。

20世纪上半叶，中国处于文明的转型期，旧的被打碎了，新的还没有建立起来；而“上帝之死”和两次世界大战也使西方社会处于一种尴尬的境地。价值的失范、激情的退却、文化的失重之后，人类感觉“一切都四散了，再也保不住中心，世界到处弥漫着一片混乱”。[②] 在死亡的直接威胁下，生之世界变得荒诞而不可理喻，人们不知道自己何时被抛入这个无序的、荒谬的世界，也不知道何时被宣布退场。荒诞成了生活中挥之不去的一个噩梦，“从一般的历史社会范畴上升到人类存在的范畴，从一种批判意识发展成为一种彻悟意识……不仅仅在于社会现实中的事物，而在于人的整个存在，在于人的全部生活和活动”。[③]“荒诞”成了现代社会人的生存困境的代名词，也成为现代主义思潮表现的中心范畴。萨特通过荒诞反映人的生存的无意义，加缪认为荒诞本质上是一种分裂，是理性和非理性的对立、不协调，卡夫卡则以人的变形、人性的异化来表现世界的不可理喻。

张爱玲从弗朗士“最无名目的死”中体验到了人生境遇的荒诞，从文明的裂缝中发现了人性的自私、冷漠和阴暗。她也加入到了对存在的荒诞的书写之中。《倾城之恋》是张爱玲所有作品中最圆满的一个情爱故事，也是最荒诞的一个爱情故事。从封建遗老家庭里走出来的流苏与海外流落归来的柳原在文明之墙下谈着“死生契阔”的爱情，一个渴望结婚，一个玩世不恭，真真假假，内心各有各的小心计、小打算，他们在试探与捕获之间不断盘桓。这是一对自私的人，他们被无穷尽的欲望所控制，在征服与获取中丧失了真爱和理解的能力。只有到了“地老

---

① 刘再复：《张爱玲的小说与夏志清的〈中国现代小说史〉》，见刘绍铭、梁秉均、许子东编《再读张爱玲》，山东画报出版社2004年版，第36页。

② 叶芝：《基督重临》，《外国现代派作品选》第一册（上），上海文艺出版社1986年版，第64页。

③ 柳鸣九：《荒诞概说》，见《外国文学评论》1993年第1期，第53页。

天荒”、“断瓦颓垣”的时候，钱财、地产以及所有的欲望与世界同归于尽的时候，他们才重新发现了爱和天性中的真诚。对于流苏，这是一个“不可理喻的世界”，而幸运的是“香港的陷落成全了她”[①]。人间之爱被毁灭世界的战火所拯救，这恐怕是文学史上最真实而荒诞的爱情故事了吧。《倾城之恋》具有多重暗示，它暗示着世界的本质与人的本质，暗示着世界的荒诞与人的荒诞，暗示着命运的不可把握与情爱的不可靠，这里不再有真假、善恶、是非、因果等道德判断，而是人类永恒的困境的展示。

而在她的另一篇小说《等》中剥去了故事中的传奇成分，还原为最日常的人生。时间集中在某一天上午，地点是庞医生的推拿诊所，一群太太往来其间，她们只是说些无意思的话，做些无所谓的动作，共同的心理特征就是“等”，等候推拿，等候丈夫的爱，等候人生的解脱。“里间壁上的挂钟滴嗒滴嗒，一分一秒，心细如发，将文明人的时间划成小方格；远远却又听到正午的鸡啼，微微的一两声，仿佛有几千里地没有人烟。”[②]都市如同荒野，她们仿佛“空心人”，消极地守着自己的烦恼和苦痛，却什么也不做，让“生命自顾自走过去了”[③]。张爱玲表现的是一个城市的集体心灵，是集体无意识下的生命的消耗的悲剧。这里传达的是超出了现实生活中的人或物，是在作者主观感受中扩大为整个社会的世相和人性，因此等待不再是现实生活中的等待，而是人类生存状态、精神状态的一种超验的抽象。

在这一点上，《等》与贝克特的戏剧《等待戈多》有异曲同工之妙。在贝克特笔下，世界是那么空荡、凄凉：茫茫的荒野，光秃秃的小树，两个茫然无知的穷汉，在做着虚妄的等待。他们不知道戈多是谁，等他来干什么。今天和昨天一样模糊，明天和今天一样朦胧，等待成了一种模糊的精神需求和寄托，而戈多根本不会来，他的本质就是不存在。对于迷惑不安的人们，等待是无望的希望，正表明人生的本质乃是虚妄与荒诞。

张爱玲写的是家庭、恋爱、婚姻，关注的却是人的生命状态与生活状

---

① 张爱玲：《倾城之恋》，《传奇》，经济日报出版社 2003 年版，第 146 页。

② 张爱玲：《等》，《传奇》，经济日报出版社 2003 年版，第 66 页。

③ 同上书，第 68 页。